變色的年代

謝里法 著

之助1947年的膠彩畫作品《囍日》

林之助1941年的膠彩畫作品《冬日》
林之助為在日本美術學院教育下之代表性「東洋畫家」，日後自我改稱為膠彩畫。

玉山的膠彩畫作品《雙牛圖》

郭雪湖1942年的膠彩畫作品《早春》

郭雪湖為1927年第一回台展東洋畫部，與林玉山、陳進同時入選之三名台灣畫家，史稱「台展三少年」，任
一屆省展國畫部評審委員。

進1947年的膠彩畫作品《萱堂》

陳進1947年的膠彩畫作品《持花少女》
陳進為台灣近代史上最出色之女性畫家。

三屆台陽展台中移動展會員歡迎座談會（日治1937年）。前排左起：陳春德、楊三郎、李梅樹、陳澄波、李樵、洪瑞麟。

省展開幕前全體評審委員合影。前排左一為陳慧坤，左二陳進，左四嚴家淦，左七李石樵，左八陳敬輝；第
排由左往右為廖繼春、李梅樹、黃君璧、郭雪湖、林玉山、楊三郎；第三排左一吳棟材，左二金潤作。

上：左一為藍蔭鼎，左三坐者白克，由右至左為黃榮燦、雷石榆、蔡瑞月。

下：文人會，前三戴帽者為白克，往右為雷石榆、林明德，後立者左一為藍蔭鼎，左二黃榮燦，右下方為蔡瑞月。

（蔡瑞月舞蹈基金會提供）

王井泉（前排中戴眼鏡者）於山水亭台菜館與文藝界友人合影。（王井泉家屬提供）

蔡瑞月1946年的現代舞作《印度之歌》（蔡瑞月舞蹈基金會提供）

詩人雷石榆與舞蹈家蔡瑞月（蔡瑞月舞蹈基金會提供）

前坐者為丘念台，後排右起王白淵、王夫人、蔡秀雨、蔡炳榮、林語堂女婿梁先生，
1951年5月攝於北市大正町王宅。

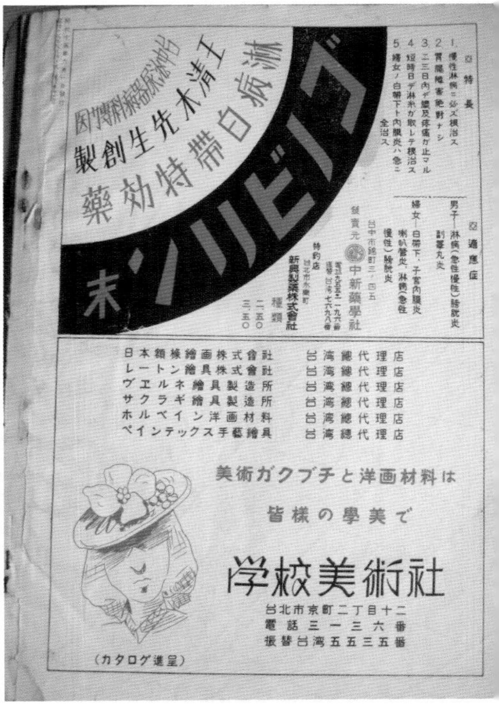

《台灣藝術》六月號「臺陽展號」（鄭世播先生提供）

第一屆台灣省全省美展刊登在藍蔭鼎先生主編之《台灣畫報》（何肇衢先生提供）

朱鳴岡離開台灣後回大陸參家社會主義新中國之建設。此照片是他六十七歲時從瀋陽魯迅美術學院寄來美國，接受作者書信訪問。（謝里法收藏）

上：1986年，麥非在美國紐約一家畫廊裡與林玉山會面。

下：1984年麥非於紐約謝里法工作室接受訪問，將一生所參與文化活動從頭說起。

右起麥非、郭雪湖和謝里法在紐約台灣文化中心的畫展中合影。1986年攝。

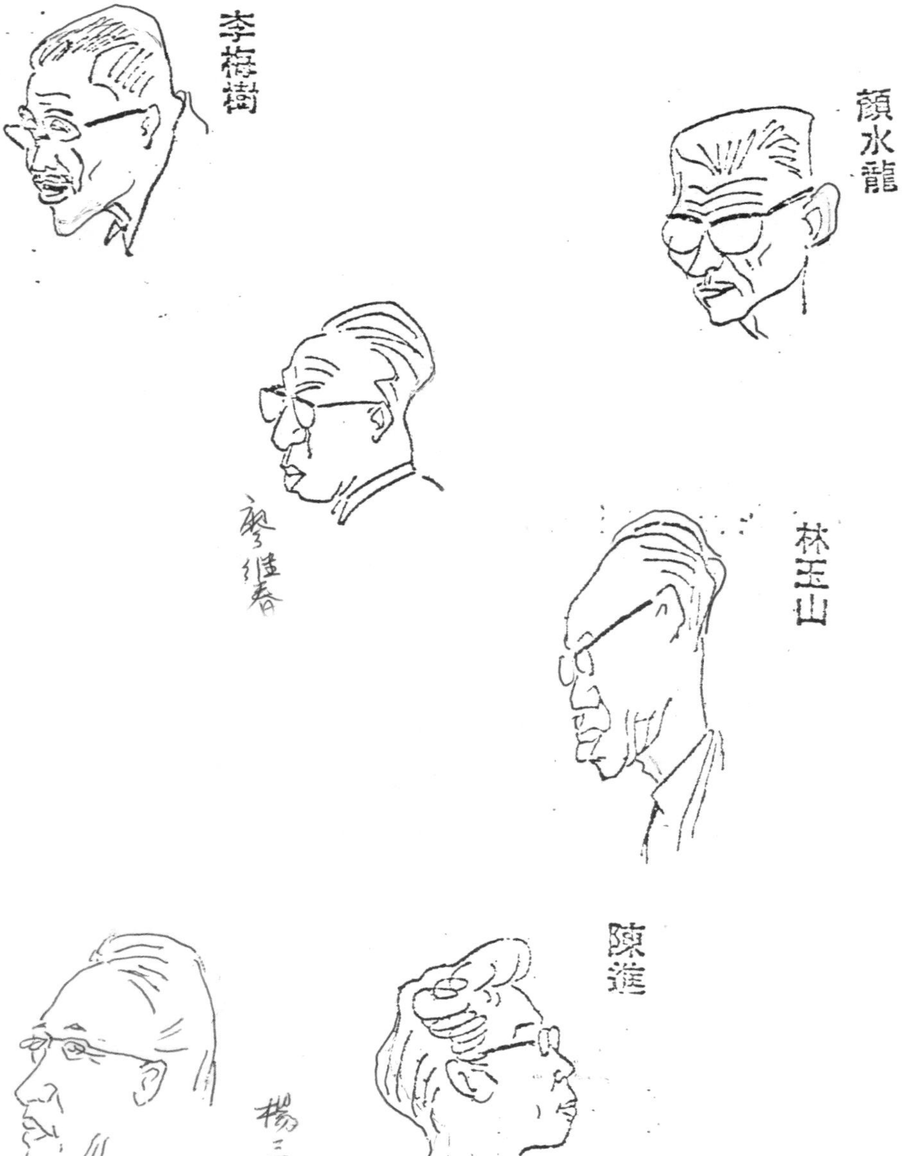

台灣第一代美術家速寫（約一九四九年，作者不詳）

左：郭雪湖參加第一屆省展作品《驟雨》（1946年）
右：郭雪湖及其作品

右：楊啓東1988年8月攝於台中市林森路73號舊宅前
中：右起高慈美、李超然、謝里法、高雅美在紐約謝里法畫室合影，時為1986年春。
左：1992年李石樵晚年與兒子李雅彥在美國紐澤西廖修平家，與謝里法暢談通宵。

1990年謝里法於台中省立美術館個展，與前來參觀的顏水龍合影。

2008年蔡繼琨來台時所攝，時已九十三歲，依然談笑風生。謝里法在台中、台北與其各作一次長談。

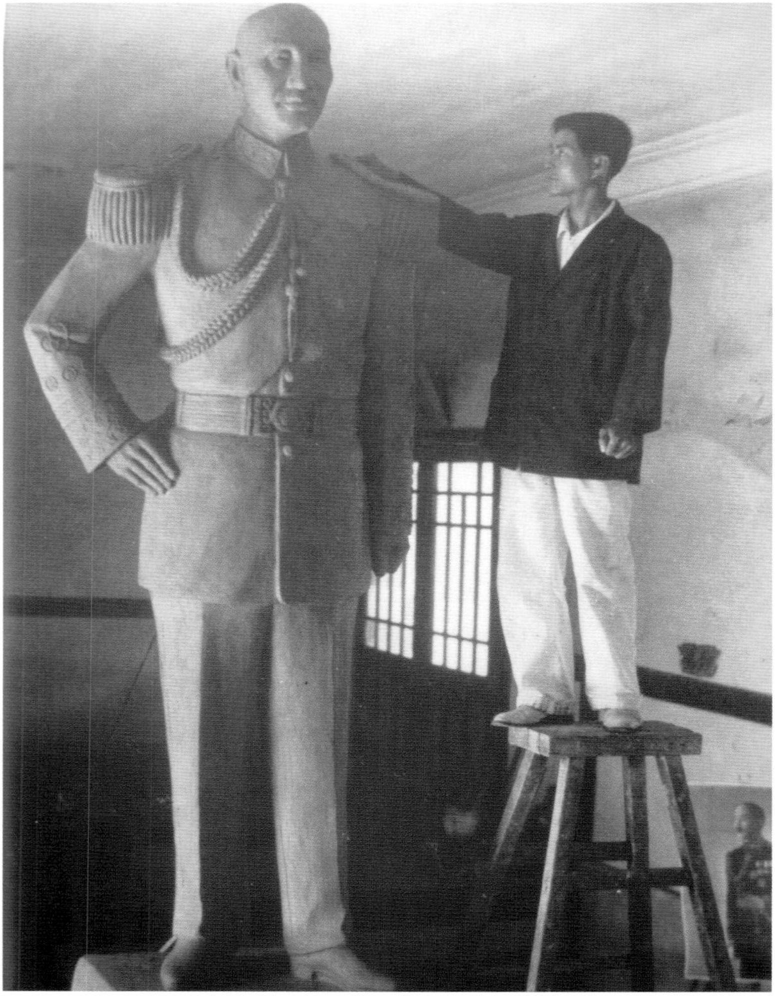

蒲添生於台北工作室內塑造蔣介石立像。

蒲添生所塑之魯迅坐像，展出時取名「詩人」。

添生晚年在其雕塑工作室工作情形。

陳澄波的油彩作品《公園》

繼春1958年的油彩作品《北投風景》

戰後初期的台灣畫家皆以本土風情為主題，楊三郎作於1954年的油彩作品《台北舊街》是這階段的代表作之一。

李石樵於1946年所作巨幅油畫《田園樂》，是戰後以社會現實為題材之作品，代表這個時代的藝術思潮，主題在反映台灣社會生活百態。即王白淵所提倡之民主主義的美術。

李石樵1947年油彩作品《建設》

1947 李石樵

孫多慈於1932年油畫《自畫像》。孫多慈是中央大學藝術系高材生，來台後任教於師範大學，為來台畫家中具學院派風格之代表。

黃榮燦的木刻版畫

榮燦的木刻版畫

《台灣礦工生活》戴英浪1946年左右所作木刻版畫。（戴鐵郎提供）

烟1948年木刻版畫《一個人倒下去，千萬人站起來》

朱鳴岡之木刻版畫《台灣生活組畫》「朱門外」

鳴岡1946到1948在台灣期間，所刻以台灣社會為主題之木刻版畫。有《迫害》（左上）、《萬事起頭難》（右上）、《台灣生活組畫》「三代」（左下）、「食攤」（右下）。

林木化1946年木刻版畫《後台春秋》

謝里法出生地，永樂町二丁目34番地。

謝里法，2013年4月19日攝於台北書院，Hohotai攝影。

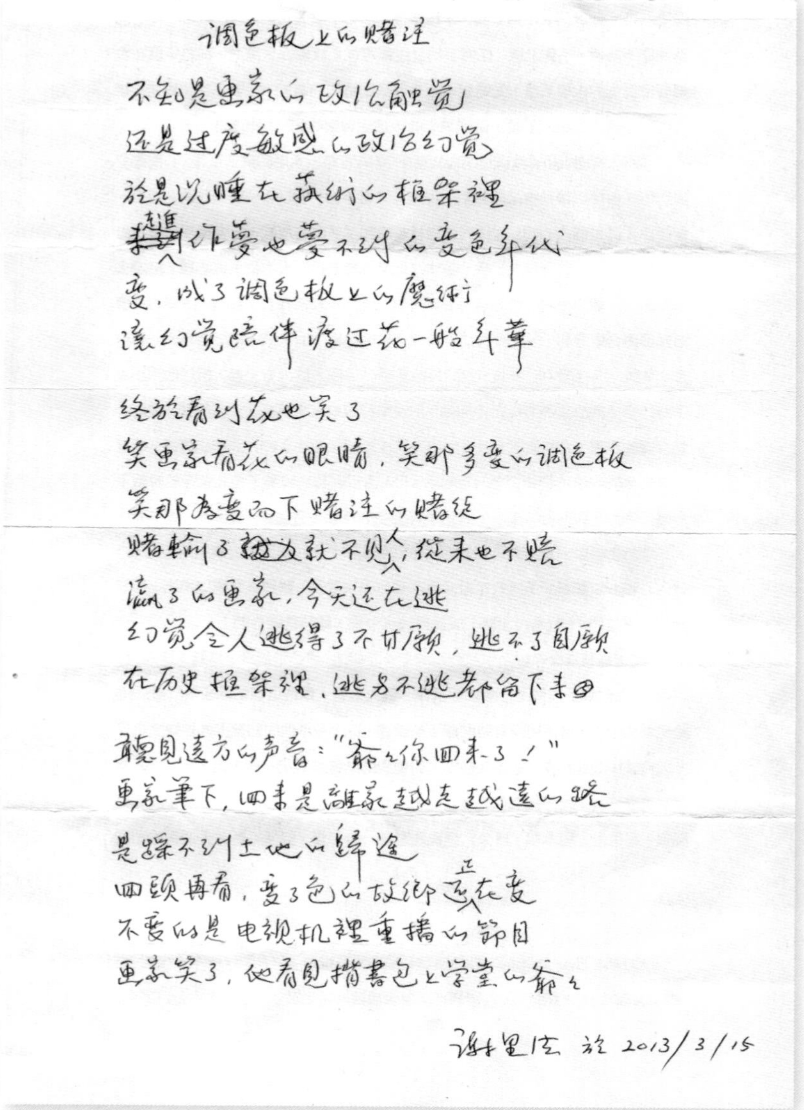

调色板上的赌注

不知是画家的政治触觉
还是过度敏感的政治幻觉
於是沉睡在艺术的框架裡
進入作夢也夢不到的变色年代
变，成了调色板上的魔术
這幻觉陪伴渡过花一般年華

终於看到花也笑了
笑画家看花的眼睛，笑那多变的调色板
笑那為变而下赌注的赌徒
赌输了朋友就不見人，從来也不赔
赢了的画家，今天还在逃
幻觉令人逃得了不甘願，逃不了自願
在历史框架裡，逃与不逃都留下来

聽見遠方的声音："爺爺你回来了！"
画家筆下，回来是離家越走越遠的路
是踩不到土地的歸途
回頭再看，变了色的故鄉還正在变
不变的是电視机裡重播的節目
画家笑了，他看見揹書包上学堂的爺爺

谢里法 於 2013/3/15

手跡

調色板上的賭注

不知是畫家的政治觸覺
還是過度敏感的政治幻覺
於是沉睡在藝術的框架裡
走進作夢也夢不到的變色年代
變，成了調色板上的魔術
讓幻覺陪伴渡過花一般年華

終於看到花也笑了
笑畫家看花的眼睛，笑那多變的調色板
笑那爲變而下賭注的賭徒
賭輸了就不見人，從來也不賠
贏了的畫家，今天還在逃
幻覺令人逃得了不甘願，逃不了自願
在歷史框架裡，逃與不逃都留下來

聽見遠方的聲音「爺爺你回來了！」
畫家筆下，回來是離家越走越遠的路
是踩不到土地的歸途
回頭再看，變了色的故鄉還正在變
不變的是電視機裡重播的節目
畫家笑了，他看見揹書包上學堂的爺爺

謝里法　於2013年3月15日

目錄

〔序〕

我的小說是這麼寫出來

一、「紫色」的分析與組合

年前我的第一本長篇小說《紫色大稻埕》出版後，本以為作為一個畫家能寫出一本小說，對自己有了交代應該滿足了，沒想到受一些人的鼓勵又開始動起筆寫出另外一本，算是《紫色大稻埕》的續集，讓這本美術史演義看來更像演義。

幾十年來我斷斷續續找年紀大的前輩作訪談已成了習慣，近年又再拿來重讀，在腦子裡浮現許多畫面，這些都成了小說的人物和舞台，訪談對象包括：郭雪湖、李石樵、林玉山、楊啟東、顏水龍、楊逵、藍運登、趙春翔、廖德政、李超然、陳逸松、林顯模、麥非、黃永玉、朱鳴岡、洪瑞麟、張義雄、王井泉女兒、蔡繼琨、馬白水等，當時本不是為寫小說才作訪談，沒想到如今全都用上了，某些人也成小說中角色。

《紫色大稻埕》寫到一九四五年初，二次大戰已近尾聲，住在台北城的民眾開始疏散到鄉下，美術活動將告停頓，畫家參加過最後一次「府展」開幕式，沿著太平通，成群走往「山水亭」台菜館，老板王井泉邀請畫家們吃一頓告別午餐，成最後一段小說情節，故事就此結束。

「紫色」是小說舞台的象徵性顏色，存在我腦中的人物，想到誰就請誰，一個個請上去，只要碰面自然有互動，於是便開始演戲。我是台下一名場記，台上怎麼演我就怎麼記，其實若我自稱是觀眾又更恰當些。寫續集時，客觀因素讓我不得不改變，與其說那是舞台，不如說是時代，時間是台灣民眾迎接光復後的兩年，台灣史上是個大改變的時代。「現在好啦，台灣已回到母親的懷抱！」很多人這麼想著，等待機會準備重新開始，對個人的人生抱著很大期待。

台灣百姓當了五十年日本人，日本戰敗時，雖說回歸祖國，心裡依然不明確自己屬於打勝或打輸的一邊，開始時或許因光復而自認為是贏了，可是當勝利的軍隊登陸之後，比照之下又不得不承認是輸了。前來台灣的中國官員也一樣分辨不清是來接受還是占領，這種心理上的適應較之語言、文化的差異更難調適。

本來是「紫色」的大稻埕，家家戶戶門前矗起青天白日滿地紅國旗，一片旗海中看到的正好調成為紫色。時間過去，人們對紫色沒有信心，不知是變色還是褪色，正反映出一個不安的時代。

二、迎接太平在太平町

前後兩部小說對照時，最明顯的差別出現在統治台灣的兩個巨頭——日治時代的總督長谷川清和代表接收台灣的行政長官陳儀，在相差不到十年的時間裡，請來台灣最優秀的肖像畫家李石樵，在代表最高權威的大廈內，分別替兩位將軍畫像。從過程中雙方的對話，雖然同樣出身日本士官學校，娶的是日本女子，與李石樵對話用的都是日語，此時皆以大將軍君臨台灣，只因為文化的差距，竟出現這麼大的不同，替長谷川總督畫像的那一段，在《文學台灣》季刊登出來後，受鄭清文先生推薦獲得該年度吳濁流小說獎，是我寫文章以來得到的第一個文學獎。

有趣的是肖像完成後不出兩年，長谷川於日本戰敗前夕離開台灣；陳儀則於二二八事件後調回中國，肖像沒有帶給他們好運氣，有心人哪天將兩幅畫找出來，出現在某家畫廊，必是台灣美術界的一件大事。

兩位大將軍分別在戰前與戰後代表各自時代的威權，來台時手上掌握全體台灣人的命運，走了之後與台灣人全然無關，這就是所謂的外來者，戰前與戰後中間隔著一個人們在歡呼中迎接的「太平」，「太平」之前是戰爭，「太平」之後是動亂，在人民心中同樣是不安，到處埋藏危機。到頭來「太平」只是一聲響，不是長遠的現實，生命中有過短暫感受太平經驗的一代，一輩子心裡最怕的就是改變，今天不管有人談統一和獨立，都被認為是製造危機，聽來心驚肉跳，他們生命中承受不了兩次的變天，什麼都變了，只有共同的苦難沒有變。

小說中首先登場的是清代就到台灣，才五十來歲已露出老態的福州伯，在台灣歷經三個朝代（三次變天），從福州話、清朝官話、日本國語、台灣話到中國國語，僅僅語言在他這一生中就已糾纏不清，更何況其他。一句話說出來，連自己也搞不清說的什麼話。談的又儘是幾十年前往事，認真一聽原來是同一件事，「唐山過台灣」在他嘴裡永遠說不完，年輕人都笑他在「講古」。戰爭中家人要往鄉間疏散時，他打死也不離開這個家，如今美國飛機已不到頭上來丟炸彈，好不容易等到了太平，秋涼時節如往常為了曬午後的太陽，就拖著一張藤椅跨過太平通到對街未開張的山水亭門前坐著看報抽菸，此時沒事的鄰居就圍上來要他講古。聽說今天陳儀長官要抵達台灣，街上的人圍著一架老收音機，把福州伯擁在人群中央，從陳儀上飛機播音員開始實況轉播，福州伯也隨著作旁白，播音員說錯的他還代為更正。所以小說裡的陳儀是福州伯口中的陳儀，不是作者虛構的。

但陳儀和福州伯都不是小說主角，日本時代從戰敗投降那天已結束，中國時代從陳儀長官所乘飛機降落松山機場開始，全島換了國旗、國歌、國語，島民成了中華民國的國民。日治時代的「台展」、「府展」也在不久之後重新開鑼更名「全省美展」，當一切都低靡之際，唯獨美術界在所有人眼中正欣欣向榮。

三、歷史的重演是後人的借鏡

在《紫色大稻埕》裡描寫台灣畫家在籌組台陽美術協會過程是如何難產，籌備會就像同樂會般僅吃吃喝喝什麼事都沒作成，那是在他們三十歲階段所表現的處事能力。如今進入四十歲，多了十年的人生歷練，懂得如何開會，開會的決議如何實行，更重要的是蔡繼琨的現身參與，有了他省展籌備才得以順利達成。本書便以他為主軸，省展畫家一個個在他引介（訪問）下走出台前。

才剛終戰不到一年，還來不及復原，社會條件極欠缺情形下，尤其不為人們所重視的美術界，這時想辦一個全島性的美術大展，連畫家本人都不敢看好。蔡繼琨到底為台展作了什麼？憑什麼使省展順利推出，以耀人的成績讓省展有好的開始？小說中蔡繼琨很風光地來台灣，最後默默離去，像一陣雲煙在瞬間消失。

前後兩本小說寫的雖是兩段歷史，寫完無意中發現這當中歷史的重演真是巧合，《紫色大稻埕》裡寫到陳清汾從法國回台後，總督府打電話來通知，派專人來拜訪，目的是推銷一部德國製的高級汽車和替陳清汾和田中家族的千金作媒；後來在《變色的年代》裡寫的則是長官公署來電找李超然夫人高慈美，問清楚了原來是日本音樂學校的同學蔡繼琨來台，希望替他引介本地文藝界人士，以便推展文化事業，兩者都令接到電話的對方驚慌失措，主角蔡繼琨是從電話中講話的聲音逐漸出現於小說。

《紫色大稻埕》裡寫到李石樵為長谷川畫肖像時，有一段長谷川對美術界的評語，他說：「台灣畫壇是東京失意畫家的避難所」，這話或可解釋成他個人在政界的感受，等於說：「台灣政壇是東京失意政客的避難所」；另一方面《變色的年代》有一段陳儀與官員交談時說出一句：「台灣對我們是暫時的，真正的舞台應該在南京或上海。」這話被蔡繼琨不小心聽到，他無論如何料不到陳儀會是以這種心態在治理台灣，令他好失望。其實歷史已經告訴我們外來統治者的心態，不管換了誰都是一樣的。

四、在矛盾中尋找故事的節奏感

今天我們無法想像當初在全省美展的籌備會上使用的語言會是日語，在幾次與郭雪湖交談中都提到這一點，並讚許來台文化官員的學養和胸襟，這是省展所以能在短時間裡順利促成的原因之一。文化局長范壽康、副局長宋斐如、台大教務長江鐵、文化局職員張呂淵，包括蔡繼琨全是留日回來的，開會中日語自然成為與會者的共通語言，他們不因日本曾是敵國而敵視日語，也不強制台灣人說國語，令參與過籌備會的台灣畫家終生感佩。每回郭雪湖講到這裡，在我腦子裡就浮現開會時的場面，努力虛擬發言時的情境。經過兩次開會後，第三次時因省黨部插手進來而完全變質，出現沒有效率各說各話，說的都是官樣文章，此時留日的這批人已被逼靠邊站了。

第一屆省展出乎意外地成功，給予畫家很大信心，日後在他們遺留下來的書信和日記中都有「感謝祖國官員的協助」等字眼，相信必是從心裡說出來的話。

很不幸的是，展覽一結束馬上引來另一班人的攻擊，在《台灣文化》及《台北文物》舉辦的台灣美術座談會上，馬壽華、劉獅、何鐵華、王紹清、雷亨利、羅家倫、黃君璧等都認為台灣受殖民統治五十年對中國文化的生疏，誤將日本的東洋畫當作中國畫，無異把別人的祖宗放在自家神位上祭拜。像這類的話，我在小說中找到幾個特定角色，由他們口中說出來，代表那年代來台外省文藝界對台灣省展的看法，同時也在幾次台灣畫家的聚會中引發熱烈討論。他們對藝術的理論還不算深入，談話中只表現出心裡的激動，尤其中文程度尚無能力回應，這種挨打的場面在《紫色大稻埕》裡雖是在異族統治下反而看不到，只有在戰爭結束回到祖國的《變色的年代》，才讓他們忍受親情壓力的痛苦。

評論家王白淵在小說中雖不是主要角色，但他的出現率頗為頻繁，一開始他在《台灣新生報》當編輯，之前因思想問題在日治時代、國民黨時代都被關過，麥非前來《新生報》求職，面黃肌瘦模樣，他馬上替報社選購七張速寫，立即寫字條由會計室發款給他。在紐約的一次訪問中麥非這麼說，我便將這一段照實寫到小說裡。

這時有文章批評省展國畫部展出作品多半是東洋畫而非中國畫，只好請出王白淵，他於戰爭期間一度在江南各地任教，是少數能以中文發表文章的東京美術學校出身美術界人士，發表〈對國畫派系之爭有感〉一文，從中國古來繪畫傳統有北宗與南宗之別，北宗傳入日本皇室及將軍幕府受到寵幸而發揚，形成日本特有之風格，台灣於日治期間學畫年輕人到東京學回來的亦是形成日本風格之後的北宗畫，以後又融入台灣南島氣候民俗風情，即便是日本畫於日久之後亦成台灣畫，因此日本評論界稱之為「灣製畫」，如今台灣已歸入中國版圖，順理成章就是中國畫。文章讀來口氣委婉，雖然省展於籌辦之初受文化局官員之大力支持而心存感激，作品一展示便受到排擠，得以文章對外解釋，委屈求全，回歸的路走到這裡才看出是一條「荊棘之道」（王白淵詩集），此時整個社會的氛圍充滿矛盾與衝突，當時的人都以文化的差異作理由，想辦法去謀求和諧。

後來才知道王白淵是蔡繼琨請出來寫文章的，他說對方（外省人）的說法「太傷感情了」，一定要出面澄清，即使現在不出聲，將來被逼著也非出聲不可。文章寫出來之後，蔡繼琨帶去給江鐵教授修飾過，所以國畫派系之爭不單純是本、外省畫家間的爭論，而是觀點和立場之爭，是文化認知的問題，可是在小說裡頭這些都透過人物的對話來表達，借此加入情緒和動作，讓節奏更加緊湊而充滿戲劇性。

這裡還有個問題，就是一九四五年之前台灣畫家到底對中國美術及美術史了解多少？明治以來日本出版業已相當發達，郭雪湖、林玉山等人皆購有日本及中國美術全集，郭雪湖於獲得台展特選之後，又長時間到圖書館閱讀，就是今天所謂的充電，林玉山兩度赴日，是因為醉心中國繪畫而前來進修。其他人到美術學校修課，除了術科，美術史的課程當然包括中國美術在內。大陸的畫家於八年戰亂期間沒有安定的環境可學習，李仲生曾告訴夏陽，當下（一九六〇年代）在台之外省畫家年輕時都在逃難，沒有把素描基礎打好，至於美術史，除了出版業遠不如日本，更難得有時間閱讀，所以拿客觀條件相比，誰也沒有資格指責對方不懂。

五、中間人蔡繼琨在小說中的角色

在郭雪湖形容下的蔡繼琨是個「黑狗兄」，另外說法叫「風流小子」，他們兩人之間感情深厚，是省展創始時期的老戰友。蔡繼琨自己都說不清楚是廈門人、鹿港人還是菲律賓華僑。有一回我問馬尼拉來的音樂家，一聽到蔡繼琨馬上回我一句「Chicken Tsai」接著哈哈大笑，是英文的雛雞，又用來笑一個人「膽小」。在小說裡郭雪湖給他取個外號「七根菜」，而他更喜歡「七斤菜」，很快就與台灣畫家打成一片，常出入於山水亭和波麗路。

更特殊的身分還是外界傳言說他是陳儀的義子，但他並不承認，只說是當過陳儀夫人的鋼琴教師，其所以到台灣是陳儀帶他過來的，因此一到台灣就掛有一顆星的少將軍階。來台的最大理想原本是創設音樂學院和成立交響樂團，結果陰錯陽差與畫家混在一起，反而先設立全省美展，然後才設交響樂團，這個過程成為小說情節推展的主軸，今天國立台灣交響樂團的團史上，蔡繼琨是創始人，也是第一任團長兼指揮，一幅漫畫中蔡團長全身軍裝一手拿手槍一手拿指揮棒站在指揮台上，是當年不知哪位漫畫家向他開了這個玩笑。

全省美展第六十屆展過之後如今已正式落幕，我們必須肯定是蔡繼琨憑他多年在中國官場上的經驗才得以打下穩固基礎，加上來台文化官員協助爭取到豐富資源，為畫家製造賣畫機會，愈增進省展的號召力，使省展制度化，以後數任省長按例撥下巨款供省展作長遠運作，畫家有了信心，認定省展的開創代表「我們的時代到了，須認真把握，才不虧待自己。」（郭雪湖語）

但是寫小說的人不希望省展的命運過於平順，想製造些波折讓劇情有起伏，在籌備過程中出現各種可能的阻擾，當畫家面對阻擾時，作出什麼反應，從中看出每個人的不同個性。台灣第一代畫家為題材所寫的小說之所以精彩，仍由於他們之間有極端不同的性格，反映在作品中突顯出獨特的風格。尤其每當省展出事，最後總為蔡繼琨帶來麻煩，使他在小說中更加有戲可看。

第一屆省展期間有件大事情，就是當時從南京總統大位下野後，僅以黨主席身分來台視察，受安排前來會場繞一圈的黨國大老蔣介石。雖只短短的一圈在戲中卻是內幕重重，小說裡卻只寫出畫家所能看到的那一層面，只好讓有現代政治經驗的讀者憑個人想像去了解深藏的內情。

蔣主席來台灣的事顯然相當程度的祕密，連最高單位陳儀也始終不確定到達時間，反而台灣省的黨主委李翼中控制著全局，又因為夫人宋美齡陪同前來，才特地安排較輕鬆的行程，到剛開幕的省展會場看美術，省黨部於是插手到省展，在最後一次籌備會中控制大局，范壽康、蔡繼琨等只得靠邊站。其實蔣氏夫婦只進來繞一圈，他一腳踏出省展大門，黨部人員便跟著撤出，原來的人馬一時又回不來，於是亂成一團，這股伸進來的勢力後來稱為「政治的黑手」，台灣畫家這才嘗到處身政治鬥爭的滋味。

蔡繼琨在台短短兩年多廣結文藝界朋友，五十年後已九十幾歲才又重回台灣，看到島民大興土木為蔣介石造墳，再了不起的人有一天也將逝去，再大的墳地只身邊這一塊地屬於他的。雖有不愉快的過去，每天這麼多親朋好友前來相見，回想起來，台灣的日子確實值得珍惜，小說中所描述的蔡繼琨幾乎都是他在台期間的口述。

小說下半段才寫到蔡繼琨成立台灣交響樂團的經過，如何在大稻埕找到吳成家，把他的民間樂團納入省府管轄下，兩人不知喝掉多少瓶的洋酒，費盡苦心才終於達成收編。第一次在中山堂公演，結束時轉身回到後台團長就不見了，接著是各方的人到處在找他。本來像蔡繼琨這號人物的失蹤是大條新聞才對，在那時代裡卻靜悄悄地不見媒體報導，但內行人不難猜測得到怎麼回事，訪問中他只告訴我他的離開是被迫不是出於自願，在小說裡只好虛構一段失蹤記，雖有些突然但也合情合理。

六、相信歷史，不如相信小說

在小說中和蔡繼琨同樣重要的角色還有木刻版畫家黃榮燦，是戰後從中國大陸單身過海到台灣的藝術家，從一九五〇年代我進師大美術系就在同學間偶而聽人提起他，說他因加入非法組織被安全單位捉走；或說他被捉全然是冤枉的；亦有人說他是國民黨派系內鬥的犧牲者；更有人說他身處多面關係，國共之間兩面不討好，最後消失的當然是他這樣的人。這說法我最喜歡，就將之安排在我小說的虛構情節裡，與蔡繼琨都是那時代作為知識分子的悲劇，五十年後的今天，我寧願當他是個沒有政治自覺的讀書人，僅滿腔熱血，憑良知作事，深入在地文化界輸導他心中的「祖國文化」和「社會意識」，台灣美術界對他的評價是「少數可以交換意見的外省畫家」，雖然沒有受到認同，至少是被接納了。因為我從未見過他的人，只好憑空想像，拿我當年相識的畫家外型借屍還魂，最後安排他失蹤在基隆到台北的最後一班列車上，書末加上一小段註腳：某日一名師大的學生帶著速寫簿到國防醫學院人體解剖室想畫解剖圖，掀開屍體身上的白布一看認出是黃榮燦，把消息傳開之後外界才知道他最後下落，這是美國一位學長說給我聽的。不管是否屬實，至少讓小說結局有一段註腳。

與黃榮燦住在同一宿舍還有麥非夫婦，原名叫麥春光，八〇年代在紐約與我有段時間的交往，談話中常一口咬定黃榮燦在來台外省文藝家裡屬於「不同心的那一類」（麥非語），每次聚會都沒有人想通知他，最後當局要捉人也沒給他通訊息，在那時代裡任何人失蹤，都不需要理由，雖然大家不知道誰是共產黨員，但誰不會是共產黨員，在大家心中是很清楚的。

蔡繼琨與黃榮燦在小說中從未謀面，只是彼此知道有這個人，黃榮燦初到台北所住的宿舍，是蔡繼琨走之後他才搬進來的，蔡繼琨住在這裡時與鄰居沒有任何往來，黃榮燦剛好相反，對左右鄰居特別感興趣。唯一相同的地方是都努力想打進本地文化圈子，到各處拜訪畫家，因此之故，日後在我訪問過的畫家當中，幾乎都提到他們兩人。

那年代裡黃榮燦等來台文藝家使用好幾個名字發表作品是很正常的，以致後來沒有人知道什麼名字才是他身分證上的本名，考證時又得費一番工夫。還有個現象是，一直以來台灣社會常自行劃分成兩邊，過去一度劃分日本人和台灣人，台灣人又分漢人和「蕃人」，漢人再分客家人和河洛人；戰後從對岸大批中國人來了之後，出現外省人和本省人，外省人有紅與白之分，紅色是左派，白色是右派；右派又分黨和軍，均由情資單位控管，而情資本身分成軍統和ＣＣ。至於美術界，外省畫家分成學院和政工，或純美術和版畫宣傳畫；本省在地美術界因地理分成北部和南部；北部分台陽展和紀元展，南部分台南美展和南部美展（高雄），至於政界又分本土和半山，或國民黨和無黨派。兩邊的人有時對立有時結盟，所謂沒有永遠的敵人和朋友，這些因素和特質都是製造戲劇性情節的元素。

小說中的黃榮燦停留台灣僅短短兩年多，發生在他身上有那麼多猜疑和排擠，然而台灣文藝界給他的，卻有更多的信任與合作，近年來又有學者把黃榮燦寫成歷史人物，寫的人多了之後，出現愈多的疑點，最後除了人、地、時，其他的在別人讀來都有問號。曾經有歷史老師教學生，學歷史選擇自己喜歡的讀，不喜歡的不讀，他的意思，是要學生不如去讀小說。

七、素描是台灣美術的驕傲！

一九二〇年代之後有很多台灣青年到日本學美術，學院中最重視的莫過於繪畫的素描，因此學院派裡有一句話：「素描不好的畫一定不好，但素描好的畫不一定就好。」意思是說：素描是繪畫的重要因素，卻不是唯一的因素。

戰後每當來台外省畫家與本省畫家在交流過程中遇到素描問題，素描的基礎就成了台灣畫家的自信。因為東京美術學校的入學考試相當嚴格，素描占主要分數，因素描不及格連考幾年才入學的比比皆是。過去中國處於戰亂，人民流離失所，沒能安定下來為繪畫打基礎，因此當台灣畫家看到外省畫家的版畫，輕而易舉便可指出因素描能力不足而出現的缺失，因此只能視版畫為宣傳畫，不能進入如東京帝展之美術殿堂。

王白淵是東京美術學校出身的評論家，因此對美術的衡量必然也放在素描的水平上，後來又究讀孫文的三民主義，從中領會出民主主義的道理，因而在文章裡或座談會的發言都提出民主主義的理論，其實就是社會主義的寫實主義之另一稱呼，為平民大眾而創作，以平民大眾為主題的美術，這同時在日本亦有所謂民主主義的文學，異於戰前的普羅文學，相較之下民主主義的文學於意識形態有更大寬容度，主題也沒有那麼強的戰鬥意味，對平民大眾的生活有更多的關懷和認同。

民主主義的美術提出之後，台灣畫家以為就是今後這一代人可長遠畫下去的繪畫題材和路線，從此脫離過去在日本沙龍繪畫評審制度之約束，走向反映社會接近大眾，由民眾共同檢視，為人民而藝術的新美術。這想法畢竟太過天真，才不到幾年，政局的大轉變帶來的政治力高壓下，「民主」成了口號，不但不敢再畫，而且要離這樣的畫愈遠愈安全。

日後很多研究這段歷史的學者指責台灣美術最缺乏的是群像畫，哪知道在那特定的時代裡，畫面的最大禁忌是人多，人一多話就多，話多問題也多，問題愈多危險性愈高，到時誰也不知道危險出在哪裡。「民主主義」的繪畫，只在省展與台陽展中曇花一現，接下來畫的看在黃榮燦等人眼中不如說那是「反民主主義」的繪畫。

這時候的台灣第一代畫家才剛進入創作的盛年期，後人從歷史的角度尋找他們一生的代表作，反而是戰後初期一腳剛踩入民主主義美術的那幾幅試探式作品。我們不妨推測，李石樵於畫完《市場口》大作之後，若給他十年時間再畫三十幅類似的作品，而且有十位與他同等實力的畫家在這段期間內一起創作，不知台灣畫壇會有什麼樣的改變，今天台灣美術館的內容不知更豐富多少倍，想到這裡，今天的我們對「民主主義」難免會產生幾分失落感！

民主主義創作路線的形成，須有兩個必備的要素：意識形態和素描功力，前者是主題性的，後者是技巧性的，一般說來外省木刻版畫家偏向前者，台灣畫家偏向後者，黃榮燦在他的文章裡針對省展的批評，所談多是意識的問題，偏偏省展的畫家最在乎的是畫家的素描，這緣故使得雙方的討論沒法完全交集。

影響左翼文化界的思想最深的馬克思，當時在日本已經有了日譯本，據了解王白淵、楊啟東、顏水龍、陳植棋等多少都曾閱讀過，從閱讀到吸收，程度上每個人有不同的認知，當年從大陸來台自稱左派的在思想方面是否較台灣畫家深入，即使在今天也沒人敢這樣斷定，因此這當中不是思想的差距，而是日治以來台灣畫家從學畫開始就熱心於帝展的競爭，在觀念上所受到的牽制，才是造成兩邊差異性的主因。小說中任何一次談論雙方都極力在異中求同，想辦法說服對方也努力去接受對方的理念，可惜語言上一時之間無法完全溝通，即使筆談的方式所能幫助的也極有限。但為了小說情節還是捉住這點，讓矛盾與衝突創造更多的戲劇性效果。

所以這本小說的寫作經常要把重點放在對話，而且是溝通過程中不時出狀況的情形下的對話，這是完成全書之後個人感到比較滿意的部分。語言在人際間確實是很有意思的一種交流手段，當一個人打從心裡要對方了解時，說出來的話自然而然就讓對方了解了，當中包括聲音、動作、表情、語句等的配合，都是用以使對方接受的因素，思想溝通不僅是用文字可以書寫的語言，所謂看人的臉色，憑的是感覺，因此在寫小說的對話時一再地為自己找來難題，這種語言上的挑戰，我不得不承認是自己的不自量力。

八、用灰色畫出來的小說場景

到台灣來的外省畫家和台灣在地畫家之間，在小說中被描寫成既熟悉又陌生的親人，除了語言還有生活習俗，對國家的認同感及個人在美術中的定位，每形之於語言就難免引起對方誤會，好在每次的誤會必認真化解，化解之後，才知道並無誤會，其實也沒有所謂的化解。

本來在台灣就已經有好幾種語言，戰後又多了一種「北京話」，但並不是北京人說的話，而是清代作官的人說的，今天叫做國語，又說是普通話。日治時代已習慣稱國語是日語，一時改口說國語為北京話還難能適應，不可思議的是說「北京話」的人南腔北調，沒有標準，說出來也不見得「北京人」都能聽懂，但他們是同一國的人，台灣人必須努力學習適應這樣的國家，這就是光復後祖國所帶給台灣人的語言困擾。

因而寫這本小說必先掌握得到時代的氣氛，不僅文字的使用大膽嘗試，每一場景出現的畫面，也費心再去添加些許不協調，一眼便看出這時少了什麼屬於日本的，又多了什麼中國的。過去稱對岸過來的叫「唐山人」，現在又把近年才到台灣的叫外省人，就有人說「外省人」的上一輩子是台灣人，因他出門在外一生一世來不及回鄉，所以這輩子要受罰當台灣的外省人，讓他回來受幾年陌生人的苦，所以「外省人」是註定要苦命的，因而有外省人的地方場面是灰色調的居多，偶而出現彩色，那時的場景便顯得浮誇不協調，讓場面的氛圍陷進矛盾中，小說寫到這裡每每掌握不住原來的節奏，用灰色來形容「光復」、「太平」、「勝利」和「祖國」，說那都是「外省人」惹的禍。小說裡往大稻埕走得最勤的外省人是蔡繼琨和黃榮燦，從北門走出來，沿著延平北路再往北走直通台北大橋，台灣美術界在這條街上從日治時代就留下許多令人懷念的故事，如果現在就從小說看出先人踩過的足跡已成灰色，不知讀者將以什麼心情聽我述說接下來上演的故事！

但小說還是得寫下去，正好比生活在這裡的人要活下去，畫家於畫展過後仍然成群結隊走到山水亭歡宴，又到波麗路清談閑聊。蔡繼琨的交響樂團每天鑽進茶行的大倉庫裡吹打，為他的「最後一次演出」勤於演練。想起不久前才剛以紫色形容大稻埕，究竟在什麼情況下不小心加進什麼顏色，突然間一切都變成了灰色，可是我不想那麼快就讓它成「灰」，寧願改用一個動詞，讓它再度「變」下去，因為只要能變就有希望。

沒有人知道黃榮燦為什麼到台灣來，卻知道像他這樣的人不管到哪裡都滿腔熱血，生活中擺在眼前有作不完的事情，完全忘了別人以什麼樣眼光在看著他，直到最後才察覺到其他人對他的提防，卻又不知到底為什麼，想問一句我是誰都已經太晚了。終於在朱鳴岡（大陸過來的版畫家）離開台灣的前夕，才從他的口中追問出原因，連他自己都感到迷惑，甚至說是驚慌，難道只因為誤解這麼單純的理由！然後又從台灣人這邊（李石樵、呂赫若）聽到另外的角度所了解的黃榮燦，不管他是什麼樣的人，作過什麼樣的事，中國經驗尚淺的台灣人一點也不覺他有多可怕，反而有更多好奇和同情。

黃榮燦好比一面鏡子，在那時代裡從鏡中可看出更多「黃榮燦」，任何人站在鏡前亦可能看到自己有某些成分的「黃榮燦」，事隔六十年後的今天，島上的台灣人反而較與他一樣來自各省的外省人對他更懂得珍惜感懷。

九、場記的資格成了小說的風格

朱鳴岡為何在臨走之前將師範學院的聘書交給黃榮燦，黃榮燦又為何不加思索就接下來準備到師範當老師，到底朱鳴岡交給他些什麼外人所不知的使命，註定了黃榮燦在台灣「失蹤」的命運，小說寫到這裡已無須多費文字加以解釋。

次日黃榮燦愈想愈不對，趕往基隆碼頭，期望可能再見一面，把事由問個明白。寫到這裡又特地安排一段探訪基隆中學的小插曲，基中是我的母校，校長鍾皓東在我入學第一個禮拜和班導師等人一起失蹤，從此我渡過一段沒有老師上課的中學生活。所以有這段插曲是為了讓「失蹤」記先有個暗示，如果黃榮燦什麼都沒作，這就當作是唯一被捉走的理由，告訴讀者那年代誰都有可能隨時被捉的危機。那以後沒有人敢再提起黃榮燦，直到幾十年過去，不知是誰把他們挖掘出來，才讓黃榮燦的事曝光，這才知道原來失蹤的這些人在生前作過哪些事。

小說裡提到的人物，後來留在台灣的，除了黃榮燦還有一個筆名「耳氏」原名陳庭詩的版畫家，也許因他耳聾的關係，逃亡之前通知不到，才一直留在台灣，其他人都先後於一個月內相繼離去。有些人我在美國時遇到，有些則透過介紹有書信往來，那是一九八〇年代，談起四十年前的事，仍然心存恐懼，但對台灣的那段日子還是十分懷念。

這些人脫離台灣後先到香港，等中華人民共和國一成立，以為他們的時代到來，就結隊乘火車奔往北京參與新中國建設，可惜一連串的三反五反，這批當年沒被國民黨捉到的，共產黨全部將他們捉了起來，送去勞改，出來之後到了文革又再批鬥一次，他們自己則說這是「歷史的錯誤」，這句話我一直不知該如何作解釋。有一年楊逵先生到紐約來看我，一坐下就問：「你在文章裡寫的黃永玉是不是黃榮燦？」我說不是，於是就把上述這段當故事說給他聽，聽完他說：「一個偉大的時代一定要有犧牲。」像是在替我作結論，而在我心裡則認為「有犧牲的時代才被形容成偉大」，這是寫小說的人最喜歡玩的文字遊戲，那時我還沒寫小說，而他已是有名的小說家。難道一個國家在推翻帝制之後，才更需要以捉人的手段來維持政權？

寫小說的人總是「大膽假設」而不「細心求證」，認為只要寫出來之後想「求證」的人比比皆是，我憑想像先繪聲繪影，總有一天不知誰會把真實的歷史完整提供出來，這才令我寫小說愈來愈覺有意思，所謂「弄假成真」用以形容我的小說是再恰當不過了。

上一部小說我選擇了紫色，那麼這部該是什麼顏色？一度想到以什麼顏色代表楊逵所謂的「犧牲」，但犧牲之後帶來了什麼，這樣的時代該賦予什麼顏色，不是紅色就是白色，難道僅止這兩個顏色！

童年的記憶裡，日本天皇宣布投降的那天起，人人都感覺得出整個地球都靜了下來，好長一段日子過後，在寧靜中突然間響起鞭炮聲，對台灣民眾代表的不是熱鬧而是警訊，人們歡天喜地迎接的是一個變色的時代，「變色」裡包括了所有的顏色，像爆炸的煙火在瞬間一閃而過，人們還來不及看清楚已經不見了，最後殘留在視覺裡的還是只有白色，白色是一張白紙，等待有誰前來重新塗上顏色，於是小說寫到此不得不結束，讓「變色」的戲拉下帷幕。

最後在讀者心裡也許什麼都忘了，只記得三個角色：蔡繼琨、黃榮燦和陳儀。正好都是當年來台的外省人，是我下筆之後搶先浮現從此搶盡鏡頭，這並不是我的刻意安排，正如寫《紫色大稻埕》只把畫家請上大稻埕舞台，該有的戲碼就自然上演，作者反成了台下一名場記，寫小說寫到自己成為場記，身分之卑微不禁感到悲哀，說好聽這就是我寫小說的手法，或許有一天我會大膽說出「這就是我的風格」。

1 福州伯講古

出了台北城的北門，繼續往北，前方就是一條叫太平町的大街道，日治時代的太平町三丁目尾端靠近第一劇場有家台菜館叫山水亭，門前的招牌寫著「東洋風沙龍」，由於開張以來老闆王井泉廣結文藝人士，一直是畫家、文學家聚集的場所，後來大東亞戰爭開打，台灣時局日趨緊張，進入「非常時期」之後物資都需要配給，餐廳生意開始冷淡，接著是美機日夜空襲，大稻埕居民忙於躲避警報，已愈來愈少有人光顧，終於不得不宣告休業。從一九四四年初以來，在當局鼓勵下，城內居民相繼疏散到鄉間，原本熱鬧的大街即使在白天也難得看到行人走動，尤其在一九四五年連續多日的大空襲過後，大稻埕到處是廢墟殘瓦，所幸山水亭附近樓房直到大戰結束還保持完好。只因為疏散鄉下的店主遲遲不見回來，大門一直深鎖，偶而有熟人路過前來探頭，鄰近人家也沒有誰能告訴他們要等到幾時才得重新開張。

近日來隔壁的商店已經陸續開始作生意，看情形太平通即將恢復昔日的熱鬧，對街福州人開的佛雕店和鐘錶店也試探性地在下午時分把店門打開一半，不時有人進出。一位年過半百的老先生每天午後陽光西曬時就拖著一張竹椅跨過太平通到山水亭門前騎樓下坐著，看似受僱前來看門的，每天只抽菸喝茶，手拿一本百看不厭的《封神榜》在翻閱，讀累了就打盹，直到天快黑時才又拖著竹椅一步步走過大街，回到他兒子的鐘錶店。

白天裡總有一、二人過來向老先生打聽山水亭幾時開始營業，老闆回來了沒有，可惜這些問題他一樣也沒能回答，何況他們的語言參雜許多日語，老先生聽不懂幾句。福州阿伯來台灣十多年，本該已經學了台語，自從皇民化之後，人人都要說國語（日本語），一時之間在他腦裡造成語言錯亂，再也調整不過來，最後便只顧與家人說自己家鄉話，原本學會的台灣話也幾乎忘了，如今又來了一種國語，年輕時代聽過的北京話，以後大家都得學這種清朝時代的官話，老人家對一而再的改變早已拒絕去接受。另一頭與山水亭相隔不到十個店面是一間掛牌「十字軒」的糕餅店，老闆姓莊，是個身材矮胖的中年人，戰前和王井泉在生意上常有互動，聽說太平了便趕回台北開店已近一個多星期，眼看山水亭仍然大門深鎖，這位老友幾乎每天搖電話過來關切。

門外坐在竹椅上的福州伯仔，屋裡的電話鈴響，吵到他的睡眠，開始有幾分惱怒，嘴裡喃喃自語：「伊娘駛伊娘，無人就是無人，敢說搖電話就會找到人，何不自己走過來，看看就知道了，還花錢搖電話……這是什麼人為何不來找我！找古井仔，古井水透唐山，說不定已去唐山蘇州賣鴨蛋，哪裡去找！電話線通大海，海水鹹鹹，話不通，你講我聽沒有懂啦！電話再叫，電話線就要燒掉……駛伊娘爸爸癢！」嘴裡喃喃自語，罵什麼自己也不知所云，不罵幾句心裡真是不痛快。

不知從哪裡突然冒出一個人直著身子站在他身旁，顯然聽到他最後說那一句，把福州伯仔嚇了一跳，也不去管他，又順口罵下去，這回罵的是眼前這個人：「作什麼，你站在此地作什麼？少年人怎麼不出聲！」只要是罵人他說的一定是福州話。

轉頭仔細一看是那位已到這裡好幾回的畫圖師，曾經聊過幾句話的高個子，幾年前才看他背著書包騎自轉車去城內讀書，現在已經是什麼畫家，從日本回來，經常在城內開什麼畫展的畫家。

「吃飽沒有？阿伯！」高個子喜歡搞怪，有意戲弄福州伯，每回一出現就想辦法讓阿伯吃一驚。「我聽到你罵人爸爸癢，什麼癢得罪了你，我去修理他。」說時故意露出結實的手臂。

「就是你啦！魔神鬼影，一聲不響就站到身邊來，你想嚇死我！你聽聽看，裡面電話鈴在響，有人要找你說話，快點進去聽……」他的福州話大個子半懂不懂。

「門沒有開，你要我進屋讓人當賊來捉去派出所！」這一帶住久的他，已經懂得如何把台灣話略為轉音就當作是福州話。

於是他成為這一帶少數能與福州伯交談的年輕人，所以福州伯特別稱他「畫圖師」，經常兩人就在山水亭前一個坐著一個站著天南地北「畫虎卵」。

「少年的，你讀日本書這麼多年，學問應該有了，可是台灣已經變天，我就不知道日本學問對你還有什麼用？」

看情形這些日子來福州伯又有太多感慨想趁機發表他的大道理，伸手把口袋裡的香菸毫不吝惜整盒交給年輕人，隨便他去享用，對方也不客氣就抖出一根抽了起來。

「學問哪有什麼有用沒有用，用得到就有用，用不到就沒用……」兩人於是為學問開始抬槓。無聊了整個下午的福州伯，一下子整個人變得特別精神。

「我當過清朝皇帝的百姓，讀過私塾，識得幾個字，皇帝被革命之後，要我上學校讀書，我就是不去，來台灣一看，大家都在講日語，過去學的一點用也沒有，駛伊娘，我還是又學了一年，就是記不住！大家都會，就我不會，留級了。好啦，現在日本話不流行，變天了，要學老祖宗的話，叫什麼北京話，乾脆說是皇帝說的話，不學就不知天下事。你今年有三十幾？還可以學，我快六十的人，只好放棄，該說是人家放棄我，還是我放棄了自己，想過要回福州，想想有我沒有我，福州還是福州，但沒有福州，我就什麼都沒有……覺得自己實在無路駛，無路駛你懂嗎？可悲呀！」

他想抽菸，摸摸自己口袋，原來菸在年輕人手中，便伸手要回去，整包都要了過來，然後抖出一支給年輕人，又讓對方打火替他點菸。深深吸了一口，突然想起了什麼：「我就覺得奇怪，你也抽菸，就從來沒看過你口袋裡有菸，這不行，你這叫伸手牌，這牌子我不願意買！」兩人默默享受手上的菸，隔好久福州伯才問：

「現在是什麼時代，你知道嗎？」

「現在，是太平時代，三民主義的時代，民主時代，自由戀愛的時代，人民作頭家的時代……」

「好了！說這一大堆，只有自由戀愛才是你們的時代，唱什麼青春男女的歌，因為戀愛才叫做年輕人，其他都是假的。不要傻了，少年的！中國革命福州人統統當烈士，廣州人當大總統。我革命過後才來台灣，革了命不是變好了，怎麼才跑到日本殖民地來，想想看為什麼！時代變呀變，怎麼變也沒變好過，我逃呀逃，也逃不過命運……悲哀呀，我福州伯的嘴巴若不天天駛伊娘，還能怎樣！」

「中國兵在基隆港上岸，是好是壞很快就知道，陳儀長官就要到任，他是留日的，派他來台灣，應該是最好……」

不等年輕人說完，福州伯又有意見：「留學日本的官會好到哪裡去！難道，過去那些日本官都是好官！你這年輕人頭腦太簡單……」

年輕人有話想反駁，未說出口，聽到對街腳步聲，朝那方向看去，有面旗子插在醫生館門前，圖樣特別，未知代表什麼，從沒見過，已經有幾個人圍著在指指點點。

「去看看！」年輕人說著就轉身跑去，福州伯的慢動作也緊跟著過去看熱鬧。

「這是國旗，每個國家都有國旗，以後這條街統統要插這種旗。」

說話的是福州伯，每次不管什麼場合，總拿出權威姿態說話：

「你不是會畫圖嗎？回去把國旗畫出來，街上每戶發給一張，插起來滿街都是旗子，那就變天了。」

福州伯指著剛才的年輕人，順勢派了一份工作讓他去作。

比起過去日本國旗，眼前這旗子可要複雜多了，年輕人點點頭，很認真地看著，把頭都看歪了，這才說：「好，我畫畫看，應該不難！」

幾天過後，未等到年輕人把國旗畫好，街上已有人在賣了，賣的旗子有兩種：一種是紅白藍三個顏色，一種只有藍和白，問起來連賣的人也說不出所以然。

本來停在山水亭門外的兩部人力車，消失了一陣子，這兩天又悄悄地出現，兩名車伕蹲在電線杆下，也不與人招呼只靜靜地抽他的菸。戰爭中躲到鄉下去的，這時陸續由小卡車帶著行李回來，重新把店開張。

近旁的冰店一開門就把收音機放得很大聲，唱的不再是日本歌，也不是台灣歌謠，不用猜應該是中國歌，音響效果連福州伯聽來都搖頭說不好聽。

這陣子街上一直很平靜，偶而有美國大兵走過，孩子們跟在後面對著他「哈囉，歐咯……」叫個不停，是當時台灣人唯一能說的英語。

接著就是早來的官員和生意人，台北人稱他們「上海人」，一來就在街上租店面要作生意，掛起招牌叫什麼「公司」，日後又稱他們「唐山人」，久了就乾脆喊作「阿山」。「阿山」裡頭有些是福州伯的親戚，但奇怪得很，福州伯從不認為自己是「阿山」，談話中始終說「我們台灣人」，有意與新來的福州人畫界線。

幾天後，福州伯正與那年輕人在聊天，突然想起什麼突然大聲喊起來說：「……對！這時候，台灣廣播電台開始要作實況轉播。走，到我家聽「拉幾歐」（收音機），聽聽他到了沒有，對民眾說些什麼？」福州伯動作真快，起身提起椅子就往對街快步走去。原來今天陳儀長官就要到任，電台將作實況廣播。

年輕人緊跟他後頭跨過大街，才剛打開收音機，不多久門前已圍過來了好些人，還有人把長板凳搬了來，連小學生也在後面站成一排。

廣播不知幾時已經開始，播音員正報導陳儀長官在副官和隨從陪同下跨步上飛機，一名副官突然想起什麼又轉身走下階梯……機艙裡長官夫人獨自坐在靠窗的前排座位，見陳儀進來，便起身相迎，親切行禮，兩人開始用日語對談。夫人關心的是台灣近日來傳說有流行病，提醒丈夫這回來台衛生恐怕是就任後首先要注意的……陳長官沒有回答，自顧坐在另一邊有小桌子的靠窗座位，隨意翻閱桌上的卷宗，只隨便看了兩頁，已有人過來與他小聲交談，長官不停點頭，從袋子裡拿出一包洋菸，副官過來為他點火。他轉頭向夫人問了幾句，問的全是家裡的事；隨從官員把兩箱行李提進來，由陳長官親自開鎖，遠遠看過去像是些照片，另一個箱子比較重，不知裝的什麼寶貝……接著用很長時間介紹陳儀長官生平事蹟，雖然台灣百姓已聽過不知多少遍了，仍然覺得新鮮。負責報導的是個經驗豐富的廈門人，福州伯從口音，還有用詞習慣，很快就聽出來了。

福州伯開始改抽他的長菸斗，不停吐出白煙，看得出此時他心情多麼急躁，接著把菸屎直接敲落地上，又重新點上菸草，如此不知過了多少回，有些人等不耐煩已經都走開才終於聽廣播員說到陳儀長官所乘飛機正要從松山機場降落，傳來一陣陣歡呼，聽不出來自收音機裡的，還是附近鄰居或身旁聽眾。福州伯倒是默不作聲，陪他在近旁的少年人也靜靜地在等待什麼，只聽有人用福州話，像在告訴福州伯一件重要的事。

廣播員從上機到下機一直沒有停，以緩慢的速度平和語氣形容陳長官的一舉一動，這時他說話的速度很明顯開始加快，因為新的狀況頻頻發生，同時又得介紹前來迎接的在地官員及地方大老。

「……現在陳長官正和機艙前列隊接機的人一一握手，當他來到黃朝琴面前，握手時還把另一隻手在他肩膀上拍了兩下，又交談幾句才移開……」播報員說得很快，福州伯已經跟不上，閉上雙眼仍然很用心在聽著。

「這個人是那邊的廈門人，聽他口音就知道，所以對咱台灣的頭人並不太認識……」這時有人開始對播報員有意見，只說了兩句，收音機裡陳長官已開始站在麥克風前公開講話：

「台灣同胞，我是台灣行政公署長官陳儀，陳儀就是我……（一陣掌聲）大家在這幾天來，這個……為了迎接台灣之光復，一定這個非常之辛苦但也非常之興奮。十年前我來台灣一次，時間非常之快，一別就是這個十年，那時候我已經看到台灣社會的進步，現在這個台灣這個回到祖國懷抱裡，絕對的要更進步才對，為了求這個將來之進步，我對台灣同胞不客氣要提出這個三點勉勵：第一點，不要偷懶。第二點，不要說謊。第三點，不要這個揩油……」他的話接下來由播音員一一翻譯成台語，最後才針對三點勉勵簡單作了解釋「應該作的事不作，就叫做偷懶。實在話不說，專說不實在的話，叫做說謊。不該有的東西不拿，拿了就是揩油……」從收音機似乎聽得到他輕輕笑了兩聲，對自己的翻譯十分得意的樣子。

「陳儀在唐山人眼中應該算是清官，所以他有資格說這種話，」福州伯未等聽完，就搶先幫播報員加上註解，然後補上一句：「他是不懂得揩油的，揩油這個字意義很深。」

「聽說他娶日本老婆，真有這回事？」一位中年人擠過來用福州話問他。

「這是千真萬確，不是聽說。不過他說的日本話沒有委員長說得好，這消息是內部的人說出來，應該也是千真萬確。」

這時陳長官的車隊已進入市區，終於抵達他將下榻的賓館，實況轉播也在這時告一段落。收音機開始播出台灣光復歌：「張燈結綵喜洋洋，勝利歌兒大家唱，唱遍城市和村莊，台灣光復不能忘，不能忘，常思量……」

「陳儀他算什麼軍官，聽說他沒有打過仗就當了將軍！」又有人對著福州伯問，話像是從鼻孔裡出來的。

「誰說的，他是日本士官學校出身，蔣委員長才只有念預科，而人家是正科，怎麼沒資格當軍官！」福州伯顯出忿忿不平。

「陳儀長官的衣服有兩個大口袋，那是用來裝什麼的？」又有人問。

「你在哪裡看到？」

「今天報紙上就有登照片。」

「我們福州人不說口袋，而說紅布袋，專門用來裝錢的，一個那麼大的官，全台灣都是他管的，如果想賺大錢，要多大鐵金庫才裝得下，可是他只有兩個口袋，裝多少錢老百姓看得清清楚楚，台灣人要懂得珍惜。」今天他變得這麼會講話，過去木訥的福州伯難道是故意裝的！

「不過為什麼這幾天看到從基隆港下船的中國兵，人人都一樣有兩個大口袋！」

「這，你有沒有去翻開口袋來看？裡面裝了什麼？我就去翻過，一看原來裝的是包子，一個口袋一個包子，我們吃的包子裡面包的是肉，他們的包子什麼都沒包，肚子餓的時候，一口包子一口清水，打仗時還不一定有包子，很辛苦才打贏日本。」

「我還是有一點不知道，為什麼他們綁在腿上的綁腿像個水桶，和日本兵比……」

福州伯搶著打斷：「你當然不知道，腿上綁的是什麼你想都想不到。你們沒有學過拳的人不了解練腿上功夫有多辛苦，平時把鉛子包在小腿，慢慢增加，從兩粒、三粒、四粒……能夠到十五粒那就厲害得很，打仗時拿掉鉛子，跑路像飛一樣，輕輕一躍可以跳上三層樓，你不信！日本人就是打不過中國的輕功，最後不投降也不行！」

「哈、哈、哈……」一陣笑聲，顯然都只半信半疑。

「他們手上拿的紙傘，也是用來打仗的？」有人又問。

「紙傘？什麼紙傘，你以為是紙作的雨傘！那就錯了，傘一張開可以飛天的故事你聽過嗎？日本人只能用降落傘，由天而降，中國兵不僅能降而且能升，靠的就是一把傘，這就厲害，是千真萬確，不是我編的……你要記住，你的祖先唐山過台灣，九死一生才來到這邊。現在的人坐鐵船來，還有人從天上飛過來，台灣和唐山愈來愈近，很快就連在一起，下次我回福州就用飛的過去……講起來，在台灣時心裡總想回福州，到了福州心裡又想回台灣，回哪一邊都不是，現在好了，兩邊變成一國……不過一國和兩國沒什麼不一樣，福州人還是說福州話，台灣人還是說台灣話……」

「福州伯，你不是說中國兵的傘打開可以飛天，是怎樣飛的，我們都想知道。」這回輪到小學生在問。

「你問我，我問誰呢！」福州伯臉上有幾分不悅，把視線往對街山水亭的招牌看過去，不想理會發問的小孩，正好看到山水亭的門在這時候打開，探頭出來的竟然是古井兄，而古井兄也朝這邊看過來，看見對街走廊一群人，還有人向他招呼，轉身回店裡牽出一台自行車，雖然只跨過一條街，還是跳上車騎了過來。

用力踩兩下，就急速煞車，讓車輪發出刺耳響聲，這邊已有三、四人站起來向他招呼讓坐。

「還以為是什麼人，原來是福州伯在講古！」古井一邊將車子架好，另隻手把一個大紙袋交給近旁年輕人，打開一看裡面是肉包，本來要帶去不知請誰吃的，看到這邊有人，就索性讓這邊的人先吃，這才是大稻埕古井兄向來的作風。

「請大家吃肉包，慶祝光復，回祖國懷抱，台灣人出頭天！」

「哇，燒肉包！」

「讚，大家有口福！剛才福州伯還在說中國兵的兩個大口袋是專用來裝包子的，現在包子來了，大家的肚子就是口袋，能裝多少就裝多少！」

「多謝，古井兄，每次見到你就有吃的！」眾人也不客氣伸手抓起包子，開始吃起來。

「福州伯，真久沒有見面，看來身體更康健。多日沒聽你講古總感到生活中少了什麼！」

「我也好久沒有吃到你的肉包，生活中少了……」

說到這裡一陣笑聲蓋過了下面說的什麼。

「福州伯正講的是唐山過台灣！」

「還在過台灣！講了十幾年，人還沒有到台灣，你要拖到幾時才肯到台灣！」古井每見福州伯總要戲弄一番，接著又補上幾句：

「不過，他講的古雖千篇一律，我還是愛聽，就像他愛吃我的肉包，雖然我的肉包千篇一律，但永遠好吃……」

福州伯抽鴉片曾被日本警察捉去關過，恨透日本人。出來後把自己關在家裡不出門，好幾年見到人連台灣話也不願意說。聽日本投降他比誰都高興，近日福州那邊有人過來才知道祖厝在戰時被毀，如今已無家可歸，這陣子最怕的是有人問他幾時回福州，不知該怎麼回答。

古井兄對這件事略有所知，本想問幾時回福州，才開口又收了回去，改口說：

「福州伯在我們太平町住了這麼多年，已經是大稻埕人，以後可以每天聽他講古，真是太平町之寶。過幾天我的山水亭重新開張，就請福州伯前來開講，讓客人聽他如何唐山過台灣，心肝結一丸，相招來山水亭吃肉丸。」

「好、好、好、好……這一來，我就不怕沒有頭路，只要有飯吃，作什麼都行……愛聽我畫虎卵，還有什麼難……」

這時古井兄才看到人群裡還有張萬傳在，這年輕人就住在附近，戰前在東京學畫，又到廈門教過畫，還在各地開畫展，算是新一代畫家。

「原來萬傳兄也在此，戰時離開大稻埕的這群文化仙都回來了沒有？幫忙連絡一下。」

張萬傳一時之間不知他所指什麼意思，只傻傻地望著他笑，肉包子還在嘴裡沒有吞下去。

當古井兄騎上自行車離去時，背後福州伯才大聲說：

「我也是畫圖仙，專門畫虎卵！」

古井也不回頭，只伸出一支大拇指，高高舉起，是什麼意思隨便你去猜。

2 長官公署打來的電話

大稻埕首富李春生的大宅位在淡水河右岸第九水門近旁的高地，今天一大早行政長官公署打來電話，指名找李家第四房媳婦高慈美，為全家帶來一場驚慌。

高慈美是著名的鋼琴家，而且是台北有名的美女，陳儀才到任不出幾天，從公署來電話找她，家人的反應很快聯想到歌仔戲裡肖公子仔看上良家婦女強行求親的戲碼，儘管不相信現在還有這種事會發生，接電話時仍然不敢大意，輾轉經過幾個人，最後才放心將聽筒交給高慈美本人。

「莫希、莫希……」對方很客氣地用台語回應：「請問妳是高慈美女士？我是東京音樂學校的同學蔡繼琨……」

「蔡繼琨？」一時她想不出這名字，在心裡又重覆念了兩次，仍想不起來是誰。

「是蔡繼琨。」這回對方終於用日語把自己名字說出來。

「哇，是的，蔡繼琨君，你到台北來了嗎？好久沒見面，戰爭期間你一切還好嗎？」如從前他們終於又使用日語交談。

「我回中國之後在教育界作事，這回派來台灣，很多事情需要協助，好不容易才打通妳的電話，可否約時間拜訪？」多少年了，他的聲音依然沒有變。

「當然歡迎，剛才聽說長官公署來電話，真把我們全家嚇了一大跳，以後萬事拜託！也讓我盡地主之誼。」

接著又聊了些老同學最近的狀況，才把見面時間約在第二天下午。

掛上電話，高慈美把蔡繼琨來台的事告訴丈夫李超然，他很快就想起來，報上刊登陳儀隨從名單裡有蔡繼琨名字，一到台灣就找慈美無非是與音樂相關的事正待推行。

李超然早年留學德國，回國後和杜聰明一起在更生院工作，由於是出生富有家庭，娶了音樂家為妻，卻很少與台北文藝界往來，聽慈美這麼說，他心裡就開始盤算，和蔡繼琨會面該請什麼人作陪客，可是怎麼也想不出誰來，若與公署的官員會面而沒有文藝界人士作陪是否被看成財大氣粗沒有文化的富家子弟，心裡這麼想著，卻不敢對慈美表明。

他唯一文藝界友人是大稻埕另一個大家族陳天來的兒子陳清汾，一年多來因躲避戰爭到了香港，及今還沒聽說回來台北。陳清汾雖到過巴黎學畫，也開過畫展，對繪畫的興趣於回台後不知何故急速下降，即使把他請來，對未來文化的推展恐怕又像當年組台陽展只在開始時大聲喊燒，要他真正參與便又逃之夭夭。

所以第二天蔡繼琨來訪時，還是只李超然夫婦兩人出面接待。

早上高慈美還猶豫是否與他見面，學生時代的記憶一再在腦中浮現，有一次他們全班去聽音樂會，出來時兩人正好走在一起，看到前面有人向這邊打招呼，他走過去說了幾句，見對方不停朝她看過來，且要他介紹相識，他居然說：「女人是因男人才存在的，介紹也只是名字而已。」這話令她聽了十分氣憤，不知哪來的勇氣，就走了過去和那人握手，然後說：「真是幸會，我家裡有事，你們繼續談吧。」就先走了，以後再也沒和蔡繼琨說過一句話，印象中他是一個什麼都會卻什麼都不精，能言善道，自以為是的臭屁男生。不過，憑他的長袖善舞，和今天的地位，如果肯為台灣文化界作點事，一定比任何台灣人去爭取更有效。想來想去最後還是決定出來與他見一面。

本以為蔡繼琨的排場一定是乘坐公署派的汽車，有司機和隨從同行，沒想到他單獨一人坐部人力車就來敲門。

這回他變得特別有禮，帶來一條淺藍的絲巾和兩瓶洋酒，連佣人端茶給他都站起來說聲感謝，模樣在高慈美看來反而感到有些造作，難道是中國官場養成的習性！

他們的對話依然如東京時使用日語，只是蔡繼琨的口音不管怎麼還是覺得怪怪地，不像李超然夫婦從小就在日語的環境中長大，且兄弟姊妹之間平時皆以日語交談，已經成了他們生活中的第一語言。

尤其當談話開始進入較嚴肅的主題，便聽出蔡繼琨在語言上顯然力不從心，李超然偶然使用幾句台灣話，對方便接著說下去，三個人不約而同轉換頻道，變成台語交談，只是不敢斷定這就叫做台語，蔡繼琨把「我們」說成「咱的人」，「多謝」說成「感恩」，「不好了」說成「我苦哩呀」，聽得高慈美往肚子裡偷笑，不能習慣他們那邊把台灣話說成這樣，這一來反而讓氣氛輕鬆，縮短彼此的距離。

蔡繼琨終於說出到台灣來身上所負任務，及今天到李府拜訪的目的。

來台之前他擔任過陳儀夫人的鋼琴老師，因他是福建省少數領公費赴日學音樂的留學生，而夫人又是日本人的關係，所以這些年有機會進出陳儀官邸，成為他身旁親信。陳儀來台理所當然便把他帶到台灣當助手，幾天前才隨夏濤聲的文化宣導支隊進駐台北，通過公署辦公室很快就查出高慈美家的電話。當初陳儀找他一起來台時，他提出條件要在台北組一個交響樂團或辦一所音樂學院，這兩樣在陳儀看來是輕而易舉之事，順口就答應了，蔡繼琨也認為以當前台灣的文化水準，只要有足夠資源，在他主導下完成這兩項願望當無問題。

高慈美從談話中看出離開日本之後這幾年的社會歷練，已使蔡繼琨穩重許多，對他的觀感開始有些改變，尤其令人意外的是李超然與蔡繼琨的一見如故，一口答應以全力支持他完成願望，這種表現連做妻子的她都感到意外，送走客人之後，高慈美等不及問丈夫：

「剛才你說的話是真的嗎？」

雖然極了解丈夫的性格，還是忍不住要這樣問。

「當然是，這麼重要的事，怎能是開玩笑的。」

「可是，一旦投入，你不可以後悔，過去你在文化界的關係也只有陳清汾，如今他又不知道在哪裡……」

「我可以等，只要陳家的房子在，人總會回來，況且成立樂團和學院不是一天兩天的事。我有為台灣文化界出力的心，這一點妳不要懷疑！」

「當然不懷疑，但我希望你真能作到，對台灣音樂界可以說是大功一件……我就先謝謝你啦！」

高慈美有幾分像在嘻笑，表情還是十分認真。

在李超然心裡固然對陳清汾有太多不信任感，想來想去在文藝圈子還是只有陳清汾算是知己，至少可以先聽他的意見，再由他介紹其他人，雖然是畫家，憑他多年來的交遊必能幫得上忙。

陳清汾在台展初期隨日本畫家有島生馬到巴黎習畫，父親陳天來與李家都是大稻埕首屈一指的富豪，社會見識本來就較其他人廣，雖滿腹理論，可惜想法天馬行空，認識的人都知道他不是個談正經事的對象。但在李超然的直覺裡，仍認為美術界較音樂界有能力推動文化領域的公共事務，因過去二十年裡新美術運動作得有聲有色時，而音樂界尚沒有所謂運動可言，蔡繼琨今後不管作什麼，前來參與的肯定美術界要比音樂界的力量更大。

3 蔡繼琨來台灣的條件

幾天後蔡繼琨再度來到李家，手上帶了一份擬好的草案，除了原先的音樂學院和交響樂團，還增加了美術學院和美術館，由於推展項目繁多，剛成立的宣傳委員會建議他要先有民間文化促進會之類作為接洽的單一窗口，所以第一件任務是設置民間的文化團體，而且已經有圈內人提供部分相關的邀請名單。

李超然和高慈美從名單找出幾個認識的，如郭雪湖、楊三郎、李石樵、顏水龍、黃得時、張我軍、呂赫若、蔡瑞月、張深切、林秋錦、張彩湘、楊逵等，除了在音樂會和台陽展期間見過面，平時並沒有往來，但還是自願引路和蔡繼琨一一去探訪，聽他們的個別意見，並邀請加入協會一起作事。

蔡繼琨一開始就對李超然表示今天帶來的這份計畫恐怕將有所改變，因行政公署成立宣傳委員會之後，他的職位是夏濤聲屬下，不論作什麼都必須先把計畫案呈上由他批准，不像過去只對陳儀一人負責，更糟的是夏濤聲的理念和蔡繼琨南轅北轍，對交響樂團和音樂學院的成立計畫認為是專對貴族階級而設的，不是當前台灣社會平民大眾之所需，不管音樂、美術、文學都要從基礎教育做起，使得兩人從一開始討論就爭執不休。所以當蔡繼琨把困難告訴陳儀時，由於陳儀還不便得罪夏濤聲，就建議他趕緊把民間的文化協會成立，只要是台北市的一個民間團體，便可在市政府的輔助下推展計畫。這一來更得依賴李超然夫婦等地方有力人士的配合，如果得不到支援，這次來台恐就一事無成，接下來只有返回廈門一條路。

蔡繼琨是在菲律賓長大的，那裡的社交圈裡由於種族複雜，各自使用不同語言，所以慣常以英語互相溝通，蔡氏有個英文名字Chi-Kun Chai印在名片上，在英語裡形容膽小沒有擔當的就說他chicken（小雞），為此常遭人取笑。來台之後台灣人婉轉稱他「七根菜」，聽來很是通俗又樸素，蔡氏自己亦欣然接受。

蔡繼琨固然有他樸實的一面，但花花公子的性格依然存在，初到台灣時被安頓在永樂町的永樂旅社，樓下就是歌廳，方便他一有空就泡在裡頭聽歌，找歌女過來喝幾杯。那裡的客人幾乎全是來台的外省人，所以唱的全是上海流行的老歌，偶而進來美國大兵，也只想聽中國流行歌，歌廳裡的歌聲響亮到整條街都能聽見。住在這裡的日子裡，幾乎每天晚餐過後就到歌廳裡消磨一兩小時，等天氣涼爽才回房睡覺。

這陣子他出門習慣穿白色的西裝，左胸的小口袋塞一條紫色手帕，細心疊出來的造型，每次都不同，紫色也有深淺，有時偏藍，有時偏紅，依出門時的心情而定，他的皮箱裡塞得滿滿的不是領帶就是手帕。

他在廈門時是教育局的專員，又當過私立中學校董，因他到日本讀書是福建省政府的公費，別人找不到工作，而他一回來很容易就取得好幾個職位。戰爭結束時，陳儀被派到台灣當行政長官，論職權比後來的省長還大，長官夫人沒事想學鋼琴，蔡氏便自動前來當老師，有了這層關係，陳儀怕去台灣之後冷落了夫人，就問蔡氏願不願同往，對蔡而言正中下懷，就安插在夏濤聲的文宣團隊裡，職位雖不高，但直通上層，在同僚眼中他已是當朝的一位紅人。

到永樂旅社歌廳來的常客多半說上海話，本地人亦稱他們是上海人，可是當他們買香菸時說的又是本地話，使蔡氏感到訝異，到底是本地人學會說上海話，還是上海人學說本地話，學得這麼快，不到幾個月就已經有這程度。當今本地人學的該是北京話才對，竟學起上海話來，有一天向李超然問起，連他也無法解答，直到認識旅社對門的中國貿易公司徐老板，這才明白大戰一結束從上海湧來大批商人，生意場上語言交流頻繁，上海人學台灣話快得驚人，較之閩南的漳州、泉州，還更沒有腔調，相對地台灣人學上海話也極容易，便在台北商場的對話裡迅速流行起來，坐在歌廳的到底是上海人還是本地人，外來的他一時之間幾乎難以分辨。

不過也不允許他長時間沉迷於歌廳，他不會忘記創辦一個由自己指揮的交響樂團的理想。戰爭剛結束，在台灣能找到多少人玩樂器，連高慈美等本地音樂家都沒有把握能在短期間湊足一個樂團，這些日子來透過李超然陸續認識了台北文藝界人士如郭雪湖、楊三郎、李石樵、陳清汾、藍蔭鼎、顏水龍、李金土、呂赫若、陳逸松等，很快卻又發覺這些人並不十分團結，且為了生活各有謀生的方式，要將所有人聚集一起作事確有困難，所以決定各別去拜訪，這樣不但能了解他們的創作環境和家庭狀況，也更能表現出誠意。

最後選擇藍蔭鼎為第一個拜訪對象，他住在圓山動物園附近，由李超然親自陪同從李家乘人力車過去不到十五分鐘，房子雖不大但布置得相當精緻高雅，一看就是個有品味人家。更令人感動的是夫婦兩人及一家大小盛裝出來迎接，在客廳裡以咖啡甜點招待，擺出一般家庭少有的排場，夫人打扮有幾分像日本貴婦，臉上塗了好幾層白粉，大聲一笑，粉就像冰山崩落清楚可見，令人留下深刻印象。當她在一旁慢條斯理調製咖啡時傳出來的香味，正告訴客人女主人是全台北少有的泡咖啡能手，最特別的還是端來之後還附加一杯溫開水，喝了咖啡還得清一清口，不知是從哪裡學來的規矩，愈是令蔡氏對這一家人感到好奇。

今天幾乎都由藍蔭鼎一人在說話，每句話都很有技巧地在誇耀自己，慢慢地又聽出不管他說什麼甚少提到其他畫家，即使有也是西洋古代的大師，話中有意讓人知道他不僅能畫而且熟讀美術史。

客廳牆上掛的都是他的水彩畫，作品雖然不大，技巧和氣魄在中國國內也很難得看到，由心底對藍氏感到佩服。

整個上午的交談印象最深刻的是，藍蔭鼎的語言常在日本話裡穿插一兩個英文和北京話，本地的台灣話反而少用。提到西洋畫家就用法文，不管是否正確，反正客人是聽不懂的，此外只提到來過台灣的石川欽一郎，是他尊敬的人，因此特地用北京話再念出來，讓對方更增加印象。連喝咖啡也說是石川先生所教的，然後強調目前石川是世界十大水彩畫家之一，有一天他就是石川的接班人。

談話中，藍氏不止一次表示希望有機會與剛來台的行政長官會一面，屆時將以自己的水彩畫為見面禮，對此蔡氏當場答應了，說只要一切安定將儘快安排。藍氏給他的印象除了說話誇大，不批評任何人也不說半句別人好話，相當自我的一位畫家。幾個小時裡把注意力只集中在蔡繼琨身上，幾乎全忽略了同來的李超然，造成往後的集會只要是李超然辦的就不想去邀藍蔭鼎。

這是不是台灣畫家海島性格的典型？拜會藍蔭鼎之後蔡繼琨心裡出現太多的疑問，也使他對台灣美術界更加好奇。

告別藍蔭鼎，蔡繼琨一肚子疑問，終於忍不住開口問道：

「我一時還不明白，到底這位藍先生是什麼樣的家庭出身，學歷才小學畢業，該不會是什麼大家族，但他剛才說娶親時女方的嫁妝用一列火車運過來，到底什麼人的女兒才有這派頭？」

「一列火車的嫁妝？你可知道陳清汾娶的是日本貴族，嫁妝多少我不知道，但絕對沒有一列火車，這在台灣是大新聞，也許那時我在德國留學，沒讀到台灣報紙，他今天說的你就聽聽好啦！」

「可是他說火車是從頭城開到羅東，婚禮上來了什麼人，有名有姓是不會假，況且他夫人也在場，好傳奇的一個人，我敢打賭他一定是個名畫家，但是否好畫家就很難說……口氣不小，有自信是件好事。」

「至少不可能是我喜歡的畫家！倒是個人物，我們見識到了。」回程中兩人一路拿藍蔭鼎在談論著。

「他還講到在巴黎學畫的事，你聽到沒有，留法的不是只有四個人嗎？怎麼今天又多了一個。」

「打聽一下，很容易就知道，算了，這是人家的事，別去管他！」

幾天後他又在李超然夫婦陪同下前往拜訪郭雪湖，由於兩家住得近，也不事前通知就走路過去，人已踏上樓梯口才大聲喊「雪湖兄」，到了大廳看見郭氏夫婦坐在神桌前，桌上一堆鈔票，兩人正忙於數錢。真是來得不是時候，在這場合見面雙方都感到尷尬，尤其頭一次來訪的蔡繼琨，簡直不敢往桌上多看一眼。

見郭氏滿臉通紅，手忙腳亂不知如何招呼客人，才站起來就又坐了下來。

「看來像是有錢人！其實，一斤紙鈔能換一斤米就不錯了。」一見面李超然就取笑對方，這種場合也只有用一句笑談來化解。

「我說不要去數，但她就一定要數，我們從來沒這樣數過錢，不管多少還是有點滿足感，沒想到這感覺被你破壞了……哈哈！」郭雪湖以一句幽默回報。

「真是罪過，今天我給你帶了一位朋友，福建來的蔡先生。」

蔡氏走上前去握郭雪湖的手，郭氏不自覺將右手在身上擦了一擦才伸給他，對剛數過錢的手感覺到自卑。

「第一次見面，請多指教！」蔡氏用日語問候。

「噢，你也說日本語！福建人？」

「是的，我得先介紹自己。」他改口用福建話：「我從廈門來，在那邊有人叫我鹿港蔡，因為我本居地是鹿港，那裡還有很多親戚。我到菲律賓也住了些時間，因我來自廈門就叫我廈門蔡，現在也許你們要喊我福建蔡，哈哈哈，沒關係，都可以……」蔡的聲量大，笑聲更大。

「他是我音樂學校的上級生。」高慈美忙插嘴，為蔡氏之所以會說日本話解疑。

「原來是這樣！福建人會說日本話的，還不會很多吧！」

郭雪湖不自覺用起日語來：

「滿桌子的錢，一下子想藏起來也不知往哪裡放，你是有錢人，不怕你搶，我們就到飯廳坐吧！」

「初見面，真是打擾了！」這種客氣話要用日語來說才恰當，而且還點頭彎腰來表示誠意。

「這種紙鈔如今已經不值錢了，還債的偏偏這時候把錢送來，一斤鈔票也買不到一斤米，我從來沒有像今天這麼有錢過，數數錢肚子可以飽的話那就好啦，可惜不是。」

郭雪湖領先帶著眾人往裡面房間走去。

「今天我們正好路過，況且是初見面，過幾天再專程拜訪，超然兄，我們就……」蔡氏覺得今天不是來作客的好時機，便主動告辭。

「是的，我帶蔡君來是先讓你們認識一下，以後或許有很多事要找你合作。那麼就告辭了！」李超然受到蔡繼琨的影響也客氣起來。

不管客人再怎麼識相藉詞要離開，作主人的郭雪湖面對突然的狀況仍然是進退為難，想留也不是，只好站在樓梯前，作出又像送客又想留客的模樣，最後還是眼睜睜看著三人下樓而去。下樓時蔡繼琨心裡愈覺好笑，本是為了組樂團才到台灣來，接二連三找的竟是美術家。

4 跨越「台展」的橫溝

一年前當所有人都在躲警報時，顏水龍在南部靜悄悄結了婚，局勢稍平靜之後，才把喜訊告知親朋。向來細心的高慈美對顏水龍會娶個什麼樣的女子，比任何人都好奇，就寫信去祝賀，要他北上時把新夫人帶來與眾友人見面。

收信後不出兩天顏水龍突然間獨自來到李家，令李超然夫婦為之感到好不驚喜，把他拉到樓上，正好蔡繼琨也在，上樓時高慈美沒見到新娘子同來，嘴裡一直埋怨著，吵著要看照片。

「你信中說新娘姓金，是不是朝鮮人？」

還來不及介紹蔡繼琨她就急於問新娘是誰。然後，當李超然替兩人介紹時，想不到兩人都說曾經在哪裡見過面，只是一時間想不起來，這一來已不算是初識的朋友。

坐定之後顏水龍才告訴大家新娘是滿人，祖先是清王朝的貴族被派到台灣作官，已經三代了。

「那麼你娶的是格格啦！」蔡氏開玩笑說。

「什麼格格？」李超然夫婦從來沒聽過。

「格格就是公主，滿人是這麼稱呼的。」

「如此一來你這輩子就註定得服侍這位格格公主了！」李超然大聲取笑。

「最好奇的是你為格格準備什麼樣的新房？」高慈美帶著笑聲問他。

「當然是龍宮嘛！」超然又拿「水龍」來取笑。

「不，我們住在水河那裡，台中有個王水河，記得嗎？畫電影看板的王水河，他在後車站有間三層樓房，分一層給了我們，於是這條水龍就帶著格格住到水河裡去了，僅不過是一條河而已，哪來的龍宮，還差遠呢！」

「這麼說，格格豈不委屈了？今後有委屈，她儘管來找我訴苦。」

突然蔡氏插嘴說：「對，我想起來了，我們在廈門陳嘉庚的辦公室，你剛從法國回來的那年，我們在那裡見面的。」

「哇，你記性較好，我現在也記起來，你是他學校的教務主任，我終於完全記起來了！莫非是陳先生想辦學校，所以你才到台灣來？」

「倒不是他要辦學校，而是另一位陳先生要我來台灣，往後很多事情需要諸位協助，讓我們好好幹一番事業！」

「幹一番事業？太好啦，我的事業超然最了解，就是推展台灣手工藝。」

「當然，手工藝也是我要推動的，但我的範圍更廣，音樂、美術和文學，我們先要來個全盤計畫。」

「太好啦，我明天就把幾年來的計畫書寄給你參考，希望你一定幫忙。我們的時代來了，你說對不對，時代一來機會也來了，時間可貴，不可輕易放過，一定……」

「一定得把握，到台灣才不白跑。所謂不讓青春留白，我終於體會到了……」

在開往淡水的火車上，李超然夫婦陪同蔡繼琨一起，除了往海水浴場玩水曬太陽，還順便拜訪世居淡水的畫家楊三郎。

在李超然眼中楊三郎是過去台灣美術運動裡的靈魂人物，不止一次聽人說，早期台陽展如果沒有楊氏便無法辦成，即使辦成了也挨不過兩年，所以台灣美術的推動非三郎不可。可惜音樂的推展找不到三郎這樣的人才，由於已經從內心肯定三郎，所以今天的見面對未來的成敗是相當關鍵性的。

從車站出來，只要問楊仲佐先生，就有人帶著你走到他家門前。這好像是楊三郎自己說的，李超然深信不疑，今天照他的話作，果然不錯輕易來到了楊家。

但，開門的是一個五歲大的小孩，用日本話說：「多桑去釣魚……」話沒說完就又跑進去了，從此不見有人再出來。

沿河岸走去，這麼長的淡水河哪裡去找三郎！不多遠的前方已經是海水浴場，三人就在樹蔭下野餐起來。

正吃著時，聽到有人大聲說話，「有這樣大嗓門的除了三郎嫂還有誰！」高慈美說著就站起。

「走，我們找到他了！」拔腳就獨自走了過去。

回來時帶了位女士，兩人邊說邊走，手上還提了個水桶，果然是許玉燕，老遠地向這邊打招呼。

大家最好奇的是桶裡裝了什麼魚，沒想到竟然僅只一條不知名的小魚，看得李超然等大笑起來。

「這是三郎釣的魚嗎？」

「不，是我釣的，他從沒釣過半條魚，每次都是到市場買了帶回家充面子的。」

「這已經不是新聞了，才叫做三郎君！他人呢？」
「一早就去了台北，難道他不知道你們要來？」
「我們是臨時決定，說來就來了。」
「幾時能回家，我可沒有把握！向來他就是這種人……」
「釣魚的人講話這麼大聲，魚都給嚇跑了，怪不得釣不到大魚，這條魚又聾又餓，才被妳釣到，真可憐！」

站在一旁的蔡繼琨這才走上前招呼：「大家初見面，我叫蔡繼琨，改日再來拜訪，請代問候三郎先生……」於是又沿著原路走回車站，淡水線的窗外風景吸引著他在心裡對自己說，這裡將是我今後常來的地方。

已經快一個月，一直聯絡不上陳清汾，他是李超然唯一從小一起長大的畫界人士，由於娶了日本女子田中氏為妻，如今日本成了戰敗國，誰也無法預料身分為貴族的她是否還能留在台灣，設使願意留下，在新社會裡是否適應得了成為平民的處境，陳清汾的家庭比任何台灣人在戰後環境下遇到更大衝擊，這陣子找不到他，李超然心裡很清楚陳清汾的苦衷。直到那天兩人在大街上偶然間相遇，見面時李超然幾乎想把他抱起來，陳清汾一點元氣都沒有的樣子，面對著這情形說什麼話都是多餘，只好什麼都不說，只告訴他有位高慈美東京學音樂的學長來台工作，想約時間見一面。陳清汾先是答應了，後來卻說要再考慮，最後告別時乾脆就找個理由拒絕了。

李超然夫婦實難料想得到陳清汾此時的處境，不管當初是不是一場政治婚姻，十年夫妻的緣分哪能因為這場戰爭的勝負就拆散了。

平時尚且看不出田中家族之間藏著有多少矛盾，如今家族賴以維持的皇室瀕臨崩潰，過去意想不到的問題都冒出了檯面，兄弟當中有兩人在一個月內相繼自殺，父親也因而病倒在床，母親傷心過度連身邊的事都無法料理，不幸的消息接連傳來，把田中氏急得快瘋了，陳清汾看這情形除了讓她回日本已別無辦法，李超然同情陳清汾的處境，只好不勉強，把他留到最後才找機會去說服他參與。

「蔣介石、宋美齡，阿達馬（頭）三角型」大東亞戰爭中期，台灣小孩流傳用日語念的童謠，好一陣子沒再聽到，現在又開始流行起來，只把下面一句「山坳裡去逃」加上「逃啊逃，過海來到海南島」，人們才知道在遙遠的地方還有戰爭，不知哪一天蔣介石真會逃到台灣來。

蔡繼琨和李超然一起走出永樂大旅社，門外賣香菸的婦人帶著三歲和七歲大的男孩，哥哥這樣唱著，弟弟也跟著唱，在大陸官員進進出出的地方唱這種歌，婦人不加制止，大概她也不知小孩子唱的什麼。

蔡繼琨轉身過來低下頭，想說什麼又沒說就掏出錢向婦人買包「駱駝」，付了錢才說：「最好讓小孩子唱別的，什麼歌不好唱，何必唱這個！」

「小孩還沒上學，等上學就有老師教他們唱歌了。」

「三民主義，吾黨所宗……」蔡繼琨當過小學老師，笑咪咪對著兩個小男孩，還揮手作指揮，孩子們跟著也唱起來，原來早已經會唱，於是對婦人說：「以後就教他們唱三民主義，這個歌好聽！」

說完又買了一包口香糖，自己先拿出幾塊，其他的都給了小孩。

路上他一手搭在李超然肩膀，在耳邊小聲說：

「一定有人搞鬼，製造社會不安，利用無知小孩子作宣傳工具，暗示戰爭就快打到這裡來了。」

「你認為是這樣？大戰期間台灣小孩就是這樣唱，只是現在改了後面一句！」

「問題就是後面一句，我在廈門、福州時，這種事看多了，搞不好連小孩子都會被捉去打掉，我好心想救這兩個小孩，所以教他唱國歌才最保險！」

「為何不教他們唱什麼『起來不願作奴隸的人們』……」

「這比較難唱，小孩學不來，歌的作者叫聶耳，是左傾的音樂家。還是三民主義唱起來好聽，我小時候念三字經，也不知道什麼意思，就這麼念，像唱歌一樣。」

「三字經！你念的是台語，還是……」

「說來你不相信，我三歲就跟外公用泉州話學三字經，後來到福州，老師教的是福州話，到了廈門，一位留日的老師看我已經會了，乾脆用日語教我，只可惜沒有人教我念北京話，而且我的九九乘法也要用日語念才順口，你相信嗎？都是那留日的老師教的，他看日本勢力愈來愈大，說不定有一天全國都說日語……後來我能考取公費，也因為我比別人早一步學日語。」

李超然這才開始聽出蔡繼琨的語言的確較一般人複雜，本來說的是台語，突然間就摻進日語，又來一句大概是福州話，即使說台語，有時泉州有時漳州，腔調連自己都捉不準，不知幾時又插進英語，語言的複雜性代表了蔡氏的世界，他就是這樣成長過來的！說他在鹿港也有親戚，一點也不奇怪。

今天他們約好去拜訪住在新莊的李石樵，路途較遠，所以特地託有車階級的李超然駕車前往。一路上蔡氏哼著一支剛學會的台語歌曲，「風微微，風微微」地重複著，斷斷續續沒有頭也沒有尾。

「你哼的是日本歌還是台灣歌，老歌還是新歌？」李超然忍不住問他。

「我也不知道，只唱出現在的感覺，風微微，聽起來像日本歌，又有點像台灣歌，只要我喜歡，不管是什麼歌，這次來台灣才學會的……代表我當前的心境，真好呀！爽！」

說完又開始唱起來，只唱一半，想起另外一支歌：

「對了，還有一支什麼『清風對面吹，十七八歲未出嫁，見著少年家……想要問伊驚歹勢，心內彈琵琶。』然後是『開門該見覓，有人笑我憨大獃，被風騙不知』太好啦！寫出少女的心思……你看『何時君來採，青春花當開』，但曲子好像日本的，如果是台灣人寫的，那人一定是個天才。」

「這要問慈美，她應該比較知道。」

「我來台灣最大意願是辦個音樂學校，重點放在作曲，同時也培養作詞人才，所以我一直在注意有什麼好的師資……幾年之內如果能組成一個交響樂團，演奏我們自己人譜成的交響樂曲該有多好！過一陣子安定下來，我就到鄉下靜靜地寫曲，否則台灣就等於白來，你說對不對！」李超然只專心開車，沒有回答。

「風微微……」蔡氏又開始唱起來，仰起頭愈唱愈響亮，已完全陶醉在自己的聲音裡，右手舉得高高地在替自己歌聲作指揮，唱到「水蓮花滿滿是……」把手伸遠，有如眼前一片蓮花池，他音色低沉有獨特的磁性，唱到後來已經氣不足，嘴巴張開裝作還唱著的模樣，手依然不停地揮動。

李超然斜過頭看他，宛如出現「此時無聲勝有聲」的絕句。

在李石樵的畫室裡，三人面對著還在創作中的一幅三百號大畫布，開始抽菸，桌上每人一只玻璃杯，杯子裡是剛倒上還在冒泡的三劍牌汽水。

這幅畫才剛畫三分之一不到，從背景的稻田知道是台灣農村，遠處一戶農家，有個小窗口，一名農婦探頭往外望著，稻田裡三個人在打稻穗，割好的稻穗堆積滿地。還只是白描，尚未上色。

蔡氏看了看，只顧嘆氣：「真是一首詩呀！寫到我心裡去了！」

「是這樣嗎？我畫的時候卻想到一位朋友，他在生時經常在唱的一首歌，畫這幅畫就好比是在紀念他？」

「畫雖未完成，聽兩位這麼說，完成後肯定是傑作！」超然說。

「先說我心裡的那首詩，沒有寫出來，卻被你先畫出來了，剛才在車上我唱一支台灣歌……」說到此他又開始唱起來：「清風對面吹，十七八歲未出嫁，見著少年家……想要問伊驚歹勢，心內彈琵琶……」

歌聲突然停了，開始說他自己的故事：

「你們可知道，我腦子裡想到的是某年發生在廈門的故事，已經快十年了吧！我在陳嘉庚的中學教書，每天走著同一條路到學校，有一天幾個少女蹦蹦跳跳來到我面前，突然轉身，其中一人把手上的一杯水灑在我衣服上，另一人趕緊拿手帕給我，還有一個拿扇子的，幫我把濕的地方搧乾，我看她們的模樣，簡直像在演戲，不但不生氣，反而笑了出來，她們也笑了，以後路上見到時，就彼此打招呼。有一天，其中一人來對我說我們家小姐想嫁人，你何不叫家裡的人來說媒！她說話時臉紅紅地，其實說不定我比她更紅，她們家小姐的臉我已看過不知多少次，秀氣又優雅，既然人家先開口，我就託校長夫人前往說親，夫人起初不以為然，沒想到一說就成，她就是我現在的太太。你們說，在她把水潑在我身上之前，從窗子裡每天看我上下學，正是這個小窗裡的姑娘，由於我自己有這經驗，才深有所感，是一首很美的詩句，可惜直到今天這首詩還沒寫出來！」

聽完蔡氏的自述，一時沒人開口接腔，好一會才聽超然說：「如果你沒娶到這姑娘，你早就把詩寫出來了。」

「我說這畫是為一位過世的朋友而畫，超然兄你知道是誰？」李石樵回過頭來問。

「你的朋友我知道得太少，何況是過世了的……」

「陳植棋這個人你聽過沒有？」

「……」

「才二十幾歲就過世的他，怪不得很少人留下記憶！」

「真的一點印象都沒有。」

「沒關係，他最愛唱的山歌，直到現在每聽到有人唱，還會想起他來，我唱給你們聽：

小娘等哥後壁溝，

透早窗邊來梳頭。

巡水走過假咳嗽，

哥仔招手娘點頭。

這就是窗邊巡水的愛情，在祖父那個時代，男女間僅招手和點頭就彼此訂情，我想了好久，只剩窗前女郎還下不了筆！」李石樵五音不全，唱起來雖不動聽，眾人依然給他鼓掌。

「這種動人的畫，在台灣及今沒有人畫過吧！」

「所以我想畫畫看，能否畫成還不知道。」

「你唱的是台灣山歌，這種畫就得嘴裡邊唱，手拿著筆邊畫，讓歌透過畫筆把情感畫到畫布裡去！」蔡氏不愧是指揮家，說話時不忘為自己的情緒配合音調再加上手勢，受過訓練的手是所有動作裡最吸引人的地方。

最後終於談到正題，關於今後文藝界必須要作的工作。

李石樵當然以恢復日治時代的台展為先，又把官展的內容節要說了一遍。

蔡氏曾經在廈門當過一任教育科長，他的秘書莫大元是東京高等師範學美術教育的，如果有必要隨時可以調來台北協助，所以今天這一席話，幾乎把設置台灣官展的事決定了。

說李石樵是台灣最道地的「官展人」，這話一點也不過分，只是他光有想法卻不善表達，作起事來更覺力不從心，所以蔡氏在這裡也僅僅獲得官展的概念，真正要執行還得找其他人，所以無論如何非找到楊三郎、郭雪湖不可。

蔡繼琨獨自探訪郭雪湖家是三天後的事，來時主人正好外出，便坐下來與郭母閒聊，在老人家面前他在泉州的鄉音，令郭老太太別有好感，她說連郭雪湖說的話也已經被四面八方湊成的「台北腔」混雜一起，沒想到還有年輕人能把鄉音說得如此純正，心裡一高興便把家裡一直捨不得喝的上好茶葉泡來招待客人。

從郭母的談話中得知郭雪湖過去幾年在「台展」的表現，以及台陽展掌管業務時的種種，使他有信心成立美術展，郭氏必是得力幫手，未與本人面談便已經心裡有數。

來台接收官員裡蔡氏本是少數的文官，長官公署卻給他一個少將軍階，今天他穿的是中山裝，在台灣百姓心目中還是高不可攀，郭母把大門打開似有意要上下樓的鄰居走過時看到她們家來了貴客，兩人談得投機時不覺入冬之後白天會這麼短，郭母把蔡氏留下來吃飯，說郭雪湖晚飯之前一定回來，她就進廚房去了，果然她兒子也這時候進門來，見到客廳裡有訪客大感意外。

蔡氏對著晚歸的主人哈哈大笑，等不及要告訴他和伯母聊了一個下午，對台北畫壇已了解到一個大概。沒想到一位上一代能告訴他的較之李超然等還多得多，老人家留他晚餐，也不客氣就不走了。

郭雪湖看他與母親談得來，第一次來訪就留下吃飯，擔心母親的性情高興起來會開口要收他當義子，如此豈不令人為難。

「到台灣已近一個月，這是第一次留在友人家裡吃飯，真不好意思！」蔡繼琨學日本人禮節半彎著腰向主人行禮致意。

這時郭夫人林阿琴也回來，郭母聽她踏上樓梯沉重的腳步聲，知道這次回娘家又帶了很多蔬菜和雞鴨，是她回新莊探親的「戰利品」。郭雪湖每次都這麼說她，今晚必有一頓豐盛晚餐，蔡氏來得正是時候。

郭雪湖和李石樵意見相同，都認為當務之急就是成立官辦的台灣美術展覽會，不過仍然擔心還沒有完全復原的台灣社會能募集多少作品。雖然蔡氏來台初衷是辦音樂學院和樂團，但若是先把全省美展辦好，讓大家看出他的實力，以後作事必方便許多。

飯後郭雪湖順手擬出一張評審委員名單，是當前台灣畫壇最具代表性的畫家，然後從書架上取出一本第六回也是最後一回府展的圖錄，給蔡氏帶回去參考，上面印有參展畫家的姓名和地址，若把畫展開催的消息通知所有人，讓大家及早準備，相信是個好的開始。

他特別把楊三郎推薦給蔡氏，推崇此人的行政能力及辦事的衝勁，只要他出來，許多問題便迎刃而解。

郭母阿省姨怕客人走掉，等不及收拾碗筷又急忙走出來，打聽唐山的情形。戰前她丈夫常渡海作生意，總會告訴些那邊所見所聞，在她心裡自認對唐山已很熟悉，甚至有幾分感情，因而蔡繼琨說什麼，她都認真在聽，巴不得永遠說不完。

從此蔡繼琨成了郭家的常客，不僅為了與郭雪湖商談畫展，也找郭母聊唐山的舊事，當然也常被留下吃頓飯再走。

當楊三郎聽說李超然夫婦帶一位長官公署的人來訪，就三天兩頭打電話請李超然安排會面。蔡繼琨這邊也因為郭雪湖極力推薦想早日見到三郎，可是李超然另有打算，認為畫展的正式會商有陳清汾在場才能放心，因而一再藉故拖延，最後被兩邊催得緊，只好請郭雪湖把兩人約到永樂旅社，由他們自己去談，這一切都是在電話中搞定的。

沒有想到那天大清早，郭雪湖才走到巷口就遇到陳清汾騎車經過，短短數分鐘交談，把恢復台展之事由李超然從中牽線的經過說出來，令陳清汾聽了頗感不悅，當天就找到李家來。

見李超然第一句話便問：「你老兄天大的一件事情，居然暗地在進行，全台灣的畫家都知道就只有我一人蒙在鼓裡，看你要怎麼解釋……」

「解釋！太簡單了，我第一個找的就是你，那天不是告訴你慈美有個同學想約你見面，被你拒絕了，全台灣的畫家都找得到，只有你搞怪，遍找不著人！」李超然看他來勢洶洶模樣，反而覺好笑，故意與他鬥嘴。

事實上這期間陳清汾不在台北近一個月，又能怪誰！自知鬥下去也無用，便換了口氣：

「你說說看，辦台展不會是你這不相干的人的主意吧！」

「你說呢！會是我的主意嗎？」

「這很難說，你這位阿舍閒來沒事時就想找人來一起玩，那個姓蔡的官員到底什麼來歷？」

「他是音樂家，不是官員。」高慈美趕緊插嘴，「蔡繼琨是我日本學音樂時的同學，這回跟隨陳儀到台灣，想辦交響樂團，拜訪了幾個人，就有畫家建議他順便把台展恢復，超然第一個找的就是你，可是你人呢？田中先生……」

「我已經不再姓田中了，今後我還是姓陳，請別再喊我田中。現在我明白是錯怪了你，抱歉！」嘻皮笑臉作出行軍禮手勢，在高慈美面前他再有理也凶不起來。

「好吧，現在就輪到我來請教你，有關你對恢復台展的意見。」
「台展！難道你還不了解我這個人，我什麼時候對台展這種學生圖畫比賽的事熱心過！」
「我只是介紹朋友與你相識，見面什麼事都可以聊。至於台展，熱心的人有熱心的看法，不熱心的也有不熱心的看法，那麼就說說你的看法吧！」
「說的也是，正因為我不熱心，才有太多的看法，足以證明看法愈多就愈不熱心……」
「可惡的傢伙！熱心不熱心都是自己說的，你還不是聽到台展就等不及趕來找我！」
「我是好奇，每次有事你第一個找的人是我，而這回沒有來，只好我找上你……」
「廢話少說，讓我來問你，一問一答才不浪費時間。第一問，你不熱心台展，那麼熱心的人是誰？請簡單回答。」
「太簡單了，第一熱心李石樵，第二熱心郭雪湖，第三熱心楊三郎，第四熱心李梅樹，第五熱心……」還要說下去，被李喊停。
「好了，第二問題，當前台灣畫壇有無必要設置台展？」
「當然有必要，這還用問。」
「為什麼？」
「為什麼，這是第三問題嗎？」
「算是第三問題好啦。」
「因為某些畫家的作品需要展出，得了獎有獎金又能在畫壇成名，成了名就受公認是個名畫家。」
「那麼你屬於哪一種畫家？」
「我，我是……我什麼都不是，我還是我。」

「哈、哈，回答等於沒回答，而且是很笨的回答。」
「好吧，我說，我是畫壇裡頭臨時飛來的一隻鳥，很快又要飛走……」
「你知不知道什麼時候飛走？」
「不知道，也不是我想飛就能飛走。」
「你不知道？我知道，這隻鳥永遠不會飛走。」
「我說牠會。」
「不會！」
「會！」接著爆出一陣笑聲。
「不跟你爭了，下面一個問題是，如果現在成立台展，和過去的台展將有什麼不同？」
「沒什麼不同。」
「評審團由日本畫家轉為台灣畫家，不就是最大不同？」
「這種小不同，不能算是不同。」
「就算是小不同，我當是一個問題來問你難道不行？」
「行，既然問，我就回答，你聽著，以前是日本人管台灣，所以台展由日本人當評審，現在是中國人管台灣，當然要由中國人當評審，但中國有哪些畫家可以當評審？」
「我這外行人當然不知道，還是由你來告訴我！」
「沒有，沒有哪個畫家可當評審，或許可以評中國那邊的畫，但沒法評台展裡的畫，從他們的傳統標準無法在台展裡評好壞，由他們來評，必定破壞台展的傳統。」
「那麼台灣畫家自己來評，難道不行？」

「這是另一個問題，對不對？」

「算是另一個問題吧，請回答。」

「這問題，就要換我來問你：如果你當評審，你的太太也是畫家，她的畫你敢不敢讓它落選，如果她得獎，會不會有人說你偏心？」

「不要以為你這樣反問我，我就放過你了，我還是要問，日本帝展的評審員難道沒有娶老婆，她們難道沒有人畫圖，請問長久以來帝展是怎麼處理，他們怎麼處理，我們就怎麼處理，這算不算回答你的問題！」

「哈哈，帝展就是解決不了這問題。老師帶領學生打進帝展殿堂，霸占帝展，結果一個個成為畫閥，造成你爭我奪的場面，這你沒聽說過吧！」

「畫閥和軍閥、財閥一樣，是負面的產物，但無論如何總還有正面的意義，美術的程度也一定因競爭而進步，不是嗎？」

「這是一般人的看法，我不這麼想。你會說我們不可能因為擔心軍閥就不要國家，或擔心財閥就不要經濟，你一定是這麼認為。可是我們已先看到問題出在哪裡，大可想辦法避免，為什麼不這麼想！」

「你的意思是說，因為產生畫閥便寧可不要台展，但至少現在什麼都還沒有。」

「對，台展產生畫閥，所以不要設台展，這是我的意思，你還得要聽清楚，我不要的是台展，而不是藝術，如果台展的設置反而妨害藝術的進步，那又何必設台展。」

「你是畫家，你怎能三兩句話就否定十幾年歷史的台展……」慈美聽不下去，便想插嘴。

「請你聽我說，台展是官辦的競賽場，既然競賽，就要有規則才公平，畫家必須照規則參加競賽。藝術創作一旦要照什麼規則，這就不叫做創作了。若不能創作，台灣還有什麼藝術家。」

「如此說來，日本有帝展，法國有沙龍，他們早就沒有藝術家了！」

「錯了，帝展之外，沙龍之外有太多太多的藝術家，只有我們台灣，台展之外一個藝術家都沒有，這是台灣美術可悲的地方！」

「是你自己編的道理！最後我問你，台展再度設置，請你擔任評審員，你會接受嗎？」

「為什麼不接受！我們不能因為有軍閥就不要國家，我還是會努力站穩立場，不為軍閥所利用。好了，我的回答到此為止。」已經擺明想休兵了。

「再問最後一個問題，」李超然還是不肯放過。

「不行，你問我也不回答……」說罷把臉別開，望著窗外。

「不回答我也要問，你想不想與我的朋友蔡繼琨見一面？沒關係，不回答就等於答應了。」

「不回答不等於答應！除非你肯擺酒席請吃一頓飯。」

5 模範省是美術家的使命

永樂大旅社二樓三〇七號客房裡，郭雪湖、楊三郎和蔡繼琨三人正認真商討台展設置的事，氣氛十分嚴肅。

蔡繼琨讓兩位客人共坐一張長沙發上，而自己坐在床緣靠著床背，然後從口袋拿出香菸招待客人，楊三郎伸手取了一支，郭雪湖搖手表示不抽。

「那我們抽菸你不介意吧！」

「當然，習慣了，在我面前吸菸我從來不在意，因為經常只有我一人不抽菸。」

「三郎兄是初見面，雪湖兄雖見過，對我的了解仍然有限，以後相處機會很多，彼此可慢慢來熟識。兩個月前我才隨宣傳委員會的團隊到台灣來，但我的本居地是台灣鹿港，在廈門，就有人叫我『鹿港蔡』，前幾天去鹿港一看，整條街全都與我家攀得上親戚，這種感覺實在很溫暖，所以來台灣就等於是回到自己家，多作些事情是應該的。上回見到李石樵，他說日治時代有個展覽叫台灣美術展，希望我與大家合力將這展覽恢復，我也答應了，不知兩位有什麼高見？台灣才剛光復，政府作事需要地方有力人士的支持。」說著時，蔡繼琨的每句話都刻意以點頭表示誠意，忘了手上一支香菸已快燒到手指頭，才將它丟進菸灰缸裡，又重新點燃一根，深深吸進一口，很享受的樣子，像是在沉思，突然間想起了什麼：

「對了，一件事不得不現在就告訴你們，關於我和陳儀行政長官的私交。是他主動要我來台灣，希望在文藝方面協助作點事情。當然我的專長是音樂，所以最想作的是在台灣成立交響樂團和創辦音樂學院，我以為只要陳長官肯協助，那還有什麼困難，沒想到計畫案寫好了阻礙就來了，我來台時的直屬上司是宣傳委員會的夏濤聲，我的工作事事先要得到他的批准，然後出席開會，會中提出來時很多委員針對我的案指指點點說了很多意見，有人認為宣傳委員會的工作是對平民大眾作宣傳，以教育他們認識祖國文化為先。學習中國語文，才是第一階段該作的，更有人說音樂學院、交響樂團都是象牙塔裡的藝術，百姓沒有脫離窮困之前，談不上文化生活，最後，舉手表決時只有兩票贊成我。我還不死心，第二天去找陳長官，他給我想個辦法，將我調離宣傳委員會，所以暫時還沒有職務，至少不受夏濤聲管，陳長官命秘書處陳延哲處長協助我找台北市府合作，成立文化協進會，然後再回過頭來向長官公署申請經費，這才有錢可辦事，美術展覽屬協進會的工作項目，將來由教育處或局接辦，那時還是回到長官公署的部門來，我們才有絕對的把握，這樣說兩位應該明白了！」

郭雪湖和楊三郎兩人很用心一字不漏聽下來，這當中楊三郎不止一次伸手從桌上取來蔡繼琨的香菸，自行點火接連抽了幾根。

「台灣美術展覽的工作有勞兩位。聽雪湖兄說必要先聘請評審委員或評議委員，請兩位提供意見，今天一整下午就是談這件事，我們有的是時間。」

蔡繼琨的誠意已經表示出來，雖然初識，楊三郎憑過去看人的經驗可斷定這回是談真的，只要說到就一定要作到。

「有關『台展』，我們是否延用日治時代的名稱，『台展』的全名是台灣美術展覽會，十年後改制，所以改稱『府展』，是台灣總督府美術展覽會的簡稱，現在我們已經叫台灣省，由長官公署承辦的話，應該叫『省展』還是『署展』，這是第一點。其次，台灣光復後，現在的國語我們還沒學會，將來開會時發言很不便利，是我所擔心的。另外……不知雪湖兄還有什麼建議？」楊三郎朝向雪湖，等待他來補充。

「我作一點補充，就是要有個作事情的職稱，這樣工作的人才有名分，不知道這樣說對不對？」

郭雪湖說完覺得自己有幾分像在求職，不敢說下去，頭也低了下來。

「對，對，當然對，所謂名不正言不順，不在其位不謀其事，我會去爭取，展覽會的全名就請兩位提供給我，至於嘛，語言的問題，我們很放心，因為相關部門，如民政處長周一鶚是福建人，教育處長范壽康雖是浙江人，但他是留日的，副處長宋斐如是台灣人，也是留日。這次到台灣的幹部有好幾位曾留學日本，所以開會時沒有語言問題，請放心。不過，我還是希望台灣同胞既然是回歸祖國，還是用點心去學北京話，現在叫做國語，為了將來辦事的方便。你懂我的意思吧？」

「有人把『台展』說成象牙塔的藝術，我十分不贊同。」其實楊三郎不久前也聽李超然說有這樣的傳言，語氣才有幾分憤慨：「這是因為他們沒看到每天有多少民眾排隊參觀台展，所以才這麼說，如果他們看過東京帝展，就明白他們國家怎樣輔導民眾去接觸藝術，相對地讓藝術因而走向十字街頭。他們說的平民大眾的藝術，不外是民間固有文化，尤其祖國文化我們也要努力去學習，希望有機會讓我解釋給他們明白，現在我們還缺少的其實是溝通。」

「你的意見很好，提醒我去作一件事情就是舉辦文化座談，讓台灣本地人士和政府機關人員能面對面會談。」蔡繼琨邊說邊點頭，看似已經胸有成竹。

「這叫做內台文化交流座談會，是我向來所主張的。」郭雪湖滿臉得意，又繼續說下去：「還有就是展出場地，辦台展是長遠的事情，要有永久性計畫，不知三郎君的看法怎樣？你不是也聽到有人提出總督府改建成美術館的建議！」

「過去台展使用過的場所都不很理想，現在總督府大廈因戰爭已經半毀，就請政府把它整修改建成美術館，經常舉辦畫展，一年當中春天有台陽展，秋天有台展，要展多久都可以，在會場賣入場券，又把入場券通過管道發到地方去，民眾拿到入場券就想要來參觀，連鄉下老太太都會排隊去看，這方法值得我們研究。」楊三郎反應快，馬上就有他的想法。

「對、對，這就是文化宣傳委員會來台灣所要作的工作，我可以建議他們去作，這就更需要舉辦文化座談。還有，就是展覽場地，以目前情形看，短期間內還不可能借用總督府。」

「當然，舊總督府要修建不是一天兩天的事情，況且不是我們能夠決定的。必須先找個理想的地點暫時代替，你看新公園的博物館怎樣？」郭雪湖說。

「台展也不光是作品的展覽而已，展出之前，展出之後，有很多工作要作，都是外界所看不到的，一旦台展恢復，就不可以想辦就辦，不想辦就停，必須每年持續辦下去，甚至交給我們的下一代。」楊三郎的口氣愈來愈是嚴肅。

「是的，我們都很有誠意，誠意可以克服一切！」

「也許還可再找幾個人來談，半公開的方式也無妨，不知你們以為如何？」蔡繼琨在話中有組籌備會的暗示。

「台灣畫家經過十幾年美術運動，大家都有經驗，不像以前談起畫展的事就只看熱鬧，結果亂成一團，浪費很多時間。眼看很快大家都老了，哪來這麼多時間可以再鬧下去……」郭雪湖想起當年失敗經驗，不得不提醒大家。

「我絕不允許有人再以鬧著玩的心情出來隨便發言，只要我在就不可以有誰這樣作。」楊三郎也想起年輕時代幾度組畫會的經驗。

「談到這裡我連帶有個建議，往後歷屆台展若有好的作品就應該留下來，由政府保管，所以行政長官公署要有收藏美術作品的方案，每年從台展裡挑選幾幅買下來，十年、二十年之後有了相當數目，就可以設一個美術館，讓子孫能看到我們這一代在美術上的成就，這是台展成立之後還要繼續努力的。」郭雪湖提出他的建言。

「是的，是的，這應該說是長程計畫，先把方案寫出來，然後再慢慢地去推動，總有一天可以達成。」蔡繼琨已看出自己的責任愈來愈重，從一開始他就將所談的記錄在一本筆記簿上。

「還有，以目前本島美術程度來看，台灣一省可以作全中國的模範，我們的台展除了在台灣展出，還可以到全國各大城市作流動展，趁機教育民眾，達到廣大的宣傳效果，不知你以為如何！」楊三郎信心十足認定台灣美術足以作全國的表率。

「哈、哈、哈，說這樣的話，可見你是有抱負的人。好，我一定去爭取，如果辦到了，也是陳儀長官來台政績之一，與全國各省文化交流的第一步，我們美術界搶先作到了，哈哈，感謝你的提醒！」

「繼琨兄作人實在客氣，我這樣稱你繼琨兄，未知合不合適，或者鹿港蔡……」郭雪湖在心裡一直想如何稱呼，以他的社會經驗，稱呼是建立交情最具關鍵性的。

「其實在台灣就不必稱我鹿港蔡，這是那邊的人才這麼叫，到了台灣再叫鹿港蔡就成了鄉下人，在菲律賓我用英文名字Chi-ken Tsai，簡潔有力，用我們這邊的話就成了七根菜或七斤菜，哈哈哈！在廈門我發表文章用這當過筆名，寫的都是音樂方面的，有一回陳儀就問我七根菜是不是你，果然被他猜到了，我這才知道他也在讀音樂的文章，說一句沒有輸贏的，我們還可以編一本刊物，就叫做『七根菜』，相當樸實的名字，很鄉土味，你們說對不對？」

「就這樣，我們叫你『七根菜』，叫我『雪膏』（台語），他叫『三母狼』，有別人在的場合，我們一定恭稱蔡先生，才不失禮。」

「不是有人叫你『火雞』嗎？你原先有個名字叫『金火』，小學同學都這麼叫，被我聽到了。」楊三郎反過來取笑，對自己被稱作「三母狼」顯然很不滿。

「還是『雪膏』好，『火雞』是七面鳥，聽來不太正經，我們就這麼定了。」蔡繼琨作了裁決。

三人會談的結果，連各自的別號都取了，證明是個愉快而圓滿的結局，彼此也拉近了距離成了知己。

一個禮拜過後，蔡繼琨收到郭雪湖、楊三郎共同署名的信函，上面有籌備委員以及評審員的名單，除了郭、楊二人，還有陳澄波、李梅樹、黃朝琴和王白淵，共六人為籌備委員，評審員為陳澄波、李梅樹、李石樵、廖繼春、劉啟祥、顏水龍、陳清汾、藍蔭鼎、陳進、林玉山、陳敬輝、林之助、蒲添生、陳夏雨及郭、楊共十五人，蔡氏對大部分人所知有限，回信中寫上簡單幾個字表示同意，郭、楊收信後滿心歡喜，以為新的台展這麼順利就告成立，只要公布出去，有人把畫送來便準備好去評審，萬想不到後續的事務千頭萬緒，不是沒有足夠中國經驗的他們所意料得到的。

反而是蔡氏作事謹慎，他有的是時間可依照名單上的畫家地址一一去拜訪，一方面表示對委員的尊重，另方面初到台灣想在文化界立足必須建立私人的社會關係，藉展覽會的籌備向台灣畫壇重量級人物拉交情，這也算是中國官場慣用手法吧！

6 為台灣畫家圓夢的使者

幾天後蔡繼琨和陳清汾相約到淡水河岸的步道上相會，地點是陳氏提出來的，畫壇上都知道這是他向來的作風，連會面都想辦法與別人不同。令人意外地，當蔡氏提到全島性的台展時，他的回應竟是：「要辦就辦個全國性的美術展」來使對方為難，兩人為此引起一番爭執，他的理由十分堂皇：「台灣在新美術的領域裡顯然站立在全中國的前端，只要有足夠場地，應可以向其他各省徵集作品，在台北舊總督府或博物館舉辦全國性的美展，只要作好第一回展出，第二回就交棒給其他城市，南京或上海都可以，因為現在正是我們台灣人為祖國效力的時候……」雖然說的是大道理，但並不足以說服對方。

「這建議很好，而且是非常好，但我們不要忘記不過只是地方政府罷了，不是中央不在其位不謀其政，作不來的事最好不去談它，所以今天我們只談全省而不談全國。」蔡氏不僅表示不同看法，而且一口回絕，陳清汾馬上改變口氣說：

「如果以全省的美展向全國徵求作品，行得通嗎？」

「這要作作看才知道，但不是我們說了算，全中國那麼大的地方，畫要從各地運來困難重重，把我們的建議在計畫案中寫出來，將來是否通得過才最重要……何況，目前為止很多省分的情勢很不穩定。」

「能否通過，要看我們如何爭取，用全力去爭取沒有不通過的道理，台灣在日本統治的時候也都是爭取得來，何況現在的祖國政府是我們自己同胞，人民當家作主這句話不可能只是說說而已。」陳清汾語氣有些憤慨。

「說是這麼說啦，現在的中國政府會比日本政府好多少，要等一段時間才知道，光只有腦子裡這麼想是不可靠的，全省的事不可當全國的事來辦，一不小心人家不知道要怎麼去作文章，中國人有句話叫『扣帽子』，最後跳到黃河裡也洗不清，我說的這些你不用多久就能體會出來了，要記住這是中國社會，不比日本時代。」

「對了，我又想起一個名稱，叫台灣全國美術展覽會。」陳清汾不肯放棄，突然間又有了想法要為展覽取名稱。

「這更不行！」蔡繼琨一口否決。

「怎麼不行，意思是由台灣主辦的全中國美術展覽，今年在台灣辦展覽叫台灣全國美展，明年在南京辦時就叫南京全國美展，後年在另一地方也叫那地方的全國美展。能想出這名稱，我確是有夠滿意，非要在策劃書裡寫上去不可。」

「不行就不行，我現在對你解釋也沒有用，過些時候，你自然明白……」

陳清汾沒有接下去說，因他在評審員名單裡看到他最不喜歡的人，也顧不得剛才的爭論，馬上又有意見：

「這個名單真的是楊三郎提出來的？」

「是的，是他和雪湖兩人寫好寄來給我。」

「怎麼有藍蔭鼎這個人呢？我就不懂了，日治時代他跟隨日本畫家石川欽一郎，改姓石川，叫石川秀夫，秀夫是當年教育課長鈴木秀夫的名字，巴不得自己成為百分之百的日本人。從台展到府展的十六年間沒有一次拿過賞，怎能和其他人比！如今已經不是日本時代了，還舉用他當評審，不行，不行，我有意見，一定要刪除！」不知為什麼，這段話他反而使用日本話說出來，是因為太過激動還是習慣用日語罵人才無法克制？

「是嗎？我還必須再請教一些人，如果大家都反對，我一定不會把他列進來，絕對尊重畫界多數人的意見。」

「還有，一位留學英國的林克恭，他的油畫我十分佩服，在台灣也是頂尖的，應該把他列進去。此外，邀請幾位外省籍畫家參與評審也無妨，台灣畫壇應該多與外界交流才能求進步，目前我尚不知那邊有什麼畫家，那麼大地方有幾個好畫家是一定的，每年邀請兩位前來，有機會交換意見，趁此讓祖國多了解台灣畫壇，比畫展本身更有意義。」這句話是讓蔡繼琨聽進去了，伸手拍向陳清汾的肩膀：

「好極了，你的建言我全都聽進去，儘可能照你的話去作，據說你和李超然兩家人常有往來，過些時我們再聚一聚，把工作的進度向你報告。」今天蔡繼琨把自己的身段放得很低，即使站在陳儀面前也不過如此。

「好的，過幾天你不找我，我也會找你。畫展對畫家來說比什麼都重要，戰爭才結束，有太多的事情要作，趁還有體力，多為台灣美術作些事是應該的。」陳清汾在蔡繼琨面前刻意顯威風，然而今天的架勢也不是想裝就能裝得出來的。

話雖這麼說，十分鐘熱度過去，等蔡繼琨再找他時，三番兩次推說事忙抽不了身，連他的好友李超然都無法了解這個人到底吃錯了什麼藥。

蔡繼琨趁工作之便來到台中、彰化走了一趟，在彰化時本來準備探望世居鹿港的族人，沒想到鄉下人的熱情一得到消息就自動組團到彰化車站來迎接，就地在市中心的餐廳為他接風，這一耽擱才發現所剩時間無幾，不得不把鹿港行程取消，飯後回到台中住進預訂的旅社。

第二天一早，顏水龍照著約定時間前來旅社同進早餐，他們先前在李超然家見過一次面，今天依然慎重其事穿西裝打領帶，戴著紳士帽，外加一件土黃色風衣，手提雨傘當拐杖，出現在蔡繼琨房間門前，很有禮貌脫下帽子彎腰行禮，令蔡繼琨趕緊轉頭回房套上西裝，跑出來時臉上還留有幾分不自在，為自己的失禮頻頻道歉。

這是一間上等的日式旅館，庭前水池旁有一排餐桌，他們在那裡吃早餐時，還可聽到池裡青蛙的叫聲。

當然顏水龍今天是有備而來，把想說的話寫在一張紙上，不時拿出來看稿，說話有條有理，沒有半句多餘。蔡繼琨拿出筆記簿，不時記上幾行，今天的對話顯然雙方都如此慎重其事。

聽完顏水龍對畫展的看法之後，蔡繼琨以為該談的已經談完，沒想到顏水龍真正想說的這才開始。又見他從口袋裡掏出一個信封，裡面密密麻麻用鋼筆很整齊寫了四、五張紙交給蔡繼琨，說這是他根據十幾年來推展工藝美術的心得所寫成的計畫書，過去在日本政府的協助下工作進行已有相當成績，相信祖國政府當然更加肯予大力推動，他說：

「我們舉辦展覽，作得再好，也不能算是全民的美術，因為沒有落實到民間生活的基本面，無法對大眾日常生活中給予美的教育，對此我想了很久，才決定走工藝美術這一條路，先讓民眾對美的素養普遍提升，那時再推出新美術，不但接受得快，而且出錢收藏畫作的人也會增加，畫家可以靠賣畫維持生活，台灣才能與歐美國家一樣成為一流的美術國度，不知蔡君對工藝美術是否有相同看法！」

「當然同意你的看法，工藝美術當然要大力加以推廣，這是毫無問題的。不過我有個疑問，為什麼你認為要先作到工藝美術的普遍提升，然後才設美術展覽會，兩者同時進行又為何不可？不知有什麼特別理由，請說來聽聽。」

「是這樣子的，不管是不是同時進行，還是要以手工藝為先，兩者的不同正如象牙塔美術和十字街頭美術的差別，只照顧少數幾個有閒階級而看不見社會中廣大的群眾，這並不是我們三民主義的理想，你說對不對！」顏水龍的語氣如此肯定。

「我的理解是，工藝美術是你分內的工作，或說是你的使命，至於畫展則是別人的工作，你只是拿畫出來參與，這樣說不知道對不對？」蔡氏勉強作此解釋，他雖不反對，但也不敢表示贊同。

「你很了解我，可惜身邊的畫友及今幾乎沒有誰肯接受我的理念，以致一路走來非常孤單，現在至少還有你的鼓勵，我非常感激，政府方面的支援還需要你來協助，能申請到多少經費都沒關係，在精神上對我是一種鼓勵。」說著便伸手握住蔡氏的手，感激他肯說出這一番話。

蔡氏也知道將來籌備過程中顏水龍不可能像楊、郭兩人全力投入，他有自己的理念，對自我堅持的藝術家當然必須予以尊重。

李梅樹在三峽的住家是棟台灣北部鄉鎮街上的傳統式古老建築，和蔡氏在唐山所見的幾乎沒有兩樣，進了大門沿著長廊該怎麼走他都十分熟悉，關於這裡的主人早已聽郭雪湖提過幾次，雖然初見面也像是熟人一般彼此感到一見如故。

自從走進這房子以來，他就看見很多人進進出出，有些像是家裡的人，有些看來並不相干，雖然知道是作買賣，但怎麼也看不出到底經營的是什麼樣的生意，李梅樹在這房子裡擺出來的姿態儼然像個閒人，別人忙什麼都與他無關。

「像他這樣能夠放得開，這才真正是個藝術家！」蔡氏在心裡有這樣的感慨。

兩人一起走進其中較大的一個房間，是他作畫的地方，屋頂開了三個天窗讓日光照進來，不必點燈房子裡已相當明亮，看來是為畫室而特地裝置的。牆上掛著全是油畫，一幅正進行中的人物畫擱在畫架上，橢圓型木質調色盤上面五顏六色擠滿顏料，畫家把這些顏料搬上了畫布，就變成名貴的畫作，這種魔術真是神奇。自從走進來蔡氏眼睛盯住它看，忍不住伸出小指頭在角落的黃色顏料碰了一下，似已經乾了，手指頭並沒有沾到什麼，依然是乾淨的。

「有好一陣子沒有作畫，美機空襲最激烈的時候，三峽街上的人都躲到山裡去，最近才搬回來，想開始工作，但心還沒有定，這幅畫是去年畫的，聽說三峽溪對岸丟下一顆炸彈，大家就慌慌張張往山裡跑，其實也不過小小一顆炸彈……受到三峽祖師廟裡神明的保佑，整個鄉鎮還能完好如初。」

李梅樹對自己這麼久沒有作畫感到羞愧，忙著作解釋，戰前有句話「三天沒有畫畫，就不能說自己是畫家」是塩月桃甫先生的名言，幾乎已成台灣畫家守則。他又繼續說下去：

「我畫的多半是人物，這是我的專長，過去在東京學了六年美術，憑學院中得來的素描基礎，有能力捕捉人物的特色，在台灣大概只李石樵和我兩人，一般畫家都專注在風景寫生，像楊三郎、廖繼春、陳清汾等，都是寫生畫家，他們多半只在戶外作畫，我需要有大一點的畫室，這屋頂的天窗是特地改裝的玻璃瓦，我常在想，若有一天能擁有一間像法國人那樣有充分陽光的大畫室，該有多好。」

蔡氏進屋來之後，聽李梅樹獨自說個沒停，看得出是多麼自我的畫家性格，請他參與籌劃畫展，和別人能否配合，實在很難有把握，在心裡這麼想著，就開口說道：

「信中我已經提到有關展覽會的事，這是所以前來拜訪的目的，對李先生我早就敬仰，這回能目睹原作更覺得榮幸……」只說到此，就被李梅樹把話打斷：

「這是客氣話，我們之間不再客氣，還是直接談正事。」說著把椅子拉過來請客人坐下，想想又說：「這樣好了，我們到外面去吃點什麼，三峽麵攤子是全台北有名的，走！」

也不等客人回答，才坐好就又站起來，帶頭往門外走去。

走出屋子，曬在陽光下，這才感覺出傳統建築畢竟是涼快，出門之後走不到兩條街，頭上已經冒出汗水。

李梅樹仍然若無其事繼續往前走，不遠就是麵攤，已經有人朝這邊在招呼。

「兩碗米粉麵，麵多一點，肉也多一點，豬肝、豬腸、滷蛋各一盤，大盤的，今天有什麼青菜？隨便好了，有什麼就拿什麼出來……」人還沒坐下，已經開始點菜了。

看到李梅樹使蔡氏想起自己在廈門的日子也是這麼風光過，地方上的鄉土人情確實令人回味。

「……在東京當學生的幾年我是吃路邊攤過來的，東京你也住過，不是嗎？」

突然發現李梅樹在與他說話。

「噢，是的，我吃過幾次，確實與餐廳不同滋味。」

「才幾次！那麼平常你都在吃什麼？」

「什麼都吃……」蔡氏被追問表情看來有些為難。

「是的，學校裡、家裡，不一定，有什麼就吃什麼。」

大碗公的米粉麵已端上來，熱騰騰冒著白煙，李梅樹拿起桌上的胡椒罐用力拍灑在碗裡，又朝蔡氏的碗灑了幾下，才問他：「你怕不怕胡椒的辣味？」

既已經灑上去了，也只好說不怕，說著卻把碗往旁邊移了一下，怕他繼續灑下來。

李梅樹是個健談的人，食量又大，吃完了又叫來一碗，一會工夫已全吃光，還想移到另外的攤位繼續吃。蔡氏趕緊阻止，然後藉故說另有約會，就告辭離去，走到巷口再回頭時，見他已獨自坐下來，不知又在吃什麼，今天來此該說的都還沒說呢！

對這號人物，他打從心裡欣賞，更羨慕他有自己的家庭又能自由自在過自己的生活，絕對自我的性格，絲毫不顧及別人怎麼想，保持這種心境最適合從事藝術的創作。

離開三峽之後，蔡繼琨匆匆趕往台北城內，在中山堂近旁有一家冰店，廖繼春信中表示將與陳澄波相約下午三點半在這家店裡相會。

來到冰店門口，廖繼春等二人看似已等候多時，問他們為什麼不先坐到裡面去，好不容易才回答說，遠從南部上來的關係，車費加上便當要花不少錢，走進去隨便喝點什麼，回程就不夠在車上吃便當了。嘉義來台北車程超過八小時，不管乘幾點鐘的車，都得在途中吃一頓飯。蔡繼琨一聽趕緊將兩位遠客拉進裡面，先點了三盤咖哩雞飯，才開口說：

「兩位遠途乘火車上來，我在台北也算是地主，當然是由我請吃飯，若是讓遠客餓肚子回南部，那就太失禮了，這還像話嗎！不要客氣，今天我們開的是公費……」

廖繼春剛在台南一中找到臨時教職，第一個月的薪水還沒有領到，領到的薪水也全歸太太保管。陳澄波由上海回台灣之後，為了躲警報一直沒有作事，兩人本來就節儉，加上妻子管得嚴，小孩又多，每次出門總是一個錢當兩個花。

也許肚子真的餓了，坐下來後兩人甚少開口說話，直到咖哩雞飯端來，這才大口地吃，那種滿足的樣子，蔡氏看了愈加感到自己作了一件好事。

然後又接連飲下幾杯不要錢的熱茶，不知是因為咖哩太辣，還是擔心回途口渴不想花錢買飲料。

終於吃飽了，三人才開始有對話。

「感謝你請了這麼豐富的一餐！」陳澄波先開口，這種客氣話向來習慣用日語，廖繼春跟著以同樣的話又說了一遍，表示對主人的謝意。

「這叫做粗茶淡飯，又哪來的「豐富」兩個字，說感謝的是我才對，兩位老遠要坐七、八小時車才到台北，連好好的一餐飯都沒有招待，是我的不對，實在失禮！」

說完又再次低頭致歉，顯然他們已把日本人的禮數都學了過來，話裡一定得夾雜幾句日語，不這樣好像就表達不出誠意。

「我到台北已有一段時間，和畫界朋友略有接觸，如李石樵、李梅樹、顏水龍等人，談的結果都表示有意願把過去的台展重新恢復，所以才找更多人交換意見，不知兩位……」這話讓陳澄波聽來正合他的意，不等說完已搶先開口：

「對！對！我第一個贊成，早在一個月前我就寫了一封信，寄到長官公署，建議政府不但把台展恢復，而且要設藝術學院，成立台灣美術館，至於音樂方面也要有交響樂團和音樂學院，這些工作要儘快完成。」

「好，太好了！我這次到台灣，見了這麼多人，只有你這麼乾脆，說出我心裡的話！怎麼樣，要不要叫瓶酒來，大家好好喝幾杯！」

「不，不可以，我出門時內人千交代萬交代，酒是絕對不喝的，哈！」廖繼春終於開口，表示一切須依照夫人的交代辦事。

「沒關係，我和你一樣，都是怕老婆的男人。」蔡繼琨說出自己的苦衷：「但喝汽水總可以吧！好，那就汽水，這裡有一種叫ＮＯ啤酒，我們就喝這種，你們覺得如何？」顯然剛才的咖哩飯下肚之後，每個人都想要有杯汽水來解渴。

黑松的ＮＯ啤酒，陳澄波和廖繼春未曾喝過，喝了又覺很熟悉，說不上什麼感覺。在蔡繼琨鼓勵下三個人開始乾杯，一杯接一杯暢飲起來，三人會面交談不到幾句話已經一個多小時過去，客人便又急著要趕火車。

「真抱歉，乾完這一杯我們就得趕去搭火車，繼春你還有什麼話就趁這時候趕緊說，免得……」陳澄波為自己來去匆匆表示歉意。

「我有一句話，想請問兩位。」廖繼春一直沉默，臨走前才終於開口：「過去日本人統治，台展的評審是日本來的畫家，現在回歸祖國，是否就由中國來的畫家評審台展？」

「這一點也許到過上海的陳君會比較了解，台展就是台灣人自己的展覽，一切靠自己，祖國是不可能給我們什麼幫助的，這麼說，也許令你失望，但事實是這樣。陳君，你說呢！」

「對，沒錯，我在上海好一段日子，對那邊藝壇有些了解，中國畫方面當然是那邊畫家的專長，但是油畫就沒有台灣這麼蓬勃是大家都知道的，台展有自己的路，評審就只靠自己，千萬不可存依賴心理，才得以順利辦下去。」

「這邊的畫家對中國所知實在有限，以為過去日本時代怎樣，現在新政權下也都一樣，台灣未來如何，不僅是戰爭結束這麼簡單，還有很多變數，誰也無法預料，尤其是台灣的前途問題……」蔡繼琨話中似暗示些什麼。

陳澄波看看牆上掛鐘，便提起身旁包裹，也不等對方說完了沒有，就拉著廖繼春往外走，然後才回頭用日語向蔡繼琨說聲再會。

很難得這回林玉山上台北有三天時間停留士林親戚家中，郭雪湖收到他從嘉義寄來的信就約同蔡繼琨前往拜訪，但林玉山十分客氣，表示在進城辦事之前到雙連天主教堂前相會。

其實林玉山早在學生時代與蔡繼琨在京都已會過面，還當場用水墨畫一隻大象相贈。這事似乎雙方都忘了，但一見面兩人馬上記起來，高興得跑過去熱烈握手，久久不肯放下。

這次林玉山到台北是來應徵靜修女中的美術教員一職，與對方約在十點半見面，所以八點半就先到雙連附近最顯著的地標天主教堂門前等候蔡繼琨等，而郭雪湖的女兒正好在近旁念幼稚園，可順路把女兒接回家。因此見面後便將兩人帶到幼稚園的小花園，那裡有百年歷史的傳統庭院，三人就在花園小徑漫步邊談正事。

「沒想到這回在台北又見面了，你畫過的那隻動物園老象，聽說空襲時疏散到山梨縣山中湖邊，戰後沒有妥善照顧還來不及送回京都就病死了，其實美國飛機不可能轟炸有百年古蹟的老城，把象留在京都寺廟裡才最安全。你知道嗎，這些消息都是關先生回廣州時告訴我的，還記得這個人吧？」

「那時候的同學應該都回國去了！記得上課時中國剛來的學生每次都要我在旁當翻譯，已經好多年前的事。其中有三人姓陳，為此日本老師為他們另取別號，只為了好分辨。我還記得當中一個叫哈爾賓，另兩人叫什麼，高加索和鋼布空布，好奇怪的名字。時間過得真快，那已是多少年前了！」林玉山腦海中還一直念念著當年。

「我會到台北來，你一定十分意外！」蔡氏跟在後面，不時上前提高嗓門說話。

「信中郭君已對我說了些關於你的事，不過還得聽你親口告訴我才清楚。」於是蔡氏把恢復台展的計畫又重頭說明一遍，然後才說：「今天想當面邀請林君出任評審員，希望不要推辭，同時也要聽你的意見。既然來到台灣就必須結交各界的友人，先拜碼頭以後辦任何事情才方便，你說對不對！」

「我的意見向來和郭君是一致的，相信郭君已對你講了，過去我們在台展東洋畫部展出作品，現在台灣已經屬於中國應該說是中國畫部，這一點不知你們有沒有討論到？」

「還沒有談到內容，只粗略談一談成立畫展的技術性問題，等大家坐下來開會時，這些都會討論到，但也希望每個人先準備好自己的意見。」蔡氏說。

「自從到京都學畫，我對水墨畫的研究下過點功夫，說我的畫是中國畫應該沒有問題，但有些畫家因環境關係學了日本畫或東洋畫的方法作畫，你說這些若是歸納到中國畫部，會不會有人不同意？」

「因為有這問題，所以才叫做台灣美術展覽會，台灣兩個字有他的過去和未來，過去包括明、清到日治，因為有日治所以才有東洋畫，以後學東洋畫的人愈來愈少，代表日本的影響愈去愈遠，終有一天台展中不再有東洋畫也說不定，今天若把它歸在中國畫部也是不得已的，不然叫做台灣畫也行，只怕又有人要反對。中國畫、日本畫都是台灣畫的一部分，這樣說照樣有人會不同意……」郭雪湖說著，愈說愈沒自信。

「這個問題我們會再研究研究，可以在將來籌備會中討論，那時類似的問題應該還很多，只是暫時沒有想到，但也不可因為有問題就不作，有些問題還得等作了之後才發現，也有些要作了之後才知道根本不是問題。這些日子來與畫界朋友交往，心情很不錯，不管談什麼，一切很順利，看來台展要比台交（台灣交響樂團）會早一步成立，這要感謝大家對我的支持。我之所以這麼努力，是要讓陳長官看到我的成績，歸根究柢我的成績也就是他的成績……」

「你說的沒錯，問題很多，將來可能更多，自從上回我們談了之後我頭腦裡全都是問題，中國政府和日本政府不同，不能靠日本時代的經驗辦事情，不小心是會出事的。」郭雪湖說，近日來在台北所見所聞，已令他開始沒有信心。

「沒關係，新時代裡我們又吸收到新的經驗，一切沒有發生之前不要把事情想成那麼糟來阻擾自己，對畫家來說，畫什麼畫沒人去干涉他，一旦拿出來要在政府辦的展覽會中展出，就受到管制，這當中多半不是藝術上的問題，而是政策的問題，偏偏政策是不懂藝術的人訂的，這一來藝術家就得受委屈……」

「如果台展設中國畫部，面對『中國畫』這三個字，我們今後都得畫傳統中國畫，不然當評審委員就沒有說服力，好不容易才從傳統走出來，又要走回頭，畫家心裡難免有委屈。」

「十幾年你們都走一樣的路過來了，再艱苦還是要走下去，拿出勇氣來，老兄！」蔡繼琨的心一樣無奈，仍然要用話來鼓勵。

這時幼稚園響起下課的鐘聲，小朋友一窩蜂衝出教室，尖叫聲鬧成一團。

7 籌備會的共通語言！

舊樺山小學的校舍是蔡繼琨任職的宣傳委員會臨時辦公的地方，雖只是木造的建築，卻是由一流工匠用上等材質建造的，學校後面有兩排教職員宿舍，蔡繼琨來台較其他人略早，就把一間最大的配給他，為此而引起很多閒話，說他靠陳長官才謀得職位，還傳言他是陳儀的義子，甚至說他是陳儀婚前和另一個日本女人的私生子，這風言風語自從日本回國到現在，早已聽慣了，最好的方式就是不予理睬。從永樂旅社把行李搬過來之後，一心以為總算找到了固定住所，可以將廈門的妻小接來同住。

今天在學校一間小會議廳裡就要舉辦台展臨時籌備會，發函邀請的只有十二個人竟來了十六人，這使得負責召集的蔡繼琨不知如何處理，對畫界友人的熱心參與理應感到欣慰，到時不請自來的幾位，若有意想不到的發言，就不知如何應付，看來這些人像是楊三郎帶來的關心者，便偷偷把三郎拉到一旁，很客氣問他：

「有幾位好像不在我們邀請名單裡，還得再請你介紹一下。」事實上楊三郎也不知道邀請名單包括哪些人，只知道有郭雪湖和自己，此外李超然、陳清汾、顏水龍、李石樵、李梅樹、陳敬輝等，是到了會場才知道他們被請來了。這之前根本不知道李超然、陳清汾、王井泉、詹紹基等是邀請名單之外，只聽說有籌備會的事就相約前來，過去台陽展成立少不了他們，現在台展重新開鑼當然要出一份力，也不管這是政府機關召開的會，說來就來，對這種熱心過頭的人往往是最難處理的一群。

會議由宣傳委員會夏濤聲的秘書沈雲龍主持，因對今天的會他完全處於狀況外，只簡單說了幾句開場白就匆匆離去，他一口安徽腔調，說了什麼，連蔡繼琨都聽不到一半，更何況台灣人。

蔡繼琨見夏濤聲不肯親自前來頗感失望，心想這也難怪，自己剛離開宣傳委員會，有秘書出席，表示對畫展的事沒有放棄，此時他正好看到有人從窗外走過，又頻頻朝室內探望，原來是委員會的另一位秘書白克，來台之後他就在《新生報》主持專欄，中學時代在滿州念過書，又到九州福岡讀大學，日語流利，蔡繼琨趁機將他請了進來代表委員會，開會的決議案這才有依據和公信力。

眾人聽到白克進來一開口就是流利的日本話，為之鬆了一口氣，今天的會有了共通的語言，是好的開始，往後的會由於彼此已有了共識，理當進行得更加順利。

會中白克告訴大家，將來畫展的事若希望和台展一樣每年持續辦下去，建議應該交由教育處主辦，處長范壽康是留日的學者，副處長宋斐如是台灣人，所以溝通上不必顧慮語言障礙，宣傳委員會將儘所能從旁協助。

這一番話裡聽得出白克在美術領域是有相當的認知，雖然對台灣美術情況還不了解，但談話中能順口舉出幾個日本畫家的名字來，必不是普通一般的官僚。

白克才講完，座位上已有人舉手要求發言，蔡繼琨一看是楊三郎，便起來替他作了簡短介紹：

「我想白克先生對在座的本地畫家和文化界人士還不十分熟悉，就讓我介紹一下，這位舉手的是畫家楊三郎先生，我也是最近才認識的，以後交往久了大家都是好朋友，隔壁座位的是陳清汾，然後是李石樵……」他一一介紹過了，才讓三郎開始發言：

「首先是關於展覽會的名稱，記得陳儀長官一到台灣就說要把台灣建設成三民主義的模範省，顯然他是把眼光放在全中國，所以應該視台灣的美術展覽為全國的模範美展，由我們今天的發起人主導，而後擴展到全中國，所以……」

沒等他講完，李超然已有話要說：

「等一等，等一等，陳儀長官只說要把台灣省建設成三民主義的模範省，並不代表台灣已經是三民主義的模範省，這一點要弄清楚，所以想辦個全國性美展，就要等到我們的確是模範省，所辦的美展才是全國模範展，你們說對不對，這是我的修正，請多多指教！」

語氣雖然尖銳，態度卻十分誠懇，說完還向三郎點頭致意，唯恐得罪了他。

看到這情形，白克自知不過是路過臨時上台說幾句話，趕緊退下來交由蔡繼琨主持。

「台灣美術有沒有全國模範展的實力，展出來一看就很清楚了嘛！」楊三郎並不理會有人反對，因他的話還沒說完：「所以我們只要展出第一次，把作品送出去作全國巡迴展，實力就不難看出來，不管是不是模範省，只要美術可以作全國的表率，當然可以辦全國美展，為什麼不行呢！過去在日本人統治下，我們不管什麼都自以為不如人，現在不一樣，台灣已經光復，我們能表現就儘量去表現，能爭取就儘量去爭取！對不對，這是個人淺見，請多指教。」

「對，你的想法十分正確，這是作一個一等國民應有的認知，更是一種自信，要先看重自己，別人才會看重你，我同意。」李梅樹以簡短兩句作了回應。

接著郭雪湖也有意見：「現在我們用日語開會固然很方便，要知道日本已經是戰敗國，回歸祖國之後，我們的國語是北京話，不可永遠以說日語方便而繼續說日語，必須努力學習國語才對，小小的建議，希望大家都……」

「對，郭兄說的很正確，明年台展籌備會席上，我們一定都說國語，才能使台灣成為三民主義的模範省。」陳澄波居然領先以國語發言。

「唉呀！要說國語現在也可以說，把日語、台語、國語、英語雜起來說都沒關係，慢慢地國語就愈說愈多，像澄波君不知不覺說的全都是國語了。」李超然說。

「剛才不是說到名稱嗎？若說台展、府展不可再用，要用國展或省展或什麼展，這個提案可以現在就討論。」蔡繼琨提議，因看到席上發言已離題愈遠。

「我的看法是，已經有了一個台陽美術展，如果把我們的展覽叫台灣省美術展，簡稱台省展，是不是太接近了。剛才是誰提議用全國美展，又有人不贊同，那不如就改成全省美展，你們看如何？」一直沒有發言的陳敬輝，發表了他的看法。

「這個好，我贊成，全省美展或更簡單稱省展，台灣美術由台展、府展到省展三個階段的劃分非常清楚。」李梅樹停了一下又繼續說下去：「還有一點，就是雕塑部的設立，有沒有考慮出品人數多少，如果沒有幾人，若將來只有評審員沒有參展人，這該怎麼辦？」

「其實畫家也可以作雕塑來參加，雖然在繪畫方面當了評審員，你作的雕塑也不妨送來接受評審，法國的畫家作塑像的，雕塑家畫畫的不是很多嗎？台灣當然也可以！」陳清汾說。

「大家認真起來了！好，好現象，記得六年前組織台陽展時，一次又一次說要開會，吃吃喝喝就結束了，畫家不懂得怎麼開會，要等到肇嘉先生出面召集，才把台陽組起來，今天很快能進入正題，是進步了！不過還有待努力，台陽展的籌備會你們用台語，今天用的則是日語，會開起來就特別順利，不得不懷疑我們台灣人不會用台語開會，要用日本話才懂得談正經事，如果真的是這樣，這就要檢討了！」沉默了好久的王井泉終於開口，不過說的還是日語，一時令眾人不知如何回應，尤其面對這位山水亭大老闆王井泉，久久不見有人開口，最後是蔡繼琨，只有他還不知道這是何許人：

「很抱歉，我還是認為這說法不夠公道。我要說明的是，我在唐山時用的也都是閩南語，就是現在大家說的台語，也照樣在開會，讀報告、宣布政令都一樣是台語，所以不是台語問題，是人的問題，諸位在日治時代學日語是讀書才學到的，總是一本正經地在說日語，台語就不一樣，在生活中隨便就學到了，很容易用來嘻嘻鬧鬧，所以今後大家不妨多學習，用台灣人自己的語言辦正經事，這是我們自己的國家，自己的時代，為省展催生是多麼重大的使命，一定要作好，對不對？用日語是暫時的，不得已之下才這樣作，明年我們就開始用國語了，那時大家都要使用國語發言，來表現我們的愛國心，這位王先生引起我說這麼多話，要多謝你給大家提醒，去思考台灣語言的問題。再度向你致謝意！」最後這句他是用了台語。

「哈哈哈，這不過是一時的感慨，不是責備，請大家包涵。」王井泉再度站起來，抱拳向眾人致意，表情依然那麼嚴肅。

「既然講到這裡，我得向幾位朋友致謝，好幾位朋友只聽說要成立省展就自動前來，熱心的確難得，下一次開會就是正式的籌備會，我們會發正式的邀請函，每位受邀的貴賓都有名牌，座位上也一定有他的名字……」蔡繼琨說到這裡，王井泉又站起來：

「我明白了，我們幾個人實在熱心過頭，只聽說有台展的籌備會議沒有受邀請就跑過來，台灣人的確要自我訓練，不能像當年辦台陽展，不相干的人來了一堆，結果鬧成一團，我明白，我明白，我比任何人更需要檢討，多謝蔡先生的指正，多謝多謝！」

「哈哈哈……」他說完還沒坐下，已經引來一陣笑聲。

「這就是台灣朋友可愛的地方啦！」白克覺得氣氛好，自己也從椅子上站起來想說幾句話：「有些人不請自來，有些人請也請不來，你覺得哪一種人可愛？當然是不請自來的，不光是可愛，而且值得珍惜。正當國家需要有人出力的時候，就是要有人自動自發出來作事，很感謝諸位只為我一個人才用日本話開會，從日本話裡又看出語言上的一些問題，日本曾經是我國的敵國，但在我留學期間，很多老師同學令我特別思念，從日本語文我學到這一生受用不盡的智慧，所以在此還要提醒諸君，除了努力學國語，也不可以因此而把已經學會的日語忘了，很感謝蔡君邀我進來參與這個場合，讓我享受到開會的氣氛，真的很享受，往後還有很長時間，我們或許會在不同場合中見面，成為朋友或同事也說不定，在這裡我向大家問候、祝福，並致謝！」

像是會議結束前的一番答詞，引起一陣熱烈掌聲，等掌聲一停，他慢吞吞地又有話繼續說下去：「當然，大家都知道抗戰期間，日本軍隊在中國土地上作了很多壞事情，每次想到這裡我心裡就很難平靜，但過後想想，這些作惡的軍人也確實可憐，他們不知道自己在作什麼，會去殺一些不相識，從來沒見過的人，這行為是多麼不正常，所以對他們只有用可憐來形容，正如他們向一個不相識的人喊萬歲一樣可憐，相信諸位一定能理解我說的意思，話就說到這裡，如果大家還有問題討論，就請繼續，可不可以讓我先走一步，很高興與諸位交換意見，謝謝各位！」

以一陣掌聲送走了白克，等他走遠了，才有人低聲問：「他是誰呀？」蔡繼琨只好又插上一句：「他是我的長官，是個好人，你知道這個就夠了，早晚他會被調走的，等不到你們認識他是誰。還有一個上司叫夏濤聲，也是人才，作事認真，愛國愛民，可惜不喜歡我，是我來到台灣之後遇到的最大阻礙，沒關係，阻礙早晚會解除，哈哈！今天我們的會就到這裡，下回的籌備會，另有公函通知，希望大家一定要出席。」

等下一次籌備會通知寄達每個人手中，已經是一個月後的事了，是剛過完新年的第一個禮拜五。

這期間蔡繼琨除了忙交響樂團和音樂學院，又替楊三郎和郭雪湖在行政長官公署安排一個叫諮議的職位，讓兩人專心處理省展的籌備工作。

蔡繼琨拜訪藍蔭鼎的那一次，對方曾建言設機構聘專員籌備省展，話中有由他掛名當籌備主任之意，並且當場建議郭、楊兩人出任委員，蔡氏也有同感，就來找李超然商量，沒想到陳清汾突然來訪，兩人一起把藍蔭鼎的部分推翻，他提出很多理由，當中最主要的是藍的學歷只鄉下的國小畢業，實力還不及台北的四年級，如何擔當得起主任之職。又指出他只想藉此當日後爬升的階梯，先找個無給職的位置，替未來作鋪路。雖然反對藍的出任，卻十分支持郭楊兩人。正好行政公署有諮議的職稱可以讓短期性的業務人員領週薪，且備有辦公室，可自由上班，最適合省展籌備之用。

蔡繼琨是個世故的人，爭取到籌備室之後，照樣發給藍蔭鼎聘書，卻始終沒通知上班，藍蔭鼎志不在此也從沒有來詢問，如果兩人都不對外人說，畫壇上恐怕只知郭、楊當了諮議就此而已。

王井泉的山水亭終於在新年過後第一週重新開張，戰爭期間一度把全家疏散到鄉間，本來以為這場戰爭打下來要好幾年才結束，就買了一塊山坡地當果園準備來日靠它自力更生，未料才剛剛有了收成，戰爭就已經打完，實在沒想到日本會敗得這麼快。初嘗農耕生活的樂趣，就要他再搬回城市重操舊業，心裡確有所不甘，所以遲遲不肯回台北。這次要不是楊三郎約了郭雪湖前來探望，把台展要重新開始的消息帶給他，說如果沒有了山水亭，往後畫家們以及更多的文化仙沒有「娘家」將流浪街頭，以這理由勸他回台北，不可在鄉間當一輩子閒人。

尤其當三郎告訴他有個廈門人叫蔡繼琨，來台要辦台展，又想組交響樂團設音樂學院，聽得他熱血沸騰，第二天就趕回大稻埕，打電話找李超然打探蔡繼琨何許人，急於想見他一面，才得知樺山小學有這場臨時籌備會，於是在李超然、陳清汾陪同下前往赴會。他的認知以為和當年組台陽美協應無兩樣，只要來了都有權發言，蔡繼琨對他的「熱心」也十分禮遇，算是有了愉快的初會。

以後蔡繼琨有事想約人商談就指定在山水亭，從此他便成了王井泉店裡受歡迎的常客。

8 延平北路古井兄

太平町不知什麼時候起改名叫延平北路，永樂町也改為迪化街，停戰不到一年，這一帶已經恢復往前的活力，可是前來山水亭的客人除了戰前認識的文化仙，店裡的客人始終沒有增加，看得出生意已大不如前。

起初王井泉還抱著隨時可放棄山水亭回鄉耕農的打算，儘管心裡這麼想著，嘴裡則沒有說出來，現在新的台展就要開催，台灣第一個交響樂團也要成立，各藝術領域很快就有活動，如果沒有山水亭，台北就沒有文人的聚點，對向來以推展台灣文化為己任的王井泉又於心何忍。

每天反反覆覆地想著這問題，始終沒有考慮自身現實的利害，被與生俱來對文化的熱忱沖昏了頭。每到月底結算盈餘時，生意不但沒有起色還不斷在下降，還能維持多久，想到此一時不知何去何從。

但願是全球景氣的關係，度過了難關，很快就會好轉，他這樣在為自已打氣。至少要挨到進行中的省展開幕，然後看到它順利閉幕。可是，如果那時候才結束營業，攜家帶眷回鄉間重新耕農，身上背著一堆債務，是否太遲了？這段期間王井泉心裡的矛盾，連身邊的家人也察覺出來。

還有令他更放不下手的理由，就是旅日的台灣學生回來之後，陸續被介紹到山水亭寄住，這是無論如何都不可能拒絕的，王太太每看到又有人提大行李進來就知道不會是好事，在廚房裡不停碎碎念：「又有住客來了，這裡是什麼飯店，以前要免費給吃，現在又免費給住，古井仔發瘋了，以為自己生來就是大善人，歌仔戲的員外在作善事……李春生的公館這麼大間，他孫子還把朋友送到山水亭來，他以為我們是什麼……」

這話正好被走過的古井聽到，很不高興地瞪了她一眼，本想要走開，卻又轉回頭來：「妳們女人懂什麼！」聲音雖然壓得很低，還是擔心被客人聽見，匆匆走開。

呂泉生在日本是學聲樂的，和高慈美的妹妹高雅美拜過同一個老師，後來聲帶無法調適好就改學作曲，王井泉早就聽過他的名字，期待和他結交，這回竟自動前來投宿，高興都來不及，哪捨得得罪人。接著又有人把陳夏雨也帶來，兩天來呂泉生和陳夏雨都只睡在客廳沙發上，沙發是日本人離開時用廉價買過來的，睡起來比自家的床還舒服，客廳談不上個人隱私，也打擾了屋主一家人的生活，非常時期只得彼此忍耐。

呂泉生住在山水亭期間，不斷有訪客找他，有一天來了一位很體面的青年，是呂泉生的好友辜偉甫，想帶他回家裡去住，呂泉生在古井仔面前說了很多理由婉拒，其實是怕住到那種富貴家庭恐難以適應。辜氏早就聽說這裡常有文藝界人士出入，因好奇便問有哪些人，王井泉一一數給他聽，都是在刊物上看見過的名字，山水亭算不上一流餐廳，卻有高品味，他一直找不到理想飯館與好友一起吃喝談天，他當然要感謝呂泉生，能結交這位性格開朗熱心公益的王井泉。幾年後辜偉甫得知山水亭經營不下，伸出援手請王井泉去開發他的一塊地，日後成為有名的榮星花園，又出資組榮星合唱團由呂泉生親自指揮，產業界為文化後援在台灣是由他而開始。

9 「省展」推手們

省展籌備會的前後幾天裡，山水亭擠進了四、五個人在客廳過夜，每餐也多了一桌流水席款待美術界，王井泉認為這樣作令自己的店很有體面，樂得整天笑口常開。

客人多半是陳夏雨帶來的，第一天陳澄波搬來時和過去一樣提了一卷自備棉被，準備好會後留在台北畫幾天的寫生才回嘉義，然後是劉啟祥和林之助同來，兩人本來已安排好在友人家住宿，吃過晚飯後被陳澄波強行留下作伴，第二天一早才結隊同往中山堂參加會議，山水亭就像他們的家，想來就來，想走就走。

從車站通往中山堂的路，陳儀來了之後改為博愛路，把原來的公會堂改名中山堂，南部來的畫家，不管到哪裡都要先到火車站，然後從那裡出發才不會走錯路。有人告訴他們，站在車站大門口，遠處高高矗起的就是總督府高塔，是台北城內最明顯的地標，朝那方向走去就是新公園，現在也改名「中山公園」，公園的一個出口通向衡陽街，走到了盡頭右邊的大建築就叫做中山堂。目標非常清楚，今天參加開會的便沒有人因迷路而遲到。

中山堂的右側門上掛著「台灣省行政長官公署教育處」的長條木牌，蔡繼琨早站在門前多時，見到郭雪湖就拉到一旁，告訴他：

「今天要麻煩你多發言，好讓我少說幾句，這樣才能把場面撐住，拜託拜託！」接著又說：「有一點你還不知道，目前我已調到教育處上班，宣傳委員會那邊不是我自己請調，是他們把我調開，等一下你就知道……」

又看到李石樵走來，接著是陳澄波等住在山水亭的四個人，他一一上前握手表示歡迎。

會議席上除畫家還有好幾位陌生人，其中兩位臉熟的政治人物，猜想應該是李萬居和游彌堅，幾天前一起開會的白克也來了，相識的人小聲寒暄。

不久蔡繼琨領先與三、四個人一起走進會場，背靠著一面大黑板依序坐下來，籌備會在這時候正式開始。

「台灣全省美術展覽會第一次籌備會現在正式開始！」宣布的人是蔡繼琨，他以平常說話的語調，一點也不像開會時的司儀，他本想再說什麼，卻被坐在前排的瘦老頭搶先發言：

「首先，讓我自我介紹，我叫范壽康，范壽康……」先是用北京話，接著改用日語把自己名字又說了一遍，乾咳了兩聲才說下去：

「台灣省剛光復，一切還在過渡時期，我們開會使用大多數人通用的語言，我想日語是最合適的，應該沒有人會反對。」他以北京話說了這一段，才轉用日語講下去，卻不忘將自己名字又念一遍，聽起來像台語的「罕受苦」。

「范壽康，是我的名字，二十年前，不，已經快三十年了，我在東京帝大念工學院修的是土木工程，現在我是行政長官公署所屬教育處的處長，以後請諸位多多指教！在我右邊這位宋斐如副處長，他也是台灣人，而且是我帝大的後輩，特地請他過來與各位見面，以後展覽的事情要多麻煩他。再過去也是留學日本法政大學的江鐵先生，是台灣大學教務長，也是教育處的委員，早上正好來到辦公室，便邀請他過來與大家認識，他從小在日本人家庭裡長大，我說他的日語講得比大多數日本人好，你們也許還不相信，但沒關係，以後大家自然就知道了。再過去的這位青年，叫張呂淵，雖然職位只是本處的一名職員，但他才是最重要的人物，以後畫展的大小事務都交由他一手辦理，來日諸位畫家與他接觸的機會最多，短短一個月來，我已經看出這個人的能力，希望往後籌備期間與他好好配合。再過去這位，本來是開會的記錄，今天我們以日語對談，使不懂日語的他無用武之地，不過還是請他留下來，也許有什麼事能幫上忙也說不定。好吧，我這個處長說話到此為止，接下來就請蔡繼琨兄繼續主持。」

蔡繼琨站起來，首先就是向處長把畫家及民間代表逐個介紹一番，先是用日語念名字，介紹到陳澄波時，把「澄波」讀成「珍寶」引起一陣笑聲，他自己搖搖頭說：「還是讓我用中文來念，用日文實在是……」說時臉上表情有幾分尷尬，隨後便以中文繼續念名字：「這位是李石樵、郭雪湖、楊三郎、陳夏雨、林之助……」介紹到地方名仕李萬居、游彌堅時，處長、副處長一起從椅子上站起來，朝兩人微笑點頭，看來對他們的身分地位略有所知。

介紹完了，依照中國官場的規矩，一定要邀請貴賓說幾句話，游彌堅即將接任台北市長，名氣正旺，第一位受邀發言。

「的確是很大榮幸。」游彌堅也不推辭邊說邊站起來：「能夠在這個有文化氣息的場合說話，不管長短都是一種榮幸。我名字叫游彌堅。」他一開口就用日語，但對自己的姓名則不得不用台語重說一遍，想想又以北京話再多念了兩次，感覺上這才算完滿。

「抗戰期間我在大後方，台灣光復後才回家鄉來，最近聽說有人把剛回來的我們稱為『半山』，意思不知道是好還是不好，這就全靠我們自己的表現，如果作得正，那麼『半山』就是好話，作不正時『半山』受到拖累成了壞話……」

此話一出，博得會場一陣掌聲，他得意地跟著也笑，竟忘了接下去要說的話：

「這個……是這樣子的，回家鄉服務是我最大心願，最近，也許將進入台北市政府機關服務，那時要請諸位多予支持，尤其文化方面，我們一定要作到最好，所以將會舉辦多次文化座談，針對各領域由專家們提意見，讓我們有個努力的方向。我的話就講到這裡，謝謝各位！」

看樣子是個急性子的人，話剛說完人已經坐下來了，再請李萬居發言，可是他怎麼也不肯，只好作罷。

上級長官相繼離去後，會議廳除了畫家和民間人士，只剩蔡氏、張呂淵科員和記錄的職員。這時又有幾個遲到的人走進會場，遠地來的顏水龍也在其中。

「其實，今天的會是現在才算開始。」蔡氏只用日語說了這句話，馬上就改用台語，因為聽不懂台語的人都已離開，他的日語又不像其他在台灣長大的人流暢，開口說台語對大家才是最方便：「在座都是我的朋友，雖然認識才一個月，相信要辦好省展憑大家的力量是絕對足夠的，我很信任諸位的能力，一定可以辦到。首先我們須要推一位主席，以後他就是我們省展的召集人，在這裡我個人先推出一位，由大家舉手附議，我想了好久，認為郭雪湖君比較適合。第一、因為他住在台北市區。第二、他人面較廣闊。第三、過去台展到府展他每屆參與，有足夠參展經驗。第四、台陽展裡他和三郎兄合力從最艱難的階段堅持過來，證明他的辦事能力。第五、自從李超然兄介紹郭君與我相識，我倆互動良好，希望諸位針對這五點考量，是否由郭君擔任召集人和開會主席？」

「贊成，我贊成！」話未說完就聽到有人出聲贊同，是剛從南部來的陳澄波，不但自己舉手還拉起身旁林之助的手，看到有這麼熱心的支持者，其他人也一起把手舉起，雖然沒有表決已經造成一致通過的局面。

「他們藝術家開會就是這樣！」另一邊李萬居對身旁的游彌堅說，聲音小到像是在自言自語。

「還好，這樣速戰速決，並不影響大局，萬一開會程序觸礁，你再出聲也不遲。」游彌堅回過頭在他耳邊小聲回應。

郭雪湖已經被請上主席座，臉紅紅地有些緊張，對他來說主持會議雖不是第一次，可是一想到很快就得使用新國語開會，主席一職本應該由到過上海的陳澄波接任才適當，而他竟急於舉手把這位子推給別人。

他還是先以日語開頭，接著才轉用台語：

「……為了爭取時間，讓會議在十二點以前結束，所以就直接進入議題，第一個議題是展覽會的名稱，經過上次臨時籌備會討論結果，決定以台灣全省美術展覽會為正式名稱，簡稱為省展或全省美展，不知道大家有什麼意見？」

「全省這兩個字有些奇怪，不知道是什麼原因要用全省，誰可以來說明一下？我覺得名稱十分重要，還是再多提出一兩個來討論比較好。」陳清汾發言。

「對，本來也是應該這樣，那天好像你也在場，我們是經過討論才決定的。」主席回答，轉頭看一眼蔡繼琨，示意他發言。

「那麼由我來說明，那天有人提出，好像是三郎君吧，他建議用台灣省全國美術展覽會，意思是由台灣省所主辦的全國性美術展覽會，意見很好，大家也都贊成，可是台灣剛剛光復，一下子恐怕辦不到，所以保守一點，先用台灣全省，幾年後或有可能改成台灣省全國美展也說不定，留為以後再討論。那天開會過程是這樣子的，以上是我的報告。」蔡繼琨說話時兩眼一直看著陳清汾，好像希望他不要再挑剔了，果然對方沒有再說什麼，主席就接著第二議題：

「這裡有評審委員名單，也是上次籌備會時共同定下來的，都寫在這張紙上，從我右邊傳過去，諸位看過之後如果沒有意見就通過，以後每年就由這幾位擔任永久評審員。」郭雪湖坐的主席位子愈來愈穩重，逐漸展現出權威姿態。傳閱過後，隔了好一會不見有人發言，他才說：

「那麼這名單就這樣無異議通過，好不好？」

「對不起，有幾句話想在這裡表達一下，純粹是個人意見。」陳敬輝很慎重把話慢吞吞說下去：「就是，依過去的慣例，每年台展和府展均由日本帝國美術院畫家前來當評審，重點在於每一回前來的都不盡相同，這有一點好處，就是評審的角度因評審員而每回都有小小的改變，才不至於讓某種風格或題材的作品永遠能得賞，參展畫家也不會因而只緊捉住固定畫法，為了得賞都畫一樣的畫……我只說到這裡，相信大家該明白我的意思！」

陳敬輝的性格和名字一樣，「陳敬輝」用日語念來正是台語的「真客氣」。所以他的意見向來是受到尊重的，已有人聽出他想說又沒有說出來的話，站起來要代他說：

「在帝展中有一個大問題，這在我們台展還沒有發生，算是十分幸運，那就是評審員提拔自己的學生，說來也是人之常情，是好，也是不好。如果每年都由相同的人當評審，他的學生就可以因他的提拔而得賞，到最後也當起評審，當某畫家提拔了三、四名學生成為評審員之後，自然形成一種勢力，結果如何，不用說大家都知道的。」心直口快的顏水龍替陳敬輝把話說下去，似乎說得太坦白。

沉默在一旁的李萬居終於開口：「畫家說的話我們門外漢不容易聽懂，現在又有點懂了，你們是說在大師底下又有小師，自成山頭，一個山頭、兩個山頭、三個山頭，把台灣畫壇帶進戰國時期。問題在於這樣一來是好還是不好，如果大家只是競賽，應該是好的，如果打起來了，那當然不好，你們會不會打起來，只有你們自己最知道，對不對！」

他的幽默引起大家為之一笑，是開會以來嚴肅場合中第一次的笑聲。

「我們的目的是提升台灣美術，即使是打起來，如果打架而能提升美術，也應該是好事。」顏水龍接著說，算是對他的回答。

10 東方快車上的舊人

這時從左邊傳來一張紙條，上面寫著：「請問你就是顏水龍先生嗎？」往左邊看過去，都是相識的，只有一個留短髮穿白襯衫的青年人，猜想傳紙條的人應該是他吧，但怎麼也想不起來此人是誰。

「那麼帝展的情形如何？」蔡繼琨開始有些疑慮：「產生了問題之後，他們如何改進？」

「根本沒有改進，後來只有改組，不然問題愈鬧就愈大。」

「日本人是有評論的，有人寫文章認真批評，把問題點出來，同時又提供解決辦法，這就是所謂評論家，而我們的評論家還沒出生。」陳敬輝說。

「像朝倉文夫那種霸氣十足的藝術家，看起來什麼批評也動搖不了他的地位，但最後還是出局，你看評論多麼重要。」

「蒲添生，你是他的學生，你的看法呢？」有人如此問。

「朝倉先生是人格者，他霸氣是因為他的本事，藝術修養到了一定程度，自然產生霸氣，這是不好聽的說法，應該說是絕對的自信心才對。你們說，如果日本雕刻界沒有朝倉先生，會不會變得很寂寞？他給雕刻界一種難得的活力，是應該受肯定的，不可隨隨便便說他霸氣！那是一般人隨口說出來的話。」蒲添生愈說愈有氣，事實上他也恨不得自己有這種霸氣，可是和朝倉相比再怎樣也是小巫見大巫。

蔡繼琨擔心把話題拉遠，趕緊提醒說：

「這是日本的問題，台灣是否這樣，展過之後自然知道，目前尚言之過早，不是嗎！」

「還有一點最重要的，不要忘了全省美展將來就是台灣省全國美展，也許三年，也許五年，那時會聘請全中國的名家來評審也說不定，省展在短短三、五年不可能有什麼山頭，至少我不可能，三郎君你才有這本事！哈哈！」陳澄波說。

「我，我到現在還沒半個學生，你在嘉義的學生已經上百人，疊起來不就是一座山！」眾人聽了都笑出聲來。

「好啦，這樣討論下去必然沒有結果，只好由我裁定。目前也只好這樣，這議題終止討論！」

郭主席在這種情形下只得獨斷作了裁決：「接著討論的是展出地點和時間，本來這都由教育處決定，不過，我們可先提出來供參考。」

「既然是官方主辦的，由官方提出日期，大家再針對它發表意見，這樣如何？」游彌堅畢竟是有經驗的。

「因為我們尚未擬定好，所以先聽畫家的意見。」蔡繼琨說。

「那就在光復節好啦，時間在暑假過後，又可借此慶祝光復。」游彌堅替大家作了決定，沒想到獲得一致贊同，時間的問題就這樣解決了。

「至於地點，不知有什麼意見？」主席問，接著又自己回答。

「當然總督府是最理想的場地，就是不知道幾時才動工修建。」

「重點是不知有沒有風聲說要修建？」

「沒有！的確沒有訊息傳出有修建的計畫。」

「但我們得先發出聲音，一有聲音他們才會往這方向去想，想到才會去作。」

「有個消息說，漢城的朝鮮總督府大廈已經決定不修建，他們要打掉重蓋，是不是？」

「這有可能，朝鮮人的性格就是這樣，和台灣人不同，我們有我們的作法，他們重蓋而我們修建，代表的是兩種不同文化和民族性，對日治時期這段歷史的感受我們和朝鮮人不一樣，象徵殖民統治威權的總督府反應方式也各有不同。」李萬居說，過去他在中國多年，與朝鮮人接觸，對他們的性格甚為了解。

「我們就暫時不談總督府，其他可以展的地方還有新公園的博物館、樺山小學、教育會館、中山堂，這些地方各有優缺點，諸位的看法如何？」

「博物館是第一優先，然後才是中山堂，這兩個地方如果不行，只好延到下年度再舉辦。」李石樵說。

「好，那麼我們盡所能爭取到博物館展出，可是，直到現在我還沒機會進去，哪天請超然兄帶路一起去了解一下！」蔡氏說，李超然坐在一角只遠遠對他點頭，沒有說什麼。

主席又接著下面議題，說：「上回提到國畫和西畫的分類，至於日本畫和中國畫的問題，請諸位用一點腦筋思考一下。」

「西畫有好幾種，油畫、水彩、粉彩、素描等等，但畫家們多以油畫為主參加展出；國畫就有用水墨還是膠彩顏料，只要不是臨摹別人的都不該受到排拒。」林玉山首先發表意見。

「是不是有人擔心評審時遇到中國傳統畫法就不知該怎麼去評好壞？」李石樵從西畫家的立場提出疑

問。

「不、不，不是評審本身的能力問題，而是兩種畫放在一起評審是不是妥當的問題。要評出入選與否並不難，最後給誰第一名就難了。」

「我們一方面要鼓勵外省畫家來參加，一方面又排拒水墨這種傳統中國畫，這樣作是否矛盾？」陳敬輝說。

「不過，也要考慮到外省人怎麼在看我們，若只拿出中國招牌，就認定是正統，未免草率，這個問題必須讓時間來解決……」林玉山雖熟知中國繪畫但也有他的顧慮。

「等展出來大家看了再說吧！畫家本來畫什麼畫，展覽時就拿出什麼畫，不管什麼畫最後只有好畫和壞畫的分別，當評審的只管選好畫就算是盡了責任，其他的問題要由評論家和歷史學家去解釋，我們畫圖的人本來就不該管太多。」楊三郎由西畫的角度想把問題淡化，他的道理頗有說服力。

「對，畫家只管畫他的畫，其他的什麼都別管，也不懂得管。塞尚、梵谷他們會什麼，他們因為不會才成為大畫家，我們竟管到中國畫和日本畫去了。多了這些份外的常識，對自己的創作有什麼幫助？沒有呀！」陳澄波附和楊三郎的說法。

「所以我的建議是……」蔡繼琨緊接著問，會場開始有吵雜聲使他不得不提高嗓門：「我的建議是，既然當評審員，送來什麼畫，我們就評什麼畫，至於什麼畫才可以送來，是主辦單位的職責，把責任分開之後，事情就好辦了，不是嗎？」

「也算是一種結論！我接受你這種說法。」有人想為這問題脫困。

「好，我們就這麼辦。」郭雪湖趕緊作了裁定：「下一個議題，也是最重要的經費問題，不知我們有沒有能力自己編出一個預算？」

雖然大家都知道經費是愈多愈好，只要當局肯撥下錢來，當然多多益善，但要開個名目去要錢，他們就不知從何下手，良久才有人發言：「剛才坐我身旁的江教授給了我名片，他是東大出身，臨走時對我說，展覽經費他可以幫點小忙，這意思是要幫我們申請經費，但我們要把名目列出來才能向人要錢，而且用了錢之後也要報帳，這方面的工作有誰會呢！」

「江教授是范處長東京讀書時的同學，正好到辦公室來，一聽說有畫家在這邊開會，就想來與大家會一會，看情形他是對美術有興趣的，改天我陪郭雪湖兄一起去拜訪，只要可能爭取到經費的地方，我都願意去試試，不怕白跑一趟，往各方面去建立關係是非常重要的。」經費在蔡繼琨說來信心十足，至於多少經費才足夠，則一點概念也沒有。

李石樵舉手要求發言，郭雪湖看他一直默默坐著，便優先請他說話：

「過去日治時代每回台展總督府都設賞給特選的作品，或者將畫作買下來收藏，我們幾位的畫大概都被收藏了，剛才我就看到郭君的《戎克船》掛在中山堂後廳二樓牆上，另一邊是呂鐵州的《春晨》，還有我的《病院走廊》，沒想到大空襲過後還能一直掛在那裡，實在難得。這使我想到祖國政府既然要辦省展，也應該有收藏作品的計畫，至少我們自己要懂得提出這一項要求，以上是我的建議。」

「好，這建議非常好，我兩天前就把今天要討論的預先寫在一張紙上，也寫到這一點，要政府有收藏作品的預算，鼓勵畫家參展的欲望，才能讓省展順利持續下去。」郭氏作了回應。

「據說中國式的作法事事都要討價還價，譬如我們要求五百元，就必須寫一千元，然後被他們砍下一半，彼此妥協之後，還有五百元，這是戰爭期間在那邊時有人教我的。」三郎說。

「和政府交涉也要討價錢嗎？」有人問蔡氏，引起一陣笑聲。

「沒有那麼嚴重啦，但也要有心理準備，申請經費總要有點技巧，才能要得到，這一點是沒錯的。」

蔡回答。

「除了得獎的畫作，評審員的畫也要收藏。政府應該現在就買下來，將來一旦有了美術館，就不必再找畫家買畫。」

「即使沒有美術館，也可以先掛在各學校、圖書館、區公所和醫院等公共場所，每天有上千人經過，總比放在家裡要好。」

「我們要積極促成總督府改建美術館，想到自己的畫要進入美術館，要加緊努力作畫，畫大的畫，我們的時代在台灣美術史上才不會留白。」李石樵說。

郭雪湖聽了點點頭，表示贊同：

「李石樵君的這番話，我完全同意，並且可以當作這個會的最後結論，就是省展的設置以美術館促成為目標，有一天作品都進入美術館，我們的時代才不會空白……現在時間也差不多，會議到這裡結束，其實我們的工作是現在才正要開始，下次籌備會日期已經由蔡繼琨兄安排好，定在一個月後，也就是三月的第一個禮拜天，我們會寄通知書給諸位。好，我就要宣布散會，謝謝各位的出席，多謝！」

「諸位請聽好，請聽好，諸位。」說話的人是王井泉，他用手掌作成喇叭狀大聲對大家宣布：「請眾人移步到太平通的山水亭，我已準備好便飯要宴請諸位，從這裡步行約二十分鐘，大家運動一下，中午可以多吃點，我真誠邀請移駕到我的小飯館，外地來的人路不熟就跟我走！大家慶祝省展有了好的開始……」

這時有人過來與顏水龍打招呼：

「是顏水龍兄？剛才介紹時我從那邊看過來，愈看愈像你，還認得我嗎？我是秋濤。」

顏水龍終於想起來，當年乘東方快車去巴黎時在車上遇到的中國青年，又能在台灣相遇，太令人意外了，對方緊接著又問：

「後來你和她怎樣，結婚了沒有？」

二十年前的事沒想到他還記得，指的就是畢雪華，一時不知如何回答。對方又問：

「聽沈紅說你們約好在巴黎相會，有這回事？」

「是的，可是並沒有見到，就失去聯絡，以後也沒有消息……」

「我也沒有她的消息，她是到列寧格勒，而我們在莫斯科。」

只簡單幾句交談，就匆匆告別離去，也沒有交換地址或告訴在台任職機關。

在走往山水亭路上，顏水龍一直想不起來這位叫秋濤的人到底姓什麼，那時候從中國、日本到蘇聯受訓的留學生都是從西伯利亞鐵路乘東方快車前往，每班列車都有好幾名中國學生。

他們就是在車廂裡認識，那回同車還有個女孩叫沈紅，已經來過一次莫斯科，秋濤的年紀比她們小，卻看得出是秋濤的同志愛人，都是所謂思想進步的青年，一路上聯合起來向顏水龍洗腦，可惜語言上只勉強能溝通，洗腦不見有效，反而是畢雪華欣賞顏水龍的藝術家氣質，兩人常單獨一起，甚至一度想放棄蘇聯留學隨他去巴黎，後來因顏水龍傳給她的字條不小心被沈紅發現，到了莫斯科就把她騙下車，這才沒有結局，那時她們都已入了黨，沈紅便是她的上級領導。背叛自己的黨是件很嚴重的事，這經過好像秋濤都還不知道。

以後好幾次在不同場合見到秋濤，奇怪得很並不像頭一次會自動前來打招呼，顏水龍過去拍他肩膀，雖很客氣轉身來握手，說不到兩句話就借故走開，看得出以他的身分是在顧慮什麼。

11 打掃庭院的人叫「敏雄」

蔡繼琨離開宣傳委員會之後，就搬離原來在樺山小學的宿舍。第二天他的宿舍就陸續被三名剛從基隆港下船的年輕人所占，由於這房子特別空曠，三個人各分配一個房間，還有個共用的客廳和廚房，門前磚牆高度與人齊肩，從室內窗戶剛好可看見外面的行人。後院有棵大松樹，旁邊搭著葡萄藤已經枯萎多時，是從前住在這裡的日本家庭種的，藤下幾塊岩石布置得十分雅氣，坐在這裡不管是誰都會去想到什麼樣的人家才懂得把石頭排成這麼有品味，平時他們一家人如何在享受生活。

最先搬進這屋裡的是一位名叫黃榮燦，看來才剛過三十歲的青年，理著平頭，一身結實的肌肉，經常把胸前解開到只剩最下方的幾個鈕扣，又將手臂的袖子高高捲起，像名運動員又像小混混，只有當他對著人笑的時候，才從眼神感受到他的熱忱，像是個懂得關懷人的青年。

剛搬來的第一天原以為這整棟房子屬他一個人所有，就把書房、臥房、客房和會客廳全都分配好，準備獨自享用。當他看見客廳小几上有個黑色的老式電話機，高興起來馬上在牆壁到處找電話接線，可惜怎麼也找不到，最後只好放著當擺飾。

房子裡滿地的舊報紙，都是最近幾天的，隨興翻閱幾張，令他驚覺台灣小島上會有這麼多種報紙和寫不完的消息，更覺奇怪的是剛搬走的住客何以這麼愛看報，把街上能買到的全都買了來，有些未曾翻開就丟棄地板上，人就這樣搬走了。除了舊報紙不見再留下什麼別的，這引起他的好奇心想知道這人究竟是誰，便用心到處翻找一番，依然未發現什麼。最後才在廁所裡不意中看到撕成兩半的筆記紙，一看紙張就知道是戰時製造的國小學生筆記簿，那準是從國內帶過來的。仔細再看，上面寫了很多人的名字，還在一旁簡單記下「油」、「國」、「雕」等字，沒有下句就不知是什麼意思，另一邊寫著幾個日文片假名，難道此人是個日本人！

把紙再拼回來，仍然沒能讀出完整的字義，只有「助」、「三」、「鼎」、「輝」，最後還有個「春」，接著就只半個字，其餘的不是寫得草，就是弄髒了模糊不清。

這些字若是人名，到底什麼人？被丟到廁所，當擦屁股用紙！對這些人不友善由此可知。只聽說他是作不到幾個月就調走的宣傳委員會職員，那麼寫在紙上的名字是他的同事、友人，還是上級交代要調查的對象！

他繼續清理房間，將滿地的舊報紙疊好，這些快成歷史的舊聞，正好可以幫助了解台灣的近況，可惜除了報紙這房子裡什麼也不剩，連應該有的電話簿可能也被帶走了，「一定是個小氣而且自私的傢伙！」心裡這樣想，對此人愈想愈沒有好感。

搬進來那天他特別注意到左右兩邊鄰舍的房子都比他住的這一間要小些，右邊還空著，看似已一段日子沒有住人。左邊的房子後院曬著衣服，表示住有一家人。第二天大早聽到外面有人掃庭院的聲音，接著又在浴室裡淋浴，把水一桶桶淋在身上的聲響，這幾年來冷水澡洗慣了的他，對這種聲音已十分熟悉，只聽聲音已經感覺到一陣陣涼意直衝他襲來。

對這位打掃門前小石子道路的鄰居，心裡升起幾分好奇，此人應是勤勞又愛乾淨的個性！於是打開窗戶看出去，視線剛好被樹葉擋住，想想不如走出去，將外院的門輕輕拉開小縫，沒想到他不僅打掃自家門前連這邊的也連帶掃得乾乾淨淨，看了令人感動。

「哇！」因心裡的感激所發出來的驚嘆，掃地的那個人剛沖完澡開門出來，才看清楚是個四十開外的中年人，很有禮貌在朝這邊彎腰行禮，聽不懂他說了些什麼，隔一會再回頭來，看這邊還沒有將門關上，再點一次頭，又說了一句話，也不知道說些什麼。

「對，這人在說日本話，我怎麼忘了！」如此想著。這時如果走回屋裡恐怕就太見外了，乾脆打開門走了出來，想開口招呼，另一邊正好有人騎腳踏車過來，停在隔壁門前，是他們家來了訪客，原來他是在門前等友人來訪。

從兩人對話的聲音聽出是熟悉的朋友，接著屋裡傳來女人和小孩的對話，說不定是日本家庭，為什麼還沒有遣送回國！

今天他就乾脆留在房裡翻閱這堆舊報紙，當作來台第一天的功課，從幾天來的報導和社論已使他感覺到台灣人對政府有說不出的疏離感，雖說不上失望或反感，和當初在內地時所知歡迎國軍的情形有明顯差距，這到底怎麼回事，來到這裡之後從台灣人臉上始終找不到光復的喜悅，這裡頭隱藏什麼危機，令人感到一種莫名的隱憂，今後不知自己將掉進什麼樣的漩渦裡去！到台灣來難道會是錯誤的選擇！

隔壁不斷有訪客進進出出，晚飯時間還聽到在飲酒唱歌，這一家人的日子過得有夠快活！反過來一想，也許是即將離去之前的送別宴。

左邊的空房子已經有人搬進來，因為天一暗房子裡就開著燈，偶而看到人影走動，但出奇地安靜，連收音機的聲音也聽不見。

正想著要過去敲門，問他有什麼需要幫忙的，卻看見一部卡車運來整車傢俱，接著由三、四個工人合力搬進屋裡，這家人必是從島內另外城市搬來的。

又看到兩個人正抬起一座大火爐從車上下來，造型極其精緻，台灣是接近熱帶的地方，燒火爐的機會並不多，即使這樣若用來擺飾客廳則十分雅觀，接著是一座大風琴，也是兩人抬的，然後是很重的紙箱，搬動時看來很用力的樣子，猜想應該是書籍，這到底何等人家，才擁有這種傢俱！幾名搬運的人當中有個近四十來歲的壯年，從舉止應該就是這裡的主人！

仔細聽時，講的該也是日語。這幾天除了報紙，就如同置身外國，一切都那麼生疏，連出門都不知道如何問路。

中午宣傳委員會的職員帶了人過來，說這間房屋一個人住太浪費，法政委員會那邊來了一位新人，要暫時安頓在此。那人一進門就過來與他熱烈握手，像是久別重逢的老友，很重的廣東口音，每句話說完就自己打哈哈先笑幾聲，一副開朗個性，見面就像多年朋友什麼都可以談。

他自我報名叫游允常，又說在身分證上是游超群，發表文章時用過「米潮」、「米花」、「米各」、「米岡」，都是米字作開頭。由於農家出身，在家裡一頓至少吃五碗米飯，到城裡讀書，同學看他扒飯時那種滿足的神態，都稱他米蟲，他就借「米」發揮，寫好文章先寫個「米」字，然後再想下面該接哪個字。

他喜歡人家稱他「米各」，和「米哥」同音，後來得知台灣人的「米哥」就是「米糕」，這名字好記，也討人喜歡，還特別叮嚀若有人來敲門問「米糕」，找的就是他。

此人粗眉大臉，大鼻孔厚嘴唇，兩眼炯炯有神，講話發出響亮男中音，他說若不這般大聲，他的廣東國語就沒幾人能聽懂。因講話用力又不停在冒汗，一條毛巾永不離手往臉上擦個沒停，靠近些馬上感覺出有口水飛過來將人逼退。

黃榮燦將原本當客房的房間讓出來給他，來時他只有一個小提包，住下來之後就再也不見搬進別的什麼，看來他全部的家當就僅僅這些。

隔天米糕一早起來就拿起桌上一堆舊報亂翻，看見黃榮燦的房門打開，像發現了什麼急急於告訴他：

「畫家，你來看看這是不是畫展的消息，上面寫著什麼台展籌備會，而且是在你們宣傳委員會主導下舉行的，這和你有關係……」

黃榮燦覺得舊報紙哪有什麼新聞，只是對方好意，就拿過來看了一眼，消息說由蔡繼琨主持，參加有楊三郎、廖繼春、郭雪湖、林之助……等美術界人士，很熟的名字，馬上想起前天在廁所看到的一張撕開的半張紙，原來寫的是畫家的名字。已刊出有好一段日子，近日應該就有畫展才對，既然台灣全省性的美展，當然代表了台灣美術的實力，無論如何是一定要看的，那天起他開始關心藝文消息，唯恐錯過了什麼重要展出。

米糕搬來不到幾天，這個房子又住進了一對夫婦，也是廣東人，這回沒人帶路就自己提了行李前來敲門，女的手上拿有一封公函，寫著這棟房的門號，黃榮燦只得再把自己的臥房空出來，自己委屈在書房裡，這一來他占有的空間反而是最小的一間，好在他一只皮箱就到了台灣，公共的大客廳足夠平時活動，何況後院還有一片草皮，幾個人同住絲毫不覺得擁擠。新來的夫婦白天多半不在家，女的叫梁雲波在《台灣畫報》任職，男的叫麥非，能畫幾筆畫，每天夾著一疊速寫到報社找工作，都很晚才回來，不曾見過他們作飯，就關在房裡沒有再出來。

一起生活了十幾天，各忙各的仍然沒說過幾句話，有一天午後，黃榮燦從外面進來，看見屋裡有客人，是經常在院子外面掃樹葉的鄰居，和米糕兩人正有說有笑，黃榮燦一臉驚訝，上前招呼，才發現他果真是日本人。

「我的名字叫池田敏雄，多多指教。」這幾句剛學會的北京話，聽起來還算標準，握手時從對方的手力，可以感覺到是個熱誠的人。

三個人便坐在客廳裡聊了起來，事實上不過是把同一句話重覆好幾遍，唯恐自己說不清楚，擔心對方聽不懂，說完了又加上哈哈的笑聲。多少能聽出這位鄰居是長年居留台灣的學者，年前才和一位台灣女子結婚，生了一個女兒，暫時還沒有回日本的打算，他在紙上寫著「民俗台灣」，又在旁邊補了「雜誌」兩個字，意思說他在這裡投稿或當編輯。

黃榮燦突然想起前些日子在廁所撿到的半張紙，還在自己口袋裡，便取出來給他看，或許與他相識也說不定，果然他一看就拿筆把上半邊的字補上去，然後寫「友人」二字。黃榮燦正希望有機會與台灣文化界接觸交往，便搶過他的筆快速寫上「介紹」，池田馬上回答：「好、好、好，哈哈哈！」

第二天黃榮燦剛起床打開窗子，又聽到外邊掃地的聲音，出門時被池田看見，趕快過來用樹枝在地上寫著「楊貴」兩個字，黃榮燦接著寫了一個「妃」字，兩人為此開懷大聲笑了起來，池田趕忙又寫了「友人」、「作家」和「今日來訪」。

「好、好，很好，我……」拿起樹枝又寫「紹介」，然後又加上了「？」問號，回答當然是「ＯＫ」。

午飯時間剛過，池田把楊貴帶來，一來就自我介紹，在紙上寫了「楊逵」兩個字。

這個名字好熟悉，終於想起來，在重慶時買過一本胡風譯自日文的《山靈——朝鮮台灣短篇集》裡頭的一篇小說〈送報伕〉，作者就是楊逵，高興起來抓起楊逵的手搖了好久不放，今天終於認識到所仰慕台灣作家。

由於楊逵的出現，令黃榮燦幾乎將池田敏雄給忘了，好一會才回頭來招呼他，不管怎樣客人的中國話要比主人的日本話來得好太多，說不通時就拿一張紙作筆談，尤其有米糕在場更是笑聲不斷。

池田原先是台灣總督府情報部的囑託，負責刊物編輯，自己又在外面參與《民俗台灣》的撰述，戰爭末期一度到皇民奉公會宣傳部任職，負責機關雜誌《新建設》的編輯，戰後他是少數被留用的專業人才，受聘於宣傳委員會，因此才有資格住在這裡的宿舍，直到他調職省立編譯館都不曾離開。不久將回日本去。今天來時他帶了和西川滿合寫的《華麗島民話集》贈送黃榮燦。

黃榮燦拿在手上翻了又翻，自言自語：「不知道什麼時候我才能學好日文，將這本書譯成中國文字，即使在戰爭期間，台灣還是能印出這麼精美的書籍！真想不到。」

這麼熟巧的手工令人拿在手上就像藝術品一般，前前後後翻閱欣賞，愛不忍捨，看了好久這才開口：「台灣有印刷廠肯與出版社配合，編印出高水準的書籍，這真不簡單！」他仍然用自己的語言，並沒有希望對方回答什麼，但他的話被楊逵聽懂了一些，所以在紙上繼續寫著：

「自身辦出版。」然後移到黃的面前。

黃榮燦看了，搖搖頭表示不可行，但想一想之後又在紙上寫著「不妨一試」四個字。

這時他突然想起胡風所譯的《山靈》一書，除了楊逵的〈送報伕〉，還有兩篇不記得作者是誰，如果有機會把這三篇文章的原文和中文翻譯收集成單行本出版，對現階段台灣民眾學習中文一定有幫助。

當場他不便詢問另兩篇作者是誰，等到晚上才寫信向上海的出版社打聽，收到回信始知道是楊華的〈薄命〉和呂赫若的〈牛車〉，從此他開始注意這三位作家，在舊《南音》雜誌上找到楊華以台語寫的詩，如〈女工悲曲〉、〈黑潮集〉、〈晨光集〉、〈心絃集〉等，發覺台灣作家有無限潛力，只可惜在當前環境下無法靠出版讓全中國更多的人閱讀。

他與台灣文學界終於有了往來，池田家只要有文藝界的同道來訪，就過來請他，有一回遇見一位剛從香港來的畫家黃永玉，是個聰明伶俐的青年，只學會簡單日語就很懂得表現，才見面就很熟的樣子，還表演幾下口技取悅大家。

當天黃永玉把身邊一本速寫簿打開給大家看，是線條流暢，具有趣味性的素描，畫的是這次乘船來台旅途中所見的人物。

「這些都不是台灣人吧！」黃榮燦隨口說出他的感覺。

「我畫的是勞動者。」雖然回答，但沒有針對所問，因而緊追著又問：

「當中有沒有土生土長的本地人，才是我想知道的。」

「不記得了，管不了這些，找到對象就動手去畫。」

「我好奇的是，你在捕捉人物造形時，發現到什麼特性是屬於台灣人的。」黃榮燦緊接著問。

「抱歉，我不朝這方面想，我的畫只有階級，工農階級才是唯一選擇……」

「工農！不是說工農兵嗎？」

「兵？你沒看到欺負老百姓的都是這些兵？」

「說的也對……」本來對話已經結束，這時米糕突然進來，想是在門外聽見什麼，插了一句：

「對是對，但也有一點點不對，我有我的看法，哈哈哈……」

大家朝著這位不速之客望過去，池田想為大家介紹，但慢了一步，米糕已經開口：

「我們已見過面，但沒有看到畫，現在正好和你們一起觀賞……對了，如果要聽我的真心話，我就要說兩句，相信作者不會介意！我說呀，如此輕巧的線描，多麼暢快活潑，正因為這樣，我才有話要說，哈哈哈！」

「到底你想說的是什麼？該說的不說，只管打哈哈。」一旁的黃榮燦已有些不耐煩。

「我說，我說，說出來沒關係吧！是你要我說的。」

「最好說話認真一點，池田先生是個正經的人！」

「我說，好，我說，說這是工農階級，那麼勞動人民究竟該用什麼線條來表現？粗獷的，笨拙的，樸實的，對不對！可是，可是我們黃兄，正好是相反，這是我的意見，當然沒有壞意，對不對，哈哈哈！對不起，說錯了請原諒！」

經他這一說，黃榮燦眼睛為之一亮，沒想到米糕有此眼力，才翻了幾頁就能一語道破，平時說不到兩句話就想打哈哈敷衍過去的他，今天才看出他的另一面。

「其實要用粗獷的線條那還不容易，我以前就是這麼畫的呀，現在畫得多，技巧進步了，表現得更流暢，至少目前畫到這地步是應該滿意了……至於勞動人民的形象，我打開速寫簿時，榮燦兄一眼就看出來，所以他要求我畫生活在台灣這土地的人，我可以接受，但還是認為階級是不分地域的，我的畫再畫下去，將來會有什麼改變，自己也不知道。不過，別人的建議我都聽了，建議不見得是批評，批評也不一定是壞事，諸位所說我都當參考用，還是要謝謝諸位！」

12 今天舞蹈教室有聚會

話雖這麼說，等下一次在蔡瑞月芭蕾舞道場兩人再見到時，黃永玉心裡的不悅似乎並沒有消，所以一直迴避不想與米糕打招呼，從頭到尾只當他不存在。至於黃榮燦也只點一點頭而已，面對面也不肯與他多說半句話，黃榮燦沒有去多想，看到永玉筆不離手一直在畫速寫，心裡仍然佩服他的勤奮和執著。

蔡瑞月的道場這陣子經常有小型聚會，在這裡黃榮燦見到了朱鳴岡和陳耀環，都是在大陸時已經聞名的畫家，更值得高興的是終於在池田引見下，第一次和留法的台灣畫家顏水龍會面。

顏水龍曾經短期間到過中國，學到的北京話尚且有限，只是比別人更懂捕捉別人的用語及音調，很容易就聽懂各省的腔調，而且知道如何把台灣話略為改變當作北京話講，這使得兩人可以一整個晚上有更長時間在對話。

黃榮燦最想知道的是台灣美術的狀況，而且認真在打聽廁所那張紙上寫有名字的這些人，希望有一天都能相識。

談話中對顏水龍總算有了認識，知道他目前正努力推動台灣的工藝美術，希望有人前來支援，尤其懂得寫中文的人為工藝作宣傳，讓民眾知道今後新社會需要什麼樣的工藝設計，這點要求對黃榮燦來說當然義不容辭，尤其佩服美術界有這麼關心社會的藝術家，不是只懂得以激進的作法與政治行為結合，而是從現實的社會需求去改造人民的生活，如果對美的理念沒有深入的認知，是不可能不顧一切投身到工藝美術裡，當兩人交談時，他腦子裡已開始盤算著應該如何著手寫這篇文章。

交談過程中顏水龍多次提到「王白淵」的名字，聽來此人像是個理想家又是詩人，更引起他興趣的是在東京、上海和台北三地坐過牢的經驗，使他好奇希望有機會很快就能見到這個人。

「那當然沒問題，白淵就在《新生報》作編輯，隨時都可以找他，就說是我介紹的。」顏水龍一口答應。

這時黃永玉走過來，站著聽兩人對話已有一會兒，沒有插嘴又默默走開。

屋子的主人雷石榆及夫人蔡瑞月整個晚上與三、四個人用日語不知因什麼議題在熱烈討論著。和黃榮燦之間只簡單聊了幾句就沒有多交談，直到離開，受邀前來的黃榮燦與這對夫婦則一直還很陌生。

回來之後，他腦子裡有兩件事，一是答應為顏水龍寫的工藝美術相關的文章；一是到《新生報》找王白淵。但要先把文章寫好再親自帶去報社，這樣兩人見面才有話題可談。說來也巧，第二天麥非從外面回來，滿臉的喜氣，告訴大家找到了工作，在《新生報》當一名採訪社會新聞的記者，除了文字報導，還要畫速寫報導新聞現場，他帶了手上這卷速寫去給報社編輯看，當場挑選了六張就開一張條子去出納室領錢，解決了這個星期吃飯的問題。

黃氏一聽到《新生報》編輯，便打聽有無一個叫王白淵的編輯，回答居然說遇到的就是此人。

麥非又再補充說：「看到我臉色蒼白像幾天沒吃過飯的樣子令他特別同情，所以一下子買了我六幅畫，是個有同情心的讀書人，雖然說的是中國話，樣子卻一點也不像中國人，而更像日本人。」聽他這麼說，使黃榮燦更積極要趕文章帶過去見王白淵。

到達《新生報》大門前才剛九點鐘，館裡的接客室靜悄悄地不見人影，九點剛過十分已經有人進來，和他一樣是前來面會的，看看屋裡有人坐著，也跟著坐下來等候，又接連來了好幾個人，十點鐘終於有人從裡面探頭問：「哪一位最先到的，請進來。」所有人都朝黃榮燦看過來，他於是不客氣起身往裡走。

辦公室裡坐著一位瘦小的年輕人，黃榮燦一看就知道不是王白淵，趕緊表示自己是來找王白淵的。

年輕人聽了笑一笑，大聲喊吳小姐，這才被帶到編輯室。

終於見到王白淵，本人和想像中相差不遠，尤其臉上的小鬍子和白色的西裝，這模樣幾乎全被他預先猜出來了。

「我姓黃，是顏水龍先生介紹前來見您的。」黃榮燦很有禮貌地自我介紹。

「噢，是顏水龍先生的介紹！前天也來了一位黃先生說是顏先生介紹的，怎麼這樣巧！」

「這位黃先生是……」

「他叫黃永玉，也是外省過來的。」

「原來是他！那天正好他也在。」

「他是來找工作的，很遺憾我們剛用了一個人，過一陣子看看，只要有機會我們會通知他，你也一樣……」

「不，不，我不一樣，我只是想與王先生相識，那天聽顏先生提到您，他說有關台灣的文學和美術都得向王先生請教。」

「我們還是另外找時間好啦……僅台灣文學就不是三兩句話能談得完的。」

「對啦，在顏先生建議下，我寫了一篇關於台灣工藝美術的文章，不知有無榮幸在貴報刊登。」說完從口袋掏出一個信封，交給王白淵。

「那真是太好啦，我們報紙最欠缺的就是這種文章，就請你留下來，我們一定用得上！」

「還有，我聽人說王先生寫了一本詩集叫《荊棘之道》，我一時找不到，不知哪家書店有得賣？」

「這種書本來就沒有銷路，當初才出版五百本，讓我找找看，這些年經過一場戰爭，不知還能否找得到。這是一本日文詩集，不知黃先生你……」

「閱讀方面可以一試，先拿到手我就很滿足。那就麻煩王先生，我現在住在宣傳委員會宿舍裡，是過去的樺山小學，正好和池田先生是鄰居。」

「我知道了，過兩天下班後再找時間去找你。」

「不敢當，不敢當，應該我來才對。」

「今天你來看我，改天我去看你也是應該的！」

兩人第一次會面只短短十分鐘不到，直到第二次再見面，在王白淵腦子裡對黃榮燦並未留下多少印象。

13 白淵的荊棘之道

「聽池田先生說，你對我的過去感到好奇，其實我除了因為莫須有的理由被關過幾次，就和大多數的文化人沒什麼兩樣！」

再度見面時是在波麗路咖啡廳，王白淵一坐下來就打算為自己好好作介紹，以滿足黃氏的好奇，可是心裡愈想說得詳細就愈不知道從何說起，停了好久才終於說下去：

「現在再來說我是抗日分子已不算什麼。所以還是談藝術文學相關的話題吧，我是寫詩的，詩對我才最重要，我曾經寫過：詩人因吃下自己的詩而死亡，這類的詩句，三十年代在日本和同好辦了一本刊物叫《福爾摩沙》，比較滿意的詩都是在這時候寫出來，老一輩的文人把寫詩說成詩人在吐絲，這句話最適合於形容我那時候的寫作心境，我這輩子唯一的一篇小說也是在這時寫的，叫〈唐璜與加彭尼〉，目的是想把不同人格典型的人，一個是俠客，一個是流氓，放在同一篇小說裡互相對照，當時能用這種大膽虛構手法寫小說，連自己也料想不到。在當年的情境下許多作品都是被環境逼迫出來的，後來有人替我收集出版，才有那本《荊棘之道》。……你給我的文章，當天就拜讀了，很佩服你在這麼短期間對台灣的情況便能夠掌握到五成的程度，真不容易。水龍兄自從轉向工藝美術，處境就十分孤單，好在有幾位知己偶而給他鼓勵，說來說去我還是尊重他的堅持，一個人能抗拒孤獨而堅持理想真不容易，很令人敬佩，將來歷史不知怎麼寫顏水龍這號人物！記得有一年李石樵到總督府替日本總督畫像，兩人談起顏水龍時，這位大將總督居然說他是台灣美術的一名逃兵，意思說該畫畫而不畫，跑去作手工藝，他這說法公不公正必須留給歷史來評判。」

「這位總督既然是個軍人，所說的話就不便批評。」黃榮燦一心只想多了解有關王白淵個人的事，不想再插入其他的人。

「另外，針對一位叫李石樵的畫家，總督也有他的看法，他說李石樵是個沙龍裡的勇士，只一心想在藝術殿堂中爭奪，可惜沒有謀略，最高只能當個大佐，意思是說他只配帶一個中隊的兵，再多就帶不動了，這話他當面對李石樵說的，所以李石樵畫完回到大稻埕，一進山水亭見到王井泉就放聲大哭，在場沒人知道他哭什麼，直到最近在台中和中央書局張星建喝酒，他自己才把當年的事說出來，這麼久了他仍舊心有不甘，結果畫了一幅大油畫，命名叫〈將軍〉，表示他的志向是指揮一個軍團，而不是一個中隊，看來他還是個有志氣的人。」

「聽你這麼說，李石樵這個人我一定要認識，你說他會是全台灣最頂尖的畫家嗎？」想想又改變語氣：「我的意思是說……是不是一個具有傳奇性的畫家，能為藝術而大哭一場的人，絕不可小看他！不過，我今天還是想多知道些有關你的事情。」

「關於我的事！目前正打算寫一篇回憶，把過去自己作過的，寫出來向世人坦白，你一定是第一位讀到這文章的人，我這一生就像是在詩集《荊棘之道》的曲曲折折路上走過來，所以必須在沒有情緒的情形下，以平靜的心情下為自己寫回憶。」

話雖這麼說，憑他過去多次受監視、拷問、坐牢的經驗，對任何人的探訪都難免有戒心，本來準備好要把自己的過去全都說出來，當他仔細觀察眼前才一面之緣的陌生人，此人雖然不像常見屬於特務的類型，但為何要這麼汲汲於打聽一個人，是他所不能理解。這情形下保護自己是一種自然反應，於是從內心裡產生了抗拒，又開始想隱藏自己，不想赤裸裸出現在陌生人面前。

王白淵幾年的中國經驗，對中國人的習性已有程度上的認知，懂得如何運用語言與人周旋，這就是所謂的打太極拳。不過，對於黃榮燦的直率，他寧願當他的來訪是一種善意，光只是談話時的眼神，至少應該相信他沒有心機才對，過去曾經遇到不知多少關愛社會的知識青年，這種熟悉的眼神足以判斷出對方內心的誠意。

但還是不願這麼簡單就把自己全盤托出，這是一個人天生自衛的本能使得他這麼作。

「這篇回憶可能在《政經報》連載，刊完之後我會寄給你的。」

「《政經報》這幾天在報攤上看到了，今後我會特別注意你的文章。」

兩人的話題本來已經談完準備離開，未料進來了一個人，一進門就大聲招呼。

來人正是剛在《新生報》找到一份差事，和黃榮燦住同一屋簷下已經兩個禮拜的麥非。

「沒想到兩位會在這裡，已經認識好久了！怎麼沒聽你提起過！」話裡似乎在怪黃榮燦沒告訴他。

「我們只是第二次見面，正要離開，就遇上了你。」黃回答。

「對了，剛才得到消息，說王主編要到台北市文獻委員會去，是否屬實？」

「我本來就是台北文獻會的委員，最近我在整理些史料，譬如台灣新美術運動史之類的，並非去那邊就職，你的消息不太正確。」

「噢，是這樣。」說著把剛剛在街頭畫的速寫攤開來讓大家看，多半是勞動階級的生活，如苦力趕牛車載貨；人力車伕拉著肥胖的富人上坡道；工地裡一群工人在聚賭；幾條流浪狗在搶食；賣菸的婦人和小孩；路邊乞食的窮人……

此時黃榮燦像是想起了什麼，突然開口問：

「你說文獻委員會請你去編美術史，這個工作就像早年清朝皇帝把知識分子集中起來編撰四庫全書，成了書蟲之後就不再作怪了！這樣比喻是否合適？」

「這個比喻有幾分正確性，不過對我而言，編史比寫文章論時事要安全多了，也是文人求自保之道呀！」

王白淵的回答令兩人會意一笑！

「前天我好不容易找到一首王先生寫的詩，才知道你不是一般風花雪月的唯美派詩人，就像〈地鼠〉這首詩，要鑽進去讀才讀出詩中含意來。」麥非為自己能找到王白淵的詩顯得好得意。反令王白淵睜大眼睛看著他，雖然驚喜又感到有幾分突然。

「我的詩會被人這樣子看，實在令我感到不自在，甚至可以說有些緊張，希望你能讀到另一首〈我的詩沒有意思〉，表示寫詩是因有感而發，我隨便寫出來，你也隨便讀讀，不必多想，想多了就想出問題來。每一首詩出現在刊物上，我心裡就開始害怕，不知道會惹出什麼事故來！想不到詩人寫詩竟成一種負擔，但願我的話你能理解。」

「哈哈，我們談話愈來愈有意思，中國有一句話說『此地無銀三百兩』，作了就不必再否認，不知台灣有沒有類似說法？」黃榮燦問。

「應該有類似的話，形容一件事愈描愈黑，是不是？不過一時也想不起來。」

「我很好奇，把台灣美術寫成歷史會是什麼樣的歷史，雖然對台灣的了解有限，但是客觀環境如此曲折複雜，撰述過程一定有重重干擾，美術的歷史在台灣恐怕還沒有人寫過吧！」麥非的好奇心不亞於黃榮燦。

「以王先生的學術背景和能力，恐怕今天只有你一個人的筆能把這段歷史記錄下來，是時代的使命！只要認為是使命，就不顧一切地去作，即使只作了年表也是種貢獻！」黃榮燦搶著要表示自己的看法。

「有句話我們經常聽到，就是：我寫的文章要等死了之後再發表，說這話的人所寫的必然是當代史，台灣新美術運動的歷史當然也是當代史，難道也要我寫下來等死才發表！」

「這麼說那就更有意思啦！但是，撰史者處於當前環境下，到底壓力出在哪裡，不是我們所能了解的……」

「舉個例子好啦，對台灣人來說，日治時代就像昨天的事情，昨天還在喊天皇萬歲，今天就中華民國萬歲，昨天說我擁護帝國支持聖戰，今天說我反抗日本熱愛祖國，這樣的人，這樣的事，史家的筆該如何寫，寫了該如何發表，什麼時候發表……」王白淵對歷史撰述有他的感慨和無奈。

「這種事在中國比比皆是，從清朝到軍閥到抗戰，有本事的人一而再地翻身，每個朝代都能與當權者結合，歷史都容忍他們這樣下去，這就是中國不興的最大原因。」黃榮燦說。

「你說不興，還是不幸？」麥非問。

「都一樣，不興也好不行也好，當然就是不幸啦。」黃榮燦回答。

「想來也真是好笑，很多事情在日治時代是正面的，現在變成了負面，對與不對的評價正好是相反，過去巴不得有人來表揚的事蹟，現在反而怕被別人說出來，所以今天寫美術史不得不隱藏一些史料。我常說，有一天史料還是會照實公開，但不知多久之後才有那一天。」

「我明白了，聽說西方國家的學院裡有專案撰述名人的傳記，但附帶個條件一定要等人過世之後才可以公開，就是你說的隱藏史料，要把史料凍結在冰庫裡，直等到可與世人見面時方才解凍，這個道理我始終想不通，現在開始有些明白了。」黃榮燦說。

「寫史的人於改朝換代之初，難免對前朝作出過重的批判，而失去史家應有的公正，譬如台展期間一度聘請台籍畫家如廖繼春、顏水龍和陳進參與評審，後來政策改變就不再聘請，史家就用嚴苛的字眼批評是民族歧視，而不去談論藝術家的資歷和程度；另方面又把民間台陽美術協會之成立刻意說成與官辦台展的抗衡，這說法完全與事情不符，如果沒有改朝代，寫史的人也絕不會這麼寫，這完全是迎合當下新時代的氛圍，我很憂慮自己也難逃這種迷失，說來也是寫史的無奈，至於大戰期間有所謂聖戰美術，以及支援戰爭所辦的奉獻展，當時作起來也十分起勁，如今就沒有人敢再談起，更沒有人會寫出來，這不就是現階段隱藏中的史料，要等到時過境遷，才會有人重新拿來評論，我很了解為什麼人們對史家不去苛求的道理。」

黃榮燦緊接著問：「時過境遷這句話，在這裡用出來很是耐人尋味，言者無意但聽者有心，好像是說有一天再度改朝代，那時所寫的歷史又將怎樣怎樣，這不是不可能的，所以……」

「所以中國人在台灣，是否與日本人在台灣一樣有一天會遭到批判，而且是有偏見以不公平待遇來批判！」麥非說，雖然只是說笑口吻，問題卻是嚴肅的。

「這個，可能要有智慧的人才能回答，哈哈，不過，現在要我去編美術史的文獻委員會已經給我暗示，希望儘量不要把日本畫家寫進去，而且我也已經接受，只寫本島畫家，除非不得已就一定不讓日本人的名字出現，你們說這樣作公不公平？」

「你是否把我們當成有智慧的人來問，好，依我個人感受來作回答，今天日本人剛走你就把他們所作的一筆勾消，有一天我們走了，你是否一樣會這麼作？如果這麼作了，我的感受就是太……怎麼講，講到我的時候，我又覺自己不夠智慧把話講下去！還是讓麥兄來說。」

「很簡單，今天台灣人在歷史中如何對待日本人，將來他們就如何對待我們，除非我們較日本人更有心，更努力，否則不要期待人家會讓我們在歷史中占有一頁，這說法仍然不夠智慧，但至少把我該說的話說出來，心裡會舒服些。」

「我在一本朝鮮的刊物上讀到一篇近三十頁的近代文學史，戰前在朝鮮活動的日本文學家不算少，但作者一個字也沒提，我雖是旁觀者，仍然覺得這作法不厚道，太過分了。但輪到我們台灣人自己寫史時也一樣這麼作，就沒有理由怪別人，這是感情的問題或者說是一時的情緒，與智慧無關！」

黃榮燦突然插嘴：「我不知道從哪裡聽來，有很多台灣知識分子在皇民化過程中改了日本姓名，美術界是不是也有這情形？」

「有，當然有，你們把最後幾回的官展圖錄翻開來看，誰改了姓名一看就知道，譬如姓呂的改成『宮中』，在宮裡面剛好是個『呂』字，他大可對自己說我改了等於沒有改，也就心安理得，藍蔭鼎是石川欽一郎一手帶出來的，為了報恩，就跟老師的姓，也是理所當然，師徒如同父子，這麼作我們如何能怪他！楊三郎改成楊佐三郎，其實他父親就叫做楊仲佐，把三郎改在父親名字後面，說他改了，也可以說沒有改。改姓名是日本治台整套政策的一部分，很多現實的問題，逼得人不得不改姓名，隨皇民化而來的有所謂國語家庭，現在年輕人日語講得和日本人一樣好的比比皆是，這些人多半說不了幾句台灣話。」

「有一個問題，是有趣的問題也是可悲的問題，如你所說年輕人不會講台灣話，不知該如何與上一代或上上一代溝通，接下來，新政府又要推行我們的國語，下一代或下下一代，不會講日本話，也不再講台灣話，一個家庭光語言就四分五裂，連清明節掃墓時都不知道要對先人說什麼話才好，我們難道沒有足夠智慧解決這問題，如果從語言的角度對台灣史作批判，則大可作文章，長篇大論一番。」麥非說。

「要論的話不管什麼都可以捉過來借題發揮，這幾年我長時間在牢裡過生活，讀了一些中國歷史，每一個朝代發生什麼我都牢牢記住，但和你們相比之下，我也僅止於知道，不像你們生活其間自然領悟。所以我一直自責，對中國史讀了大半輩子也沒有讀通，不敢說我了解中國歷史，不了解歷史就等於不了解中國。現在面對台灣歷史，沒有寫我已經通了，可惜就因為通所以反而寫不出來。」王白淵說。

「其實，寫本身就是歷史，讀也是歷史，通也是歷史，什麼都不作就沒有歷史。」黃榮燦說。

「你說話就像寫一首詩，用詩寫歷史，是你現在可以作的，全台灣恐怕就只有你一人能寫，我們雖然才剛認識，至少在這一點上已對你有了期待！」

麥非像是為今天所談的作了結論，說完就表示他上班的時間已到，便告別離去，這一來黃榮燦即使不想結束討論，也不得不隨他一起離開，臨走前一再示意要找機會再聊。

幾天後，《政經報》刊出一篇王白淵寫的〈告外省人諸公〉的社論。

麥非和黃榮燦起先認為可能是針對那天波麗路的談話，讀後又覺內容與三人所談毫無關係，原來王白淵的心思是那麼深沉，對初見面的人可以作到深藏不露，即使談得很投機的氣氛下，不該說的話還是不隨便出口，是被過去的遭遇鍛鍊成懂得處處設防的性格，到底他有過什麼樣的過去，過後兩人再談起王白淵，麥非以「流氓學者」來形容他，黃榮燦聽了鼓掌叫絕。

黃榮燦把剛完成的木刻版畫印了好幾張，準備下回見到王白淵時當禮物贈送，也許透過作品更可以增進雙方面的了解，便把自己在大陸時所作舊版畫找出來，認真挑選幾張，他自知學院的素描功力不足，但從速寫轉到木刻板上的群像，則氣勢十足向來受到好評，也是自己較得意的，加上來台後新刻的版畫，反映戰後重建的社會寫實，挑了十幾張平放在地板上認真審視，愈看愈得意，心想以這作品在台北開個畫展又如何，這問題不妨在見面時請教王白淵。他向來不刻那種賣弄知識良知又無病呻吟的作品，擬好稿就拿起雕刀巴不得一口氣刻出來，最常用的三菱刀，在烏心石上一道又一道並排往前推，雕刀下出現的已不再是速寫稿的原貌，而是雕刀重新賦予的造型，所以他常對人說拿起雕刀之後才是創作的開始，一但放下雕刀便是創作的終結，接下來只是匠人所作拓印的工作，所以「一口氣把作品完成」這句話用來形容他的版畫是最合適的。

14 沙龍畫家的版畫偏見

黃榮燦後來有機緣接觸到藍蔭鼎、楊三郎等本地的西畫家，談話中察覺出他們對版畫確有偏見，認為雖也算是一門藝術，卻是不登大雅之堂的雕蟲小技，理由是版畫可以複製，真正的藝術品應該僅限一件才最可貴，因此認定台灣官展向來不展版畫是對的。中小學勞作課程也教版畫，雖然是一種「畫」，製作過程則更接近手工藝，在台灣畫家眼中認定用筆直接畫出來的才是畫，而視版畫是種手工印刷，諸如此類的偏見在談話中偶而都會流露出來。

藍蔭鼎較其他人更認真說國語，他的「國語」只是憑個人揣摩，將台語或日語音調作程度的轉換，便自認為是國語。談話中楊三郎在旁滿臉羨慕的樣子，心裡對藍氏不知有多佩服。黃榮燦聽他的國語雖似懂非懂，但還是裝出完全了解，不停點頭稱是。

楊三郎每次都有很多話想說，一急之下直接就用台灣話說出來，不管對方聽懂多少，又不願說像藍氏的那種「國語」時，就拿起筆在紙上作筆談。黃榮燦這才看出楊氏的漢學根基不弱，便問他學過多少年的古詩詞，回答是自幼與父親學漢文，直到小學還一直拿毛筆寫字。又說父親是漢詩人，每月定時邀請詩友在家中庭院賞菊、蘭吟詩。這種古典家庭出身的台灣畫家，他今天有幸能夠遇到，便表示想找一天去看他的畫室，多了解他這個家庭。

幾天後黃榮燦叫了一部三輪車按照地址尋去。

戰前楊三郎就租有畫室在台北大橋的另一端，過了橋已不屬台北市，車伕稱那裡叫三重埔，當車子經過大橋時迎面吹來涼風使心情特別舒暢，轉回頭往台北城看過來，猛然發覺台北原來是這樣，只要有高高矗起的屋脊，那一定是政府機關辦公的大廈，平民百姓的房屋從橋上只能看見半個屋頂，下面都被淡水河堤遮住了。心想日本人殖民台灣畢竟費了一番苦心，把台北都會建造得十分洋化，這就是所謂的近代化，看得出是有計畫想在此建造新都。令他突然想起一個假設；要是日本繼續治理台灣，再有五十年時間給他們，台灣不知將變成怎樣，那時候恐怕不會這麼容易就可以收回來了。

三重埔已在眼前，只過一條河景色完全兩樣，三輪車開始下坡，車伕不停地拉手檔以控制速度，車輪發出摩擦時吱吱叫聲。

橋的右邊是菜市場，此時正是忙碌時段，好幾部小卡車在卸貨，更多的是三輪的拖車，本地人稱作「梨牙卡」，剛到台北的當天搬運行李就聽人說過，看來這地方像是台北外圍的蔬果魚肉集散中心。左邊一排約十來棟兩層木造樓房，幾乎全是酒家，此時門窗緊閉尚未到做生意的時候，車子經過時只聽到右邊的嘈雜聲，要到傍晚之後才轉向左邊，那時就輪到右邊該靜下來休息的時候。

下斜坡道之後，過了一條街就左轉駛進小巷，沿著街道看過去都是矮小的鄉下瓦房，只有一棟是二樓，猜想應該就是那一棟吧！果然車子到了門前停下來。

「黃先生，前面是黃先生嗎？」

有人從背後趕來喊他，喘呼呼地，果然是楊三郎：

「過橋時看見你，就跟來……」說的雖是台語，還是聽懂了。

楊三郎對他說來就來的作風，由心底感到讚賞。

兩人上樓走進畫室，牆上掛著兩幅大畫布，畫的都是人物，看似才剛開始著色。從屋裡隔著窗戶往外看去，才剛播種的稻田一片青翠真美極了，沒想到居住台北大城市的人只跨過一座橋而能看到遍地綠田，也實在不容易。

三郎拿來一本速寫簿，在紙上寫著「指教」兩個字，黃榮燦拿出自己的鋼筆寫上「彼此」。

寫完順手把紙從本子上撕下，然後在另張紙寫了「留下紀念」，接著兩人一起哈哈笑起來。表示回家後他就把「彼此，指教」貼在書桌前牆壁上。

三郎把他拉到畫前，要他看著畫提出批評。

未料對方竟以「未完成」三個字回答，使得三郎有點急，拿起筆不加思考就寫「八十%完成」，寫完自己又笑起來。進門不到十分鐘，室內不停地有笑聲，顯然初次接觸，彼此已有好印象。

這才注意到牆角不顯眼的一幅，畫的是衣服破舊的老人，是個乞丐。咖啡色為主調，配上綠和藍色以對比效果突出畫面色澤強度，一看就知道不是當場寫生，而是從速寫簿轉到畫布，八成是來自想像，或是參考別的畫家作品才完成的。

究竟他想畫的是台灣社會的普遍現象，還是存在角落裡被忽略了的貧窮人家？黃榮燦最想知道的是楊三郎把自己放在什麼階級立場畫這幅作品。他所欣賞的是三郎刻意以非學院的筆法處理畫面，所以筆觸極不穩定，每一筆畫上去留下太多的猶豫和不安，這絕對不是沙龍裡的好畫，卻是十分動人的佳作，畫家的筆在創作過程中像是不停地與老乞丐對話，傳達給觀眾的是當下的內心矛盾，一邊是畫家本人的語言，一邊是乞丐心裡想說的話，黃榮燦最欣賞的正是人與人之間衝突與矛盾中謀求和諧而永遠達不到的過程。

看到三郎對人物的捕捉笨拙到無法掌握自己的筆法，就好比人的一生沒有能力掌握自己的命運，畫一幅畫就像一個人在安排自己的人生，看到畫家內心的無奈，這反而是令人感動的地方。今天與楊三郎談論繪畫，該不會再聽到學院派的論調！

這些話他都沒有說出來，只留在心裡等有一天能夠溝通時再以共同語言告訴對方，不過到了那時候想法或許又改變了也說不定。這些日子來自己的想法也一而再地改變著。

旁邊的一幅也是大畫，是穿著大紅舞衣擺出舞蹈姿勢的西班牙女郎，不過從任何角度看還是東方人的身材和氣質，模特兒肯定是個會跳舞的女郎，亦可能真懂得跳鬥牛舞，但絕對不是從進行中的動作捕捉到的舞姿，而是靜止的Pose。從學院派的角度也一樣會說這只是二流程度的油畫，但對黃榮燦來說，學院正好是他所要揚棄的，畫中想探討的是什麼，才是最重要，要畫什麼比會不會畫更加值得鼓勵。所以站在畫前好久都沒有離開，說他在看畫不如說是在想畫，然後推斷如果讓三郎拿雕刀能否刻出動人的木刻版畫，這時他才逐漸看出油畫創作和版畫之間，不是在筆刷和雕紋或油彩和油墨的差異，或直接呈現和製版轉印的不同，而是完成之後如何呈現大眾面前的問題。前者是懸掛在展覽會場有觀眾買票前來觀賞，後者是登在報刊雜誌讓讀者在閱讀文章時也同時看到；前者展示於會場時具備有競賽的意味，後者借圖象直接宣揚理念，其中諷刺、抗爭和宣導的功能勝過於形式和技法。什麼是藝術的問題在這裡不值得去討論這麼多，現實的問題沒有解決之前，畫家哪能有多餘閒情去顧慮作品的所謂藝術性。

數日來與台灣畫家筆談中發現雖然受的是日本教育，但寫在紙上的毛筆字皆屬一流，令他甚感驚訝，尤其楊三郎的文句一看便知有漢學根基，國內西畫家亦不見有幾個人能勝過於他。

他在楊三郎的畫室時有這樣的感慨，等幾天後，拜訪李石樵畫室，心裡頭想的又另外一件事。

首先他羨慕台灣畫家都有一間如此像樣的工作室，這在他一生當中還不曾擁有過，面對李石樵比楊三郎大出三倍以上的油畫，深深感覺到終生以繪畫為職責的畫家投身於創作中，就要像李石樵這樣才真正稱得上有大師的身分。

看著李石樵的畫，腦子裡卻想著楊三郎，這兩人到底有什麼不同，雖然兩人都無法與他用語言直接溝通，但憑直覺可以看出設若兩位畫家同時出現在面前，也一定各持不同意見而爭吵不休，藝術家有各自的堅持絕對是正常的。

「這才是真正的藝術家！」他在心裡這麼對自己說。

不過李石樵的功力更令他佩服，是學院訓練出來的高材生，所謂學院派，無可置疑李石樵是當今的一個典範。

楊三郎的作品一度讓他感動過，不過像這樣的作品是需要靠著加諸於畫上的理論來襯托，才有所感動，那天他就是這樣努力尋找過各種理論才把楊三郎的畫解釋得更動人。

李石樵的寫實功力如此結實，畫面的完整性完全排拒他人的參與，無須多此一舉為畫作詮釋，他的畫筆已經講得夠多了，站在李石樵的畫前，黃榮燦手中的筆記簿一直是空白的，寫不出半個字來。

這是一幅以農村為題材的油畫，旁邊還用圖釘把兩張素描稿釘在牆上，是專為製作這幅油畫而準備的草稿，一眼便看出是優秀的學院素描。

畫已完成了約三分之二，主題是農忙過後，農家大小聚集一起，坐在寬闊稻埕中央喝茶，聽長輩說故事，然而遠處的稻田裡還有人在作最後收割的工作。

與國內常見的油畫最大不同在於顏料的運用，雖然是不透明的油彩，但熟練的筆觸一層又一層並排刷過時有意無意中露出作底的一層顏色，產生如印象主義繪畫色彩交織的效果，來台灣之後這才第一次看到自然流露出光影變化的燦爛畫面，表現著台灣的陽光和濕度，與李石樵作品的第一次接觸，黃氏深深被他學院的技術所吸引，接下來，本能對這樣主題產生了批判，認為沒有對社會提出正面的意義感到可惜。

還有一件作品畫的是人來人往擁擠的市場，構圖還在修改中尚未定稿，幾張草圖從速寫簿裡撕下來，散落在地板上。正式進入畫布上的創作之前，經過這麼繁複的準備工作，連顏色在畫布上如何配置也事先試了又試作了紙上作業。畫家把全副精力貫注在這幅畫中，顯然當作是一件傳世的大作在進行，眼前的這位畫家將來會是什麼樣的成就，在他心裡暗暗地期待著。

當然不自覺間也會拿自己來和李石樵比較，心想假設我也拿筆畫油畫，而且畫在這麼大的畫布上，那時我將如何去畫它。如果戰爭期間李石樵和自己一樣置身在中國的大環境下，面對繪畫的主題性，必有更強的表現欲念。

兩人筆談時，李石樵在紙上寫的字塗塗改改，而黃榮燦每當紙上的字寫滿了之後，便順手將紙撕下，也不丟進字紙筒，反而放到自己口袋裡去，在李石樵看來是個人的習慣，愛清潔的人總是把廢紙先存在口袋，等回家後才處理。

有一天，一位當警察的廈門人叫李利洋，在李石樵家聊天時偶然談起黃榮燦的事，那人隨口便說這種舉動八成是派來的線民，李石樵一時還聽不懂，見他寫在紙上才約略猜出字裡含意，算是又學得一個新名詞。但他無論如何不肯相信所說的話會是真的。

好久之後又再度聽王白淵提起「線民」兩個字，才向他請教，原來是派在各處打探民情的警治人員，王白淵所知道的也只是這些。

李石樵聽了仍然認為政府以線民打探民間疾苦，這種職務當然有助於百姓。況且日本人走了，社會不再有民族的對立和壓逼，這麼想著不但對黃氏沒有戒心，反而認定是對自己有益的，和日本時代的特高不可等同視之。

那廈門人住在新莊街上，在廈門美專學過油畫，一有空就到李石樵家來探頭請教繪畫的事，某次很巧遇到蒲添生也正好來訪，手上拿了一個大信封，說是多年前他老師朝倉文夫送他的孫文照片，是攝影師在長崎孫文演講會中所拍的，近年裡類似的照片在台灣雖到處可見，但這幾張卻全然不同，廈門人對此更覺好奇，拿過去在窗下看了又看才過來，說目前他受上級指定要畫國父像，可惜照片已經選好了，不然很想借去畫一張。

想想又再問蒲氏有無蔣委員長的相片，蔣委員長就是蔣主席，抗戰期間他的職稱是委員長，說習慣了的人還一直這樣稱他。近日來還聽到有人稱他「老先生」。

蒲氏聽他提起蔣介石，臉上表情頓時顯得有些不自在，好久才說，他自己正在塑一尊蔣介石像，將來會放在嘉義十字街口的大廣場。等廈門人走了，蒲添生才告訴他，前天黃榮燦來訪，才進門看到塑像，抬起頭來只說了一句：「這個壞東西！」掉頭就走了。使李石樵更加不明白，黃榮燦若是線民何以會說對蔣主席不敬的話。

李石樵等不及又問蒲添生，最近常聽人說「線民」，到底是幹什麼的？

其實蒲氏的心智比他單純，此類的話似乎沒有聽說過，說了半天他還是不知所云，雕刻界的領域本來就很小，台灣作雕塑只有陳夏雨和他兩人，陳夏雨大概這輩子只住在台中，新的時代裡雕塑的版圖根本無須防備任何人。今天蒲添生為了翻銅像的事到新莊來，順便拜訪李石樵，因他畫的巨幅油畫在台北早已傳開，有很多人都為了看他的畫而來，若只因為「線民」而干擾到他，那就太不值得了，茶也沒有喝就告辭離去。

15 流屍

雖然黃榮燦和蔡繼琨先後住過同一棟宿舍，還是始終未曾見面。那天黃榮燦、蒲添生才剛走，蔡繼琨隨後也到李石樵畫室來，聽主人告訴他有位叫黃榮燦的外省人早上也來過，這個名字多日來曾聽人提過，可惜沒有機緣見面，卻也沒有期待哪一天能夠與此人相會，因近日來想見的人實在太多了。

李石樵正有事想外出，兩人就乘公共汽車直往淡水河岸，從台北對岸的三重埔遠眺台北城，雖然是全台灣最大的都會，城市的樣貌卻被一道長長的河堤圍住，只看見幾棟高高矗起的大樓尖頂，和幾棵大樹的綠葉，看得最清楚的還是眼前淡水河水面的渡船，和偶然漂過的木材和豬鴨的屍體。

「你看那是什麼？」李石樵指遠處順著水流漂來的不知什麼東西。

「不會是人的屍體吧！」蔡回答，說完整個人開始凝重起來，想要說的話再也接不下去，只眼睜睜盯住它看……

「其實這已經不稀奇，自從光復以來，淡水河面漂流過的死屍，每隔幾天就有一具，有時一天內就看見兩三個屍體，好像約好了一起漂向大海……」

蔡繼琨像沒聽見一樣，皺起眉頭，轉過身子仰望著天空，這個姿勢看似在向上蒼探詢天理，雖然是太平的日子而還有人活不下去，比起大戰期間日本統治下的台灣，現在的百姓日子難道過得還更苦！

「你們畫家千萬不可把這景象畫在畫布上，太傷感了，我說不出來這時候的心情，相信很快，很快就能渡過這種苦難，我們一定要有信心，否則祖國就太對不住台灣同胞！」

兩人走在台北橋上時，蔡繼琨才終於開口說話，說出來的聲音有氣沒力地。

現在沉默的人反而是李石樵，他每次聽到「祖國」兩個字心中就有說不出的厭惡，光復才幾天工夫，和迎接光復的那些日子心情就有那麼大差別，在青天白日滿地紅的旗幟下，人們的日子一直得過且過，「幸福」兩個字已沒有人再掛在嘴邊。眼前的情境若被黃榮燦看到，他會說什麼，總有一天會出現在他的版畫作品裡吧！

第二天，蔡繼琨到陳長官的官邸教夫人鋼琴，陳長官難得在家裡會客，送走了客人就留繼琨一起用午餐。

他們三人相處的時候已習慣於用日語對話，平時在餐桌上總是有說有笑，是陳儀一天當中最輕鬆的時刻，可是今天卻特別嚴肅，連與夫人之間也只有簡短幾句對話。

過了些時，才聽陳儀輕輕問蔡繼琨一句：

「最近都在作什麼？」無意中脫口說出的話，也許說過就忘了自己剛說的，並沒有期待對方回答。

「最近，最近很多時間在訪問台北本地的文藝界，認識很多人。」

沉默了好一會，才聽陳儀又問：

「最近，在外面聽到些什麼？」等不到蔡繼琨回答，他又繼續問：

「你在外面走動比較能聽到些我聽不到的，不是嗎？」

「我接觸的是些文藝界的，他們說的話……」說到此突然停住，不知如何接下去。

「他們較一般人有想像力編造故事，但你是有能力判斷的。」

兩人在對話中，夫人始終沒插嘴，陳儀便改用中文：

「我只是在猜，台灣民間已經有人開始在批評我們了，你聽到什麼沒有？多少會聽到一些的。」

蔡繼琨不知從何說起，繼續保持沉默，他也的確沒有聽到什麼。

「我這個職位，就好比過去日本派到台灣來的總督，不管作好作壞由我個人向中央負責，在台灣的日子裡只感覺到我一個人高高在上，所謂山高不勝寒，其實我是心寒，這感覺你體會不到，所以你不懂，慢慢地也許你能懂也說不定。」

「我相信，我了解，但我的確不懂！」

「本來我是帶兵的，不應該接受委員長給我這個官位，既然接受，就得作好，但以目前這情形，任何人來作也作不好，但作不好，還是要作下去，這是責任。身為軍人更應該這樣。」

「才剛剛開始，一切都只是過渡期，青黃不接的時候……」

「所以我作事必須更小心，偶而聽些外邊在說什麼，身邊沒有人會向我說真話，連你也不敢說。你已經是我最信任的人，這代表我們之間還有距離。」

「可是我接觸的只是美術、文學和音樂界的這些人，他們要的是展出、發表和演奏，三、四十歲的年齡最需要有充分機會去發揮才華，每次談的也都是這些，可是環境不允許，所以大家都很急，他們一聽到太平了，就想到表現的時機來了，但時機一直不來所以很急，久了之後開始失望，心裡難免有些不滿……」

「這都是我想知道的，也是必須知道的，為什麼從來沒聽你說過，管文化的機構不知在作些什麼！最近我會把他們統統叫過來，面對面將問題談開，什麼事不可能解決！不要以為自己到台灣來是作官的，不作事怎能算是作官呢！在其位而不謀其政比不在其位而謀其政更不可原諒。日本雖然打敗仗，還是留下很多東西給我們，我們得趕緊復原，讓各機關都動起來。我心裡最擔憂的是，我把台灣接手過來之後作得不如日本人好，讓他們笑，所以每作一件事情就想到日本人看了會怎麼想，明治維新皇室把大權從幕府手中接過來之後是怎麼作的，明治時代的功臣之所以受尊重，是因為他們把國家搞好了，每回想到如何治理台灣，就拿這段歷史與自己的處境相比。可是我周圍的這些人，怎麼能與明治的大臣比，這情形下使得我沒有眼睛，沒有耳朵，最後手也沒有，腳也沒有，只留下一顆心，這有何用！將來有一天我會在什麼情形下離開台灣，令人不敢想像。我不敢再想下去……」

也許是陳儀的話感動了他，原來不想說的話，在心裡憋不住，終於講了出來：

「我想起來幾天前和畫畫朋友到淡水河邊散步，竟然看到浮屍漂過，想不到那朋友對此卻見怪不怪，還說如果每天都來這裡，你就每天都能看到，像是說每天都有人在跳河，這情形過去在珠江、閩江幾乎未曾聽過，證明台灣社會裡生活過不下去的人非常多，這絕對不可以忽視。」

「有這樣的事情！我一定要去了解……」陳儀的聲音低沉到幾乎只有自己才聽得見。

「還有，最近有人演話劇，好像劇名叫《壁》，用一面牆把人間分成兩個世界，一邊花天酒地大吃大喝，一邊則山窮水盡，全家大小準備服毒自殺，劇作家會寫這樣的劇本不是沒有理由，是一種警訊，反映的是民間疾苦。值得我們……」說到此，突然停下來，因他看出陳儀的眼神對自己說的並不用心聽，近來這情形經常發生在陳儀身上，剛才還顯得那麼熱中，不出幾分鐘變得全然不在乎的樣子。相處這麼久雖然像是自己人一般，還仍然無法了解他是怎樣一個人，於是兩人又靜了下來，夫人看到氣氛一下子變了，就自動找話來談。

「飯後想吃西瓜還是香蕉，這兩種水果我在日本時想吃都吃不到，來到台灣不吃實在可惜！難道不是嗎？」轉身回到廚房，把兩盤水果一起端出來。

「好的，把辦公室的話題帶回到家裡餐桌上，實在對不起我們的女主人！」陳儀改用日本話，目的是要說給夫人聽的，借此示意今天的討論可以結束了。

他並不想吃水果，轉身回到書房裡在桌上挑一根菸斗，靠在沙發上享受飯後一支菸的樂趣。

蔡繼琨還留在餐廳，和夫人一起吃西瓜。

「剛剛你們兩人那麼嚴肅的模樣，簡直要嚇死人了，到底是談什麼可怕的事情？」夫人這才開口問。

「談在台灣的工作，工作是男人的世界，不管作什麼事永遠沒有結局，不管是什麼表情，妳都當藝術品來欣賞就好啦！」

「真是這樣嗎？我倒認為這個世界上最不像藝術品的就是男人！」

「那麼女人，一生下來就是藝術品了。這樣說妳會同意的，不，應該說滿意才對。」

「哈哈哈……」最後這句話帶來的笑聲，反而把陳儀從書房裡引了出來。

「……我這一生最大遺憾就是不懂欣賞藝術，看不懂，聽不懂，只好伸手捉住權力，否則我什麼也沒有！」陳儀過來時邊走邊自我解嘲。

「他常說，世界上最富有的是藝術家，是不是？你說過的話，我都記在心裡。」夫人回應他。

「你剛才說和朋友到淡水河邊散步，那個人也是畫家嗎？」陳儀突然又再問他。

「是，他叫李石樵，他有很多想法，但這個人不像一般畫家，他很害羞，怕見到大場面。」

「有想法的人，多半是害羞的，從前我就是這種人，現在手上有槍之後，臉皮也厚起來，哪天請他到這裡來，讓我的夫人泡咖啡請他喝，聽聽他的想法！」

「好，沒問題，他是優秀的畫家，台灣美術界畫人像畫，若我認為他是第一位，應該沒有人反對……還聽說，幾年前他到總督府為台灣總督畫過肖像。」

「你說他叫什麼來的？」

「李石樵，介石的石，樵夫的樵。」兩人又改用日語對話。

「我們的長官是不是也想請人畫像，讓你增多一點藝術氣息。」夫人似看出丈夫心裡想什麼，用話來試探。

「這有可能嗎？」是在問夫人，也同時是問繼琨。

「當然。」

「那就請他過來喝咖啡，聊一聊。」

16 李石樵為陳儀畫像

李石樵依照約定的時間前來陳儀官邸，竟只見到夫人一個人在家，陳儀在兩個小時前帶著隨從開車到基隆港口去了，臨走還很肯定說會趕回來會面，可是時間已過去一個多鐘頭仍不見人影，夫人回房裡把準備好的信封拿出來，裡面有兩張陳儀穿軍服的照片，看來只四十出頭，滿臉得意模樣，像個剛打完大勝仗歸來的軍人。

「我早看得出，他根本沒有閒工夫坐下來讓人好好地畫一幅像，讓你空等真是對不起，所以我想辦法找出這兩張照片，如果有必要，我把他的一套舊軍服讓你帶回去，找個人穿在身上，坐著當模特兒，然後看照片畫他的臉部，這樣行嗎？他每天在忙公事，真是讓我沒有辦法！」夫人的語氣裡有幾分歉意，她的謙卑反令李石樵感到過意不去。

話未說完就又往房間走去，出來時手上真的拿著一套軍服，有幾分像日本軍官穿的制服，李石樵接過來手一摸，好厚的絨布料，台灣的天氣任誰穿上它也都忍受不住，何況是陳儀。拿了衣服正準備要離開時，蔡繼琨匆匆趕到，他是來為夫人上鋼琴課的，發現約好的當事人反而不在場，人是他約的只好連連道歉，表示為大人物辦事，任誰也無法掌握，見李石樵手上捧著軍服，證明已答應所託，便陪伴他一起走出大門口，又站著聊了好一會才讓客人離去。

「中國軍人和日本軍人到底有什麼不同？若有人這麼問，現在我懂得該如何回答。」李石樵走在路上時，自己在心裡這麼想著：「中國人喜歡說馬馬虎虎，這就是中國魂，若能借用陳儀的畫像而把中國魂表現出來，真是再合適不過了，畫這幅畫對我就非常有意義。我的人像畫中還沒有過以馬馬虎虎的筆畫過一個馬馬虎虎的人。」

他想起剛才在門口遇見看門的小兵那種囂張模樣，才踏進大門，就被大聲轟出來，聲調又快又急又狠：「幹什麼、幹什麼、幹什麼……」此人體型瘦瘦高高，兩眼直瞪著他，嘴裡不停尖叫，像在轟走一條狗要把李石樵趕出去，其實他自己才更像看門的狗在朝著人狂吠！

李石樵也不是好惹，既然你先幹我，我也不客氣幹過去，兩人於是幹成一團，終於使屋裡的女主人探頭出來問怎麼回事，被請進去之前，李石樵還回頭向那隻狐假虎威的看門狗瞪了一眼。

一路上心裡想著，下回若是再來，遇上這條狗又不知將如何相待。沒有多久之前才到總督府替長谷川清畫像，數一數還不到三年台灣已經變天，同樣是萬人之上的大將軍，情況竟有這麼大不同！

剛才聽女主人的口氣，是認為有這兩張照片和一套制服就足夠他把肖像畫出來，這是她對肖像畫製作的認知。據說她是陳儀讀書時代相識的鄉下人，帶著很濃的關西地方腔調，和東京女子氣質有相當差異，如今雖是大官太太，身分和風度總覺得不甚搭配，當她把陳儀的軍服交給他時，日本人的習慣至少用一條布巾包好，而她竟然捧過來就交給李石樵，李石樵也像洗衣店把舊衣服接過來帶走。

走出門時他這麼想，陳儀受的是日本的軍事教育，哪一天見面時，是要以日語對話，最令李石樵好奇的是兩人將談些什麼。當年和長谷川所談那許多有趣的話題，如今想起來依然回味無窮。從兩位將軍的對談裡可以找到中國文化和日本文化的差別。

由於沒有約定畫像幾時需要完成，所以回來之後把照片和軍服隨便丟在畫室，轉身將門一關就到大稻埕山水亭來。

是星期一的關係，餐廳裡冷清清，只見服務生閒站著在等候客人光顧，李石樵進門時聽到用日本話「歡迎光臨」喊得格外響亮，熟客人都有他們固定的座位，李石樵一坐下來就點菜，習慣上他只吃刈包和魷魚羹，吃完又乾坐好一會，仍不見有客人進來，便付錢走出門。門外那位福州伯還是坐在原來的藤椅上，不知什麼事情不高興，嘴裡喃喃自語，認得李石樵是常來客人，招手要他過去：

「今天又出事了，你看，說什麼太平，其實還是不太平。」說時右手連連拍打在左手拿的報紙上：「花蓮港公路局汽車從懸崖衝到海裡，死了十幾個中國士兵，看來戰爭還是沒有打完，戰爭在中國是打不完的！還要亂很久，這是註定好的！」

趕緊從福州伯手中搶過報紙，匆匆看了幾行，是十來名小兵，因半途要上公車，司機不肯停，氣沖沖給了一個巴掌，司機不甘受辱，把其他乘客請下車後就單獨繼續駕車，最後衝下懸崖而同歸於盡。

「可見台灣人仍然保留有武士道精神，到了必要時拿出來跟他們拚，不然被伊吃得死死地！」

從福州伯口中竟也說出這種話，令李石樵大為驚訝，台灣住久了的福州人畢竟還是站在台灣人這一邊。李石樵什麼也沒說，把報紙還給了福州伯轉身走開，隱約聽見福州伯在背後用福州話不知還說什麼，繼續罵下去。

回到家裡，翻出一張才畫一半又刮掉的畫布，放在畫架上，拿起陳儀的兩張照片，怎麼看也看不出有什麼太大的不同，腦子裡卻想著當年為長谷川清畫的那一幅，拿起筆順手畫下來，畫的卻是陳儀的臉，半小時不到大體輪廓已經完成。仔細一看，畫中人幾乎分辨不出畫的是陳儀還是長谷川。

這時他心裡出現一種不安，說不定等畫完時就拿去當成遺像，難道這種預感有一天會成真！長谷川清是大戰期間的高級軍官，於戰後成了盟軍的戰犯，不知後來被判什麼罪，處什麼刑，那陣子聽說有人不願降服而自殺殉國，算一算這幅畫完成不到三年，不知今天是否成了遺像！再也不敢想下去。

「如此說來我還該不該畫呢？」腦子裡雖這麼想，手上的筆還是在畫布上刷著沒停，而且畫得又更快，就像在與閻羅王搶時間，終於愈畫愈像陳儀。

最後看到的是一幅近乎是素描的單色肖像，雖只是草率畫成，卻有相當程度的神似，未曾看過陳儀本人的他，仍然相信任何人看到都能認出是誰來。

不出幾天，黃榮燦一早前來敲門，進門看見畫像，二話不說又是一句：「這個壞東西！」讓李石樵聽來似懂非懂，正是那天蒲添生轉述的那句話。

聽到福州伯的話已讓他吃了一驚，再聽黃榮燦這麼說更令他心存不安，這種話不應該從他們嘴裡說出來的，雖然台灣人對蔣介石或陳儀這兩人的印象還談不上好壞，想不到從大陸和他們一起過來的唐山人竟一語道破說出心裡的話。

「我想知道第一屆省展你準備出品的是什麼畫。」來台灣才沒多久的黃榮燦已懂得用「出品」這兩個字，他們應該說「參展」才對，可見近日來與台灣畫家已經常有過接觸。

李石樵對尚未完成的作品讓別人看到有些不自在，此時黃榮燦已不客氣伸手去翻面靠著牆的一幅大畫，他那自作主張的動作，令李石樵氣得臉漲得通紅連話也說不出來。這種反應對方居然一點也沒有察覺，等完全翻過來時，聽他「哇」地一聲發出讚嘆，李石樵聽到對方有這反應氣也消了一大半。

這是一幅大作，也是繼上回來時看到的《農家生活》和《永樂市場》之後又一幅大場面的巨構，描繪戰後正在重建家園的一群勞動者，畫面上完成的只有三個正挑著磚塊上樓梯的工人，其餘的只用炭筆畫出輪廓，看得出這幾筆已十足顯現作者是有學院功力的畫家。

黃榮燦一時激動，不管對方聽不聽懂，想到哪裡說到哪裡，從面對這幅畫起嘴裡就說個沒停。不久前才來過一次，這回給予他的是更大的震撼。

「這個外省人到底看得懂看不懂，嘴巴只會批評！」李石樵表面上一聲不響站在一旁，心裡則開始不耐煩。

「不過，從看畫的表情應該是讚賞多於批評吧！」暗地裡對自己這麼說著。

李石樵想起剛進門時說的那句話「壞東西」，還不十分了解真正的含意，就在紙上寫了「壞東西？」拿到黃榮燦面前，刻意把問號「？」寫得特別大。

使得黃榮燦為之笑了起來，知道他不明白「東西」指的是「東」還是「西」，趕緊拿起筆寫下「東西＝物」。

李石樵接著又寫「劣品＝壞物」，兩人一起笑起來。

「不不不，在中國語法應該說……」又拿筆寫了「壞東西＝壞蛋」。

這下子反而令李石樵更加摸不透，在紙上問他：

「蛋＝卵，劣卵？」未寫完自己先笑。

「中國語言有壞蛋、笨蛋、滾蛋、完蛋、傻瓜蛋，代表不好之意。」

等黃榮燦寫完，李石樵趕緊寫下「趣味」二字。

兩人你寫幾個字，我寫幾個字，交談得非常愉快。

經黃榮燦用幾個「蛋」形容之後，李石樵畫陳儀肖像的興趣頓時沉到了谷底，此後幾度想再提筆，只看看照片就又放回牆角。

說也奇怪，陳儀那邊也從不派人來聯絡，好像把這事情忘了，本希望畫肖像賺點錢的他，覺得不可為此而要藝術家脾氣，好幾次考慮是否該主動找上門，或者趕緊把畫完成送過去，便可拿到錢，心裡這麼想著，卻一直沒再動過一筆，照片中的軍人說什麼也是二次大戰裡戰勝了的一方，不知為什麼在李石樵眼中近日來反而感覺不出一個凱旋將軍的銳氣，除非他出現在畫架前，像長谷川清那樣。中國對日本的戰爭如果由這兩位戰神出來單挑，結果誰勝誰負，依李石樵的評估，在長谷川身上找到的能量，有更多的勝算。

17 大稻埕交響樂團

今天陳儀官邸的餐廳裡正在宴客，受邀前來的不是高官就是將軍，一起慶祝老長官蔣主席的誕辰。一位穿軍服的官員恭恭敬敬來到陳儀身旁，在他耳邊輕輕地說：

「報告長官，一個月前你所交代在司令部成立交響樂團的任務，已經有了眉目，因為日據時代民間本來就有個交響樂團，只要將之收編，交由蔡繼琨少將領導，也就水到渠成，我的任務也達成了。」

陳儀只顧點頭，顯然沒有心在聽，臉上看不出任何表情，但還是回了一句：

「很好，繼琨等一下來了，你親自對他說。」

說完就跟著前來打招呼的官員走向另一邊去了。

蔡繼琨已經進來，走到陳儀背後，似有事找他請示，見他與人談得正熱，不敢打擾。靜靜地站在身後，偶然一句話聽得令蔡繼琨為之吃了一驚：

「……我們到台灣來，算不算被下放了！走出去一看，總覺得台灣還不能說就是我們中國的土地。」

「也許你說得對，今天一個政治人物的真正舞台是在哪裡大家都十分清楚……所以來到台灣，不管擔任什麼職位當作是跳板尚可，一切不需要太過認真。」

「既使如此，已經來了，還是要有所表現，作點政績，有一張成績單好重回舞台，要什麼才有可能爭取得到。」

蔡繼琨聽得脈搏快速跳動起來，好像小孩子看到什麼不該看的東西，轉身就打算離去。他所知道的陳儀在任何人面前絕不會說出這樣的話，好幾回聽他說起來台的抱負，清楚表明自己是準備好全心投入的，沒想今天聽到他說出來的竟是另一種話。

「蔡少將！」一聲音從後面傳來，正是剛才向陳儀報告交響樂團已有眉目了的那位軍官，他的軍階也是少將：

「剛才我已向長官報告，交響樂團的成立經過一番奔走，看來近日內可望成立，真是件可喜之事。我打聽到過去在日治時代有個民間樂團，只要能收編進來，一切困難迎刃而解，很快就交到你手上，這一來我也算鬆了一口氣。」

「一個民間樂團！怎麼從沒聽人提起過，是哪裡的？」

「就在這袋資料裡，回去慢慢研究，看要如何收編，有什麼需要協助的。」

蔡繼琨接過資料袋，心裡十分激動，舉手向他行個軍禮，轉身就走。來到一個小房間，靠在窗邊把紙袋打開，裡頭除了一份詳細名單，最令他驚喜的是一疊大小不等的照片，果然，是個樂團，多半在演奏進行中及接受獻花，還有長官祝賀時所拍下來的，還保存得很好。

他很快就找出指揮的名字叫吳成家，團址寫著延平北路二段二四六巷十六號台灣茶葉公會，已經有過一回演出，地點在台北的大光明戲院，那時蔡繼琨才到台灣不久，所以他錯過了，但還準備將在中山堂盛大舉行，資料附有剪報稱台北市府有意收編為市交響樂團，因故遲遲沒有下文，這份就是他們的申請表附本。

關於吳成家此人，為何始終沒有聽李超然夫婦提起過，連台北已有了民間的交響樂團不久前在大光明演奏過的事，都不曾從他們口中溜出半句，這一點必須找兩人問個明白。

正要離開時又再遇到剛才那位少將，很有禮貌問他如果想去看樂團的話，隨時都可派車前往，蔡繼琨的回答竟說：「是的，現在就想去，方便嗎？」

「想作就作，太好啦，我的車今天就交給你使用。」

在一名少校副官陪同下一起坐上美軍的吉普車，繞過北門的城牆往延平北路駛來，這一帶由於他近日經常往李超然、陳清汾家跑的關係，已經相當熟悉。但是再往北愈靠近台北大橋就愈覺生疏，按照地址找去，進入小街道就開始迷路。蔡繼琨只記得第一劇場過去不遠是山水亭，但今天繞來繞去，所看到的竟是江山樓，其實並沒有錯，樂團的所在地就在江山樓的正後方，接近巷口已隱約可聽見樂隊練習的聲音，隨行副官令司機把車停在門前，自己先跳下來進門去通告有官員前來，他的一舉一動，看在蔡繼琨眼裡知道是個訓練有素的專業副官。

音樂聲已經停了，不一會多了兩個人陪伴著副官走出來，滿臉笑容，見到穿軍服的蔡繼琨，行了軍禮又再點頭，最後一前一後伸手過來握住蔡少將的手，這動作連他自己都覺好笑，其中一人想必是吳成家。兩人走在前頭領路，樂隊奏起馬賽曲以示歡迎，短短一小段，內行人聽來已知道樂團的實力。

這時蔡繼琨才看清楚在前領路的一位中年人，是個跛腳，雖勉強挺住身子，當左腳踩地時，便往後晃一晃，不像平常人走路那樣平穩。

平時蔡繼琨出門甚少穿軍裝，今天若不是為了參加陳長官的宴席，習慣上他總是以便服出門，沒想到一身的軍裝把場面變得如此嚴肅，連他本人也感到有些不慣。自從在台北與文藝界接觸以來，都是以平民身分與人交遊，這回憑一套制服提高自己的階級，不知將出現什麼效應，他的憂慮只短短一瞬間閃過腦際，接下來要應付的是如何表示將樂團收編公有的重大任務。

一路跟著走來，由於四邊光線灰暗，看不出空間有多大，但眼前所見的人頭，約略已知道足夠將來編成一個樂團。

團長吳成家站到前面來，對著樂隊把指揮棒一揮，音樂再度響起，只是短短幾小節就停下來，有如軍隊裡喊一聲「立正」口令，樂聲一停便轉頭向蔡將軍行軍禮，一舉一動令人聯想到他也是軍旅出身。

這場合本應該對團員介紹來訪客人，大概是覺自己了解有限，國語也說不好，便站到一邊把蔡繼琨請上來。

「諸位，難得有機會能夠和大家見面，很高興，真的很高興……」

一開口就使用日語，他自己也不知道是什麼原因，這時已聽見有人小聲說：「是台灣人，原來是台灣人！」用的也是日語。

本來想把收編為公家交響團的計畫在此宣布，臨時又忍住，擔心說得太急會出現意想不到的反效果，是過去在福建工作的經驗告訴自己不可操之過急。

尤其想到穿軍服前來，團員們必認為他是音樂的門外漢，所以又得露幾句專業術語，這一來使用的日語及音樂專用的外來語便愈多，反過來又擔心被以為是在賣弄，每講到一個段落不忘提醒自己趕緊煞住，即使這樣也已經講了十幾分鐘。

來台之後他發現自己不管講任何一件事總是短話長說，明明簡短一句話要分成幾段才說清楚，是不是因為年紀的關係，尤其今天面對樂團更發現一句話明明已經用台語講完了，又以日語再講一次，甚至又拿國語來補充，反覆使用三種語言把簡單變得複雜，不僅他如此，周圍朋友當中比自己嚴重的大有人在。

離開延平北路，坐在車上他心裡一直想著將來如何收編的問題，所謂「收編」和一年來國軍接收日本人在台灣遺下的資產有何不同。民間裡的傳言已經把「接收」形容成「劫收」，如果就這樣將樂團只憑一張指令而接手過來，將來在歷史上就有人說他劫收了民間交響樂團在台灣坐大，永遠留下不名譽的話題，這種罪名如何承擔得起！

兩天後他又前來，這回他只穿灰色長褲和短袖白襯衫，從台北車站前搭乘六號公共汽車，在台北大橋站下了車，然後從延平北路往回走，經過太平國民學校之後左轉，走一段砂石路，不遠就是林清月的綜合病院，從病院圍牆外走進小巷弄，已經聽到樂團吹打聲，迎著樂聲走去很快就看見那天來過的那扇大門，原來這裡是囤積茶葉的倉庫，今天他才終於看清楚。走到裡間還有一小段路，幽暗的微光下，他知道朝音樂聲走去就沒有錯，很快已能看到左邊更大房間裡正練習的團員身影，也不想打擾只靜靜站在一旁聽著。

吳成家雖是短小身材，站在指揮台上卻顯得十分霸氣，手拿指揮棒就像巨人一般。此時蔡繼琨有如看到了自己：「原來我站上去也一樣如此威風，難道這就是當初發願想當指揮的最大理由！」

或許是來遲了，練習已到尾聲，音樂一結束正想上前與指揮台上的吳成家打招呼，卻見兩名團員已先過去，不知討論什麼情緒似很激動，其他的人只顧整理樂器，各自準備離開，沒有人注意到聽眾席上他的存在，令他有幾分後悔沒有全副軍裝前來。

但還是耐心在一旁等著，直到吳成家注意到，這才開口問：「這位，你是……」

「我就是前兩天來過的蔡繼琨。」說時站起來很有禮貌連連點頭，他的態度反而讓對方感到自己的失禮，雖然對蔡繼琨突然前來覺得意外，卻因此而對他有更多好感，今天還是不敢提起政府收編樂團的事，每當想到吳成家等不知花多少心力，好不容易才把一個樂團成立，而自己就這樣靠官方勢力提出要求來占為己有，無論如何是作不出來的。

從吳成家口中又聽到一些過去與高慈美等相處中聽不到的有關大稻埕發生過的事情，畢竟李超然、陳清汾等是在富有家庭的象牙塔中長大，交遊沒有離開過上層社會的社交領域，和現時大稻埕的民間生活近乎隔絕。而吳成家雖也富有，但他的樂團成員來自各方，甚至是從戲班子和唱片公司裡拉過來的，連五線譜也是進了樂團之後才懂得看，吳成家要領導這群人就得陪伴一起過他們的生活方式，出門時只穿木屐走在大橋頭的大街小巷，與團員打成一片，這才有能力將整團人帶過來，如此作風是高慈美等文藝界所辦不到的，至於蔡繼琨能否作到，想帶領這個團不是先改變自己，就是強制手段改變每個團員。

其實蔡繼琨早就自知辦不到，不過他能體會音樂家為了理想所付的苦心。交往之後發現吳成家愛喝酒，雖然不挑嘴，什麼酒都喝，可是對品酒則相當敏銳，這一點使他成了蔡繼琨的知己，兩人唯一不同在於蔡繼琨對酒是千杯不醉的酒神，而吳成家只要一杯美酒就捧在手中，有如愛護一個心愛的情人，怎麼也不肯把它喝完，只顧自我陶醉其中。

18

酒精裡千杯不醉的友誼

蔡繼琨慢慢地開始懂得欣賞吳成家這種性格的人，認為這才是真正懂酒的藝術家，然而也擔憂，從這種性格的人手中把所愛的東西搶走，可能比要他的命還更難，因此好幾次都不敢將公文交給吳成家，直到有一天他自動告訴蔡繼琨，希望在全台北最理想的演奏廳中山堂舉辦公演，申請書呈上去之後一再遭駁回，好不容易有了回覆，租金竟高得嚇人時，這才找到機會正面商洽樂團的往後發展。

結果還是吳成家先開口表示希望有人前來接管，而自己已作到個人資源所能達到的極限，接下來在台北這種大都會裡，一個有作為的交響樂團就得由有更大財力的人繼續辦下去。聽到他這麼說，多日來放在心裡不敢說出的話，蔡繼琨大口喝下半杯威士忌之後，統統表露了出來。

「當初我從日本歸國，就受聘為陳儀夫人的鋼琴教師，抗戰結束，中央派陳長官到台灣，問我要不要一起來，因他聽人喚我『鹿港蔡』，知道我和台灣有淵源，文化政策的推動或許可以幫點忙。其實童年時代已經來過兩次，還乘船到澎湖。舊地重遊當然很高興，即使不邀我，有一天還是要來，但來台灣一定要有事情作。第二天我就告訴他，我很想辦一所音樂學院，成立一個交響樂團，若能達成這兩個願望，現在就跟你一起走。也許在他腦子裡認為這都太簡單，沒什麼大不了的事，想都不想就順口答應我，我雖相信他答應了的一定會作到，未料他公事一忙，就這樣忘了，我還癡癡地等，不知要到幾時……」

把吳成家剛倒給他的酒，又一口氣喝了下去，伸手掏出袋子裡一包駱駝牌洋菸，裡頭只剩兩三根，他熟練用手指一彈，就有一根從撕開的缺口探頭出來，吳成家看他拿菸，手腳靈活的他早已經一根菸含在嘴邊，搶先替對方點火，然後才點上自己的，問道：

「前天你穿軍服來，掛著一顆星，過去都在作戰嗎？」

「抗日戰爭中凡是在軍隊作宣傳工作的都有個職位，每個職位都有階級，我的單位屬於軍方所以有軍階，這你了解吧！日本有個畫家叫藤田嗣治，你應該聽說過，他為大東亞戰爭畫了很多畫來宣揚軍國主義，也當了少將軍官，出門有車隊開路，神氣十足。我們是民主國家不必來這一套，那天正好開完會所以穿軍服過來。」

「還是隨便一點好，我們才可以坐在這裡無所不談……關於交響樂團，既然你說了，不知你對我們的樂團有什麼看法？」雖然是試探語氣，態度則極其誠懇。

「你只要看我一來再來，就應該知道我的心意吧！」蔡繼琨說。

「戰後這期間大家的生活都不好，甚至比戰爭時還更苦，如果樂團的團員每個月有一定薪水可以領，這就是最大的幫忙……」

「我們應該朝這方面去努力，你想我接下來要怎麼作才能幫得上忙？」

「那就是爭取到政府的補助。」

「如果直接由政府接辦，這方式不知可不可行？」

「政府？……」由於心理上對政府有太多的不信任，一時之間說不出口。

「當然，這只是我提出來的建議，細節還要再研究，這樣作，不但是你，包括所有團員才能夠放心，我這才叫幫忙，你說是不是！」

兩人第一次商談雖僅到此為止，對蔡繼琨而言已推進一大步，是意料不到的收穫，過去只以為長官公署會全力替他作好一切，看來除非自己努力是沒有人會把一個交響樂團交到手上來，如今吳成家是唯一的希望，沒想到受日本五十年統治過的台灣人，仍然是如此單純，只有理想而沒有私利，只可惜對政府還存有不信任感。

每當蔡繼琨心裡暢快時酒興就來了，另一邊吳成家已醉得睜不開眼，言語含糊不清，而他才只有些許醉意，此時最希望的是有人來伴酒一起唱歌，便自己開始領先唱起來，吳成家不知幾時也跟著唱，原來他們之間有這麼多共同的歌，友誼就在歌聲中又推進一大步！有了這一次喝酒的經驗，才知道在台灣談事情一定得先兩杯下肚。再來時他從家裡隨便提了兩瓶洋酒才過來，兩人坐在後院門前，對著教堂牆外的大榕樹，順手拿出兩只茶杯又唱又喝渡過一個下午。

「因為等不到你的消息，所以就跑來了，實在不好意思！」蔡繼琨連連低頭表示歉意。

「三天前才見面不是嗎？」吳成家舉杯相碰。

「對我就像是三個月那麼久！這是我來台灣的願望，把交響樂團辦起來，在同胞面前演奏……」

「你的願望也是我的願望，來！把這杯喝了再說，乾杯！」明知道自己酒量不如對方，卻擺出強者模樣想嚇人。

「好，乾完這杯，在你醉倒之前我們就把樂團的事決定下來！」

「哈哈，上回喝酒輸了你，這回可不一定，來，這是第三杯。」說著就往嘴裡把酒倒了進去。

「今天就讓我先向你認輸了好不好？我的任務沒有達成之前，要贏要輸都不能由我自己選。」雖然這麼說，手上滿滿一杯酒仍然一口喝乾。

「有一句實話，我非把實話在喝進第四杯之前說出來不可，喝過之後再說，說出來的恐怕變成另一種話了。……我們一起喝過酒也唱過歌，這種交情不是一般人可以比，可是當我把你的話再去跟團員們說時，你知道他們怎麼說？他們說蔡將軍的話可以因為你吳成家的保證而去相信，但政府的作風沒有人能保證，一談到政府就談不下去了，結果是人民相不相信政府的問題，要人民把樂團交給政府，而得不到人民的信任，這個問題你多喝幾杯想想看，想得出辦法我照你的辦法去作！」

「這問題的確是大問題，大問題不是光喝酒就能解決的，而要多花點時間讓大家冷靜想想，只要有心解決，沒有什麼解決不了的問題……」

說完把杯裡的酒喝光，然後將另一瓶酒收回自己的皮包裡，擺出專心思考的模樣，這時兩人各自點燃一支菸，安靜了好一陣子，才聽到蔡繼琨乾咳一聲，開口說：

「我的想法，恐怕說不清楚，如果用寫的也許需要時間……」

「也只好這樣，你寫我也寫，改天見面拿出來彼此對照，作一番修訂，這樣你看如何！」

回家路上蔡繼琨滿腦子想著剛才的「問題」，對吳成家而言這或許是大「問題」，但在陳儀長官眼裡則小得不能再小的小「問題」，甚至只是我蔡繼琨一人的「問題」，只因我到台灣才設交響樂團而不是因台灣才要我辦交響樂團，一切都要憑自己的力量，最後有了眉目這才得以開口討經費。

在大稻埕所見吳成家的交響樂團，論規模，似乎還少了很多樂器。弦樂器方面，小提琴勉強足夠，但中提琴只有四支，大提琴只兩支；管樂器方面看來很齊全，長笛、短笛、雙簧管、英國號、低音豎笛等該有的都有，其中似少了低音管，法國號也只有三支，只好靠低音號來補助，奇怪的是伸縮號特別多，這在視覺上可能更有動感的緣故，關於這點使他想起豎琴和打擊樂器都是必須補強的部分，也許吳成家是從街上遊行的管樂隊轉型過來的，短期間內能發展到這樣的規模已經不容易。

其實日治時代以來全台灣早已經在各地皆有中、小型樂隊，不久前他從基隆港下船時，岸上前來迎接的樂隊有三、四十名的規模，到了台北在中山堂門前奏樂的管樂團規模更大，只要這方面的資料齊全，將之合併到吳成家的管弦樂團裡是不難作到補強的功效。

目前的工作是把業餘的樂團轉為專業，現在才更清楚自己的目標，專業之後團員不僅演出時有錢可領，每個月皆有固定的支薪，身分等同公務員資格，這種條件相信吳成家是不應該拒絕的。可是再見面時，他興沖沖帶著寫好的計畫書來，吳成家竟然什麼也沒寫，甚至無意想知道對方提出的計畫。雖然熱誠依舊，兩瓶紅露酒準備好在桌上，杯子也擺好，臉上掛的笑容則令人感覺得出心裡藏有些許無奈。

「你還沒寫好，這代表你有太多的顧慮，沒有關係，請先看我的，也許看過之後，就……」蔡繼琨安慰他。

「不，是這樣的，我面對的是幾十個團員，大家都有意見，正如上回那句話，民眾對政府的信任度不高，陳儀長官想辦樂團是為了達成你來台的意願，他在位時支持你，離開之後，是否新來的長官也支持？團員裡有兩名在廈門住過，有一名是在上海長大，以他們的中國經驗對政府接管之事最不能放心，所以要我多多思考。既然我們已是朋友，不如聘你為首席指揮，將樂團當作是你自己的，有必要時透過你的關係向公家機關爭取補助，申請演出場地，向國外搜購樂譜，甚至到上海、南京去演奏，這不是很好嗎？就是這緣故我原本說好了要寫而又沒寫，希望你能諒解！」

聽對方這麼一說，蔡繼琨感到好失望，久久說不出話來，甚至有個念頭想放棄，但只一閃而過，告訴自己一定要堅持，或許還有挽回的餘地。

「……第一次在新公園音樂台演奏時，王添灯議員帶市長前來，他們從頭聽到尾，那天市長就提議要收編為台北市交響樂團，我很高興當場就答應，如今想來也真是天真，不出兩個月市長就換了，從此不再來與我接洽，第二任市長已經快下任時，由市府直接來公函，列出三個樂曲要我們準備在新年時去演奏，也沒有得到同意就在演出海報印上『台北市交響樂團』，我以為已經換成別人，演出前兩天一再來電話告知，才知道我們已經是台北市的了，好笑的是只掛了一次台北市的名號，過後又不聞不問，就像從未有任何關係，所以我們都怕再有這種事情發生，台灣人的市長都這樣，更何況他們唐山來的官員！」

聽到這麼說，蔡繼琨也只好搖頭嘆息，難道台灣才剛剛光復，國民政府在老百姓心中已經信譽破產！

「不管怎樣，我一定要把你今天所說的當面對陳長官說清楚，請千萬不要因為過去的印象就對政府失望，再怎麼說外省或本省都是同一個祖宗，最起碼的信任沒有建立好，以後又怎麼相處，我再次向你拜託，一定要多忍耐些時。」

蔡繼琨的誠意確實感動到吳成家，默默掏出口袋裡的香菸，兩人各拿了一支，含在嘴邊，來不及點火就先打開另一瓶紅露酒，由蔡繼琨倒酒而他自己為兩人點菸。

19 仲進「省展」的黑手

晚上七點多蔡繼琨一身酒氣跑到中山堂會議廳參加全省美術展覽會展出前的最後一次籌備會。他來遲了，會場早已經滿座，但還是留一個較重要的位置給他，很快他就看出會場來了好幾位生疏面孔，顯然參與者已不是當初所開的名單。使他心裡雖不悅卻無可奈何，因這證明在省展籌辦的工作上，自己已經大權旁落：「也好，我本來就不是美術界的人，也許開完這個會，就是該放手的時候。」這麼想著，一肚子的氣轉眼之間消了一大半。

會議中蔡繼琨有意當邊緣人不發一語，幸好原先他費盡心力邀來的畫家，至少還占有一半，今天的會看來不至於變質才對。再聽下去，發現前來的這些陌生人意見並不一致，對美術或省展的事情亦相當陌生。

顯然這不是一個依照程序進行的會議，從頭到尾只是與會人在自由發言，所提建議和前兩次幾乎沒有關聯，蔡繼琨一時心煩正準備離去，此時一位四川口音的中年人正要發言，突然聽到他說：「……展出的空間相當有限，第一回展又必須讓更多畫家的作品入選，以壯大聲勢，所以不得不限定作品尺寸，才不致大小參差不齊，為工作人員增加布置上的困難。」

「這個人是誰，倒是說到了要點！」蔡繼琨在心裡對自己說。接著那人又繼續說下去：

「第一回展出如想要擴大宣傳，就得把開幕禮盛大舉辦，在中山堂廣場辦一個千人酒席，透過新聞的報導，讓全島民眾知道我們政府對台灣美術的重視，鼓勵之下，家長才肯帶子女前來參觀，我們辦這個展覽才能得到預期的效果……」

聽到有人提議舉辦宴席全場給予熱烈掌聲，發言人本來已經坐下，又再起立，多補充了幾句：「請大家不可誤會，我這麼說不是在浪費公款，而是要籌辦單位在發售門票的同時，也推銷餐券，觀眾必須憑券上桌……」

話一說出來，底下一陣不滿聲音，使他不敢再說什麼就坐了下來。

蔡繼琨因為好奇問近旁的郭雪湖此人是誰，他搖搖頭表示不認識。

接著發言的是北方口音的老先生，他建議台灣省的展覽要由南京派全國性的畫家前來評審，如過去台展也由東京派日本全國性大師當審查員，以表示對祖國中央畫壇的尊重。

此話一出，全場雖沒有人敢出聲反對，但也沒有一個贊成者，場內沉默良久，才見一位理平頭的青年站起來，仰起頭好像在想什麼，他的腦袋似乎還沒有把要說的話整理好，靜靜地讓大家等待他的發言，良久才開口說話：

「不，不能這樣，不可以……」說的是浙江口音：「要聘請誰來當評審員？齊白石、徐悲鴻、劉海粟、李鐵夫？他們和台灣畫家走的路子不一樣，他們來作示範展或者講評都可以，但要他們當評審，恐怕太為難他們，我……我不贊同，對不起，台灣畫家的作品雖是地方性美術，要照顧它就必須先尊重它，萬不可由中央派畫家來當指導，我只聽過文化要交流，沒聽過文化要指導，不同的土壤和氣候成長不同的文化，這點諸位比我清楚，我只說到此，懂的人自然懂，不懂的人還是不懂，請原諒我的多言。」坐下之後，又站起來補上一句：「謝謝你！」

這句謝謝引來大家給他一陣掌聲。這邊蔡繼琨的掌聲比誰都響亮，接著便起身，離開前先在郭雪湖肩膀拍了一下，告訴郭氏他已不想再看熱鬧。

下樓梯時抬頭看見正牆掛著一面大浮雕，是一群全身赤裸的牧童騎在水牛背上，他好奇想數一數有幾頭牛幾個小孩，從右邊看是五頭牛，走到左邊就只看見四頭，為此來回忽左忽右走了幾趟，自己也覺好笑，一整天什麼事都沒作成，這才有閒工夫數數牆上的牛有幾頭。過去多次從這裡匆匆下樓、上樓，頭也不曾抬起來過，哪裡會去注意牆上還有一幅大浮雕。

省展開始收件的第一天，蔡繼琨剛吃完晚飯坐在庭院水池旁邊搖著扇子乘涼，聽見房間裡電話鈴響，走過去拿起聽筒，已經掛斷了。從庭院走到房裡，脫掉拖鞋再登上兩階木板階梯頂多不過一分鐘，到底是誰有事打電話又如此沒有耐心。十幾分鐘過後又再鈴響，這回他故意慢吞吞走去，果然抓起電話筒時對方還等在那裡。

「繼琨兄，莫希莫希，七斤菜嗎？」是郭雪湖的聲音，說話異於平時，聽得出有幾分急躁。

「是的，我是蔡繼琨，是省展出了什麼事？」拿起電話筒的那一刻他已斷定出了事，因此才這麼問。

「是中午的事情，不，是傍晚，有人沒敲門就進來我家，因為夕陽從他背後照過來，看到只有人的黑影，取出腰間什麼東西放到桌上，後來看清楚是一把手槍，有生以來從沒有人帶槍進過我家，是個當兵的，另一隻手拿幅畫，就放在靠牆的桌上，還好，他很客氣，連連叫了我幾聲郭先生，起先聽不懂說什麼，最後才知道他打聽到我是評審員，要求我讓這一幅畫入選，因為省展一結束他就要把它送給一位很大的官。我從沒遇到過這種事……我說我很怕你的手槍，可以看在手槍的面上給你的畫入選，但如果別的評審員不通過還是不行，不是我一個人就能決定的。現在你了解我的處境嗎？怎麼會有這種事發生，台展、府展時都不曾遇到過的事！」

一拿起電話筒對方如連珠砲述說不久才剛發生的事，蔡繼琨已聽出是要他出面解決。對方又繼續說下去：

「我就告訴他，在評審團我是小兵，要找大將軍才有用，大將軍說入選就入選，得獎就得獎，我們是跟在尾巴的小兵……」

「所以你就叫他來找我，是不是？可是我也不過是七根菜……」說時帶著玩笑口氣。

「我沒直接說，但他應該明白，起初還不肯，我就說跟我一起去大將軍那裡，我可以帶路，他想了想不知道說了什麼，一句也聽不懂，把槍拿回去，畫還留在那裡人就走了，你看這應該怎麼辦才好？」

「照這麼說，問題你已經自己解決了，你的確厲害，兩下子就把帶槍的人打發走了，我都不見得辦得到！」

「可是他還會來，畫在我家裡，若他不來我難道要保管一輩子，所以，才打電話求救兵，何況這才剛開始，這種事有一次就有兩次，下回拿機關槍來，我全家都沒命了……」

「唉呀，不會啦，你下回就把我名片給他，來找我就是了，他一看這地址，住的都是吃公家飯的，看他敢不敢來！真好笑，那天開會時我還以為自己已經可以不管事了，沒想到要一輩子當你們的護身符，想走都走不掉，可見我這一顆星還是有點用處！」

「那當然，沒有你肩上那顆星，今天台灣哪能有省展。」

「你說到哪裡去了！說實在的，往後台灣的省展如何，就不是靠小小一顆星能撐得起來的。」

「無論將來如何台灣畫家都得感激你。」

「我也不知道肩膀上這顆星能夠留到哪一年哪一月，但台灣省展是永遠的，民國有幾年省展就有幾年。」

「我們認識之後談的都是省展的事，反而忘了你是音樂家。」

「我正努力想儘早回到音樂的本位，這樣的生活才真正踏實。」

「想到這裡我們除了感激你，還有更多的歉意……」

「其實真正要說謝謝的是我，感謝台灣文化界朋友不見外肯收容我這個外來者，所以要多作點事，讓自己成為台灣社會的一分子，而不是來玩玩就走的觀光客，你說說看我已經作到六十分了吧！對了，關於留下來的那幅畫，不論好不好，你就代他送去省展評審，將來入選與否，評審團自有公斷。」

「多謝你，就照你的話去辦，這位仁兄該無話可說。」

自從省展作品招募的消息在報上公布以來，短短不到五天，由於負責人是郭雪湖，所以除了那位帶槍的憲兵，接二連三有人到郭家，以不同方式找他，都是為了自己的畫能入選省展。

第一屆在戰後不到一年就舉辦的省展，最怕的是畫家因戰火躲避鄉間，日久沒有提筆，徵收不到足夠件數的作品可以展出，看到有人想盡辦法要把作品送進來，毋寧說也是件好事，然而他們不肯依正當軌道，走偏門求評審員私下接納，在過去台展中還不曾有過，怪不得郭雪湖不知如何應付。

雖然他自認戰時有段期間和楊三郎到江南閩粵地區寫生，靠當地做生意的台灣人協助賣畫，有些許中國經驗，古老民族的作風深不可測，到頭來戰後遇到的每件事都足以令人一籌莫展。

直到展覽揭幕，他每天在家時，就穿上一件舊時的唐衫，裝扮成家裡的長工，有人來訪，他趕忙拿一把掃帚假裝打掃，告訴訪者「郭先生出去了。」若問去哪裡，回答說「司令部。」接下就沒人敢再問了。

這時在蔡繼琨的推舉下郭雪湖和楊三郎已受聘為長官公署諮議，楊三郎管的是西畫，人又住在淡水，難怪走旁門的這些人都衝著郭雪湖而來。如今郭雪湖吃到了苦頭，心裡後悔要來這吃力不討好的職位，只好等省展一結束趕緊辭掉。當初他受聘為諮議時，不知令多少人羨慕，不出幾天他想找人替代，令所有的人逃都來不及，才深深感受到中國官如此難作。

有一天郭雪湖早上到辦公室來時，裡頭三、四個人圍繞在楊三郎身旁不知爭吵著什麼，桌上放著一卷長軸，剛剛打開過。

這場面很快就領會到發生什麼事，他退回門外到宋斐如辦公室，想求救兵，竟一個人也沒有，裡面的房間一位中年女士聽到開門聲音走了出來，郭雪湖告訴她遭到麻煩須要人代為翻譯，該女士自告奮勇答應去調解，原來她在東北念過日本小學，一般會話難不倒她，就一起過去。

這時場面顯得很僵，楊三郎強忍著脾氣，若不是在辦公室他早已經發作了，見郭雪湖等進來，趕快把事情交給他去處理。

沒想到同來的女職員進門之後反而與幾名訪客談笑風生，有如遇見老友，接著要求把畫掛在牆上，聽取對方的講解，幾乎把郭楊兩人給忘了。

郭雪湖一看就認出是陳老蓮的人物畫，且是少見的一幅珍品，於是探頭上前貼近畫面，每一部分都詳細看過，心想這麼好的畫若能展示在會場讓眾人觀摩該有多好，可惜省展是個公募展，將來有機會舉辦古畫欣賞會，這幅畫肯定是最吸引人的。

他把自己的想法告訴同來的女職員，請她翻譯給對方，還附加一句，這樣的國寶在展出時須要高價保險，遺失了連國家都無法賠得起，更何況在一個省級的小型畫展陳列在人來人往的場合。通過翻譯之後，對方終於了解，很快就化解了一場不必要的誤會。女職員臨走前以日語告訴兩人，這些人真正的目的在於想把家藏的古畫在公眾前亮相，希望有人商購。過去每回拿給人看時，都說那畫有問題，把價格壓得很低，如果能在省展中通過評審，就等於專家認定，再也不怕人說是假的。剛才郭雪湖從頭到尾看過一遍，又說要高價保險，遺失了連國家都賠不起，憑這句話無異就是最好保證，他們來此討的就是專家的一句話，終於高高興興地回去了。

另一次更是荒唐，一對夫婦帶著十幾歲的女兒到辦公的地方來，自稱女兒是天才，要求不通過審查直接進入決選，依先前一位已回日本的美術老師說法，天才是無法作比較的，這一來可能傷害到天才的本質。這番道理在哪裡也都曾聽人說過，正不知該如何向她解說時，趴在桌上午睡的楊三郎剛好抬起頭，似醒非醒指著那女孩說：

「天才確是難比高下，這話我也對人說過，不知妳的日本老師有沒有說法國沙龍裡的畫家是不是天才？他們若不是天才法國就沒有天才了。如果妳認為天才不能比較，等有一天政府為天才舉辦畫展，妳就送畫過去，還是要請人來評審，單憑自己說天才也不行，得請人來證明，那麼這個人要比天才還天才，哪裡去找呢！」說完又把頭趴在桌上，裝成睡覺，不再理這家人。

女孩的父親指著楊三郎問郭雪湖：「他是誰呀！怎麼這樣說話。」

郭雪湖愈覺好笑，回他說：「他才真是天才，天才都是這樣子說話的。」

自稱天才的這家人今天終於碰到難纏的人物，只好認了，氣呼呼地走了出去，才將門關上。相差不到半分鐘門又被推開，來的是個瘦長身材禿了半個頭的小老頭，笑咪咪地頻頻點頭，卻又不進門，令人不解到底幹什麼來的，此人動作滑稽，拿出一張名片上面印得密密麻麻都是頭銜，連名字都很難找到。

「沒事沒事，大家交個朋友，小弟有點小事相求，初見面請莫見怪。」

原來是福建人，說的是福州口音的閩南話，僅音調上的差距，郭雪湖仍能聽懂七成。

「周處長夫人的那幅嶺南山水，拜託請給她一個獎，小小的獎，不管多小也無所謂，應該有的禮數是不會少的。」

「那你是什麼人，為何來替她說情？」

「也不瞞你說，我是她學畫的指導老師，這回她若能得獎對我可是多麼大的面子，她要是得不到獎，可能就將我辭退，到台灣我人地生疏，已到了山窮水盡，千萬要幫忙，小小的獎，對我是大恩情。」

說時低著頭不敢看人，說完又再三行禮，仍然不敢正視，反而是郭雪湖看到他下顎一顆黑痣上有長長的幾根毛，像極了早年他家巷子裡的老學究。

「對不起，你的要求我作不到，真的作不到……」

郭雪湖邊說邊把門關上，雖知道已經看不見，為了表示歉意，還是隔著門向陌生的學究行一個禮。

近日走在台北街頭已經能看到各式各樣外省人參雜在人群裡，人們才發覺不只有來台接收的官員是外省人，在街上賣菸擦皮鞋的少年、陪酒的女郎也來自大陸各省，所謂外省人已漸浸入台北的低層社會。

幾乎每天都看到有人在街頭爭吵對罵，不像台灣老太婆能把一個人從頭罵到腳，罵得那麼順口，他們緊咬住一個字「笑話」，就可以你一句我一句，踩足拍桌罵上老半天，罵得最凶時以為就要動手打起來了，緊要關頭還是懂得自動煞住，然後再從頭罵起，這樣反覆地一次又一次罵下來，看的人已經累了，而罵的人依然不停不休，有人稱這就是上海人的街頭戲。

從長官公署辦公室出來後，郭雪湖和楊三郎兩人邊聊邊走來到圓環，不約而同走了進去，能使兩人有這樣的默契，不就是圓環小吃的吸引力。

楊三郎突然想起大稻埕的陳清汾，就搖了電話給他，一聽說在圓環就表示將近一年沒有來很懷念這地方，不到十分鐘就趕來一起坐在攤位上開始點菜。

在陳清汾看來圓環裡賣的不管什麼都好吃，所以楊三郎點什麼就吃什麼，三個人都是剛滿四十的壯年，不僅胃口大，袋子裡錢也足夠。吃完雖沒有喝酒但還是晃呀晃地以醉步走出圓環。這一頓飯是郭雪湖付的錢，經過民生路時，走在前頭的陳清汾領先走入「波麗路」，請大家喝杯咖啡再走。

沿路走來已斷斷續續拿省展當話題，坐下來後，陳清汾突然想起什麼，抓著楊三郎的肩膀要他仔細聽：

「一件事情也許你還不知道，省展開幕時很可能中央有大人物到來，為此長官公署上上下下開始緊張，我也是剛才在茶葉公會聽到消息才知道。」

「所謂中央大員，那是誰呀！孔祥熙、王寵惠、宋子文、何應欽，或者蔣介石自己，他娶宋家三小姐宋美人，應該到台灣來給大家看看。」楊三郎漠不關心地拿來當笑話說，郭雪湖的反應則不然，他馬上想到另一件事：

「這次籌備會中大部分的委員突然間換了人，我一直感到可疑，你這一說終於得到了答案。」

「與中央大員來台會有關係嗎？我還是不懂。」楊三郎說。

「我也只是猜而已，不然不可能無緣無故跑來一群新鮮面孔，氣氛和前兩回全然不同，你不覺得！」

「當然覺得，但也不能這樣就與中央有什麼關係。」

「第一回籌備會由范壽康主持，宋斐如、江鐵、張呂淵等都是留日的學者，從頭到尾使用日語，而使本地畫家在語言上得到方便。這次只留下張呂淵一名課員，陳清汾、李梅樹、李石樵、林玉山、陳敬輝都不見了，只剩我們兩人和王白淵，外省人來了馬壽華、麥非、黃榮燦等十來人，到底從哪裡跑出來的，開會時南腔北調，根本不是開會，開會只是形式，主要是想換人，裡頭的文章要請教王白淵或蔡繼琨才知道。」

郭雪湖的分析，陳清汾等雖覺得有理，聊了整個下午依然沒有答案。

20 台灣「省展」國畫難產

省展作品審查的那天，原先經蔡繼琨圈點的委員全都到齊，這證明外力還沒有插手到評審團來，這才令郭雪湖等鬆了一口氣，郭雪湖亦將送來家裡的那幅畫，帶到會場和其他作品一道評審。

戰前台灣畫家作品要與日本人比，現在雖然不與外省人比，但也要作給外省人看，心情與當年出品第一回台展時同樣緊張。

場內只見張呂淵帶兩三名員工忙著把郵寄過來的作品拆開分類，另一邊送來會場交件的部分，早已分好，靠牆放置在地上，且已經編了號碼，以目前登記的號碼預計應已超出三百件。一場戰亂過後，大家都擔心參與的欲望不如從前踴躍，短期間內趕出來的作品加上欠乏作畫材料，一直有徵收不到理想作品的疑慮。

台陽展採取公募制已近十年，皆由會員擔任評審，且每回都調整評選方法。省展是公辦的展覽，人力較台陽展要充足，所以有人建議學帝展的作法，評審團坐成一排由員工把畫作一幅幅抬到前面來，評完之後再抬走，如此讓評審員可以靜下心面對每件作品，且在評審過程中有權威感，所以這建議提出後，幾乎是全體舉手贊成。

依照慣例以西洋畫件數最多，共收進一八五件，其次是國畫一〇二件，初設的雕塑僅二十五件。分成三組各自分配一個空間，進行評審，一個上午時間，西洋畫和雕塑於中午休息之前已陸續評出名次，只有國畫部才剛剛要開始，而且一而再地產生爭議。

以國畫部評審員陳進、林玉山、郭雪湖、陳敬輝和林之助等的為人處事向來友善無私，對繪畫的看法也相當接近，多年來不見誰與誰之間有過不悅的事，未料在評審會上產生的問題一個早上都無法協調。

首先他們發現太多摹仿傳統古畫的作品，在台展時代一直被日本來的評審員打為落選，不再出現於台展會場，十幾年後又有人拿出這種畫，想不到政權一轉移，美術界也跟著變天。起先直覺地認為此類作品應該落選，這時林玉山突然想到什麼，問了大家一句，語氣仍然那麼輕鬆：「我們不要忘了是國畫的評審，外界對中國美術的認知若認為落選的畫才是中國畫，說我們作了錯誤或叛逆的事，有可能會帶來麻煩噢！」

「但這是台灣省展，是本省的地方性展覽，在上海選出來的國畫也許是那種畫，今天在台灣以地方本位的觀點選的則是這種畫，如此作法也會招來麻煩嗎！放心吧！」林之助安慰他。

「本來有了西洋畫，就應該有東洋畫相應，怎麼跑出國畫來！如果一定要說是中國畫，就不可用西洋畫，而要說外國畫，當初是怎麼定的，雪湖君應該最知道。」陳敬輝說。

「開會的時候條文上就已經寫好了，好像是從過去在南京辦過的全國美展移用過來，一時之間也沒有異議，就這樣通過了。」

「那麼全國美展中入選的國畫是什麼樣的畫，是不是要先了解一下！」陳進建議說。

「我不放心的是展出之後，人家反而認為我們選的畫不該列為國畫，說我們不了解中國畫。」林之助也開始有了疑慮。

「不要管那麼多，現在就按照自己的看法去選，認為好的就入選，不好就落選，傳統水墨裡頭應該也有很多好畫。」

「我還是建議，今天的國畫評審要稍微調整一下，針對國畫兩個字多費點心去思考，至少我是已經這樣在作……」林玉山說。

「我也是，所以剛才那幾幅山水畫能入選，與我投的贊成票有關，我是在調整評審角度，既然叫中國畫那就要中國化。不過，我個人還是繼續畫自己的畫，現在市面上不是很多物品是台灣製的嗎？我的畫早就認為是台灣製，這就夠了，不管它是美國畫還是中國畫。」林之助說話和平時一般輕鬆有趣。

接著搬出來的是一幅直軸，三分之一滿滿地以行草寫著詩句，留下三分之二空間才在角落裡畫一隻小綿羊，使得大家都停下來，久久不敢作評斷。

「玉山君，你看這件……」郭雪湖想聽取林玉山的意見。

「請把畫移到這邊來，讓委員近一點看清楚那隻小羊。」林玉山所以有此要求，因為那小羊實在太小了。

「畫得不錯，問題是這些字，我們評的是國畫不是書法。」陳敬輝說。

「那麼我們只評畫，不去評書法，向來的國畫也都題了字，我們也只評畫不評字，雖然寫的字多了一點，我們就評這隻羊，認為好就讓它通過。」

郭雪湖這麼說，自己先在紙上打圓圈，表示通過了。

這時兩名職員從裡面抬出一幅配了框的大畫，畫的是台灣農村生活，主題是村婦在替她的初生嬰兒餵乳。

「這才是我期待的佳作！」陳敬輝用日語發出了他的讚嘆。

「若希望省展回到台展時代的水準，就只有靠這種程度的作品。」陳進也作了回應。

「陳慧坤進步了，的確進步了，其他的台展資深畫家相信也進步了，新的省展就得靠他們啦，拜託拜託！」林之助說。他一眼便看出畫的作者是陳慧坤。

「前天遇到肇嘉先生，他很關心省展，展出來的作品如果不理想，被外省人當笑話，就太沒有面子。他們的畫雖然不怎樣，話倒很會說，在報上寫文章永遠是他們說的才是。」郭雪湖說，雖臉上掛笑容，仍看得出心裡的無奈。

「如果被逼到不得已，那時省展只好關起門來辦，我們辦我們的，他們辦他們的。」陳敬輝說。

接著被抬過來的幾幅都令評審團同聲讚賞，李秋禾、黃靜山、黃鷗波、黃水文……。

「玉山仙，這幾個人都是嘉義畫家，你指導過的！」有人這麼問。

「不可以說指導，只能說我們一起研究……」林玉山向來就謙遜，回話時連頭都不敢抬起來。

「這回省展得靠嘉義畫家撐住場面，特別要感謝玉山君的用心。」陳進豎起大拇指說，她直到現在還沒有說過一句台灣話。

突然間陳敬輝有感而發：「我總覺得省展作品比起府展時期尺寸小很多，你們也有這種感覺吧！」

「我剛才就和雪湖在討論，原來你也如此想。」

「沒關係，戰爭才結束，經濟狀況尚未復原，等明年如果還這樣，評審團在評審感言中就得特別提出來，省展代表的是台灣美術的實力，絲毫不可鬆懈……」

這時抬出來的終於是幅大畫，的確比其他作品大很多。

「這幅大畫等於在告訴我們，畫要好不可只求大，我的話你們聽到了沒有？」陳進笑笑地說。

「這幅畫的作者不管是誰，他敢畫這麼大的畫，至少也應該得到獎勵才對！」郭雪湖帶著笑聲說話。

「可是，就憑此而入選，這麼大的畫程度卻平平，展出來目標太明顯，不知道諸位意見如何？」

「問題在於太占空間，等於占了兩幅畫……」林之助說。

「我認識作者，如果大家認為該落選，我會去鼓勵他，要他明年再努力，不要洩氣。」陳敬輝接著說出作者是淡水中學畢業不久的校友，但也不希望因此拖垮省展程度。

接連抬過來的三幅畫的都是火雞，作者分別是范天送，薛萬棟和林金生，過去府展的六年當中均展現過身手，所以名字並不陌生，只是畫風已有了很大改變，尤其在府展第一回就獲特選的薛萬棟，所畫的這幅火雞和當年特選作品《遊戲》比起來形同兩個人的手筆。

「你們有沒有看出這三個人除了題材畫的是火雞，還有個共同點就是想從日本畫的風格轉變成中國畫，勉強要在短期間內改變畫風，一時又辦不到。針對這種作品我們應該怎麼評斷，對作者知道愈多就愈難論其優劣。」林玉山說。

「我還是要說，這是因國畫所帶出來的問題，過去參加的是東洋畫，現在改成國畫，於是就開始思考什麼畫叫國畫，所以就畫出這樣的畫來。」陳敬輝說。

「聽說陳慧坤也努力在學習傳統的水墨山水，經常去請教一位叫黃君璧的國畫家，還好這回送來的是寫實性高的鄉土風格。」郭雪湖說。

「對台灣美術而言，這難道不是一種危機！換個人來統治，把府展改成省展，把東洋畫改成國畫，畫出來的火雞也不一樣了，是母雞的問題，還是蛋的問題，你們說說看！」林之助拋出新的論點，卻一副嘻皮笑臉的樣子。

「看來范天送的火雞健康一些，三者選一的話我就選他的，哈哈！」雖然是一句笑話，卻也產生影響力，最後助他拿到了佳作。

突然從背後傳來聲音：「怎麼樣，你們有什麼發現，找出哪些新人沒有！」

原來西畫組的楊三郎、李石樵、廖繼春等，評審已告結束，不見國畫組的人出來，就自動推門走進去，看到五個人排排坐，只評不到三分之二，勢必還有一段時間才結束。

「國畫組的國畫兩個字把你們都考倒了吧！」從後面跟過來的李梅樹大聲說，有幾分是在嘲弄裡面的人，卻惹火了屋裡的評審團：

「你再說就把你們都轟出去！」聽出說話的人已表示不歡迎，一個個知趣走出大門。

於是屋裡又安靜下來，剛才聽到說「新的發現」，西洋畫部或許有，但在國畫裡則不敢有所期待，即使這樣，依然在心裡盼望著奇蹟。

「到底有沒有必要轉型，只為了國畫這個名稱！莫非要我們先把大和魂趕走才接受中華魂。」陳敬輝喃喃自語，像對自己又像在對大家說：「當年滿清在中原建立帝國，不知有沒有要求住在中原的漢人也跟他們畫滿族的畫，照歷史所寫，他們反而認真學習中原文化，因為他們能看出中原文化的優點。今天來台灣的外省人就沒有這種眼光和度量，這就是所謂漢民族的傲慢。」他從頭到尾用台語說，只「傲慢」兩個字特別用了日語，或許有特別用意，其他人只靜靜地聽他一人說話。

許久才終於有人回應：「滿族向來是游牧民族，生活沒有固定場所，文化不能生根，所以想到中原來，他們看上中原的土壤、氣候和物產，當然更看上中原文化，進了中原之後什麼都想要，就乾脆把自己改變成中原人，我說來台的外省人沒有幾個認真讀中國歷史，所以來了台灣就像征服者一般傲慢。」他也學陳敬輝用日語加重「傲慢」的語氣，郭雪湖的聲量大，連門外的人也都聽得到。

現在已不再討論評畫的事情，把評審交給手中的一支筆去畫圓圈。

「來統治台灣的人不管是誰，都想以自己的模樣改造台灣人，非讓台灣人變得和他們一樣不可，過去叫作皇民化，現在或許叫祖國化，可是祖國的土地太大，說的話也到處不同，更何況其他。給一百年時間，相信連自己也統一不了，何況台灣，你們說的傲慢，我同意。」

「傲慢的人必食後果，外省人到台灣來什麼也沒得到之前，就已經得到了因傲慢所招來的後果，大家就等著看吧！」

當所有的畫評審完畢時，已經較西洋畫部遲了近一個小時，張呂淵將入選數目作了報告；國畫部出品總數一〇二件，入選三十三件，約三件入選一件，與過去相比之下入選率算是相當高，這樣看來將來若有更多人的參與，到了五件入選一件的程度，在質的方面一定更提升。西洋畫部從一八五件中選出五十四件；雕塑部二十五件入選十三件，在競賽中淘汰的作品三個部門加起來超出兩百多件。在挑選優秀的入選作品之餘，也同時從落選作品看出台灣美術的未來，令評審團很大信心，不出幾年很快就看得見新一代台灣美術的實力。

張呂淵走到郭雪湖身旁在耳邊輕聲問：「中午李翼中主任本來是要請諸位委員到昇平樓吃飯的，臨時有要事，只好改期，向大家表示歉意。由於改變得突然，我打電話到高賀亭叫雜錦麵，聽三郎說有幾位委員特別愛吃這裡的麵，沒有先問一聲大家意見，真不好意思。」

「李翼中？是誰呀！」聽到這個全然不相干的名字，郭雪湖以為自己聽錯了。

「是國民黨部主任，他突然前來關心，我也嚇了一跳。」張呂淵回答。

這時門又打開，有人大聲催促說麵已送到，在樓上會客廳裡。

國畫評審員到齊時，西畫組的李梅樹、顏水龍已經開動，麵條吸進嘴裡發出的聲音，聽來特別感到肚子餓。

「你說李翼中這個人，到底為什麼要請我們吃飯？」又有人對李翼中感到好奇。

「不知道，只是吃一頓飯，管他是誰？沒什麼稀奇。」郭雪湖回答。

「噢，這人不簡單，他和陳儀是平起平坐的。」說話的是嘉義上來的陳澄波，台灣光復他第一個跑去領表填報入黨，現在他是這群人裡唯一的黨員。由於長年住嘉義的關係，對李翼中知道的也僅此而已，等有人再問時他什麼也答不出來。

「消息靈通的內行人來了！只有他是最清楚的。」陳清汾遠遠看到蔡繼琨上樓，就大聲喊起來，果然蔡繼琨喘吁吁地快步登上樓梯，向大家招呼。

「來，一起吃麵！七根菜。」郭雪湖等站起來表示歡迎。

「我剛到過高賀亭，才進門就聽老板在接電話，說中山堂的省展評審團叫了十六碗雜錦麵，我就說再加一碗也送來這裡。」

便坐下拿起筷子陪大家吃起來，才吃一口想起進門時清汾好像說「內行人」什麼，就問：「誰說我是內行人，我是七根菜，對什麼都外行的人才對。」

「他們在問為什麼李翼中要請客吃飯，我也只接到通知，完全不知內情。」張呂淵說。

「關於這點，我也只能猜測，是不是黨要來接管省展，不然那天的籌備會怎麼來了那麼多生面孔，又少了那麼多熟面孔，當中必有文章，我問過些人，竟然沒人知道內情，只好亂猜，多少會被我猜中幾分。」

「知道才講，不知道不要講。」李梅樹警告說：「雖然是太平，時局還是不穩定，說話最好小心。吃麵，吃麵。」

於是又靜了下來，大家只顧埋頭吃麵，聽到的只有麵條吸入嘴裡的響聲。

「台灣的麵味素放得較多，是所以好吃的原因，據說味素也是一種營養品。」蔡繼琨受不了沉悶，又想講話：「是前天我參加台灣文化協進會成立大會，有位作官的大人物說的，還說台灣文化就是味素文化，又營養又好吃。」

「這話給古井兄聽到，他可要罵人，因他強調山水亭從來不放味素，作菜全憑本事才叫作料理。」陳清汾說：「但他說漢藥一定要用甘草，就像文化運動一定要有他這種人一樣，這話我倒十分同意。」

「終於被你說中了，李翼中就是漢藥裡的甘草，非有不可，但又不重要，他請吃飯，想吃就吃，不吃也無妨。」李梅樹說。

21 看筆墨還是看素描——為評審團解疑

另一邊有人說話聲音愈來愈大，聽來像是在激辯中，引起大家轉過頭，看見蒲添生正大聲說：「……素描不好，畫一定不好，這是絕對的。」

「這就是說，素描是畫的甘草，甘草是畫的素描，有了素描，畫就一定好？」李梅樹轉過頭笑嘻嘻地問，想拿題外話去消遣蒲添生。

「素描是基礎，不管畫還是雕塑，先看他的素描就沒有錯了。」蒲添生仍然一本正經地說：「素描好的一眼就看出來，入選還是落選很快就能決定，這叫作果決評斷，哪有一個上午評不完的！」

「原來在爭論畫的評審何以這麼花時間，你要明白這正是所以叫做國畫的原因，你們都不可以生氣，生氣就對不起國畫了，知道嗎？」顏水龍也轉頭過來，說話一副不正經的樣子。

「不要以為作雕塑的人就不懂素描，不是跟你開玩笑，我在東京朝倉文夫工作室時一天要畫多少素描你知道嗎？塑一尊人體之前至少畫三十張速寫，然後用泥土捏造幾尊小的，也是一種速寫，決定之後才進入本製作。」蒲添生仍然那麼大聲，而且更認真。

「我們沒有人說雕塑不要素描，也請你不要以為國畫就沒有素描，甚至書道裡也有素描，就要看你說的素描和別人說的是不是相同。」陳清汾到外面抽完一根菸後回來，對爭論素描開始有興趣便躍躍欲試找人辯論。

「清汾兄，你這就不公平了，為什麼你不說音樂也有素描，若你認為音樂沒有素描，這表示你不懂音樂。」

蔡繼琨喝下最後一口麵湯，把椅子移過來：「我正在寫一首曲子叫『古都素描』，有一天會演奏給你們聽，讓大家評評看，音樂裡是什麼樣的素描。」

「既然你說音樂的素描可以公開演奏，那麼美術裡的素描為什麼要藏在彩色裡，看到畫中的素描功力才認定這是一幅好畫。」陳澄波像是捉到了誰的把柄，十分得意：「省展有西畫和國畫部，就該成立一個素描部，由我當評審員。」

「素描本來就歸類在西畫部裡，和油畫、水彩一起評，你的建議不算什麼新觀念，先把你那碗麵吃完再講話。」陳清汾說。

這時張呂淵走進來，緊跟著另兩名年輕職員也出現，剛才他們利用吃麵時間把入選的畫排列好靠在牆邊。

「諸位委員，我們已經把畫排好，請大家過去看看，如有什麼不對的，就麻煩你調整一下，現在輪到我們來吃麵。」三人實在很餓，話一說完就拿起筷子大口吃起來。

一夥人進了隔壁房間就忙著把畫重新調整，意見一多不斷傳來嘈雜聲，部分人是第一次當評審員，這時才明白掛畫比評畫更費心費時。

22 美術光復展揭幕

為了慶祝十月二十五日台灣光復一週年，第一屆省展選在二十二日提早三天開展，而揭幕典禮與光復節的慶祝大典一起於二十五日當天在中山堂的表演廳舉行，國民黨省黨部幾天前就全力發動台北各機關派代表參加，因此會場上人潮擁擠，當蔡繼琨到達時，負責接待的職員將他請到貴賓席的最後一排才勉強找到空位，美術界總比別人晚到，已經主席上台才見李梅樹、李石樵等一起入場，以後陸續到達的正好坐成一排。

「從來沒有過這麼盛大的揭幕典禮！」李石樵一坐下，就為眼前的場面發出讚嘆。

「應該說這是光復週年的慶祝典禮，你沒看到那紅布條寫的，省展的開幕只有下面一行小字。」李梅樹提醒他，用手指著舞台上方的紅布。

「怎麼你也和我們一樣坐在這裡？」李梅樹突然想到什麼，轉過頭來問蔡繼琨。

「你以為我應該坐在台上才對，是不是？」

「因為你是少將，是將軍，要是日本時代，我們連坐在你身旁都沒有資格……」

「可惜這是民主時代，我進門來沒有人知道我是誰，況且我沒穿軍服是坐公共汽車過來的。別大驚小怪，我肩上這顆星糊裡糊塗掛上去，什麼時候會被摘下來自己都不知道！」

「那麼台上的一排椅子讓誰坐呢？」

「當然是大官，日本時代只有總督是大官，現在台灣的大官太多，都是靠本事變出來的，我幾乎不知他們叫什麼名字。」

「典禮開始，全體肅立，唱國歌——」麥克風傳來司儀的聲音，還參雜擴音機器的雜音。

唱國歌時蔡繼琨提高嗓子大聲高歌，近鄰座位上的都轉過頭來，身邊的李石樵、李梅樹尤其對他的歌聲留下深刻印象，後來每談起「七根菜」，就加一句「唱三民主義」的少將。

這時李石樵注意到台上背後的牆，掛有蔣介石像，便問蔡繼琨：

「在中國人眼中蔣介石和孫文哪一個大？」

「孫文在的時候當然是孫文大，孫文死了就是蔣介石最大，但是在這場合中，台上掛蔣主席像而不掛孫總理像是不對的，當中必有文章……」雖然還想說什麼，又突然打住。

已經有人站在台上講話，帶著很濃的浙江口音，李石樵、李梅樹等人幾乎完全聽不懂，蔡氏輕聲問他們：「你們過去的台展開幕禮也是這樣的嗎？」

「不是，差遠了，沒有這樣熱鬧。」李梅樹回答。

「是美術界人士自己主持，不相干的大人物極少在這裡出現。除非是我們邀請過來的……」李石樵又補了一句。

「等這個人講話結束，我們還是出去抽根香菸，然後再決定還要不要進來。」七根菜建議說。

然而未等台上的大官說完話，三個人魚貫走出側門，站在椰子樹下，掏出香菸吞雲吐霧起來，他們的省展開幕典禮，看來是這時候才真正在此開始。

第一屆省展從二十二日起展出十天，二十五日和光復節慶典同時舉辦開幕禮，當天民間盛傳國民黨蔣主席已飛來台灣，果然次日一早省展評審團接到通知，下午四點在中山堂集合恭迎蔣主席，對台灣美術界這是件大事，日本統治時代人們心目中占有最高地位的是天皇，改朝換代後取代這地位的自然就是蔣介石，家家戶戶已將天皇的照片從牆上取下，換了蔣主席玉照，被視為社會菁英的醫生家裡玉照上還寫有某某同志的主席親筆題字，因此蔣主席無異就是現今的天皇。

郭雪湖和楊三郎兩人因受聘為長官公署諮議，也算是公職人員，所以一早就來到會場。

楊三郎在郭雪湖耳邊輕聲說：「來了這麼多人，看樣子多半是特高。」他只知道日治時代的「特高」，不知中國人稱他們什麼，這些人留著短髮，穿灰色中山裝，年齡多約三十歲左右，在場內若無其事地走動，其實是在巡視。

「把菸捺掉，此刻誰都不許吸菸，老先生最不喜歡就是聞到菸味。」這時進來了四、五個人，聲音來自領頭的五十來歲穿黑色中山裝的中年胖子，他皮膚黝黑，聲音沙啞，進門時有人喊一聲立正，從舉止一眼便看出是個受嚴格訓練負有任務的人物，他的話起了連鎖效應，其他人也紛紛把手上的菸丟掉。當看到郭雪湖等兩人屬另類模樣，便問旁邊隨從：「那是幹什麼的，長官公署那邊來的？」

「報告長官，兩位是畫家，省展評審委員。」

未等說完，那胖子露出笑臉迎向郭、楊兩人，遠遠伸出手來，他的手好柔軟，握在手裡，有如握到一塊豬肉。

「兩位大師，我是省黨部主任，真是幸會，沒想到台灣畫家能畫出這麼好的作品，張張都精彩，兩位辛苦……。」話未說完人已經朝另外方向走去。

接近中午這群人離開會場之後王白淵、李梅樹才來，於是相約到西門町快餐店菊芳園吃午餐。

「最近見到七根菜沒有？」王白淵一坐下來就開口問，

「有呀，開幕典禮當天就坐在我隔壁，沒坐多久見氣氛不對，我們就到外面抽菸。他怎麼樣？」李石樵反問。

「據說他遇到些麻煩，不是早聽說他太太從馬尼拉到台灣了嗎！還來不及見面，就又走了，也不知道發生什麼事，朋友總要關心一下，卻老是找不到人。」王白淵說。

「蔣介石到台北來，說不定他正忙著接待。」郭雪湖說。

「情況恐怕不是這樣，省展最後一次籌備會裡他來了，但只坐著旁聽，來的卻是一批生面孔，你說這是怎麼一回事？」楊三郎說完，見沒有人回答，自己又說下去：

「剛才李翼中來了，進出的氣派好像省展是他主辦的，分明省黨部插手進來，梅樹兄這方面比較了解，你說是不是？」

「這麼說來，省展已經被另一派人搶走了，蔡繼琨只得退出來靠邊站，即使這樣，懂得進退也是好事，怎麼你說他有麻煩呢！」梅樹問。

這時菜已送上桌，一聞到米香，交談便暫時停下來。

約十來分鐘後，郭雪湖才又開口，說：

「當中必有原因，與蔣介石到台灣有關，不妨朝這方面來想一想……要不然就直接去問七根菜。」

「這時候千萬不可以，除非他自己說出來。」

「那麼蔣介石來了台灣與陳儀之間不知發生了什麼，只有這樣才跟七根菜有關。」

「不會，兩人都是留日士官學校出身，科班出來的軍人最講究輩分，不像那些軍閥，滿腦子只想造反。」王白淵說。

「可是蔣介石在士官學校念的是預科，而陳儀是正科班畢業的，心裡服不服也是問題。」李梅樹。

「你們都看錯了，問題在李翼中和陳儀，一個管理黨務，一個領軍，大老闆來了爭相求表現，問題說大不大，說小也不小，我還是認為朝這方向思考，才能找到七根菜的麻煩到底在哪裡。」郭雪湖綜合別人意見，理出了自己的看法。

「所以，為了搶功，李翼中的黨部就插手到省展裡來，這幫人沒道理會關心到美術來。」

「七根菜也真是個君子，這幾天一句怨言也沒有，只表示要專心回去作自己分內的音樂工作，對省展提得起放得下，是他作人的優點。」楊三郎說。

「奇怪得很，蔣介石說來就來，事先連七根菜都沒有半點消息，可見從頭到尾是省黨部在安排。」

「其實也沒有值得奇怪，蔣介石目前只是黨主席，只有黨才信得過，不由黨安排，難道要公署去接待！」

「他會想參觀省展，我本以為是七根菜的建議，現在聽起來七根菜沒有影響力了，反而另有其人，這又是誰？」

「蔣夫人宋美人，也許是她想看美術品來輕鬆一下，蔣介石聽太太的話才命省黨部安排了這個行程。」

「反正，等下午看到本人就不難明白，真正想看畫的人，走在展覽會場上很清楚就看出來。」

「蔣介石已經六十歲了，據說是來台灣島上避壽的，宋美人應該也不年輕吧！避壽就是怕閻羅王知道他多少歲，會把他捉回去。」

「下午不知多少人會來會場看美人，而不是看我們的畫，到時不要太高興。」

「報上一點消息也沒有，不可能有熱鬧的人潮。」

「聽說宋家三姊妹裡，宋美齡最小也最漂亮，男朋友一大堆，最後才被蔣介石搶走，而她回過來幫蔣介石搶到江山，所以蔣介石怕老婆是全世界有名的。」

「你到底聽誰講的，連這個你都知道？」

「外省人都這麼講，不相信你隨便找個外省人問問看。」郭雪湖乾脆把話講得更白，本來不想說的也都說了出來。

「李翼中是個相當跋扈的人，剛才你也看到了，他和夏濤聲之間一定沒那麼容易配合，七根菜一到台灣就掛名當《台灣畫報》社長，算是夏濤聲這邊的人。照我的推測李翼中為了安排蔣介石看省展要大作佈局，看來省展變成他的了，不過你放心，蔣介石一走他對省展就不再有興趣，這時我們又得雙手接過來辦，省展不管怎樣最後畢竟是台灣人的，只有我們才肯持續辦下去。」王白淵說。

回到中山堂時，門外已經來了許多人，全都被擋在門口，幾名穿中山裝的青年，臉部毫無表情站在大門兩側。南部來的林玉山、陳澄波、林之助、顏水龍和劉啟祥等早已在椰子樹下等候，他們還沒看到布置後的現場，好奇地探頭朝場內望了又望，看得最清楚的還是靠近門邊鮮麗奪目的幾只大花籃。

23 蔣介石出現「省展」會場

十點鐘才剛過，站立門前的中山裝青年終於讓出入口通道，門外等候的觀眾才陸續走進去。此時大家所期待的貴賓早已光臨，一位中年人正陪伴身旁貴婦人，幾名隨從引導下在場內參觀，另外還有十來人跟在更外圍，多半是早上以來一直留在場內的灰衣人。

領頭一位穿軍服中年人就是今天的貴賓蔣主席，他的照片從日本時代就經常出現在報上，更常看到的是被畫成丑角在日軍追趕下往深山裡跑的漫畫，沒想到今天能以勝利者姿態站在台灣人面前，雖然身材削瘦卻神采飛揚，令人聯想到戰爭中高呼口號的英姿，處在艱困的抗戰期間的他或許才是政治生命的最高峰，另一邊蔣宋美齡高貴氣質站在畫前幽雅的風姿十足是個藝術的鑑賞家，令人不解的是她的太陽眼鏡從進門之後就一直沒有取下，可能因不習慣於台灣的氣候，不顧尊貴身分在公共場合用小指頭不停地挖鼻孔，這都被隨後進來的台灣畫家們看在眼裡，成為往後的笑談。

最後大家才看出來在旁引路的兩人，其中之一正是畫家們熟悉的黃榮燦，他用心講解蔣夫人面前的畫作。另一人則拿著小本子，記錄蔣介石感到興趣多看幾眼的每一幅畫：前後寫下李梅樹的《星期日》，陳澄波的《製材工廠》，范天送的《七面鳥》，郭雪湖的《驟雨》。等蔣介石一出大門，就貼上「蔣主席訂」的紅色字條，日後畫家們收到的支票則是從台灣省行政長官公署會計處開出來的。另外藍蔭鼎的水彩《村莊》、《綠蔭》和《夕照》三幅全被美國人透過駐台領事館訂了，陳澄波的《兒童樂園》、楊三郎的《殘照》也都由商人訂購，這對省展畫家來說可以說是一次大豐收，鼓舞畫家們參加省展的意願。

其實蔣介石到會場只停留不到二十分鐘，就匆匆離去，他一走所有因他而來的中山裝部隊亦隨之撤出，這回他的出巡可以說相當低調，沒有擺出領袖人物的浩大陣容，甚至從哪個門進入會場，外面的人都未能察覺到，到了會場民眾也只隔離而沒有刻意布置禁區，走到國畫部時才允許兩名攝影師前來拍照，只給兩分鐘時間，所以閃光也只閃過一次就沒有時間更換燈泡。

蔣介石帶來的人潮退去，又換來另一批，這時場面開始嚣譁，民眾進進出出，下課的中學生背書包一群接著一群，和戰前的台展幾無兩樣。

蔡繼琨這時又再度出現，見到王白淵就拉到一旁，告訴他：

「本來已安排好由你替蔣介石夫婦作解說，臨時被省黨部的人換成黃榮燦，也不知道他能說出些什麼。」

「吃過飯你就不見，去了哪裡？」王白淵問他。

「回家靜一靜再過來……」

「靜一靜？覺得這地方太吵雜？沒錯，好像天空突然一陣烏雲。」

「那個叫黃榮燦的到底什麼背景？」

「不太清楚。聽蒲添生說，有一天姓黃的跑到工作室來，看到正進行中的蔣介石像，只說了一句：這個壞東西，掉頭就走，看來像個有志氣的藝術家，沒想到成了那壞東西的導覽員！」

24 雕塑家黃清埕

這時有兩名青年走過時向王白淵行禮，都是短髮，皮膚黝黑，是剛從南洋回來的戰時軍伕，而且作品參加了這回省展。

「這批人將是台灣美術的生力軍。」蔡繼琨看了有感而發，沒想到引起王白淵的一陣感嘆：

「這一輩的青年，我雖不認識他們是誰，而他們會過來打招呼，應該認識我，讀過我的文章，不知全台灣島有多少人，他們將很快就進入畫壇，一年只要有一百人就好，不出十年台灣美術界馬上看出成績來。我們要把眼光放在十七、八歲的這一代，讓他們有機會出頭，每次看到他們就好像看到了希望，我們能作的就是在背後推一把，將來歷史還是會肯定我們的！」

看蔡繼琨久久沒有回話，又自顧說下去：

「這種沒有半點藝術家裝扮的年輕人是我最期待的，經常看到的那種大畫家模樣是畫不出好畫的，才應該為他們感到悲哀，好在這種人目前還不多。」這種話蔡繼琨似乎不太想聽，也不想回應，只淡淡說了一句：「白淵總是以天下為己任，永不改其志。」

他早聽說王白淵喜愛不著邊際高談闊論，今天所見果然如此，尤其心情不是那麼好的時候，更不想與他的空談耗下去，只有借故走開。

正好郭雪湖從前方走過，眼睛不停盯著牆上掛的今年特選廖德政的油畫，畫的是右手托著臉頰坐在桌前的男人，由於取背光的角度，所以主題比背景暗，作風的大膽特別引起畫友們的注意。

「剛從日本回來的青年，畫法畢竟與一般人不同……」見蔡氏過來，郭雪湖邊用手指著畫邊表示意見。

為了躲避王白淵追上來繼續說什麼，裝作認真看畫的樣子，視線很快被畫面陰暗的色彩所吸引。甚至走開後又回頭過來多看了幾眼。

他突然想起作者是什麼人來，把郭雪湖喊住：「這幅畫的作者既然在日本住過，很可能是我見過的那位，他和叫張義雄的奇怪人物一起住了半年而相安無事，知道的人無不佩服，我有很深的印象。」

「張義雄的確有些怪異，他們是否一起住過，這我沒聽說。」郭雪湖回答。

「應該就是他。」再仔細看畫框旁邊貼的標籤，作者是廖德政沒錯：「我與他長談過，對音樂、文學有相當的了解，是個標準的文藝少年，哪一天我一定要去拜訪他。」

「我剛剛看到他，應該還在會場才對……你等一等。」

說著就往右前方的門走出去，幾分鐘後帶回來的不是廖德政而是怪異的少年張義雄，兩人馬上就認出來。

「你就是廈門來的那個鹿港蔡，現在又聽說有人叫你七根菜，這名字我比較喜歡，我就是『又西』。

那天差一點吵架，今天向你道歉，失禮！」張義雄嘻皮笑臉地說。

「過去的事，過了就別提。不過你要提也可以，增加學生時代在日本的回憶。」

「你在找特製？我去把他拉回來。」（「特製」與「德政」用日語讀起來同音）張義雄說了就往大門外跑，過一會兒回來時果然把廖德政帶來了。

「他已經上了公共汽車，被我從車上拉下來。聽你說為了增加日本留學的回憶，再怎樣也得把人找過來。」張義雄很得意地說。

蔡繼琨很快就認出廖德政，興奮得幾乎把他抱起來。

「你記得黃清埕嗎？他乘的高千穗丸沉了……」廖德政第一句話就提到黃清埕，因為兩人相識是他介紹的。

「那李桂香怎麼樣？」蔡繼琨忙問道。

「兩人一起……」

「就這樣沒有回來！」

蔡繼琨把頭朝向天花板，像又想起了當年，沒有再說話。

「那天他們先離開，我想是因為你建議李桂香去廈門教音樂，黃清埕不同意，才走得那麼快。那時他們已準備好回台灣，然後再去廈門，最後是到北平。」廖德政回想那天的情形：「我才剛到日本不久，想搬去住他們的房子，所以約在我家見面，本來說好一起吃飯，沒想到竟令他改變主意，說走就走。」

「真是，很難得的一對，以為他們去了北平，現在也應該回台灣了，一直期待早晚會再見面……」

「他們出發到橫濱上船的前一天，我到他們家，被留下來吃晚飯，臨時才發現米不夠，就改作粥，把菜放進去一起煮，很久沒吃過這麼好吃的一頓飯！那天我第一次聽他講到羅丹，他認為欣賞羅丹的雕塑是由上而下，用手從雕像的頭順著身體滑下來，可感覺到一種體積的流動感，就好比音樂一般感覺得到一種能量。飯後我自動跑去洗碗，桂香坐在鋼琴前隨便撥弄琴鍵，等我從廚房出來，她說要為我彈一曲貝多芬的《告別奏鳴曲》，結果彈了一個晚上……我得到沉船消息是哪一天，已完全不記得，也忘了自己作了什麼，對那天的事情失去了記憶，我的人生好像沒有那一天……」

蔡繼琨靜靜站在一旁聽著，好久不說半句話。

「那天，奇怪得很，我們在一起不談音樂，也不談美術，談的竟是文學。」廖德政又繼續說：「從黃清埕家出來時，手上拿著他送給我的畫架，心裡的感受就像上一代交給下一代的傳承，後來我雖將他的畫架帶回台灣，但我一次也沒用過……」

他等待蔡繼琨回應，仍然沒聽對方說什麼，這才看到他正拿手帕出來擦拭眼淚。在東京時就聽人說繼琨是全廈門最愛哭的三個男人之一，這三個人都到日本留學，可惜另兩人一直無緣相識。

「有一本書是黃清埕送你的，那天你匆匆離開忘了帶走，後來交給了我，等以後有機會見面會帶來給你。」

說到此廖德政似想不起來書的名字，停了好久，反而是蔡繼琨替他說出來：「是高村光太郎的手札，書名已經忘了，他自己讀過不知多少遍，那天我們正在談些什麼，他轉身從書架上取來給我，說光太郎是個情聖，他們之間有太多相似，我好奇想借回去看，又忘了拿走。」

「對，那一陣子常聽他談起光太郎，此時正在讀他的書，隨時可以朗誦光太郎寫給智惠子的詩，那麼陶醉的模樣，他常說『詩的原點』和『詩的人格』，光太郎與朔太郎的交遊，把兩人放在一起看，所謂『父親的權威』之對抗意識，已經找到了『智惠子』的他，想再尋找『朔太郎』，沒想到在這世界上比『智惠子』更難找……不過他說明治精神是新興文化的原創力，這點我不同意，分明是全盤西化的時代，比任何時候都沒有創意，若有那就是勇於改變，放得下舊傳統，對藝術家來說也是種精神……光太郎個人或許在某程度上表現自己的創意，播下了羅丹藝術的種子，用時代的語言為日本當代藝術發言，我覺得他的詩比雕塑好，是針對原創性而言。拿他與岡倉天心比較，岡倉的路線要明確得多，引起那麼多人的反對也難免。每次和他在一起談到這裡，馬上就想到我們台灣，想到王白淵……」

「王白淵嗎？我剛剛和他講過話，只講一半就跑了……」蔡繼琨想說什麼又停了，引起廖德政的追問：

「怎樣？他應該是有理論也有理想的人！」廖說。

「有是有，但有點可惜，滿肚子大道理，中國什麼都缺，就不缺這種大道理。」

「也許你說的對，所以才有人刻意稱他『理論家』，他也寫詩，他的詩一寫就是國家民族，我以為國民黨政府會喜歡他的，沒想到也被捉去關！」

「照理現在是這種人作官的時候，卻也沒作成，不知問題出在哪裡。」

張義雄趁兩人談話時在會場繞了一圈又回來，和郭雪湖有說有笑，令廖德政感到幾分意外。接著又見每人各捧一疊刊物，見了人就發。

拿在手上一看，原來是薄薄的一本《台灣畫報》，蔡繼琨自己當了社長居然對此一無所知，趕忙翻了幾頁，找到主編者是藍蔭鼎。最近到底自己在作什麼，把所有職務放下不管，別人還是替他完成，當初他的職責是指派到台灣辦畫報的！

張義雄雖然在省展沒有得任何獎，作品也和其他獲獎人一起印出來，是他所以高高興興捧著畫報走回來的原因！

接著又有畫家圍過來，每人手都拿一本畫報，有人讚賞不已，也有人指出缺點表示不滿。

「有總比沒有好。」郭雪湖對正在批評的顏水龍說了一句安慰的話。

「所批評的雖然是印刷方面的程度，但也代表了美術的程度，你不覺得這程度會讓外人笑嗎？」另一位表示不滿的陳敬輝說，他指的外人當然是來台的外省人。

「有誰會笑，這是什麼時代！作一件事永遠有批評，難道你不知道！」

「來台灣的外省人會笑我們辦展覽太隨便，從一本圖錄就可以看出主辦者用不用心。」

「不要搞錯，這是一本雜誌的號外，臨時趕著印出來免費贈送，不是畫展的圖錄。」看到這種粗糙的印刷，很容易引人聯想到台展時代精美的圖錄。

「對，編雜誌的是藍蔭鼎，他又不是省展的主辦人。」

才說完，見大家把頭轉向入口的大門，看見穿白色西裝打蝴蝶領帶的藍蔭鼎連走帶跑上前與剛進來的游彌堅市長親切地握手，他好像早知道貴賓要來，一直在門前等著，市長的西裝看起來有些老舊，手拿著紳士帽，又要答禮又要握手，顯得有些手忙腳亂，不一會工夫已有七、八人迎上前來，加上同來隨員，本來就不太寬的入口頓時被擠滿了人，好久不見移動半步。

25 台灣美術一流推銷員

這時藍蔭鼎很熟練地伸出手開路讓市長走進來，然後很有禮貌半彎著腰在前引導，把市長帶到自己的畫前，開始為三幅水彩畫當解說員，還沒開口就聽到市長先說：「這就是你的畫，框子十分特別，不愧是大師！」

「大師是不敢當，框子則是一流的，我用的是歐洲美術館的標準框子。」

他走過去用手輕敲了兩下框上的玻璃，說：

「聽見沒有，和其他一般性玻璃不同，我用的都是國外進口的框子，首先是這塊玻璃不會有反光，其次是外面的濕氣不會入浸，所以雖然是水彩畫也不會退色，保證可以保存到一百年以上。我是水彩畫家，所以使用的畫紙一定是專業用的水彩紙，在台灣沒有一個畫家用紙像我這樣講究，加上英國製的專家用顏料，你看這幅竹林的綠葉，有這麼漂亮的綠，而且出現這麼多變化，除了功力本身，當然也要有一流的好顏料。再看這幾筆水影，很多人看了都叫好，他們不知道我用的是英國最貴的水彩筆，通常我使用的是十六號的筆來畫天空，筆毛很有彈性而且含水量大，當我在郊外寫生的時候，只須幾筆就將大片天空畫出來，最難得還是顏料不易變色，永遠保持亮度和彩度……」

說到這裡，突然人群後面傳來口音不清的日本話，說話的是位身材高大的洋人：

「我非常希望能夠訂下你這兩幅水彩畫，不知道可不可以，而且我現在就把錢給你，多少錢都可以。我是外交官，在美國大使館工作，有位美國商人拜託我們一定要買下你的水彩畫，所以……。」

聽到一位白人洋腔洋調說出流利的日本話，引起眾人好奇紛紛回頭去看他。

剛剛藍蔭鼎說的是台語，不知這位洋人聽懂多少，竟然只講到畫紙和畫框，還沒說到畫本身，就已經問價錢要訂購了。

那裡站著的幾位畫家不得不為之讚嘆，藍蔭鼎不愧是一流推銷員，他的畫向來不便宜，李梅樹等雖然把畫賣給蔣主席，將來可能運到南京總統府，而藍氏賣給洋人，很快就渡過大洋來到美國，當代台灣人的畫出現在美洲大陸，藍蔭鼎恐怕是有史以來第一人，有這樣的成就當然要引人羨慕。

藍蔭鼎的話其他畫家都聽得清清楚楚，各有不同評斷，顏水龍頗為感慨：

「台灣已經進入商業社會，要有商業的手段來推銷作品，尤其是美術工藝，如何讓產品走入民間，我的確要向藍氏多多學習，你們同不同意？」

「同意！同意！」被顏水龍用話一逼，大家只好在嘴上表示同意。

「不過……」顯然還有人不完全認同，廖德政有話要說：

「就是推銷也不一定要畫家自己來，又畫畫又推銷，到底是畫來配合推銷，還是推銷配合畫，其中矛盾恐怕很難解開。」

「請問你是……」顏水龍覺得他說話有理，因為是不曾見過的生面孔，這才問道。

「廖德政，請多多指教！」自我介紹時很恭敬地行了一個禮。

「對對，我知道你是戰爭中考進東美的，請多指教，你展出的那幅人物，底子深厚，畫得十分投入，的確傑作！」

以東美的前輩說出這樣的話，即使是稱讚，語氣也用得很有分寸。接下來才對廖德政的話作了回應：

「在推動手工藝的過程中，我最重視的是分工，這就是廖君剛才的意見，雖然你沒表明，我知道你對新的社會功能已經有概念，所以我認為你有資格一起來推展工藝美術……」

「又來了！捉住機會就想拉人當你的同道，我們都被他拉過，千萬不可上當。」李梅樹在一旁以開玩笑口吻打斷顏水龍的話。

「我最想拉進來合作的人是藍蔭鼎，他作得比我好，不管推銷什麼，甚至推銷他自己，也都成功達到目的，這種人不會願意當我的同道，只有一種人，開始時不肯接受，日久之後才逐漸認同，終於成為我的同道，才是真正的同道。其實我已不需要合作的人，只要有人肯在外面說幾句好話就足夠了。」

「你很了解藍蔭鼎這個人，他從來不說人壞話，但也不肯替人說半句好話，好話永遠只留給自己，像他這樣的聰明人無處不在推銷自己，他不會是你的朋友，但也不作你的敵人。」李梅樹說出他對藍蔭鼎的看法，在顏水龍聽可謂一針見血。

「這種人存在這世上一定是孤單的，像他那種角色上了舞台，也沒什麼戲可演，說他是好人還是壞人都不對，死了上天堂還是下地獄，閻羅王也十分傷腦筋！」張義雄突然間插進來說了一句調皮話。

「愈說愈有趣了。」郭雪湖也有他的看法：「你們看，桃園呂鐵州、許深州帶出一批學生；台中葉火城也有學生；嘉義的林玉山、陳澄波學生更多；台南郭柏川也開始號召學生；高雄的張啟華、劉啟祥也有年輕人跟隨他們，全台灣島只有宜蘭沒有老師帶學生，這就是宜蘭文化性格，藍蔭鼎是標準宜蘭人，這是我的直覺。」

好久沒發言的蔡繼琨忍不住也想說話：

「廈門人到南洋賺錢的很多，賺到錢之後一定回家鄉蓋房子，金門人也是這樣，到處可以看到風格特殊的建築物，都是南洋華僑回來蓋的，聽說宜蘭人出外打天下的不少，有成就沒成就都不肯回鄉，藍蔭鼎是一個例子，你們說他這輩子會再回宜蘭嗎？我還不了解宜蘭人，不敢亂說，廈門、金門都有個「門」讓地方上的人出去又回來，可惜宜蘭沒有門，所以……」

「聽來你們像是在說人的壞話，難道沒別的可以講！如果沒有，我建議談這回省展的畫，相信有很多值得談的。」李梅樹看到圍過來的人愈來愈多，覺得是改變話題的時候，於是有了這建議。

「我先談個人想法，剛才你們幾個人講到畫材，也就是繪畫材料。」楊三郎接下來說：「日本人回去之前把家裡的東西擺在路邊，我一看到顏料，就趕快去買，後來又沿路去收，借了錢也要買回來，有人說戰爭剛過顏料難買，我正好相反。一輩子沒有像今天這樣，抽屜裡滿滿地兩三年用不完，作畫時把色料擠到調色盤一點也不手軟，尤其塗在畫布上不惜本錢，這種感覺真痛快！現在我終於有了當畫家的感覺。」

陳澄波才剛走過來，只聽到不惜本錢，急忙開口問：「這麼多顏料！被你撿到了？告訴我們在哪裡買的！」

「我現在就告訴你，顏料在哪裡可買得到。」楊三郎回答：「台北火車站出來，往右邊走去，路旁擺地攤的全是日本人，然後從北門口朝太平通走，鐵路局牆外整排都是，日本人走了之後現在是台灣人在替他們賣，不過早已經被我買走了！」

「但我還是要去。」陳澄波說完就跑，沒走幾步又回來：

「借錢借錢，我錢不夠，來來來……」

在場的都給了錢，數數已好幾萬元他才高興地離去，張義雄緊跟其後也去了。

「希望他們各有收穫。」楊三郎望著門外兩人的背影，點頭微笑：「直到現在我才明白日本畫家在府展裡有優秀表現，是因為他們有充裕的作畫材料，如今我們的時代來了，如果再不拚一拚，那就對不起自己的時代，也對不起自己。」

26 演奏會台下的四名聽眾

從台灣光復節那天起，中山堂接連五天都有表演節目，其中一場是吳成家帶領的交響樂團演奏會，由於這是台灣難得的大慶典，特地從中部地區借調了十幾名大小提琴手以壯陣容。如此龐大的團隊演奏，除了十年前慶祝始政四十週年由日本過來的ＮＨＫ交響樂團，在台灣還很少見到，和美術界的省展一樣是音樂界的一大盛事。

蔡繼琨從下午就坐在台下後排，聽吳成家在台上，作正式演出前最後的彩排。

聽過幾場之後，他心裡有種感慨，平時對談時吳成家明明是個有感性的人，為何一站台上就只能跟著樂譜按照節拍作機械式的動作來揮動指揮棒，結果聽到的只是四平八穩的演奏，感受不到音樂家的激情。然而今晚就要正式上演的情形下，再來提供建言未必能助他改變多少。

彩排結束時，台下聽眾席上又多了三個人，意外地竟是王井泉、廖德政和陳夏雨，當音樂才剛停三人就熱烈地鼓掌，引起蔡繼琨注意，廖德政也同時看到他，向他招手。

「原來大指揮家坐在背後靜靜地聽著，難道他們沒有請你作示範指導！」王井泉一見蔡繼琨，馬上伸手過來，兩人緊緊地握著不放，旁邊等著要握手的廖德政伸出來的手不知要縮回去，還是停在那裡等著他來握。

「談不上指導，有意見大家都可以說出來參考……」蔡繼琨很客氣，在這情形下，實在不便再去插一手。

「我是說，由你來作一次示範，短短十幾分鐘也行，團員可以體會相同曲子不同指揮者的詮釋……」廖德政心裡頭這麼想著，就這麼說。

「要不要讓我去給姓吳的講？」王井泉向來主動，在他看來這並沒什麼大不了的事，尤其此時他最想替人出頭。

蔡繼琨心裡再怎麼想上台指揮，還是不敢強出頭，只好語氣說得更堅決：

「絕對不可以，晚上就要演奏，現在這樣作對團員造成干擾，讓成家兄接下來怎麼指揮呢？若有機會等來日再請幾位前來欣賞指教，謝謝你的美意！」

吳成家此時一跛一跛從舞台走下來，認出王井泉等，加快腳步又跛得更厲害，行動仍然敏捷，上前與每個人一一握手。

「多多指導，現在我最大的期待就是聽各位的意見！請給我指教，你們是我精神上的支持者。」

大家又重新坐下來，吳成家忙了一下午的確是累了，說完就不再說什麼，等著要聽別人的意見。

蔡繼琨握吳成家的手時，有種感覺像是傳來給他什麼訊息，心癢癢地，再度想借過指揮棒這就上台去，即使僅僅幾分鐘，也十分滿足。雖然最後穩住了，卻更加堅定自己的決心，回到本位去當一個音樂家。

來台的輪船上，因一時衝動寫了一個曲子的主旋律，準備到台灣後一空下就把這曲子完成，沒想到幾個月過去了，不僅沒有動筆，寫曲的事已拋到腦後，想都沒再想過。

這時聽到廖德政和陳夏雨認真在討論著，再仔細一聽，他們談的竟然會是德布西這位法國印象派音樂大師，在畫家裡能引發起討論，過去在廈門在馬尼拉都是不可能的，可見台灣音樂的普及，尤其文藝界的音樂欣賞程度令人不可輕視。

晚上的音樂會雖然以吳成家的交響樂團所奏李斯特《薔薇騎士》圓舞曲和修伯特第八號交響曲《未完成》第一樂章為墊尾主軸，但是安排在前面以台北市中學生組成管弦樂團所奏約翰・史特勞斯的《藍色多瑙河》才真正令他感到台北音樂的實力可能已不亞於日本，相信不出十年當這一代走上樂壇，其成就必可預期，台北優越的人文環境才是他應該留下來求發展的地方。那天起蔡繼琨已有了這樣的覺悟，更令他驚奇的是，演奏結束的安可曲奏出聶耳的《義勇軍進行曲》，在台灣直到現在尚未列入禁曲，確實對他往後的發展減少了很多侷限。

蔡繼琨靠近廖德政並肩走出中山堂，遞給他自己的名片，也給陳夏雨一張，說希望以後大家多多聯絡，到台灣來還沒這樣主動與人交換過名片。近日來陳夏雨還借住在山水亭王家的客廳，所以只拿出一張山水亭名片，廖德政則將地址寫在同一張名片上，交給蔡繼琨。

他們之間的交談剛剛還一直使用日語，此時蔡繼琨改以泉州腔台灣話問道：

「過兩天我會去日本一趟，你們有什麼要我代買的，可以告訴我。」

突然之間聽到說台語的蔡繼琨，感覺上像是另一個蔡繼琨，這時候出國到日本幾乎完全不可能的情形下，聽他這麼說，令兩人一時答不出話來。

「譬如畫冊還是唱片之類的，其實戰爭剛結束，在東京也不可能買到什麼，如果想出來就告訴我吧！」

這次蔡繼琨赴東京有兩個使命，一個是陪伴陳儀夫人回日本探望家人，經過大轟炸之後，不知家裡變成怎樣，心急著想回鄉探親。其二是從一位學音樂的友人那裡打聽到有個軍方的樂團解散後有一批樂器，正在找買主，這是很好的機會，要趕過去將之買下來。

在日本不到十天工夫，任務完成之餘，還在東京車站前的地攤買到一套三十八冊的世界美術全集及德國原版唱片五十幾張，還有兩大箱的樂譜。

才回到台北，就寫信約廖德政等兩人前來共享東京之行的收穫。

兩人一到就急著幫忙開箱，一個較大的木箱裡裝的除了十幾本成冊的唱片，還多了一個古典的手搖留聲機，造型非常精緻，蔡繼琨怎麼也想不起來在什麼情況下買到它，當場他們就開始試聽，未料才搖幾下就發覺唱機的發條斷了，起初還想要修理，試過幾次都告失敗，只得放棄，終於想起來是因為修不好才當贈品送給這位大顧客。

廖德政以美術家的眼光仔細觀賞機器造型，自言自語：「雖不能當留聲機用，擺在家裡也是一件藝術品。」蔡繼琨聽了，就說：「若是喜歡就搬回去觀賞吧！」

廖德政看他如此大方，反而客氣起來，久久不敢開口。

蔡繼琨腦筋一轉，換個語氣說：「那麼由兩人猜拳，猜贏了就是他的。」這一說，兩人真地猜起拳來，結果還是廖德政得到，這回他不再客氣，就抱在懷裡，笑嘻嘻作出回家的姿態，往門口走出幾步才又回來。

蔡繼琨等一整個下午都在談日本之行，最令他驚訝的是旅日台灣人的地位如今有了大改變，從過去的二等國民一躍而成戰勝國國民，只要有資本，又有關係，再加上膽子大，這時是最好致富的時機。看到滿街擺在地上的攤販，有那麼多古董和書籍，只要有錢又有空間可囤積，真想全數搜刮一空，等幾年後再搬出來賣，可賺到上百倍的利潤，在日本的台灣人都這麼說。可惜找不到幾個人有膽量敢這麼作，他還聽說有個姓辜的台灣年輕人把車站後面一大片荒地全買下來等著增值，所有人都說他瘋了，但也有人認為他將來肯定是大富翁。蔡繼琨在菲律賓長大，能說流利英語，就有人勸他留下來與美軍打交道，在日本流傳一句話，說「英語就是金錢」，說是這麼說，最後他還是回到台灣來。

「如果這回沒有到日本，也不會知道日本人的價值觀有了這麼大改變。」蔡繼琨用緩慢而低沉的語調道出多日來內心的感慨：「實在不明白戰敗國的遭遇會慘到這程度，不過在美國軍隊占領下對日本毋寧說是一種幸運，因美國並不因戰勝而看輕日本，終於保住了這一代日本國民的自尊心，所以我相信日本很快就重新站起來，有一句話說：日本因美國參戰而被打敗，也因美國的占領而更富裕。對與不對再等十年就看出來了！」

可是他對台灣並不樂觀，談話中他無意間透露省展成立以來的一些內幕：「……你們都知道台灣省展是我剛來台灣時與李超然、郭雪湖、陳清汾、楊三郎等一起合力催生的，開了兩次會之後，第三次籌備會就由另一夥人前來接管，那天開會郭雪湖一看來的全是生疏面孔，已覺情況不對，當場就問我原因，我沒有老實對他說，直到現在畫家們還沒有人知道內幕。如今說出來其實也沒什麼，只會覺得政治是這麼無聊，這麼可笑。蔣委員長到台灣來，這件事決定得突然而且神祕，取得消息最直接的管道當然是長官公署，以為只有陳儀一個人是最先知道才對，後來才明白此事是省黨部李翼中一手在主導，我們這邊連什麼時候到達也在兩天前才得知，蔣的個性向來不信任外人，所以從頭到尾由省黨部安排，長官公署不過是配合的單位。宋美齡答應要同來也是她上了飛機我們才得到消息，聽他們黨部的人說，夫人只表示到台灣想看看些美的事情，他們就認定省展的畫是最美的，所以馬上前來插手省展的籌備，我們幾個人莫名其妙就被逼著靠邊站了。說來有趣得很，蔣才離開台灣，他們就急著到處要錢來向省展買畫，算是給畫家一點酬勞，也達到拍馬屁之能事，辦完之後人員就整批撤走，與省展從此不再有關聯。」

陳夏雨突然想起一件事，打斷他的話：「我不明白的是，報紙上寫的那幾幅畫是蔣自己挑的，我不太相信，我在會場從頭到尾就沒有看出他表示要買畫的意願，而且一看完就走了。」

「對，這一點我也在懷疑，如果是宋美齡喜歡的，她應該挑山水畫或花鳥畫，怎麼一張都沒有，反而是陳澄波的《木材工廠》，而且全是些油畫。所以，你一說到李翼中，我就知道是他找個內行的來建議，才決定買什麼。」廖德政提出補充。

「你們猜，那個內行的會是誰？如果猜對了，你也是內行人！」

「先說是台灣人還是外省人，把範圍縮小一點才比較好猜。」

「我也不知道他是什麼人，反正他是被上級信任的人。」

「這就很難猜了。」想了好一會，兩人都猜不出誰來：「還是由你直接說吧！」陳夏雨懶得猜下去就這樣說。

「其實我也不敢確定，省展的事我後來都站得遠遠地，我也是猜的，根本沒有親眼看到！」本來一副權威模樣的蔡繼琨，一下子又縮回去，把話題移轉開，談到別的事情：

「現在最值得關心的是交響樂團的工作，當初來台灣辦樂團是陳長官親口答應的，現在他把什麼事都拋到腦後，成天為官場派系傷透腦筋，才來台灣沒幾天，又是小地方，官場只有那麼幾個人，就已經你搶我奪，什麼福州幫、浙江幫、ＣＣ黨、台灣半山……我佩服陳儀的一點是他沒有派系，有人要他暗中號召留日的學者形成留日派，也被他婉拒，否則以留日同學為名把台灣人和外省人集結起來，彼此理念和作風都比較接近，必能夠扶植他把台灣治好，可是他那麼堅決反對派系，這性格顯然不是個從政的料子。如今我連當面重提交響樂團的事，他都不給我機會。為此有人建議我，等所有樂器搜集齊全，找個大禮堂排列起來，請他前來觀賞，像閱兵式從這頭走到那頭，在陽光照明之下閃閃發亮，看起來如此耀目，必能夠再度勾引他想起當年的承諾，我想這是不得已的手段，你們說我是不是應該這樣作？」

「關於中國人的政治，最近常聽家父說起，交代我們千萬不可涉入，一但沾上了想拔就難之又難，怎麼死的都不知道。」

「你老太爺是……」

「他是新聞界的。」

「什麼大名？可以說嗎？」

「他叫廖進平。」

「聽過，聽過，好像也有他的派系！」

「這倒不曾聽說。」

「形勢好的時候，大家一起風光，不好的時候，就不是那麼好過，上頭的人為了脫罪，把罪讓下面的去扛，下面的人多半是本地人。所以對中國政治還搞不清楚之前一頭栽進去很危險的，這些年在陳儀身邊，我是學到了一些，所以反對派系也有他的道理。」

「還是談你的樂團比較實際，在我看來這幾箱樂器好像還不夠。」廖德政對政治派系的確覺得很無趣。

「當然，我得繼續找下去，台中草屯那裡過去有個劇團，後來又成立了相當規模的樂團，多半是管樂器和打擊樂器，現在我只在乎視覺上是否壯觀，足以用來說服陳長官，其他的以後再逐步補充。」

「在台灣會拉提琴的不算少，弦樂器方面都是自己用自己的，應該沒問題。」

「前一陣子陳儀突然想起來，說要在警備司令部成立一個樂團，把我嚇了一大跳，這種保安人員組成的樂團我哪裡指揮得來，所以我沒有很積極，他也就丟下不再管。」

「那麼吳成家的大稻埕樂團，不是可以收編過來嗎？」

「你們那天都聽過了，還不如中學生的管樂隊，我對他們的確沒有信心。」

「現在只有他們算是專業的，有好的指揮再加上練習，找到合適的樂譜，應該不會差到哪裡去！」廖德政說。

「我還是不懂，把交響樂團編到什麼司令部裡去，到底怎麼回事？」陳夏雨在心裡的疑問，終於說出來。

「關於這問題，我說給你們聽也許都會覺得好笑，有一回聽說大老闆要來巡視，特別叮嚀不可以放鞭炮，有人說他聽了會怕，槍聲和炮竹聲聽起來都一樣，萬一有人開槍，到底誰開的，從哪裡開的都不知道，所以一再交代要有樂隊迎接，排場愈大愈好，說到後來就認為是警備司令部分內的事，我被任命為樂團指揮官，這個官一定要少將才行，雖然沒打過仗還是給了一顆星星，是蔣公所賜的，這樣你明白啦！」

「人家都說蔣介石臭頭，他真的臭頭？」

「我聽他們浙江人這麼說過，沒想到台灣人也這樣說。」

「哇，世界美術全集現代篇！」陳夏雨翻開全集的最後一本，看到羅丹的《地獄門》，高興得叫起來。

畫家們每次閒聊，一談到蔣介石，就證明已經有話講到沒話，該結束的時候了。

廖德政也取出一本畫冊，從後頁往前翻，他想知道的是世界上最新的畫是什麼畫，其實這套書出版已經六年，戰後興起的畫派在台灣畫家裡還沒有任何訊息，只一心想知道巴黎又出現哪些新的畫家，由於專注在翻閱畫冊，三人的對話愈來愈少，終於靜了下來。

27

福州廚子為「省展」辦桌

省展結束的第二個禮拜，郭雪湖和楊三郎等因為蔡繼琨的協助才使第一屆省展辦得如此成功，無論如何也要在台北最貴的日本料理店菊元五樓的餐廳請吃飯，沒想到這麼快走漏了消息，兩天內就有十來名熱心朋友自動報名也想參一腳，令向來細心的郭雪湖感到為難，協助省展的功勞者不少，只請蔡繼琨一人必然得罪其他人。與楊三郎商量後，決定先問蔡繼琨的意見，他的建議居然是找個曠地用「辦桌」的方式好好熱鬧一下，如此大型的文藝界餐會記者們一定有興趣，可以替剛成立的省展作宣傳。

在台北替人辦酒席的工作向來被福州人所包辦，不僅每回都是全家大小一起出動，規模較大的餐宴其他同行也前來支援，價格定得十分平實，其他地方的廚師很難和他們競爭。大稻埕有名的林殊師住在永樂座近旁一條小巷裡，和戲院的經理李臨秋是隔壁，李經理常介紹生意給他，可是文藝界人士來到大稻埕吃便餐就往山水亭走，請客就去蓬萊閣，沒有人會在大街上辦桌請吃露天餐，這回若不是蔡繼琨的要求，郭雪湖也不會拜託李經理把林殊師請出來。

蔡繼琨之所以有此要求，因為來台北之後經常看到街上在辦露天酒席，廚房就設在樓房的牆角，兩三個火爐就能作好幾桌的菜，從旁走過湯頭的香味更加誘人，只可惜從來沒有人會請他去吃一頓，所以這回正好借此滿足這願望。

蔡繼琨開出邀請名單時，特別提到長官公署的秘書處長陳延哲和民政處長周一鶚是陳儀手下的紅人，而且是福州幫的大老；教育處長范壽康、副處長宋斐如等對省展的未來有所幫助。僅宣傳委員會的夏濤聲一夥人都是安徽人較難溝通，但還是發出了請帖，結果僅來白克一人。看來福州廚子的手藝頗令官場吃慣名貴大餐的高官感到滿意，每個人都吃到最後一道菜才離席。

席上蔡繼琨憑他在官場經驗，從旁一路協助楊三郎等周旋應對，才不讓大人物的桌席有冷場，當長官高舉拇指稱讚廚師手藝時便遣人將林殊師請出來打招呼，尤其是接受福州同鄉的嘉許。數一數總共擺出十二桌在永樂座門前小廣場，這種場面過去還沒有過，使得郭雪湖、楊三郎兩人心裡頗有成就感，從頭到尾笑不攏嘴。

那天在宴席上有記者交給郭雪湖一個大信封，裡面是這些日來出現報紙上的省展消息及雜誌的批評文章。那時他正忙著敬酒招呼來賓，把信封拿過來就往西裝袋裡塞，過了幾天偶然摸到才取出來看，寫的都是媒體對省展的讚許，才剛辦第一屆有這樣成就，應該感謝的是各界人士的相挺，尤其政府機關收購作品，鼓勵往後畫家們來參與，有這樣的起步，無疑是好的開始，更增加了支持者對美術的信心。

正在讀剪報時聽到一陣上樓的腳步聲，楊三郎在李石樵陪同下突然來訪，看到郭雪湖手上的剪報，大聲提醒他：

「剛剛蔡繼琨才對我說，省展這麼大的展覽，還不如外省畫家開個展所占新聞篇幅，中國時代和日本時代最大的不同就是要有報紙作宣傳，他提醒我們先作心理準備，畫壇上的肯定，省展的名次不再是全部，還要報紙常有新聞，你聽了也許不習慣，但事實就是這樣。」

「蔡繼琨在福建住那麼久，他的經驗固然寶貴，但也只能當參考。」同來的李石樵並不完全苟同。

「這幾天因為省展的關係，我較平時更常翻報紙，多數的畫展消息寫的是外省人到台灣來開展覽，有的今天才到明天就開始展，新聞也同時出來了。」郭雪湖被提醒，開始有回應，贊同三郎的說法。

「郭柏川從北平帶了那麼多畫回來，想開畫展找不到場地，找到了以後，有人建議要開記者會報紙上才會有消息，他說好，就開始準備，只在桌上擺了些餅乾糖果。他的學生說這樣不行，要在餐廳請吃一頓飯記者才會來，他一聽氣得拍桌子，畫展也不想開了，在北平住了至少有五、六年，從來就不管外界這種壞習慣，你看這就是真正的藝術家！」李石樵有他的看法。

「郭柏川的性格我們都了解，但中國時代還是不同於日本時代，最近那麼多畫展都是外省畫家開的，我所以會知道，還不是在報上看到的消息，他們從來不會寄請帖來給我，因為我不買畫。他們的作法對不對，不便作評，但這是事實，台灣畫壇來了外省人之後一定會有大改變。」

省展期間，全島各地前來的畫家聽說永樂座演出台灣新舞台劇《補破網》，李臨秋為這齣戲的同名主題曲作詞，台北街頭巷尾幾乎沒有人不會唱，女主角寶秀在每天劇情進入高潮之前就獨唱一段，緊接著才推展出扣人心弦的功夫武打。後來〈補破網〉傳唱全島，民間開始傳聞已成為台灣的國歌。

南部畫家風聞《補破網》的轟動情形，雖不知道故事內容，它的歌也都能哼上一段，宴席過後不少人想逗留幾天寫生，也留下來看戲。

住嘉義以南的七、八人晚上睡在山水亭的餐桌上，陳澄波、林玉山帶了幾個學生，雖不見得每人都入選，但還是跟著來台北看熱鬧，以後他們將是省展的生力軍。

前來的新一代進入省展會場比任何人看得更認真，回去之前陳澄波就利用一個早上帶大家拜訪郭雪湖。大戰結束郭雪湖一家人剛搬到雙連馬偕醫院後街的一棟二層樓房，還把母親接來一家六口同住，勉強空出一個房間可以作畫，突然間來了十幾位客人，幾乎沒有走動空間，年輕人只好站著靜聽前輩們的對話。

「有人說女人的衣服永遠是少一件，我說畫家的畫室永遠嫌太小。」郭雪湖在訪客面前，有感而發：「人家說若能同時間在一個畫室裡進行兩幅大畫的製作，有這樣大的空間，才真正有資格當專業畫家，可惜我沒有……今天委屈諸位站在這裡，我女人已下樓去買汽水，真失禮，招待客人只能作到請人喝汽水……」接著不知如何說下去，只好打哈哈。

「一個月來為了省展實在讓你辛勞，南部的畫家都很感謝，中國人作事不像日本人，有第一屆不見得還會有第二屆，你們台北畫家要把省展顧好，一不小心說沒有就沒有了。」陳澄波的中國經驗使他對什麼都缺乏信心，多日來放在心裡的話終於說出來。

「我說澄波君不管對什麼事向來多煩，以這回的情況看來，第一屆省展打下的基礎應該算不錯，蔣介石夫婦都來看了，說沒有就沒有，是說不過去的。」同來的林玉山不想在此聽到洩氣的話，所以這麼說。

「當年府展時代有很多日本畫家出品，來參觀的日本觀眾都穿和服或西裝，可惜這回像是沒什麼外省畫家參展，看畫展的外省人也不多，情形確實很不一樣！」郭雪湖點頭回應：「主辦省展如果不是由台灣人自己主導，很可能兩三年就結束，這一點顏水龍已經警告過我，蔡繼琨對未來更加不樂觀，他是陳儀的人，連他都沒有把握，更何況其他人！」

「我就說蔡繼琨不可靠，他會專心幫我們忙嗎？」陳澄波說。

「他是有心，但專心是不可能的，一切還是靠畫家自己努力。」

「台灣一光復，我就說我們的時代來了，雖然有些失望，但相信將會愈來愈好，中國還很窮很亂，但它是祖國，台灣人不挺祖國要挺誰！」陳澄波覺得剛才說的話太消極，改口說出對祖國的肯定。

「聽說你寫了好幾份建言……」林玉山插進來問他。

「對，寫是寫了好幾頁，但還不知道要往哪裡寄，如果就直接寄到長官公署給陳儀，他會親自拆開來看嗎？最大的可能是被丟到一旁，結果有如石沉大海。」

「如果交給蔡繼琨，轉到陳儀手裡的可能性就很高。」林玉山建議說。

「對，這辦法行得通，找一天讓你和七根菜見面，親自交代他找機會拿給陳儀。」郭雪湖說。

「我也不怕你們知道，台灣光復的第一個禮拜我就和幾位愛國人士一起加入中國國民黨，依填表順序我排第一號，全台灣的畫家我是第一個入黨。陳儀長官不可能沒印象，建議書上提到在台灣設立美術館和美術學院，希望政府能大力推廣美術。這事就由你來安排，繼琨若肯帶我去見陳長官那就更好，你說他會不會答應？這是件比什麼都重要的事情呀！」

「最近我還會見到七根菜，相信他會很樂意帶你見陳儀。」郭回答。

「請相信我，不是想作什麼館長或院長，我雖然入選過帝展也在上海當過教授，如果有更適當的人選還是由別人去作，我會協助他們，你們都是最好的人才，一個當館長，一個當院長……」

「算了，算了，不要說這些，先把建議書寫好，交給七根菜再說，其他的別想太多。」郭雪湖不想聽下去。

「不過，你說他們會派外省人去當院長嗎？來台灣的外省畫家一天比一天多，只是還沒看到誰有真正實力。」

「他們的實力如何還不太知道，但來台灣的多半想作官，什麼院長、館長在他們眼中都是官，到時候一定來搶，不信你們等著看，中國官場就是這麼一回事。」郭雪湖一副內行人的樣子。

「你怎麼知道這麼多？」林玉山問。

「用膝蓋想就知道了，牽親引戚的事在古書上早就有了，怎麼會不知道！」

「但是在古書上寫忠孝仁義的更多，這也不代表中國人都這樣。」林玉山說。

「這是古訓，他們擔心子孫有一天道德敗壞，所以……」郭雪湖答。

「還是談我們的正事，看你幾時約好繼琨，我就幾時到台北來，我的建言書是親手拿毛筆寫出來的，目前沒有別的事比這更重要，我就穿結婚時的那套西裝前往公署，這樣子夠誠意了吧！希望你們大力支持。」此時陳澄波只一心想見陳儀。

「好，我現在就出去打電話，找到七根蔡，就約時間愈快愈好，這樣好不好！」

郭雪湖說完就獨自走下樓，陳澄波不放心，也跟下去，這時郭夫人帶一名年輕人抬著一打汽水剛到樓梯口，本來也想跟去的眾人看到了汽水一個個又回到樓上，這個年代的汽水叫「塞拉」，是日本話裡的外來語，此時在台灣是上等飲料，平時不隨便買來喝的。

陳澄波終於在郭雪湖聯絡下會見蔡繼琨，又在蔡繼琨陪伴下見到陳儀。

經過是這樣的，當蔡繼琨聽完陳澄波的意願後，他馬上就想起自己計畫中的音樂學院和交響樂團，雖已當面獲陳儀的應允，及今尚無眉目，現在又來了美術館和美術學院，即使答應了也不知等到民國幾年，何況陳澄波還希望見陳儀當面呈上建言書。心想此人熱心得有些天真，當著郭雪湖面婉拒實在說不出口，就告訴他說：

「我們辛苦一點，下午五點半陳長官下班回家，就到他的公館門前等候，看門的衛兵我都認識，他的車子一到我們就迎上前，我先為你簡單紹介，再由你呈上建言信，這是最快而且最有把握的作法，你們覺得如何？」

陳澄波還在猶豫，郭雪湖就先替他答應了，第二天三人在官邸門前等到天已經黑了才見兩部轎車駛來，看到有人擋路，司機似有幾分不悅，打開強燈連按了幾聲喇叭，等看清是蔡繼琨，後座才搖下車窗，身為軍人的蔡繼琨趕快立正向車內的長官敬禮。

「是繼琨嗎？」果然是陳儀本人。

「幹嘛站在門外，你們怎不進去？」一個女人的聲音，用日本話問，一聽就知道是陳夫人也在車內。

「這位是畫家陳澄波先生和郭雪湖先生，有一封關於美術館的建議書想要親自交給長官，所以我陪兩位在這裡等候。」說時又示意陳澄波上前把信呈上。

「辛苦你們了，我會好好研究，儘快給你們回覆，今天有貴賓，下回見面時我們再……」下面說的話還沒聽清楚車窗已完全拉下，車子緩緩開動駛進官邸，後面一部車也隨後駛進去。

三人站著向車子背後恭敬行禮時，大門早已被警衛的手用力關上。

陳澄波滿懷期待，希望很快就會接受召見，然蔡繼琨並不這麼想，他認為只有一個可能，如果音樂學院成立，就與美術學院合併成藝術學院，這一點應該可以爭取得到，至於美術館連陳澄波本人都還沒有完整概念，最快也要等上十年二十年，目前誰也不敢有此奢望。

陳澄波在回來路上始終掩飾不了內心的得意，只聽他不停地在說話：

「……這麼近的距離看到陳儀長官！我靠近時雖不敢望他，但還是瞄了一下，他兩隻眼睛正看著我，真嚇我一跳……把信封交給他時，不記得我的手有沒有發抖，但手指頭碰一下他手心，你知道嗎！好軟好軟的，幼綿綿地，這種人就是命中註定作大官……將來美術學院當然是設在台北，而且一定要在市中心，在新公園裡面，不然樺山小學的校舍也可以，高等學校也行……先設油畫科和國畫科，然後設塑造科和設計科，教授的名單我心裡已有打算，到時候會發表出來，工藝科你們知道誰最合適？張秋海，還有顏水龍、王白淵，這三人都有資格……校長由他們外省人去當，關良、高劍父、俞寄凡、傅抱石等人都是留日的，如果一定要台灣人，可惜劉錦堂過世了，其實洪炎秋、張我軍也很合適，最近來了一個叫什麼劉獅，看來很有背景的樣子，但不可以讓他進來，這個人臭屁得很，只聽他說過一次話，就令人吐血。不過我願意當校長兼敲鐘，臨時沒有找到理想的人才，那就由我先敲鐘，那時我會聘請蔡繼琨先生當教務長，這方面你才是真正的專長……對了，忘記說美術館，當然是要設在市中心，不然在植物園也可以，和北京故宮合作，每年借出一批畫過來，讓台灣老百姓能接觸到祖國文化，這非常重要……我想到一個很好的館長，就是現在的教育局長范壽康，如果他不願當，就請副局長宋斐如，蔡瑞月的丈夫雷石楡，人才真多，而且都是留學日本，理念比較新，和台灣人好溝通……對，我一直想去看蔡瑞月，順便拜訪雷石楡，先讓他有心理準備……美術館的全名應該是台灣美術館或省立台灣美術館，稱號很重要，我們大家一起來想……我早就說，你們要趕快學北京話，這才能與官方溝通，懂得全國通用的語言，將來想和官方交涉什麼事，不會說官話有很多麻煩，尤其到學院裡去，一定要用北京話講，現在的北京話才是國語，日本話已經不時行了……北京話誰講得最好，不是我，不是張義雄，這孩子不管什麼話沒有一樣講得好，我聽過的是藍運登最好，他有本事，學什麼像什麼，一到京都就學說關西腔，連日本人都唬過了，據說他又開始畫畫，好長一陣子他只說畫不畫畫，在人面前自稱是話家，而不說畫家……喂，雪湖君，你有沒有在聽！我到了，火車站就在前面，陳長官那邊一有消息請儘早通知我，拜託拜託，那麼我們要走了！今天大家作了一件大好事！」

那天與陳澄波握手告別之後，除了同住在嘉義的林玉山，郭雪湖和蔡繼琨就沒有機會再見到他，一來由於陳儀那邊一直沒有回音，二來每個人忙著為第二屆省展準備作品，政治局勢變得很快，在十月的省展開幕之前，二二八事變爆發，不久傳來陳澄波遇難的消息，台北的畫友談起他時無不感到惋惜，像澄波這樣天真的畫家也被捲進去，實在不可思議；但也有人認為就是像他這樣充滿稚氣才被捲進漩渦不可自拔，大家也只有為他感到不值。

蔡繼琨幫忙美術展覽的事情到此告一段落，決意回到自己的音樂領域，全心去進行交響樂團和音樂學院的籌備。

來台之後在音樂界裡新結交的朋友以吳成家算是難得的知己，尤其是人品最令他欣賞。雖有藝術家性格，可惜音樂素養方面弱了些，自從認識廖德政、陳夏雨等美術界，音樂理解力反而更超出吳成家，向來蔡繼琨就是以這種自以為是的方式交友。

他自信與吳成家、廖德政、陳夏雨之間的友誼是最單純的，心裡有什麼話都先向他們述說，也經常聽到對方回報他一些意見，雖然一聽就明白只是些不著邊際的理念，但還是寧願讓他們陪伴自己一起陶醉，在台灣複雜環境下，只有這幾個人在一起時能讓他獲得短暫的寧靜。

有一天，廖德政高高興興地跑來告訴他一個好消息，說那斷了發條的留聲機已經修理好，試聽之後效果奇佳，於是幾個好友為了聽唱片而又聚在一起。

起先的確只是聽音樂，隨後每個人對西洋交響樂曲發表意見，逐漸轉移話題談到即將成立的交響樂團，雖然過去一直也都在討論，卻沒有像今天認真，所談那麼具體。

令蔡繼琨想起二十年前新加坡音樂界的傳聞，第一個交響團成立時阻擾重重，僅獲少數官員的支持，某日這位音樂家和友人在海水浴場咖啡廳閒聊，看到戲水民眾把脫下來的衣服很整齊排在沙灘上，五顏六色十分美觀，給他靈感出現一個想法；如果把現有的樂器照著交響樂團團員的位置排列，邀請長官前來走一趟閱兵式，增加對一個樂團視覺上美感印象，即使對樂隊沒有概念的官員也對樂器先有了好感，繼而舉手贊成樂團的成立，他們真的就這麼作，而順利達成樂團組成的願望。

這個念頭在蔡繼琨腦子裡轉過幾回，只擔心不見得適用於陳儀這樣的長官，因他對交響樂團已有些了解，只是沒有放在重要位置處理，雖已決定交由警備司令部主管，卻又遲遲不下達任命公文。

這話讓廖德政、陳夏雨聽了還不知該如何回應，吳成家卻已高舉雙手贊同，說這是沒有辦法中唯一的辦法，決意將付之實現。「閱兵」的當天他把所有的樂譜和過去使用過的文案讓蔡繼琨呈上，當然陳儀不會去看它，目的是要他認定一切籌備已完成。另一招就是廣邀各報記者前來，把它寫成台灣第一個交響樂團的成立。吳成家畢竟是大稻埕長大的，世面看得廣，腦筋轉得快，而且說作就作。

結果如大家所料，交響樂團的願望順利達成，當天一名記者在訪問蔡繼琨時，吳成家將記者拉到陳儀面前，請長官親自發表感言，經他一說交響樂團的成立無異已成定局。各報皆刊出陳儀長官的發言，譽為台灣音樂史上新的一頁，當然也是陳儀治台在文化上的一大政績。

蔡繼琨於是登報徵招團員，聘吳成家為助理，廖德政為顧問，而自任團長，也是音樂史上少見的少將指揮。

接著順勢向教育處提案，建議在剛由台北高等學校改制的台灣省立師範學院設置音樂和美勞兩科，都由陳儀親手批下來，蔡繼琨找到昔日同事戴梓倫和廈門教育局時代的秘書莫大元分別擔任科主任。來台之前，蔡繼琨提出設立音樂學院要求時，心裡打的算盤是由自己擔任院長，沒想到音樂界較美術界複雜，本以為有陳儀作靠山，什麼事都好辦，未料連陳儀本人都自顧不暇時，什麼承諾也只好放在一邊，與其把時間耗在那裡等待，不如派自己的人先在師範學院占個位置。

28 外省文藝家最後聚會

從台北往碧潭郊區方向的公路上，離台北市區不遠有一條水源路，原本是台北帝大的宿舍，戰後來台的政府機關發現有空下來的日本式木屋，便搶著住進來，不出一個月全被公家占有，住久了反而分不清是公家還是私人，等台大校方前來認領時，想趕也已經趕不走。這一帶過去一度是日本人的高級官邸，如今成為各部門接收人員雜處的臨時居所，不少名人都曾經在這條街停留過一段時期。

在台大任教的雷石榆與舞蹈家蔡瑞月結婚後，因需要有較大的空間編舞和教舞，所以在學校協助下住進一間日本人遺下的大房子，由於雷石榆留日期間已結交台灣留學生，加上蔡瑞月的朋友多，所以經常有各地人士在此進出。

十月二十六日蔣介石夫婦參觀省展時，省黨部本來安排王白淵作導覽，後來臨時改由宣傳委員會的麥非和黃榮燦兩人，這當中到底是怎麼回事，從下午有人走進蔡瑞月舞蹈社大門就聽到斷斷續續地在議論著。

黃榮燦在傍晚時才進來，先到的三、四個人回頭看了他一眼，並沒有認出他是誰，他也只打個招呼就坐到舞蹈練習場另一邊的窗下小桌前，隱約間雖聽到有人提起他的名字，也沒有去理會，從書架上取出一本書就讀起來。來人愈多之後，屋裡的聲音更加吵雜，再也聽不到別人說些什麼，別人也忘了他的存在。

約四點多，蔡瑞月手端一盤小餅乾放在小几上，這是日本人的習慣，泡一壺茶和一盤甜點招待訪客是最起碼的禮數，可是客人對這些似乎不感興趣，他們寧願圍在一個大菸灰缸旁邊高談闊論，一而再傳來情緒激動的爭論聲。

突然門外一陣笑聲，像是老友偶然間相遇時的驚喜，不久看見兩人手牽著手走進門，是麥非和盧秋濤。

一年前麥非在福州舉行畫展，與前來參觀的盧秋濤結識，那時盧秋濤剛從蘇聯回國，而麥非於戰爭期間參加漫畫宣傳隊，與葉淺予、張樂平、張仃、廖冰兄等一起工作，擔任過《前進日報》的編輯，在華南地區已有名氣，兩人交往一陣子，盧秋濤就到台灣來，沒想到今天在台北蔡瑞月舞蹈社門前重逢，盧秋濤來台在夏濤聲宣傳委員會所屬的台灣出版社擔任總編輯，編國民學校教科書，而麥非在《台灣畫報》及《新生報》當記者。麥非來台灣之後與荒烟、李明、姚思章、戴英浪、陳耀寰、朱鳴岡、陸志庠、黃永玉等常聚在一起，今天受蔡瑞月夫婿雷石榆之邀前來，與久違的老友相遇，等不及要把盧秋濤介紹給大家。

盧秋濤是個不滿三十歲的年輕小伙子，戴著圓形的藍色墨鏡，進到室內後也不曾拿下來過，散亂的短髮遮住前額，說話聲音忽高忽低，令人聯想到貴婦人懷裡的波斯貓。在麥非引導下與文藝界人士逐一握手之際，無意中他發覺靠窗邊有個人從走進屋內就一直在注意這邊，雖然把頭壓得很低，但仍然覺得是個相識的人。本以為麥非會帶他過去與那人招呼，又像是故意想避開，被拉到廚房去與這裡的主人見面，這時窗邊的人又抬頭來看他一眼。

在廚房裡他見到高貴氣質的女主人和她的丈夫，一個留著小鬍子相當性格的青年，來之前已聽說是在台灣大學文學院任教，女主人是舞蹈家，這樣的一對的確令人羨慕。

當男主人以上海話和盧秋濤交談時，她靜靜地在旁邊用心聽著，等待丈夫用日語翻譯給她，他們之間的對話很簡單，只問「你到台灣多久了？生活還習慣嗎？一個人在台灣嗎？……」一般關心的話。

這時門外有人大聲說話，像是在爭吵，但很快就停下來，以為沒事了，接著又吵起來時聲音更大。男主人丟下他們匆匆往門口走去，看到三名穿藍色中山裝的中年人指指點點，像是前來干涉什麼，屋內的人看出來者不善，是警務處或什麼機關的調查員，說話有點接近浙江口音，但他們自己人則以福州話交談。

見到雷石榆知道他是主人便表明身分，說要了解是什麼性質的聚會，要求將所有人的名單給他。在這裡的雖然是文藝界，但大部分在政府機關任職，麥非上前一步把剛領來不到兩天的記者證給他看，對方拿到手看一眼就放到胸前口袋裡，麥非居然不害怕，反而說：「有種你就拿去，一個禮拜以內保證送回到我家來。」好大的口氣，令對方瞪大眼睛，分明是被嚇到了。

那坐在窗邊穿黑衣服的黃榮燦這時走過來，輕聲說了些話，把手搭在中山裝男子肩上，好像自己是長輩，對方摸了摸口袋把記者證掏出來，滿臉不甘願交還給麥非，又特地瞄一眼上面的名字，說：

「麥春光，這名字我會記得的！」

看得出這人是領頭，當他轉身離去的時候，其他兩人緊跟著也一起走上大街。

盧秋濤這時終於認出黃榮燦來，然對方已忘記年輕好幾歲的盧秋濤這個人。約一年前在上海見到他與陳燕橋等一起舉行「九人木刻聯展」，由於對陳燕橋木刻特別喜愛，特地來會場請教有關版畫的創作。正在談話中一個人插進來告訴大家晚上有個演講，題目是「抗戰中的木刻運動」，當晚就按照地址前往，聽眾雖然不多，但看到了不少文藝界有名的人，當時稱之為左翼文人，印象中演講所談的是些大方向，沒有觸及美術的觀念和技法，因此有些失望，這位演講者就是黃榮燦，那時就聽說將到南京和香港展出，沒想到轉眼間已來到台灣。

盧秋濤在宣傳委員會裡算是雷石榆的下屬，客人都走了之後他還特地留下來幫忙打掃整理。

蔡瑞月在廚房收拾碗盤時，突然嘆了一口氣，說：

「你說這次如果沒有黃榮燦出面，那三個黑衣人不知要鬧到幾時。」

「我看不是這樣。」丈夫並不以為然：「上次不是也有人來查過！黃榮燦也在場，怎會這麼巧合，當中一定有問題。」

「是他出面趕他們走的呀！沒有人敢出頭，只有他不知用什麼方法把人請走的！」蔡瑞月解下腰巾，走出廚房，不久丈夫也跟上來，一心想把話說清楚：

「當然，我們不可冤枉好人，我只是就事論事，今晚妳也看到，他的動作就與其他人不一樣，至少他們之間有一定的關係和默契。」看見盧秋濤已走過來，便轉而以中國話問他：

「小盧你以為怎樣？關於今晚的幾個不速客！還有黃榮燦這個人。」

「在上海我聽過他一次演講，今天算第二次見面，可惜沒機會和他講話，他坐在靠窗的地方，像是在寫一篇文章的樣子。」

「在上海？他在那裡有沒有工作？」

「不知道……我聽過幾次關於他辦版畫展的消息，應該是很活躍的一個人！」盧秋濤知道的也只有這些。

「他兩次來這裡，兩次都有人來調查，而且是由他出面解圍，像是照劇本在演的，搞不懂的就是這一點！」

「我來台灣參加過兩三次像今天這樣的聚會，都不曾見過他，看來這些人都不請他的樣子。」

當晚發生的事，以及雷石榆說的話，留在盧秋濤腦裡，後來每有黃榮燦的消息，便特別引起他去注意。

過後兩天，麥非到他的編輯部來，聊不到幾句，就相約到西門町一家叫美觀園的平價日式餐廳用午餐，在廣州時曾一起吃過飯，結帳時各付各的，所以這回不用事先約定，到時候照樣誰也不請誰。

「我到台灣最大的收穫是學會吃生魚片，他們叫『殺西米』，台灣話說『什麼』叫『西米』，『米』就是『麵』，不是米，『殺』叫『抬』，抬起來的『抬』，一個女孩很美，要說她很『水』……我就是用這方法學台灣話，進步真快，給我一年時間，在台灣就沒有人知道我是外地人，下回不知道我們什麼時候再一起上館子，那時我就用他們的話點菜給你看。」盧秋濤十分得意，一坐下來就對著麥非講解台灣語言。

「學方言是你最驕傲的地方，我就不行，這方面我服了你，但有一個人你要注意，就是黃榮燦，那天在蔡瑞月家你看到的，他才來不到半年，聽說在鄉下可以和老農夫對談。」

「這是因為你們聽不懂他說什麼，也許是各說各的，說完了彼此不知道對方說些什麼，久之大家變成好朋友也很自然的，但我相信他有一套，他應該就是那種人。」盧秋濤這麼說，因為他又想起那天雷石榆說的話。

「台灣話和廈門話完全一樣，我有廈門來的同事，每次都是他替我當翻譯，可是台灣話裡參雜好些日語，這他就聽不懂了，學一種方言要花好多力氣，我早就放棄了！」

「黃榮燦這個人怎樣？」盧秋濤趁機打探黃榮燦：「你和他熟嗎？」

「不算熟，也不算不熟，不知該怎麼說。」回答這問題對麥非似乎有些為難。

「那天你也看到了，他出面解圍，但……」

「我看到了，他也知道大家的戒心，算是有自知之明，就往台灣人方面去交朋友。」

「過去好幾次聚會的場合都沒有看到他。」

「因為不敢請他，聽到他要參加就有人不願意來。」

「那麼他到底是……」

「不曉得是哪一邊的，連他自己都搞混了，也許……」

「黃大師！那天在上海聽他演講，介紹人就一再地稱他黃大師。不知是故意吃他豆腐，還是向來就這樣稱他，早在內地就已成了大師。」

「如果心思亂了，生活不會好過吧！」麥非閉上眼睛，像是想起了什麼。

「不過，我可以看出來，在這群來台外省人裡，黃榮燦的活動力特強，很衝的一個年輕人。」

「也許是吧！但當藝術家就不見得需要這樣。」

「我同意，哪一天若你當他的面也這樣說，他和我一樣會同意的，但我認為藝術家的人生還是走完這一生，別人才看得清楚。」

29 郭雪湖賣畫大請客

另一邊，在大稻埕波麗路西餐廳，有一群藝術家聚在一起高談闊論。

當報上刊出李梅樹賣了一幅畫價二十萬元的百號大畫，朋友見到他爭相要求請客時，他說畫款尚未拿到，請大家別急，總有一天會好好請頓大餐。在這同時也有人找郭雪湖請客，因他也賣出一幅畫，居然一口答應，當天下午就決定在波麗路大擺宴席。

山水亭台菜館的王井泉一聽到消息，馬上訂製一對大花圈，上面寫著「祝賀台灣第一屆全省美術展覽成功」；李超然知道之後也以台灣文化促進會名譽送來更大的花籃；陳清汾贈送兩打瓶裝的美國啤酒；楊肇嘉雖然人在花蓮，還是由他的助理運來三箱紅露酒；而波麗路老闆廖水來看到大家熱心支援，表示今天餐後的咖啡由他免費無限量供應。當主人的郭雪湖始終不知道會來多少客人，只等到最後才接到帳單把款付清。

類似的餐宴在大稻埕畫家之間向來不發請帖，只需打電話給裝有電話的人，把風聲放出去，就一傳十，十傳百，所有該來的人就都跑來了，這種請客方式只有山水亭應付得來，今天既然到波麗路訂桌，廖老板雖有些為難，也勉強接受，不是為了生意而是顧到自己的體面和文化人之間的情誼。

文學界的呂赫若今天遲遲才出現，因為他在《人民導報》上接連幾篇針對省展的評論甚獲好評，所以特地來請功，還夾了大疊刊物作宣傳。

陳逸松也不是畫家，卻是個功勞者，因為是他牽線，美國商社才訂購楊三郎的油畫，進門看到難得一見的呂赫若，高興地上前熱烈握手，他早聽說呂赫若近年用心究讀馬克思，是否讀通，這一點他十分好奇，所以今天前來非考他一考不可。

可是李梅樹、郭雪湖、陳進、許深州和蔡雪溪等一見呂赫若趕緊上前，圍著他說了許多感謝的話，陳逸松在一旁沒有受人注意，等了好一會兒仍然沒人理他，連近旁的李石樵和楊三郎也只顧談論自己的事，向來以東京帝大出身自豪的他，按捺不住，開始出聲：

「那篇談省展的文章，寫得好是好，但還是很多值得挑剔，看來你好像讀過馬克思的書，其實……」只說到這裡，發現場內並沒有引起人注意，又不甘心，伸手搭在身旁不知是誰的肩膀。正好那人被開門進來的更重要的人所吸引走了過去，接著其他人也一起轉身迎上，此人正是蔡繼琨，所有人都知道如果沒有七根菜，省展絕對不可能今年就成功開鑼。

蔡繼琨進門先看到李石樵，握手時第一句話就說：「畫像的事可以進行了，這幾天找個時間過去！」然後才和其他伸手過來的畫家握手寒暄：

「第一屆省展就有這樣成就，我們認為已非常成功，但還要加油，繼續努力，先在這裡向大家說一聲恭喜！」

無意中他看到陳逸松，在東京兩人已經相識，來台灣這還是第一次見面，便興沖沖過去打招呼：

「逸松兄，真久沒有見！」順手搭在他肩上，陳逸松這才露出微笑，仍然不像重逢老友，卻說：

「真難得呀！能在這場合見到，你竟還記得我陳某某！」

「來台灣之前心裡就想這回一定會見到老兄，果然在這裡讓我遇上了，以後大家多聯絡！」

「聯絡當然很好，也要有你的電話才行。」陳逸松慢吞吞伸出手來，接受蔡繼琨給的名片。

楊三郎終於看到他，便過來招呼：「多謝你介紹美國人來買畫，真多謝，下回就輪到我設宴請大家！」

遠地來的李秋禾、黃水文、黃鷗波和陳慧坤，由陳澄波帶頭，見到眾人第一句話就問：「玉山君在哪裡？這個人不夠意思，自己早一班車就走了！」

說時眼睛各處巡視尋找林玉山，不相信他竟會比自己晚到。

郭雪湖正在廚房裡向廚師交代什麼，出來時聽到陳澄波大聲在找人，走過去告訴他：

「林玉山昨天就到台北，茶行的呂先生聘他畫一幅畫，已經兩天現在應該完成了……」

「噢，是這樣，是有錢的還是畫來相送的？」

「是送的吧！不過對方也會送他紅包。」

「多少錢的紅包，事先也要說好，在嘉義我們是訂有規矩的。」

「玉山向來客氣，事先什麼都不敢說。」

「你看，這輩子註定要吃虧，他就是這種人！我不能讓他破了嘉義的規矩。」

不管多少錢的紅包，周圍的人聽來還是很羨慕，在這沒有人買畫的時代裡，要為自己的畫定價錢，實在說不出口。

客人來得差不多時，郭雪湖數一數便決定擺兩桌。

這時李梅樹突然有了想法，把郭雪湖拉到一旁，小聲說：

「想跟你商量，今晚由我們合請如何？」

「還以為有什麼重大的事！至於請客，已經決定了，當然是我個人請，你另找時間不可以嗎？」

「是這樣子的，我算一算雖然沒有拿到畫款，請一桌兩桌還付得起，只是……」

「對外已經說好我來請客，不能臨時說改就改，如果答應與你合請，三郎也要參一腳，林玉山、陳澄波都賣了畫，他們會怎麼說！不行，你另找時間吧！」

「我是替你省錢，這是我的好意……」

「不不不，我個人的宴席還是由我一個人負擔，希望多多諒解！」

「你這個人實在是，講不通！」

李梅樹帶著不悅語氣走開，這時正是上桌的時候，郭雪湖開始忙著去招呼客人。

只為了這兩桌酒席，老板廖水來還是很慎重把山水亭的廚師邀來支援，兩道菜出來之後，內行的顧客很快吃出山水亭特有的風味，大稻埕的餐廳也只有山水亭在王井泉調理下建立出菜色風格，為了不使畫家們失望，廖老板只好找來古井兄在暗地裡幫忙。

由於省展剛過，這頓飯又是因省展賣畫所得，席間大家所談的不外也是省展相關之事。

「剛才你們看的可是省展剪報？能收集到這麼多，實在是有心人，那是誰呀？」才坐下來就有人在問。

「楊三郎，是你嗎？」陳逸松問。

「不可能是我，這麼細心在收集資料的，大概只有鄭世播。」

「可是，『生番』還沒到呀！難道另有其人！」

「另外還有的話，就是林錦鴻，『錦鴻生』也不見他來，會是誰？」
「不會是呂赫若吧！他來了，在另一桌。」
「他？不可能，這個人隨時都在丟報紙，哪還會撿報紙！」
「我知道，是郭雪湖，他今天是主人，所以特地準備報紙讓大家下酒……」
「他來了，你就去問他吧！」
「不，不，不是我！」郭雪湖老遠已聽到，趕緊否認。
「是我啦，我拿出來的，但收集剪報的是我們的大廚，讓你們都嚇一跳了吧！」廖水來過來承認，但收集的人居然正在廚房裡忙著炒菜。
「來來來，請他出來，我一定要向他敬一杯，他這個人實在不簡單，是老闆要他作的，還是他自動的？」另一桌也圍過來問。
「等一下你們自己問他！我不想太早把謎底揭曉。」既然這麼說，眾人就把話題轉到別的，卻還是離不開剪報的內容。
「陳儀沒到會場來過，怎麼報紙刊出他參觀省展的消息。」
「有嗎？有這種消息嗎？」
「好像有，只登短短幾個字。」
「不可能，他是什麼人物，到那裡作什麼，後面跟著大群人，消息一登就是半個版面，哪會只有短短幾個字！」
「現在中國政府和日本政府最大的不同就是對畫展關心的程度不一樣……」
「外省畫家到會場來的也不多！不像日本畫家對台展關心，也是野心。」

「可是他們寫了文章批評省展。其實有批評總比沒有批評好，不是嗎！」

「他們寫的文章我看不懂，一樣是漢字，用他們的話一寫，我就看不懂了。誰看得懂我才不相信，所以用不著管他們有寫還是沒有寫。」

「起初我也這樣想，不過現在看不懂，難道就永遠看不懂！將來總有人會研究歷史，如果根據他們寫的，你說……」

「什麼歷史！我不去想那麼遠，我只知道我是畫家，只要我們的作品留下來，他們寫什麼都沒有用，頂多是一種參考！作品本身也會說話的。」

「來來來，他們寫什麼想不想知道？讓我告訴你們：最重要的一點，是說省展的國畫部入選作品多半不是中國畫，所以我請問你們，你們的國畫是哪一國的畫？」晚一步到的王白淵聽到後半段的議論，忍不住開口問大家：

「這個問題……本來也不是什麼問題，可是當他們和我們一起在台灣住下來以後，台灣變成中國的一省，從此就成為大問題了。」

「我不是說過了，他們只有文章，而我們有畫，美術史是文章在說話，還是美術品在說話？如果你認為美術品會說話，那麼你根本不用去管他。」李石樵說。

「中國畫是用中國話去說的，我們連中國話都說不來，還跟人家去爭什麼中國畫！算了吧，吃菜吃菜！」有人已不想談下去。

「這一道菜是山水亭廚子參考法國料理研發出來的，早在廚房裡已有很多人進去嘗過，每個人都叫好，來來，不要客氣！」作主人的郭雪湖遊走在兩桌之間催大家用菜：「剛剛你們談的我稍微聽到一些，有人說省展的國畫不是中國畫，對，當初籌備會裡我們已經考慮很久，把台展東洋畫部直接改稱中國畫是否恰當，就有人說不要用『中國畫』，只稱『國畫』，簡單而不明瞭，這樣比較沒問題，但如今看來還是出問題。」

「我說，不論是什麼，要管就有問題，不管就沒問題。」

「這只是一種說法，有問題和沒問題隨便你去挑，也可以說你挑了就有問題，不挑就沒問題，偏偏我們都是那種沒問題找問題的人，所以在一起一定會爭論。」插嘴的人愈來愈多。

「台灣剛光復，每個人都很認真尋求祖國的認同，相對地是想拋棄日本的影響，所以在畫裡探討中國美術的特質，今後『國畫』的問題還是值得去檢討。」王白淵雖然畢業自東京美術學校，後來由於教學繁忙，又寫詩又參加運動，已經好久沒有動過畫筆，在省展裡已是個邊緣人，卻反而更懂得找問題，讓好事的人去爭論。

「有篇文章寫得很不客氣，大意是說省展畫家誤把東洋畫當成國畫，其實東洋畫是日本人的畫，台灣畫家不了解誤把別人的神位當祖宗來拜。寫文章的人偏見很深，如果知道是誰寫的，我很想找他理論。」

「這篇文章我也看到，從文筆就知道是外省人寫的，而且火氣很大，我覺得很難討論，講不過他的……別自找麻煩，不值得！」

「主要是心態，認為中原文化是正統的，便以中原文化的傳人來指導台灣島民，其實台灣人通過日文書籍了解到的中國文化並不輸他們，這要看你讀不讀書。從上海來的就比台灣人懂中國文化，這是外省人的錯誤觀念。你說他們很會講話，沒錯，他們只要站在你面前，可以講三天三夜，我們先天就不是對手，與這種人不好討論。」

「怎麼辦！不理也不行，大家同住在一個島上，他們的人無時無刻不在你身邊出現，無時無刻不想來指導你，總要有個回應……」

「討論不是為了輸贏，這才是真正討論，彼此間才沒有誤解，沒有了誤解心結才能化解。」畢竟是林玉山說話比較心平氣和。

「所謂筆下論輸贏，就是要看畫家怎麼創作，如果只是把古人畫過的照樣摹寫一遍，說這才是中國畫，難道中國畫就只知倣古，沒有創意！面對台灣美術，拿畫來比畫，畫與畫的討論，這才叫做畫家論畫呀！」

「不過，有篇文章寫得也很公道，說這是台灣一個省的美術展，而且才第一屆，以後還有很長時間，目前和祖國的文化交流才剛開始，兩邊的人只看到文化差異的問題，不可太主觀去指責對方，我認為他寫得也很正確。」

「我們這一代的台灣人算是幸運，能夠在有生之年回到祖國懷抱，重新作中國人；但反過來看也是種不幸，必須辛苦改變自己去重新學習，我們都是四十歲的人，不但語文上的困難，連心裡不滿也不知如何表達，只因為國文寫不好，國語說不好，就已低人一等了，還能與人談什麼民主主義。」

「也不可太悲觀，這回省展還是辦得有聲有色，只要省展一年比一年好，對我們來說就是台灣的前途，來，大家乾杯！」當主人的郭雪湖，勸酒才是他今天的職責。

接連乾過兩杯之後，這一桌人的話也少了，反而聽到隔壁一桌的對話逐漸激昂起來，引起這邊的人轉頭過去，好奇地問到底談什麼這麼憤慨。

大聲說話的是呂赫若：「……問我為什麼要寫，我的回答是不能不寫，寫給畫家看，也寫給大眾看。若問我對美術懂多少，我直接就回答：懂得不少，省展的畫家我認識很多，看過他們畫室也交談過話，這樣我了解得還不夠嗎？憑這些了解寫文章，能說我不懂嗎？所以才有自信說我有資格寫評論……」

「剛才是誰針對你，說要你先拿畫筆畫一幅畫來看看，再看有沒資格拿鋼筆寫文章批評別人，我覺得有點失禮，就好比要求醫生醫治一個肺病患者，自己必須先得過肺病，這道理說不通的，何況報上登的文章都是一般的介紹，不可視為對畫家的判決書，一回省展下來出現那麼多文章，以不同觀點說各自想說的話，這是很好的現象。不過我也不反對你的說法，要研究某畫家就先畫一張他的畫，學他的畫風也好，臨摹也好，然後再評論，文章寫出來一定很不一樣。」李梅樹說。

「對不起，剛剛那句話是我說的，現在我收回。」楊三郎說。

「就好比我不會唱歌，就要先學會唱才可以批評別人歌唱得好不好，梅樹兄腦筋很清楚，用贊同來幫我修正……好吧，就讓我再提出一點向大家請教，台灣美術在這十年來一直有人寫評論，光復前和光復後，大家來說說看，不同的時代寫的有沒有不一樣，立場有沒有改變，藝術觀有沒有進步？」

「這個問題要白淵來回答，正好可以用來考考他的立場。」有人這麼說著，把王白淵從另一桌拉了過來。

「白淵兄，大家談論的是有關你十年來的立場，不知有無改變？」

「當然要改變啦！就拿愛國來說吧，日本時代說愛國就是愛日本國，現在愛國就得愛中國，如果反過來日本時代不愛日本，中國時代不愛中國，嚴重的話就有人要說你叛國，可能被殺頭的，我很怕死，怎麼辦？只有一條路，要先改變自己，絕對不可因為什麼氣節這種高貴道德觀，連自己的命都不要。」他故意這麼說，其實他的大道理還在後頭：

「在我的文章裡拿國家觀念談藝術，這種論調可以說少之又少，借用西洋當代藝術的論述也有限，文章裡沒有寫什麼派，什麼主義，什麼學說，所以寫出來的只是某畫家畫什麼畫或說什麼話，頂多把在哪裡學畫，誰影響他，寫出來已經夠長了，此外我還能再寫什麼！」

他說完坐下來，又覺講得不夠明白，想站起來補充，但已經有別人搶先一步說話：

「最近你寫的文章的確和以前有些改變，就是對日治時代的台展和主辦當局的批評，本來在當時就該說的話，留到現在才說，難道那時你不知道，還是不敢講，現在你才終於懂得講或有膽量講？」顏水龍說時語氣比先前嚴肅許多。

「指的是哪方面的，你舉個例子嘛！」

「譬如針對台展評審制度的看法，終戰前和終戰後所用的語氣就有很大差別，府展中當局舉用台灣畫家擔任評審，幾回之後又沒有了，最近你寫的美術運動史裡以不公平和歧視的字眼形容，是你真正心裡的感受，還是配合新時代的標準？你也知道府展初期台灣畫家才幾歲，東京必須派來大師級畫家評審才有說服力，那時的情況你最清楚，終戰後你把一切歸罪於殖民政策對台灣人的壓迫，尤其是寫歷史，注入太多的民族對立引發的情緒，時代變了寫法跟著也變……」

「這一點我要在這裡說明一下。」王白淵實在忍不住，要搶著說明：

「水龍兄你說的我非常同意，不過，有些事你們從外面看來不免看不清楚，我的文章投到報社向來就有特別待遇，要通過兩個關卡審查才送去排版，過去是如此現在也一樣，經常在登出來後文章已面目全非，有些事說出來你們不會相信……當然，我承認光復之後寫的文章有很深的祖國情節，把史實寫得太偏，對當前發生的事情也少了批判性，我已開始在提醒自己，為台灣美術前途一定要以更嚴厲的批評來鞭策，雖然水龍兄的話對我比較嚴格，我還是十分感激，要說聲多謝！」

王白淵說著說著人也已經站起來，拿起酒杯朝向顏水龍的方向一口往嘴裡倒了進去。

這時有隻手壓在他肩上，看似要他坐下，準備替他說什麼話：

「你們剛才談出幾個問題來，本來不想打擾，讓你們繼續談下去，但實在忍不住也想發表。省展憑什麼不可以批評，當然可以，你們自己看好啦，省展是不是比台展、府展退步了，沒有日本畫家參加，省展就退步，這代表什麼？最明顯的是畫比以前小很多，對不對！但也有人是進步了，到會場走一圈，誰進步誰退步，把所看到的寫出來，這就是省展的評論，你就是評論家。」說話的人是王井泉，他因為從山水亭支援幾籠割包過來，所以遲了半小時才到。

「古井兄，你來遲了，剛才大家都在找你！」陳逸松說：「我們這桌一直在批評省展，這麼愛護省展的你，應該起來辯護，沒想到也加進來批評！」

「愛護省展的人提出的批評這才是真正的批評，不像他們說些不相干的話，只會唱衰省展。」王井泉說：「有個黃榮燦最近寫了篇文章，說省展裡的畫都是些無病呻吟的藝術，沒有反映社會大眾的生活，開始我看了很生氣，不過後來又想，這是從另外一個角度在看省展，可以供我們的畫家作參考，又有什麼不對！所以我從頭到尾很認真把文章讀完，以後你們要注意這個人的文章，不管懂不懂他寫的漢文，讀讀看，是批評但也有鼓勵。」

「古井兄你真的讀懂他們的文章？」有人在問。

「讀多少算多少，也不是什麼文學名著，能讀到五十％，其他的部分用猜的也可猜得到。」

「以前是憑興趣在讀文章，現在是憑勇氣在讀文章，古井能讀到五十％，我難道讀不到四十％？」楊三郎說時有幾分帶了玩笑口氣，臉紅紅地已有幾分醉意。

「只有讀還不夠，將來要能寫才可以。」

「這對我們畫家是作夢的事情，不敢去想……」

「王古井提到一個重點，就是外省人的看法，到底是什麼看法，我倒很想知道。」李石樵好奇問他，卻被李梅樹搶先一步作答：

「繪畫的基礎是素描，這個大家都知道的，但外省畫家不一定知道，尤其不知道進東京美術學校要考素描，考之前還要在研究所專練幾年的素描，所以我們把基礎打得非常扎實。他們顯然不理解畫素描的道理，所以油畫的量感不足，質感也不對，可以說他們的基礎不放在素描上面，對畫的看法自然和我們不一樣，想和他們談藝術，難就難在這裡。」

「來台灣的外省畫家都是在上海向日本一個國民學校的老師學過木刻版畫，那位老師叫內山嘉吉。一位很有名的文學家叫魯迅，在上海的日本租借區成立木刻講習會，聘內山先生把木刻的技術傳授給年輕的美術家，後來他們自稱新興木刻版畫，戰爭中是用來作抗日宣傳的，終戰後這些人在中國不容易立足，就一個接一個來到台灣，想在台灣發展，這是很好的事情，可惜他們才來沒幾天就想當畫壇導師，未免膽子大了些。過去日本老師在台灣所以讓人敬服，是因為他們有實力。這些外省人的木刻刊在報上大家都看到了，這種程度又怎麼來領導台灣畫壇而令人信服，當然不服，可是他們沒有自知之明，以為跟隨接收官員到了台灣，就是台灣的領導，這些人實在是……真正的溝通看來還要一段時間。」

聽王白淵這樣說，就有人轉頭問蔡繼琨：

「七根蔡，你來說說看，王白淵的說法對來台外省畫家公不公平？你也是跟著接收官員到台灣來的。」楊三郎說。

蔡繼琨被人點名，不得不轉身起立對著大家，這樣的問題由一個音樂家的外省人來回答，實在為難，很勉強地他還是開口說了話：

「楊三郎喊我七根菜，好像是來到台灣之後才被取了這個名字，在菲律賓時我用英文名字Chi-Ken Chai，那裡的人很壞，就叫我chicken，是小雞的意思，英文裡頭罵一個人膽小鬼也是chicken，所以我今天寧可當chicken，也不敢聽從三郎的要求去回應白淵兄說的話，好在我是學音樂的，寧可不相信白淵，也不能承認這是事實來引起一番爭論，靠文字吵架讓外省人占盡便宜也是我不願意看到的……我就說到這裡。」

對了，也順便向大家報告：我們台灣的第一個交響樂團已經成立，不久就可以請諸位前來聽我所指導的演奏會，希望大家一定來捧場！拜託拜託！」

最後一道菜也在這時端出來，接著就是甜點，波麗路西餐廳的最大特色就是他們自製的冰淇淋，而且是和熱咖啡冷熱混合一起吃，今天還從迪化街一家叫山陽的餅乾店註文兩大盒小煎餅，構成三合一的飯後點心。

散席離開時，蔡繼琨特地過來與李石樵握手，小聲叮嚀他：

「記得要儘早把那幅畫像完成，至少安排一次面對本人作畫，會派專車來接你去。」

30 陳儀終於在我面前！

無法想像終於有這麼一天，李石樵在陳儀官邸矗起畫架對著這位大官舉筆畫肖像。為此長官特地安排一整天時間，從上午八點直到下午五點，李石樵等於是來這裡上一天的班。

他發覺自己與陳儀的相處和幾年前的長谷川清雖有許多不一樣，但性格上的不拘小節和言談的風趣則非常相似，是他能在官邸裡工作整日而不覺辛苦的原因。

當李石樵還在準備畫具時，看到陳儀一直在吸菸喝茶，一旁有人服侍倒茶點火，生活上的享受一點也不像軍人。可是等到開始畫之後，他就一動也不動，是個標準的模特兒，尤其瞪著大眼睛那種精神十足模樣，更激勵了李石樵的筆認真捕捉一個將軍的特質，認為僅僅他的臉部表情就已經夠精彩了。

台灣光復才一年，民間對中國官兵的作風處處感到失望，尤其關於陳儀長官聽到很多負面的傳言，今天就在眼前為他畫像，憑感覺該怎麼畫就怎麼畫，對人的印象決定在一念之間，完成後這幅畫就這樣流傳給後代子孫，此時李石樵才發現畫畫是一個畫家的職責，同時也是權利，更是一種功德，為歷史當見證人。對他而言今天所作的毋寧視為一種使命，不可有所偏頗，當下的感覺就是他的認知，要畫出畫架前的所見，離開了畫架之後聽到什麼看到什麼已經與畫家不相關，他只相信手拿畫筆時的直覺，這就是從東京美術學校訓練出來作為一個畫家的基本態度，一輩子要堅持下去。

畫像時陳儀幾乎沒有說話，眼睛看著遠方，也許因為菸抽多了的關係，喉嚨裡像有痰又咳不出來，不斷在乾咳，一名副官走過來等待吩咐，他伸出右手把他揮走，接連幾次才開口說：「就這樣子，大家休息休息，看李先生要喝咖啡還是茶。」李石樵回台灣之後很久沒有像在日本那樣每天喝一杯咖啡，今天真希望在長官家裡能喝到國外進口的上等咖啡。所以馬上就回答要喝咖啡，看到他那樣渴望的表情，陳儀把副官喚過來輕輕在耳邊吩咐幾句，交代這杯咖啡要由夫人親自調製，說話雖然小聲，李石樵還是聽到了，對陳儀的用心愈覺感激。

咖啡時間陳儀進去他的書房，約半小時後走出來，這時他臉上終有了些微笑容，開始想與李石樵對話，由於娶了日本女子而已慣於使用日語，當著台灣人的面便想拿日語拉近彼此距離。

「咖啡的滋味如何？」第一句話就這麼問。

「是上等好咖啡，謝謝你！」李石樵顯出十分滿足的語氣，接著說：

「這個時候喝下這樣好的咖啡是最高享受，實在是最高……」

「還想再喝就請隨時吩咐。不用客氣！」陳儀又重新坐上剛才的位子，繼續讓李石樵畫像，過一會他又開口：

「實在想不通，長達五十年時間，台灣民眾還是沒有被日本人所同化。不過，話說回來，同化了是好還是不好，誰也不敢說。」口氣像是在自言自語，又像是在問對方。

「一百年來日本人自己也不斷在革新，頂多只能說要求台灣人也一起革新，終戰後的日本人一定改變得更多，把祖父和孫子兩代人一比就清楚看出來了。」李石樵面對陳儀有點畏怯，所以聲音很小。

「這話我還沒聽人說過，很有意思。所以，日本人和台灣人之間在這五十年裡雙方都沒有同化的問題，他們走的是延續革新的那條路，不管怎樣台灣人還是被動的，不是嗎？」雖然說話但身體保持不動，這才是標準的模特兒。

「應該是吧！就好比我和日本學生一起學油畫，老師雖是日本人，但他也是到法國去學的，而學生畢業後都會到法國去，那時便直接向法國學習。」

「這個譬喻很好，你很有自己的想法，和繼琨在一起時你們很談得來嗎？」陳儀問。

「他是個很誠懇的藝術家，可惜到現在還看不見應該有的成就。」

這時副官又端兩杯咖啡過來，放在茶几上，傳來一陣陣的咖啡香。

「有時候聞咖啡比喝咖啡的境界要更高些。」陳儀有感而發。

「對，在日本時有位同學每次一起喝咖啡，起先他只用鼻子聞，直到冷了才端起來一口氣喝進肚子裡，他有自己的喝咖啡哲學。」

「我也遇見過這樣的人，也許在日本用這方式喝咖啡已經有好長一段日子了！」

「蔡繼琨近來對交響樂團十分熱心，相信很快就有演奏會了。」李石樵說。

「從日本回國之後就常到我這裡來，我也有很多事要他幫忙去作，他也都作得很順利，所以算是我可以信任的人手。」陳儀說。

「省展如果沒有他，今年是辦不起來的，明年也不見得……」

「那就好啦，這回到台灣來至少讓他完成了一件有意義的事。」陳儀露出了笑臉。伸手拿起咖啡杯輕輕喝了一口，接著又連續喝兩口：「不過，經常有人到我耳邊來說他的是非，好在我只相信自己眼睛，要不然就沒有誰能長久留在我身邊。」

李石樵聽了沒有回答，因他正用心畫著鼻子下面嘴唇上的小髫子，陳儀似有察覺停了好久才又說下去：

「就有人見不得別人好，經常傳來蔡繼琨的小報告，甚至懷疑他是共產黨或共產黨同路人什麼的，繼琨算是我一手帶大的，他的交遊我最清楚，腦子裡想什麼都寫在臉上……不過也因為有閒話，他要成立音樂學院我才有些擔憂，一直等到師範學院有了音樂系才由他派自己的人進去當主任，音樂方面他要怎麼辦我就讓他怎麼辦。不過若一下子要管理獨立的學院，在音樂界他一定成了箭靶；他想自創一支交響樂團，在編制內我給他一個少將官階，但要附屬在部隊裡，想一想警備司令部是最穩當的地方，拖了好久現在也已成立了，相信今後他在台灣能好好發揮，我可以協助的大概只有這些，但願他別怨我沒有出全力……」

陳儀心裡該說的話已經說完了吧！李石樵這麼想著，房子裡於是安靜了下來，沒多久他似想起了什麼，清清喉嚨又開口說話：

「辦一個學院或是交響樂團都需要一大筆經費，我不敢直接批給他，這樣會害了他，除了音樂他什麼都不懂，一碰到有人看了眼紅假公濟私前來查帳，說不定就以貪汙罪被捉去坐牢，我想救都難呀！現在能作到的就是讓他穿上軍服去帶交響樂團，由司令部保護他，這種話你不見得聽得懂，其實不懂反而好，別去懂它。」

「我不懂的是關於共產黨，我在這島上出生長大，從來沒聽過身旁的人是共產黨，繼琨君不管思想如何，思想歸思想不是行為，何況思想也會變，年輕時比較理想，什麼黨對他都還太遙遠，何況他滿腦子是音樂。」李石樵終於勉強開口。

「今天說的這些話你可別在意，思想出現在人的腦子裡已經構成犯罪了，你認為有這種事嗎？很奇怪偏偏就有。在台灣共產黨如果有的話，他們是你的同學、同事、同伴、兄弟都沒關係，只要不是你的同志，你就沒有罪。要判一個人有罪，也可以說共產黨是中國人，中國人是你的同胞，這樣你就有罪，說得通嗎？想判你罪時怎麼說都通，這就是當前中國的政治。我常說台灣光復得太快太早，如果再晚十年，等中國政治上了軌道才讓台灣回到祖國，情形也許就好多了。」

「這種假設的話應該是我來說才對。」李石樵開始有了笑容：

「我心中有個問題。台灣受日本統治五十年，這麼長時間很少有日本女子嫁給台灣人……」說到這裡馬上被陳儀打斷。

「你的問題是想問我，我的這位日本夫人是怎麼娶到的，是嗎？這是我的祕密，人的一生中總要留些不可告人的祕密，太透明的人生會覺得自己像脫光衣服走上街頭，這種感覺讓自己不自在到抬不起頭來，不過，我可以告訴你，中國學生到日本留學和日本人到台灣來統治，不同的地方在於後者使台灣人成為二等國民，男女間不能平等交往，前者就不一樣，留學生在日本反而占很多優勢，我這樣說你明白了嗎？我就是靠這優勢才娶到的，在中國反而很難有女子願嫁給我們這種當兵的，哈哈哈！」陳儀像是故意笑給房間裡的夫人聽到。

「你的祕密我會尊重，永遠保留在心裡，但面對你的祕密，我會認真發揮想像力，編出故事來滿足自己！」

「沒想到你竟是個調皮的傢伙，那麼你就去編故事吧！編出來的故事到最後反而是自己的，你信不信？」

「我也只好相信，因我被你看透了……」

說到這裡李石樵突然停住，也想起當年與長谷川總督的對話，無大無小，忘了自己是誰的情境，他心裡想，一個人能坐在最高位置上，一定不是普通的人物，眼前這位陳儀長官，看來像個粗人，從交談中才體會出深藏不露精明的地方。

陳儀見他畫筆停下來，看來是想要休息，就離開坐椅，把几上已經涼了的咖啡一口喝光，走到李石樵背後，這種動作當年的長谷川清不會作的，他從來就不看一眼未完成之前的畫，這時聞到一股很濃的菸草香味，是副官正在為他的長官打火點菸斗。

「眼神畫出來了，整個早上你都在捉我的眼神，眼睛代表的是一個人的精神，軍人要不怒而威……」陳儀看似還滿意，連連點了幾個頭。

可是他的副官卻有意見說：「報告長官，我覺得鼻子還有點問題，你沒看他畫的……」

「外行話還是不要說出來獻醜，人家是東京美術學校的優等生，你是什麼生！」陳儀不讓說完就制止他。

但李石樵卻接受了他，說：「鼻子的問題早上一開始就看出來，你的眼睛很準，沒錯！」

李石樵的一句誇讚聽得那副官十分得意，想作些什麼來報答，就把几上兩個咖啡杯端進去，不多久傳來咖啡香，他已經又重新泡好熱咖啡端來了。

「有人說我在照片裡雙眼很少睜開，這是唯一的缺點，也是因為這樣，才想請你畫個像，剛才我第一眼就先看眼睛畫得如何，還是很小，但也沒辦法，是天生如此，所以我才說到眼神，從眼睛裡透過來的目光，這點被你畫出來了！好，我們再繼續吧！」說完要回到坐位之前，又端起他的咖啡杯，輕輕吸一口然後上座，看樣子他準備好至少要坐上兩個鐘頭吧！

「讓我這個與日本太太生活大半輩子的人來問你一個問題，你作了三十幾年日本人然後又回頭當中國人，這樣的人生，你有什麼感想？」

突然陳儀開口，問的又是這問題，令李石樵不知如何回答，如果是平輩問他，可以用開玩笑的口氣，讓大家笑一笑，把台灣比喻作女孩子，嫁人之後突然又被另一個男人搶走，還說本來他就是我的丈夫，諸如此類的例子來代替解答，但眼前面對的是高高在上的長者！

陳儀見他答不出話來，也不忍為難他，就自說自話替對方解圍：

「十年前我來過一次台灣，那次我以中華民國代表身分來參加日本領台後的所謂始政四十週年慶典，上台講了幾句話，後來我的話被記者摘錄幾段刊出來，我說了『台灣人今天能成為日本國民是非常幸運』之類的話，當我看到僅四十年時間台灣的建設有這麼大進步，拿自己負責行政的福建相比，確實自嘆不如，純然因有感而發，把事實說出來，目的在鼓勵日本當局繼續作得更好以造福百姓，但這種話在國內到處受到批評，我想我要是一般人，肯定沒有誰來管我說了什麼，但我不是，從那以後我說話十分小心，這次到台灣來隨時都在提醒自己。還有，當我想起很久以前，我從日本剛回國，在自己的家鄉住了一陣子，每次有人設宴請客，一定要我帶太太同往，我就帶去了，有人說要聽她說日本話，她就說了，又有人要她唱日本歌，她也唱了，傳出去後，外面的人說我娶回來的是東京的藝妓，以後我就不敢再帶她一起赴宴，他們這樣說，是想在我身上製造汙點。來台灣之後，我能看得到的政治界還算乾淨，一時非常放心，但從那邊過來的人多了之後，台灣的政治早晚也要變質，不過我敢說，在我手上是絕不可能讓國民政府發生對不起台灣人的事。不久前，我聽一個官員在開會時說：『台灣人帶著有罪之身回歸祖國！』我就問他罪從何來？他說抗戰時台灣人參加日本軍這不是有罪是什麼，這種想法的人一定還有，那天居然沒有人來修正他。又有人說台灣人還在懷念日本人，若是私底下聽他這麼說，我會回答他，我也很懷念日本人，在日本讀書的那一段日子確是值得懷念的。」

這在李石樵聽來幾乎忘了說話的是從外省來的高官，和外界傳言的陳儀居然有這麼大差別，到底眼前這個陳儀才是真正的陳儀，還是大眾所說的才是真正的他！

第一次蔡繼琨到新莊來拜訪時，兩人談到陳儀，蔡繼琨說陳儀在接見台灣民間代表時說過這麼一句話：「請你們千萬要相信，我是以一個台灣人的心辦台灣人的事，需要你們給予百分之百的支持和信任。」那是半年前的事，這話聽起來陳儀應該是好官才對！

在心裡他告訴自己，一定要這樣想，一定要信任，這幅畫像才能畫好，在他這一生中所畫的兩個大將軍，都應該是了不起的真正的大人物，以這種精神建構成一件時代性的好作品。

可是近來在台北街頭小孩子把「三民主義，吾黨所宗」的國歌，改編成「陳儀長官，接收藝旦，一日北投，一日草山……」有此反映應該不是空穴來風，將來是不是要像長谷川那樣，畫完之後還得再畫七幅真正存在心中的「大將軍」，為內心的遺憾作補償！

他一而再把陳儀拿來與長谷川清作比較，比較就好比兩人在對奕，有時陳儀贏了，有時長谷川贏。兩人同樣是將軍，同時期在日本士官學校就讀，也都娶日本女子為妻，先後掌有治理台灣的最高統治權，畫像時都以日語對談，儘管有這許多一樣，最後的不同則是中國人和日本人的差別，文化不同道德觀也不一樣，對李石樵來說，比較到最後連打招呼時的笑聲、咳喘聲音都找出他們之間的差異。

李石樵想起有一次和蔡繼琨在淡水河邊散步，遇見幾個工人圍著聊天，剛好聽到有個人說陳儀是共產黨，引起蔡繼琨一陣哈哈大笑，說連他也是共產黨全世界沒有不是共產黨的了，李石樵於是反問說：「全世界沒有不是共產黨，還要有共產黨嗎？」想到此不自覺在心裡笑起來。

「你想到什麼有趣的事情，說來聽聽看！」臉部表情已被陳儀發覺到什麼，正好借此找機會說話。

「突然間想起一個朋友說的話，他說台灣沒有共產黨，有的話都是演員在舞台上演的，我講給繼琨君聽，他哈哈大笑起來。」

李石樵不敢實話實說就編個故事說成舞台上的演員，沒想到陳儀的回應竟是：

「還有比這更好笑的，我曾聽說在四川時有共產黨來接觸蔡繼琨，這個共產黨竟是我陳儀，哈哈！」

「哈哈哈……」李石樵也陪著笑起來，笑得更大聲。

「國民黨如果有失敗的一天，不是共產黨打敗的，而是共產黨的演員幫忙的，所以為政者有必要冷靜，不要與身邊亂七八糟的事混在一起慌成一團，否則什麼時候什麼情形下被壞人踩在地上都不知道。不要看我每天很忙，其實我很認真在找時間使自己冷靜，才能讓腦子清醒。有時愈清醒就愈緊張，那時怎麼辦，趕快去沖冷水澡，這是我在士官學校時養成的，一輩子受用不盡。」

「對，我也沖冷水，是台北師範學校時養成的習慣，我把沖冷水澡當作一種休息，台灣的氣候潮濕最適合於冷水澡。」

說到休息，他們真的就休息了，陳儀又開始點菸斗，副官上前給李石樵遞上紙菸，他不客氣伸手抽出一根，這是他沒見過的牌子，菸盒上的圖案是一面不知是哪國的國旗，聞起來和雪茄很接近，只多看幾眼沒有詢問，這世界上的菸太多種類，問也是白問，這種在台灣市面上買不到的，當然是台灣禁售的進口香菸。

「這菸比較稀奇，你喜歡可儘量地抽，但不能讓你帶回家，被查到了是犯法的。」陳儀看到他好奇的表情，也只能鼓勵他多抽：「有些小規矩在我的公館裡算是法令的真空地帶，我可用洋菸招待客人，但也只能關起門來作，出去就壞了規矩，其實我也真不知道是哪一國的菸……」

李石樵聽了心裡為之一寒，陳儀這個人眼睛太銳利了，一點小動作都被察覺到。

中午李石樵在長官公館裡吃了一頓相當豐盛的午餐，陳儀因為有應酬不能陪他，就由夫人和他兩人同桌一起吃飯。

與夫人對坐時李石樵仔細看她的臉，這麼白的皮膚不像一般日本女人，使他想起北海道的日俄混血或是少數民族的愛奴，再看則更像滿族前朝遺下的格格，談話時為了表現自己的身分，特別使用有禮貌的傳統日本話，使李石樵在飯桌上從頭到尾感到不自在。

她說陳儀一早就交代今天畫家要在家裡午餐，這位畫家就像古代皇宮畫師地位崇高，必須以豐盛宴席招待，雖已不是封建時代，既然中國人有這樣的傳統禮俗，儘可能就得要作到，雖然是單純的一頓午餐，仍然使他感受到自己被奉為上賓。

十分令李石樵意外的是，她在吃飯時問起台灣的米粉要怎麼炒才好吃，這問題的確難倒了他，又不敢亂說，只得告訴她等回家請教家母之後，下回再來轉告，而他實在不明白何以日本女性會如此對米粉情有獨鍾；過去在東京留學時吉村芳松夫人、木下靜涯夫人，還有很多日本友人都以自己會炒台灣米粉感到自豪，而且一有機會還一再向人請教妙方。

「台灣島裡頭有各種不同的族，對不對！你知道自己是什麼族嗎？」

「我當然是漢族，祖先是從中國的福建來的，這點應該沒有疑問。」李石樵感到自己受懷疑不是漢人而微微不悅。

「我是土生土長真正日本人，我們這個族以會唱歌跳舞有名，膚色也比一般日本人白，也許腦袋不夠精明，所以在政壇上的地位很少是我們的人占有，自古我的祖先以打漁維生，認為只要小小一塊土地可以蓋房子就夠了，海洋才是一生一世要打拚的地方，『天下』這個觀念指的是海洋，不是陸地，日本天皇攻打中國目的就是搶奪土地，我們認為要攻打的是大海，天皇錯了，結果成為戰敗國，這是應得的教訓，證明我們祖先的人生觀是正確的。你說你是中國漢人的後代，希望你們不可忽視住在這裡好幾千年的原始民族的經驗，他們才知道如何在這個島上活得更和諧，如果在一百年前日本人就知道往太平洋去發展的話，現在已經是海洋的大國，不必流血去與別人爭土地。我們雖很認真學習漢文字，但漢文字對島嶼文化十分生疏。這些觀念都是我平時閱讀得來的，他不在家時我都在讀書。」

這樣的話李石樵從沒有聽說過，不知她有沒有對自己的丈夫說過！也許目前聽不進去，等有一天沒權勢兩袖清風時，對他說這些才會有效！

陳儀的誠意從滿桌子的菜可看出來，而且是夫人親自下廚作的，因為很多沒有吃過的菜，不是普通廚師能作得來，連餐盤上的擺飾和醬料也都非常新鮮悅目，是他一生中吃過難忘的一餐。

記得在東京吉村芳松家的每月一次聚會中，談到夫妻關係時，吉村先生說過這樣的話：「只看到太太就知道丈夫是怎樣一種人，因為什麼樣的男人選什麼樣的女人為妻，兩人共同生活之後互相影響，性情和為人會更加相似。」

今天陳儀也許有某程度的偽裝令人看不清楚真面目，但夫人的態度則絕對誠實的，這樣的女性是什麼樣的男人來選擇她呢！這個男人應該不會差到哪裡去吧！李石樵最後是作了這樣的結論。

飯後陳夫人陪李石樵走到畫像前，兩人一起認真審視這幅就要在今天完成的作品。

「我最欣賞的是閃亮的眼睛和勳章，站在畫前第一眼就看到，也許有人會說不夠謙遜，太誇耀，但作為他太太的我是可以接受的。」陳夫人笑咪咪地說出對畫的看法。

「說得對，我最費精神的也是眼睛和勳章，我過去都沒有這樣刻意去描繪，依賴這兩樣來決定一幅畫的成敗。」

雖然這麼說，過去他替長谷川總督畫像時其實已有過一次經驗，畫得更好也說不定。那一次他第一眼就被眼前整排勳章吸引住，大將軍的榮耀掛在胸前，沒有了這些他剩下什麼！只要把勳章畫好這畫像就告成功，從一開始他就這麼想。還有，長谷川的白色海軍制服配以白色的牆壁本已經很難借著對比來強調主題，況且勳章的光澤更要從亮光裡表現出來，白中有白亮中有亮的畫面處理對李石樵確實是一大挑戰。

兩人靜靜地面對肖像看了好一會，陳夫人想起了什麼，說：

「我不是藝術家，有一件事說出來不知道對你畫像有沒有幫助，那是很久以前還在戰爭的時候，在中國內陸一個縣政府辦公室裡，陳儀見到美國飛行員叫陳納德，來了幾個記者說要訪問又要拍照，其中一個人突然說陳儀和陳納德有什麼地方很相像，兩人都姓陳，若不是一個中國人一個美國人，就被誤認有血緣關係，至少是堂兄弟，可是在我看來一點也不相像，然後一位女記者則說出兩個人身上都有菸草薰過的香味，這一點最像，我說那是臭味不是香味，但她就喜歡，所以後來嫁給了陳納德，那時有個名稱叫『戰地情人』……我從一開始就在想，如果你能把身上菸草薰過的臭味畫出來，那就成功了，像不像倒是其次。」

這幅陳儀肖像，本來是對著照片畫的，以為草草就可以結束，很快就能領到一個大紅包，沒想到最後又安排要現場面對本人，能夠和這樣的大人物面對面一整天，當初他並未曾期待，畫過長谷川之後又畫陳儀，全台灣的畫家也只他才有這機緣，強烈的表現慾使他非把畫當作一樁重大使命不可。

陳儀是戰後的第一任長官，以後不知還有多少任要請他畫肖像，不然也一定會請別人畫，多年之後長官公署一整排肖像畫掛在牆上，看的人就有比較，所以更加馬虎不得。

畫長谷川的時候兩人爭相發揮想像力說笑話取悅對方，看誰的笑話更具男女間情趣，在李石樵心裡甚至認為是美術學校和士兵學校之間的口舌對決，即使只是黃色笑話也不能輸給他。當時就已經感受得到有使命在身，在萬人之上的總督面前也不覺得可怕，敢編造笑話，縱情哈哈大笑的勇氣，全台灣恐怕只有他一人！是此生中最感得意的。

下午陳儀匆匆回到官邸時已近三點鐘，他一進門就趕緊坐到畫像的位置，那模樣像一名遲到的小學生，坐在椅子上還擔心被老師責罰。

這時李石樵看到喝酒之後的臉帶著一絲紅光，額頭還微微冒著汗水，便趕忙拿筆調色將這難得的神色捕捉到早上已畫好的臉部，小心翼翼選用透明色彩一筆筆地加上去。

下午五點鐘時，副官跑過來在陳儀耳邊小聲提醒他什麼，李石樵抬頭看掛鐘知道可以結束了，才發覺屋裡所有的人都圍過來，輕聲耳語，用不同形容詞誇讚這幅畫有多像多傳神。

李石樵於是起立退後兩步，拿筆在手上，又再退兩步，他自己看得出這幾年畫面處理的功夫又增加不少經驗，技法更為成熟，加上今天整日在修改，已到近乎完美的程度，感到幾分意外。然而再看時，竟令他不忍看下去，因他發現從畫中傳回給他的一種艷俗的訊息，難道是他對大將軍真正的感覺！

陳儀夫婦此時正小聲商談該配什麼樣的框，然後又以更小的聲音討論該付給畫家多少「工資」，陳儀拿出舊報紙來，指出一則蔣介石參觀省展的消息，當中寫到「定購一幅李梅樹的油畫二十萬元」，依照這個標準，這幅肖像也應該是同等價錢才對，當李石樵收拾好畫具時，陳夫人拿著一個厚厚的紙袋交到他手裡來。這麼多錢提著在街上走實在不便，又令副官派好一部車等在門口護送他回家。陳儀送他走到門口，很難得見他舉手行一個軍禮，李石樵兩手提東西，只得把腰彎得更低來回禮。瞬間成了富翁的他，一路上飄飄然，即使這樣，腦子裡剛完成的陳儀肖像依然揮之不去，一而再反問自己，到底是一幅好畫還是壞畫！然後又想起畫好離開之前應該簽名才對，一時匆忙也都忘了，這時才回頭去簽名是否恰當，或過些日子由蔡繼琨陪同前來，或許根本不必簽名，有機會還得再修改也不一定。看情形再作決定吧！這同時他還得一路替司機引導回家方向，直到自家門前。

手提這麼多錢回家是這一輩子不曾有過的經驗，替高官權貴畫像賺錢的畫家就是美術史上寫的宮廷的御用畫師，有一天被寫進歷史，在現代人觀念裡尤其是美術學校學生眼中，與真正藝術家已經有一段距離了！

31 「少將樂團」裡的一隻小雞

蔡繼琨的交響樂團成立後，於正式演出之前在中山堂有兩次的彩排演練，特地邀請廖德政和陳夏雨列席從旁提供意見。他自己穿著軍服前來，因他發現有軍服在身，到中山堂借場地或辦其他任何事都很方便，久了人們都稱這個樂團為「少將樂團」。

第一次演練那天，樂團發生一件令人難忘的事情。一名年輕團員突然在中途休息時間淚流滿面，接著放聲大哭，無法控制情緒，團員怎麼勸也都沒用，手上拿一張剛接到女友的信，這一鬧令演練不能進行。蔡少將站在指揮台已好久，一再安慰都無效，又氣又急之下跑過去拔起腰間的手槍作勢對準他，說：「再哭鬧我就一槍斃掉你！」這一招果然生效，團員都嚇呆了，哭的人再也哭不出來，以後也沒見他再傷心過，團員都說「少將以手槍證明了生命比愛情可貴」，蔡繼琨成了人們口中以槍帶團的鐵血團長。

又一次，練習《藍色多瑙河》交響曲時，法國號的聲量一直達不到要求，使得他氣起來破口大罵：「簡直像chicken放屁，至少要像我這支gun這麼大聲！」說時真的拔槍朝天花板開了一槍，他的威嚇果然有效，這種以軍事教育來訓練樂團的作風傳開之後，連上海、南京都知道台灣有個「少將樂團」，謠傳他是用手槍代替指揮棒的指揮家，「七根菜」的大名也從此遠播全國。有一天他收到馬尼拉大使館寄來的剪報，是份英文報紙，刊出台灣成立交響樂團的消息，特別提到專任指揮Chi-ken Tsai是菲律賓籍音樂家，以訓練嚴格著名，有「少將樂團」之稱。才知道短短幾個月他的名聲已傳到菲律賓，成國際知名交響樂團。

廖德政從蔡繼琨那裡得來的留聲機修好之後，每隔幾天就到蔡繼琨家借唱片，從日本買進那麼多唱片，蔡繼琨自己很少有時間好好坐下來欣賞，反而每天在畫室裡作畫的廖德政得以靜下來聽音樂。後來蔡繼琨乾脆把唱片都留在廖家，日後才有人說廖德政對音樂的興趣是聽唱片養成的亦不為過，為了懷念蔡繼琨，第二個兒子出生時希望長大後走上音樂的路，便也取名「繼琨」。

在中山堂演練的那天，廖德政和陳夏雨相隨走進來，靜靜坐在最後排，聽了好一會兒，正想離開時被蔡繼琨從台上看到，趕緊走下台階跑去追回來。

兩人見蔡繼琨過來，便一起走出大門，三人就地坐在門外石欄杆上，「七根菜」開口就問：

「你們覺得蒲添生怎樣？」沒頭沒腦的問題，不知該如何回答。

「到底哪方面怎樣？」陳夏雨反問他。

「當然是雕刻。」

「……」兩個人依然不知如何回答。

「是這樣，政府成立交響樂團之後，不知是誰的建議，規定歷任團長留下一尊塑像，經陳澄波推薦由蒲添生替我塑頭像，我對他所知有限，所以來請教兩位。」

「想回答你的問題，我有點困難。」廖德政還是不知如何回答他所問。

「我比你更困難。」陳夏雨緊接著表明。

「這到底怎麼回事？」

「由你來說比較好。」陳夏雨想推給廖德政。

「我說還不如你自己說！」廖又推回去。

「好吧，那我就說了，我已宣布退出省展的評審，以後不再管省展的事……」陳夏雨終於開口，卻答非所問顧左右而言他。

「怎麼這樣，好不容易全中國我們台灣才第一個成立省展，足以當全國的模範……」蔡繼琨無法理解只有表示可惜。

「很失禮，我也實在留不下去。」

「到底怎樣，說出來聽聽！」

「省展的評審會是蒲添生和我兩人當雕塑部的評審員，可是評審當天他沒有來，我只好一個人評，第二天他來了，他有意見，就把名次重新安排……他的作風令人覺得今後再和他一起評審已不可能，不如由他自己去審，換是你也會這樣作！」

「所以夏雨兄要退出，其他評審員雖然很為難，但也找不出辦法解決，當今台灣雕塑界有資格作評審的也只有他們兩位。」廖德政作了補充，卻不幫忙規勸。

「……那我剛剛問的問題，你的回答是……」蔡最關心的還是自己的事。

「所以我就不便回答啦！」陳夏雨表示自己的難處。

「如果換夏雨來作，人家會說搶了別人生意。」廖德政解釋說：「老朋友就要說實在話，向來夏雨兄作人像當自己的作品在創作，一作不知道民國幾年才完成，可能就耽誤了你們的時間，何況這是陳澄波推薦的人，蒲添生又是這位前輩的女婿，你就照原來決定由他作吧！」

剛才還是出太陽的好天氣，就在這時候天空開始閃電，天也迅速暗下來，像是一陣大雨即將來臨，本來坐在門外的三人，為之趕緊躲回屋裡去。

蔡繼琨想起自己的工作還沒有結束，臨走之前回過頭補了一句：「你們看，剛剛還是大太陽，怎料到會有一場雷雨，天公在當我的見證人！哈哈！」

揮揮手然後以小跑步鑽進中山堂的大門而去。

32 馬克思是野獸主義

新莊鄉只有一條小街，兩頭各有一間百年的古廟，一邊祭拜媽祖，另一邊拜的是城隍爺，是台北盆地從唐山來的移民最早開發的地段，也是台北城外較大的商業區之一。這裡只有一條公路通到台北，乘公共汽車約一小時便可抵達，公路上沿途是山坡地和稻田，處處可看見小溪流，移民之初靠淡水河的船隻當交通工具與外地作交易，公路則是日據後才開通的，居民乘公共汽車由此上學上班。

李石樵在新莊已好幾代，父親以土礱間（碾米場）起家，在當地可以說是富裕家庭，自從他在國民學校以優秀成績畢業，考進台北師範學校之後，村裡已沒有人不知道他在繪畫上更有特別才華，後來赴日進修攻讀美術，在帝展接連五次入選取得免審查資格，當時台灣畫壇還無人有這樣的榮譽，他的名聲從此走出小小的新莊街，近年已有了全島性的聲望，此時他才四十出頭的壯年。

今天早上來了一位外省人，和他在畫室裡聊天，兩人各說各話，比手畫腳又拿筆寫寫，不斷地有笑聲，看來談得相當愉快。近中午時來客出門離去，不到十分鐘又來了訪客，是個不相識的福州人，雖然說的也是台灣話，卻帶很濃的腔調，來時直接走進李石樵的畫室，李石樵以為剛才的客人遺忘了什麼轉身回來，一看是個陌生人，穿的一身洗過上百次的舊中山裝，一副寒酸相小心翼翼靠在牆邊。

「老兄，早上有個外人來作客是不是？」聲音很尖不像一個成年男子，在台灣通常說那是「轉大人」沒轉過來，且口音明明是福州人卻學北方人稱「老兄」。

「什麼？北京話聽不懂。」李石樵用台語表示無法溝通。

來人這才改用台語：「剛剛你不是才和那外省人談過話嗎？」

「是呀！但是我們用寫的，不是用談！」

李石樵已看那人不是什麼善類，可以肯定是三腳貓之類的嚇不倒人，膽子略為壯大，說話也開始調皮，尤其前不久才替陳儀畫過像，更加有恃無恐。

「那你們寫了什麼？在哪裡？」那人追問。

李石樵後悔不該說寫，趕快改口：

「他寫在自己的筆記上，帶走了。」

「帶走了！那麼你用說的，告訴我好了。」

「他說，他說不喜歡印象派……」的確他們剛剛是在討論印象派。

「印象派！什麼呀！是什麼人？」

「想知道就自己去讀書比較快，我又不是老師。」

「然後呢？」

「他說繼春的oil painting只有日本人喜歡。」

李石樵看到他拿筆記錄，便有意露出幾個英語為難他。

「什麼？你再說一遍。」

「繼春的oil painting，日本人喜歡。」

「還有呢？」

「要我不可以學『麻吉絲』，那是害人的野獸主義。」

「什麼斯，不是馬克思吧？他是什麼主義？」

「我不知道是什麼主義，他說會害人，叫我不要學。」

「他真這麼說？」

「真的。」

「他怎麼知道？」

「你自己去問比較清楚。」

「他叫黃榮燦，是不是？」

「是。你已經知道還問我！」

「然後又說什麼？」

「他還說野獸派不好。」

「那什麼才好？」

「他沒說。」

「他還說什麼不好？」

「立體派也不好。」

「這個不好，那個不好，他要幹什麼？」

「他只是來聊一聊，看我畫的畫。」

「為什麼那麼遠跑來聊一聊，打的是什麼壞主意？」

「他是記者在跑新聞。」

「什麼報的？」

「是《掃蕩報》。」

「我是來保護你的，要老實說，然後又問了什麼？」

「陳儀叫我去畫過像，他來問我畫得怎樣。」

「陳儀！是我們陳儀長官嗎？」

「當然。」

「他，他叫你去畫像？沒騙我？」

「為什麼要騙你，不信你可以去問他。」

「我去問他！說什麼笑話……」

「請問你尊姓大名？」這時李石樵終於有膽量反過來問他。

「小姓姓邱，是負責安全的，請多多包涵。」

「你問的這個人有什麼問題嗎？」

「沒什麼，只是過來了解，不多打擾，那我走了。」說完轉身走出去，在李石樵看來等於是夾著尾巴落跑的一條小狗。

幾天後李石樵在日治時代的教育會館前遇到黃榮燦，看樣子像是趕路要到哪裡辦事，為了爭取時間，李石樵自動陪伴往他要去的方向快步走，這樣可以邊走邊說話，又可以借此運動身體。

他們一起穿過植物園，再經小南門和專賣局，沿路只聽李石樵說個沒停，卻不知道不靠筆談黃榮燦究竟聽懂多少，只見李石樵像打了一次勝仗顯得那麼得意。不論如何黃榮燦至少聽明白那天他走了之後，就有人前來問東問西，被李石樵耍弄了一番，同時也要他警惕，小心自身安全。

兩人直走到中山堂，黃榮燦要辦的事情就在這附近，這才分開各走各的。

衡陽街上有一家新開的冰淇淋店，裝潢十分高雅，幾天前和呂赫若等來過一次，樓上曾經是日本人開的書店，老闆回國之後留下很多舊書，內行人路過時會順便上樓看書，這幾年沒機會去日本，只有到這裡隨便翻翻，有時也買一本回家。

沒想到一上樓就看見陳清汾和友人站在窗前交談，對方正好朝他看過來，便招手要他過去：

「你來得正好，這位張先生是這裡的老闆！我們正商量為我出版一本書，他建議如果增加插圖就更有看頭。」他這一說，令李石樵有些驚訝，什麼時候聽說他寫過文章，突然要出書，簡直難以相信，於是問他：

「是什麼樣的書，可否說來聽聽！」

「我的思想。」陳清汾直接了當就把書名說出來。不管是誰聽了一定說這時候出這樣的書無非自找麻煩！

「『我的思想』？應該改成『我沒有思想』才對吧！」

「你知道當年希特勒寫過《我的奮鬥》，翻譯成法文叫『mon combat』讀後頗有所感，我是個只用腦筋想而不動手去作的人，所以表達個人的人生觀，人家是要奮鬥而我只想一想就滿足了，剛才和張老闆商討時，他也很贊成我的哲學，建議加一些圖畫會更吸引人，也才不會被誤會裡頭寫的是那種思想，你覺得如何？畫方面請你一定要相挺。」

「畫什麼都可以，等你們先商量好，再讓我知道。」李石樵在心裡已打好算盤要把這差事介紹給黃榮燦，以木刻版畫去配他的文字才更合適，也讓他借此賺到點外快，算是兩邊都幫到忙。

書店裡現在已剩下不到三分之二的書，這當中日文書只占一半，其餘的是上海運過來的中學教科書和升學參考書，然而令他大為驚喜的是日本新出的藝術新潮和美術手帖，出刊日期都在今年初，這等於是東京畫壇最新資訊，順手拿了幾本就準備到櫃台付帳，未料售價是將原訂價格乘以二，然後再折算台幣，使得他站在櫃台前買也不是不買也不是，好久掏不出錢來。

「買什麼書？找到你要的書沒有？」

陳清汾走來，看他站著不動，覺得似有什麼不對。

「現在的書貴到這樣，真嚇死人。」

「沒有辦法，現在什麼都貴，你去買米就知道，已經比光復初期漲了不只十倍。」張老闆特地過來說明。

被他這麼一說，李石樵覺得再不買就太見外了。其實不久前才進一筆鉅款，應該是最富有的人，過去節省慣了，一下子要他從口袋裡多拿點錢來，還是覺得心疼。

把書拿到手上像寶一樣小心翼翼捧著，和陳清汾兩人一起走下樓去。

「怎樣，進去吃點什麼吧！」陳清汾約他，表示要請客。本來李石樵就有這意思，即使對方不請，他也會開口。

坐下來後，李石樵等不及問道：

「你寫的是什麼思想呀？快說來聽聽。」

「胡思亂想，就像恆春民謠〈思相枝〉！」陳清汾調皮地笑起來，今天談成出書的事，心裡實在很樂。

「這也值得出版，你腦子裡到底怎麼想的？不知你的文章寫給誰看。」

「書是出版了就有，不出版就沒有，這世界上多一本書，不是很好的事情嗎？尤其是在台灣，在這個時候。」

「對了，猜不透你能用什麼文字寫書，日文已經不流行了。」

「我用日文、法文、英文和中文，雜在一起，這種書主要是送給朋友看的，留給子孫看也可以，拿去書店裡恐怕不會有人買，所以我剛才和張老闆談的就是出版後我該買幾本他才不吃虧。」

「所以還想由我附送幾幅畫當插圖，張老闆真是生意人！」

「插圖你一定要幫忙，現在我告訴你書裡面寫的是什麼，讓你回家想一想應該畫什麼。」

「也許我可以多找幾個人畫，替你熱鬧一點。」

「隨便你，我這本書多半是巴黎時候寫的，張老闆讀了認為我的文筆一流，連日本人都很少能寫得出來，不出書實在可惜。他真的是這麼說！」

「你不怕思想出了問題！」李石樵警告他，因他幾天前才遇到中山裝的人來查問，對「思想」兩個字特別敏感。

「起初我也不敢擺明叫什麼思想，後來聽蔡繼琨說，陳儀有意想請台灣畫家吃飯，我想可以在那天把書簽了名送給他先讀，連他都讀過了，當然思想就沒有問題，不是嗎？」

「這更奇怪，陳儀怎麼會突發奇想請畫家吃飯，其他文學家、音樂家是不是也都請？特別奇怪的是你要把思想贈送給他，這年頭什麼事都可能發生！」

「我沒有問那麼詳細，只聽七根菜說，有一天他收到一本《台北文物》，有篇文章寫到台灣的第四任總督兒玉源太郎在台北南菜園宴請台灣詩人吟詩作對，博得佳評，他就想學人家請畫家過去吃頓飯，飯後每人即興畫一幅畫送他，消息放出去又可收攬民心，我說這個人不是大政治家，就是個大騙子，每作一件事就想名利雙收。贈送給他一本著作，兩人結了緣，他就是我的護身符，這本書出版後有誰敢查禁！」

「你也真聰明，比陳儀更聰明，現在就請說說看，裡面寫些什麼？」

「我來講給你聽，第一章寫的是出國第一階段，從橫濱乘船在大海航行中，獨自坐在甲板上亂想，晚上就記錄下來，加一些船上旅客的描寫，第一趟出國門，一切都新鮮，感受特別多。第二章是巴黎大學文學院聽課的筆記，其實也只聽懂三分之一，反而有想像空間，讓我可以亂寫，這是最精彩的部分。第三章是在巴黎街頭、咖啡館、墳場公園和旅行中所遇到各式各樣的人，把交談內容寫下來，加上自己腦子裡想的，很刺激，你一定喜歡。第四章寫我對各國女郎的看法，結婚之後新的經驗是後加上去的，最有可讀性。第五章是我出外寫生時，畫不出來就用寫的，由文字來表達，那時我覺得自己簡直不是畫家，怎能讓鋼筆去取代彩筆，內心矛盾全都流露在文章裡，只有這一章能代表這本書的作者還是個畫家。第六章是從歐洲回日本的船上寫的，那一陣子我很會作夢，醒來之後趕緊記下來，包括這些年國外生活的反省，可以說是自我的檢討。最近為了出書又重新整理，加了很多中文，不知道通不通，反正就這樣寫上去，也不管讀者懂多少，若有插畫便可幫助了解又能增加趣味性，這本書應該不錯才對。所以希望你幫這個忙，至少提供十張插畫，你再介紹其他友人來支援，為我們這一代畫家留下紀錄，你說對不對！」

「聽你這麼說，插畫的工作已非我不可，我還可介紹一個朋友黃榮燦，他的木刻版畫一定更適合你這本書。」

李石樵開始有了興趣，更積極表示願找人一起作。

「黃榮燦我認識，我的思想不知道他看不看得上眼！只要他肯，我可花時間把內容說給他聽，但不可勉強。」

「外省人對畫的看法和我們不一樣，甚至可以說他們只懂古畫，不懂西方學院的繪畫。至於黃榮燦，此人對人比對畫還更熱心，是有理想的年青人，他的理想不是想當畫家，但也算是美術界的人，我實在找不到一個名稱可以稱他這樣的人，我和他聊過，我們語言勉強可以溝通。」李石樵說。

「你認為他的木刻版畫和我的文章配得起來？」

「他和你面對面也許談不來，但把畫和文章擺在一起，我敢說一定很相配。」李石樵露出笑容，覺得把陳清汾和黃榮燦這兩種人放在一起簡直是絕配，想到此心裡愈加感到得意。

33

「我的思想」電台廣播

因李石樵的推薦使陳清汾和黃榮燦相約在新公園內的台灣廣播電台樓下休息室會面，正巧陳清汾託三省堂從日本買的書也剛寄到，通知他前來領取，書店就在新公園大門出去不到一百公尺。而黃榮燦從中午就主持一個叫「美麗人生」的節目，所以陳清汾拿了他的書之後就直接到電台赴約。

正當他坐在接客室打開剛買的新書翻閱時，覺得門外有人探頭，他只瞄了一眼，覺得不是熟人就沒有再理他，接著聽到那人講話聲音十分熟悉，不知在哪裡聽過，講的是節目內容大要，頗令陳清汾感到興趣，再度抬起頭來，這才看清他就是在永樂座演過一齣話劇叫《壁》的男主角，取個很特別的藝名叫宋非我，聽過都不會忘記。模樣尤其性格，濃濃的眉毛清楚在臉上畫出「八」字，鼻子下方的是仁丹鬍，在台灣很少人有這種造型，雖然身材細長，由於兩腿短，走路手上拿根拐杖像極了電影裡的卓別林。他的聲音有如從牙齒縫中吹出來的氣，想必經過一番自我鍛鍊，發出來的每個字竟能如此清楚，若不是看到他本人，會以為說話的是教堂裡講道的牧師。

當他把視線停留在那人臉上時，對方露出笑容走了過來。

「剛才看到你在三省堂，出來之後沒想到我們就走同一條路，我跟在你後面走進電台的門……你就是大稻埕陳清汾？」

大稻埕誰不認識宋非我，他十分自信不用自我介紹，就過來與人交談。

聽對方說出自己名字令陳清汾有幾分意外，反而笑不出來：

「正是，出了三省堂一路走來，沒注意到有誰跟著我走，否則一定認出你宋非我兄。」說完又低頭看他自己的書。

但，宋非我已從旁拉來一張椅子，隔著長桌坐在他面前：

「你在電台也有節目嗎？」宋非我把臉靠上前來問他。

「不，只是來見一個人，他……」

沒等說完，黃榮燦已從樓梯口大聲在喊他：

「抱歉，抱歉，抱歉……讓你久等，我們就上樓吧！」上了樓在小房間裡，然後關上門才聽黃榮燦說：

「這裡是避風港……」

雖然聽懂他說的「避風港」，卻不知所指的是什麼。

「剛才那人你認識？不認識才更好，他是風頭人物，所以才特地替你找個避風港。」

他的話還是聽不懂，但大意已經知道，就回答說：

「他找我談話，我還沒說話，你就來叫我……」

「幸好，幸好我來，他不好……」接下來說的，陳清汾沒有聽懂，但猜得出不是好話，那人也一定不是黃榮燦的朋友。便拿起筆在紙上橫著寫下「生人」，移到對方面前。

「人生？對對，也是一種人生！」接著說：「你來得正好，接下來是我的節目，就讓我給你作訪談，我們談這次的省展如何？」

順手在一張紙上寫下「訪談」和「省展」。

「我說的你不懂，你說的我不懂，不好，不好！」陳清汾乾脆以台語回答他。

「你講你的話，我講我的話，而且我還可以在紙上寫，沒關係，試試就知道了。」

看來黃榮燦有十足信心，雖然是直播，他則絲毫沒有顧慮，不過，還是先在白紙寫上幾條大要，交給陳清汾。

黃榮燦每隔一天在台灣廣播電台都有主持，今天為了配合陳清汾的畫家身分，特地將星期五的「美麗台灣」提前兩天播出，在播音室裡，工作人員已經開始播放音樂，一位小姐端來熱茶放在桌前，兩人各自就位，黃榮燦便以熟練的語調向全島聽眾問安，接著又介紹訪問對象。才到台灣沒多久，本地擴音員的習慣用語也都學會用來穿插在每一句裡，這樣讓在地人聽來親切許多。

訪問時桌上一疊信紙，隨時把所問的大要寫出來，移到陳清汾桌前，一來一往之後，逐漸發現黃榮燦的語氣雖然溫和，臉上也一直帶笑容，但是用語卻極嚴肅，甚至感覺出這個人深藏的嚴苛性格。

談到省展時，訪問者的他反而比受訪者有更多意見，終於察覺不過是利用陳清汾來說他想說的話。

「……今天全台灣沒有誰能比你更有資格談省展，因為你在巴黎參加過法國沙龍的展出，在東京也看過每年一回的帝展，加上過去殖民時代所辦的台展和府展，現在又是省展的評審委員，不過，如果現在要你針對省展說出內心的話而有所批判，或許你會心軟，不忍把話說得太直接，相較之下，以我的立場就客觀多了，看過這一屆省展的聽眾朋友一定有一種感慨，覺得台灣雖然光復了，但台灣美術仍然沒有光復，省展表現出來的和過去殖民時代的府展並無兩樣，這證明台灣美術沒有因為政治上的光復而和祖國美術有接軌的跡象，更看不出台灣與祖國文化逐步地在合流，甚至有人說台灣美術依舊是東京畫壇的延續，這是多麼傷感的事！在台展期間，台灣畫家沒有人受聘出任評審委員而感到憤憤不平，可是省展裡竟沒有考慮到在台外省畫家沒有受聘時心裡頭怎麼想，難道他們全都沒有資格出任評審嗎？省展是外省畫家來台之後唯一可以與本地畫家共事的場合，若連這一點點機會都不肯給，同胞之情何在！藝術家的胸懷何在！對不起，也許我說多了，但所說的都是真話。藝術是眾人的藝術，不可讓少數人占為私有；藝術更是無國界的，不可因國度而分你我，藝術亦不該有階級，說什麼是貴族的，什麼是平民的，美的東西任何人都可以欣賞。不過話又說回來，中國美術和日本美術絕對不一樣，這一點台灣同胞一定要認清楚。還有沙龍美術，學院美術絕對不是人民大眾的美術，所以作為藝術家一定要有自覺。今天人人都在講三民主義的新台灣，唯獨在美術的表現無法與所喊的口號互相呼應，是我們藝術家的失職。所以我們必須提出來，誠懇地向全台灣美術界朋友說，殖民時代已經過去，要從仿效帝展以日本美術為範本的台灣美術覺醒，這是我個人的淺見，不知陳先生您的看法？我們的電台是公開的，接受各方不同的見解，台灣同胞回歸祖國已經有相當時日，但還有人只說日本話而不說國語，實在令人遺憾，由於語言溝通受阻，對中華文化的了解，不但緩慢，而且經常發生誤解……我們請美術大師陳清汾先生告訴我們，甚至以最嚴厲的尺度檢視這一屆的省展。說到省展，我們不得不問，為什麼作品題材總是些桌上的花瓶，戶外的景物，窗前的仕女，這些不關痛癢，甚至無病呻吟的畫面，難道這才是他們內心想表現的，為什麼不能以宏觀的角度去描繪我們的生活周遭，台灣歸屬日本五十年，為什麼不能把異族統治下身受的苦難表達出來，難道台灣的現實只是這些而沒有過去的記憶！當然不是，所以我們認為台灣畫家太溫順太含蓄，把五十年的委屈藏在心裡不敢吐露，這絕對不是作為藝術家應該有的態度，你們說對不對！也許我說得太多了，請大家想想看，如果我不說，那我來到電台每天對著麥克風又有什麼意義！現在我們就請陳清汾先生來表達他內心的話，不論是針對省展還是光復以來所看到的，請說出來，在這裡可無所不談，談無不盡，讓全島聽眾共同分享。不過我要提醒一點，日本帝國主義者已經投降，日本文化可以拿來批判，但並非一無是處，譬如魯迅先生當年在上海提倡創作木刻版畫之初，聘來內山嘉吉先生擔任指導，內山本人就是日本小學的教員，後來木刻版畫在中國抗戰期間廣泛發揮了宣傳作用，內山這個人功不可沒，戰後我們到台灣來，反而看不到從事木刻的台灣畫家，不僅如此，還常聽到輕視木刻版畫的言論，在省展中看不到版畫部的設置，反而在國畫部裡出現的多半是日本的東洋畫，這證明日本美術在省展中陰魂不散。因此之故，許多朋友和我一樣心裡都很急，這個問題我們希望陳清汾先生肯放在心上多加思考，帶回去和本島畫家一起反省。我們所以批評，目的只有一個，就是要台灣美術更加蓬勃！好，接下來我們就請陳先生來回應，時間……哇，只有三分鐘，沒關係，問題是永遠討論不完的，我們隨時隨地只要有機會，都可以討論，好，請說……」

「我是說……」由於好久沒開口，一下子不知從何說起，隔了好幾秒鐘，才把要說的話重新整理，陳清汾以自己的母話發言：

「台灣能夠光復是我們全體同胞所期待的，有人從省展中指出某些作品受日本的影響，其實日本也受中國的影響，從隋唐以來就派留學生來中國，所以才有大化革新，改變了日本，文化的改變不是一年兩年可以達成，美術當然一樣需要時間培養，文化的批評如果沒有長期慢慢去觀察，所看到的只是現象而不是內容，我們都是知識分子，隨便見到一種現象就斷言，是非常幼稚的。外省畫家到台灣來，我們只看到他們的木刻版畫，但他們在批評油畫。省展中設立國畫部，而展出的多是從日本學來的東洋畫，受到了批評，請問如果因為沒有人會畫國畫而不設國畫部，外省人會怎麼說？如果在省展中成立東洋畫部，外省人會接受嗎？台展以來已經認定摹寫古代畫風的作品因為沒有創意，一定要落選，台灣省展的國畫如果讓仿古的水墨畫都入選，對省展才造成最大傷害，其實畫只有好畫和壞畫，而不必加上國籍，說它是什麼畫，我們還是希望來台外省畫家多多指教，彼此經常有交流的機會，我們都非常感激！」說到此，陳清汾不自覺在桌前深深低下頭向看不見的聽眾敬禮致意。轉頭看黃榮燦時，發現他的笑臉依舊，瞇著的雙眼已沒有像原先親切，陳清汾已感覺出自己的一番話可能令人不悅，於是沒有再繼續說下去。

「謝謝陳先生來這裡接受訪問……」由於時間已過，他很快把該說的話說完，伸手過來與陳清汾相握，他的手冷冷的，正反映他這時的心情。

陳清汾起立時看到桌上茶杯，真想拿來喝一口，他的手伸出來不知何故又縮回去。不知是誰把門打開，有人在門外向黃榮燦招手，他只對陳清汾說聲「再會」就走了出去。

下樓梯時看見宋非我還坐在他原來的位子上，舉手在向他招呼。

「坐，坐，坐……剛剛講的話我從頭到尾都聽了，說得好，我完全同意你，佩服你，台灣就是需要你這種人……」

「多謝，多謝，全場都是訪問的人自己在講，我只回應幾句，都是應該說的話，沒想到你會坐在這裡從頭聽到尾。」

陳清汾本來已準備走出大門，就停下來應酬幾句。

「是他請你來作訪問的嗎？」宋非我問。

「不，是為了別的事才來，現在沒有事了。」陳清汾知道黃榮燦已有些不悅，雙方想法既然不同，插圖的事就不必再提了。

「走，我們一起走吧！」也不管對方去哪裡，宋非我只想離開，他已經在這裡坐太久了。

兩人走在公園綠蔭道上，迎面走來的過路人對宋非我長相很好奇，從老遠就一直盯著他看，有人早認出他是電台講故事作獨口秀的宋非我，從他口中說出那麼多諷刺社會的笑話，任何人看到他的臉自然就想笑。

「他沒送你出來，大概你說的話令他不高興了！」宋非我想打探什麼，所以才這麼問。見對方沒有回答，便又繼續說下去：「他也不喜歡我，你該看出來，前一陣子訪問過我，本來打算要作三次，只一次就翻臉了，見面就像見到空氣，他沒看到我，我也沒看到他。」

陳清汾仍然沒說話，但對方不讓場面太沉默：「說北京話我也可以說，但就是不願意，他不高興，是他家的事……這就是立場啦，處在對立的立場，統治者和被統治者，如何溝通得來，若有辦法溝通天下早就太平了。」

「過去還一直有人認為他屬左派陣營的文人，如今不知你對他的看法怎樣？」陳清汾忍不住終於開口。

「有一種錯誤看法，把刻木刻的歸類到左翼裡，右派政府就利用這一點，讓刻木刻的人混進左派，專門搜集些真真假假的情報，造成人人自危，也替政府製造許多不必要的敵人，你看好啦，將來有一天國民政府倒台，這些人才是功勞者。你們藝術界多半不管事，我是圈外人多少能了解你們心中無奈。」

「你在電台裡有自己的時段可以發言，現在認識你，以後會經常聽你播出的節目。就這樣，大家後會有期！」

「我的話你能聽進去，那是最好……」話沒說完人已經走開，接下來又說了什麼，陳清汾根本聽不到，只見他嘴裡還一直在講，這種人早已習慣對看不見的聽眾說話。

他轉身往省立博物館前的大門走出公園，門前就是館前街，可直通台北車站，這時外面小學生正在遊街，圍觀的人潮十分熱鬧，不知為了慶祝什麼，想當年他那一代也像今天這樣遊行過，才沒有多久的事，今已成了另一個國家的國民，用另一種語言唱歌，只有孩子們天真笑容和當年的自己絲毫沒兩樣，日治時代的小學生穿制服，帽子上有帽徽，一眼就看出是哪個學校，現在這規定沒了，須從隊伍前頭的一面校旗來辨認。他很希望看到母校太平國民學校現在就出現眼前，為此在門口大樹下站了好一會，經過的都是萬華地區的老松、福星、西門、興雅……隊伍來到博物館前由老師帶領喊「中華民國萬歲」之類的口號，孩子嘻嘻哈哈顯然對這新的國家還十分陌生，他自信當年喊「大日本帝國萬歲」時比眼前的小孩更有精神。隊伍從衡陽街走來，到了博物館前朝台北站方向左轉之前暫時停下來喊幾句口號，又在老師指揮下，此起彼落齊聲唱歌，手上拿著紙作的國旗隨著節奏上下揮動。他邊看著邊尋找眼前所見與當年作小學生時有什麼不同，「一切都改變了！」但哪裡變了呢，實在也說不出來，不管「中華民國萬歲」還是「大日本帝國萬歲」，多麼遙遠的國度，大聲喊難道就會被喊到身邊來！

又再想起黃榮燦，記得在省展籌備會後的餐會上，全桌的人都拿他在討論，王白淵說外省人圈子裡一直傳言他有「某單位」的身分，為了小心起見凡事都不想讓他參與。這說法楊三郎很不贊同，一口咬定他是紅色的，引來陳逸松一頓訓話，他以學法律的專業指出：「來台外省人都說他讀過馬克思，但有誰敢說自己讀懂《資本論》，誰有資格說自己是什麼思想，也許當中什麼人入了黨，但思想幼稚得可笑，中國共產黨的共產革命是不可能成功的，所謂革命成功必須無產階級取得政權，把革命理念徹底實現，才能說是成功了。同樣的國民黨雖然從滿清奪得政權，換國號叫中華民國，但孫文臨死前在遺囑上說革命尚未成功，只要我們認清楚光復的意義，台灣人只有說台灣尚未光復，因此凡我同志必須努力……」

陳逸松出身東京帝大，回台後從事律師工作，以文化人自許，說話誇大，作風臭屁，經常因小事引發爭論，但那回竟沒有人來反駁，反令他有幾分意外。

關於黃榮燦身分，他肯定知道一些，那天他的話裡最有道理的是對某些人直接點出「會叫的狗不會咬人」，沒資格成為革命家，但黃榮燦就不一定啦！此人不單純，性格有好幾面，未知將來是哪一面在引導他的人生，是禍是福還很難說，卻又說此人一點也不可愛，但見過之後令人久久難忘。

本來陳清汾是因李石樵介紹來找黃榮燦為新書畫插圖，未料到廣播電台後，什麼也沒談就關在播音室裡接受採訪，更氣人的是只聽採訪者說話，自己與全島聽眾一起聆聽黃榮燦針對省展大發高見。直到最後才允許他簡單說幾句話。

幾天後陳清汾會見李石樵，李石樵已聽到黃榮燦的訪問節目，見面第一句話就說：「那天你上電台，我就覺有點奇怪，又聽你們對話愈感不對，還不如宋非我的節目……」

「王白淵常說台灣人不可放棄自己的發言權，而我那天坐在播音室裡只說那麼幾句話，等於自動放棄權利，愈想愈不對！直到今天還很自責。」

「那麼，插圖呢？不請黃榮燦畫啦？」

「找不對人，畫出來的東西要也不是不要也不是，才真正麻煩，你懂我的意思嗎？」陳清汾說。

「我是介紹人，真是過意不去。只好由我來畫，應該信得過。」

陳清汾聽他這麼說，便從皮包裡取出幾個大信封，裡面全是他寫的原稿紙。

李石樵隨便打開一個信封，看到稿紙上寫的密密麻麻的文字，簡直是鬼畫符，一時連話都說不出來。

「我在文章裡畫紅線，就在有紅線的地方讀一讀，便可以了。」

原來陳清汾已事先想得很周全，令李石樵如釋重負，開始有了笑容，便說：

「我只答應二十張圖，其他的你自己想辦法。」

「這當然，我也答應以兩打德國啤酒當酬勞，現在已經準備好在我的床底下等你。」

兩人一起走到延平北路三段的一家冰菓店，這裡日本時代是有名的「光」冰淇淋，當年座無虛席的盛況今已不再，兩人進來後坐了好一會才見有人過來招呼。

室內的裝潢和當年絲毫未變，連桌椅也一樣是舊式造型的木質傢俱。一坐下李石樵急於翻閱文稿，開始他的工作，抽出附在信紙下方的幾張白紙，就用鉛筆把腦子裡出現的圖樣為插圖打草稿，手法迅速敏捷而熟練，看得出他是個隨時隨地手不離速寫簿的畫家。

突然間，不知道讀到什麼，用筆在稿紙上畫了幾個圈圈，接著便笑出聲來。

「這一段很有意思，被你看出中國來的畫家和當年日本畫家之間存在這樣的差別！」

「是哪一段寫的？我經常把這兩批來台的外地畫家捉來比照一番，當作是一種笑談。」其實已知道指的是哪段話，他故意這麼問。

「我也常比較，沒想到你會這樣來看他們，這是你特有的眼力。」

「第一次和外省畫家在中山堂短短一個多小時聚會，回來就在速寫簿寫出一大堆感想，那次你也在場。」

「在手稿裡我讀到的是你拿年齡來作比較，說我們這一代都在一九〇〇年代前後出生，而來台的日本畫家石川、塩月、木下、鄉原等約大我們二十歲，是老師也是長輩，有相當的身分和修養，藝術成就足以服人；一九四五年他們都走了，前來的中國畫家和我們在年齡上相差不遠，真正能畫好油畫的幾乎找不出一個來，他們卻替代了日本畫家的地位來指導台灣畫家。」

「現在日本人剛走，有很多人在他們背後追著罵，連王白淵的文章裡也經常在罵，不過我認為再過五十年，日本在台畫家會受到台灣美術界的肯定，你等著看，相信我們都能活到那一天。」陳清汾說。

「對，你寫到了這一點，所以你寫的是一本美術前途的預言，多印一些送給各地朋友，也寄給日本人看，更要給開明派的外省人看。」

「如果你能將整本書讀完就請寫一篇介紹文章，寄到《台灣文化》或《新新》，讓人知道有這本書。」

「好吧！相信這是戰後最有代表性的好書，我會出最大的力幫你的忙，包括畫圖和寫序。」

「這本書寫的是這一代人站在自己的時間點上放眼看台灣，如果我們不發言就沒有誰能代表這一代人說話！」

兩人走出冰店後，李石樵往圓環方向去搭公車回新莊，陳清汾往北走，到了民生路然後左轉，他家就在淡水河邊第七水門附近的一棟古老高雅的洋房，門前掛著「錦記茶行」四個字，他父親陳天來在大稻埕人心目中，和李春生、辜顯榮齊名，是本世紀台北的三大豪宅，日治時代在地方上傳聞的三大公子為陳清汾、李超然和辜振甫，從前這三家人只要走在街上就引來羨慕眼光目迎目送，終戰後誰也不管誰，陳清汾回家路上已不再有人多看他一眼。每次友人當他面提到「三大公子」，他會開口釐清，說：「辜家是靠日本人起家，李家是靠英國人賺錢，我們陳家靠全球華人建立家業。」說是這麼說，聽的人還是有自己的評斷。

34 發現台灣女神像

離開廣播電台後，黃榮燦匆忙穿過新公園來到牯嶺街，希望在舊書店裡找到一兩本與美術相關的書，他聽說在台展期間每年編印了一冊精裝的圖錄，在台北舊書店裡可能買得到。又有人告訴他，在舊的教育會館藏書室裡及今還存有一些，因目前正在整修，許多好東西被當廢棄物丟置門外，不妨過去找找看，或能撿到寶也說不定，所以決定先到教育會館去看看。

教育會館位在離建國中學不遠的丁字街口，是棟雅緻的洋式樓房，聽說過去幾屆的台展都在這地方舉行，走近時聽到整修中工人敲打的聲音，首先吸引他注意的是十來根雕工相當精巧的木柱，這麼美的裝飾圖案就這樣丟棄，雖覺得可惜但也無能為力，何況來這裡的目的是圖書，便又往裡面繼續走去。

這時樓梯口有人喊「黃先生！」正對他揮手，是一家報社的記者，曾經以不怎麼流利的國語交談過，一時想不起名字來。

「沒想到你也趕來了！我問過工人，問不出什麼來。」對方走過來時第一句話就這麼說，好像也是來找台展圖錄的。

「你知道在哪裡嗎？應該在樓上或者是地下室……」

「不，是在進門就能看到的地方，過去我每回台展都來，就在這附近，希望沒有被拆掉運走……」

「拆掉！你說什麼被拆掉？」黃榮燦發現有些不對。

「就是你找的那個雕像呀。」

「雕像，什麼雕像？」

「我們都稱她是台灣的威納斯，當年從日本運回來的黃土水作品，一直都在這裡，現在不見了，報社要我來採訪，難道你不是為這個來的？」

這時黃榮燦從「難道你不是」想起一個人，就是在某次記者會上發言的藍運登。

「現在我才想起來，您就是《民聲報》的藍先生。」

「是的，那麼你要採訪的是什麼，難道你在找什麼檔案？」

「不，我是來找台展圖錄，不過你要找的才更重要，剛才你說什麼台灣的威納斯，那就繼續再找，一定要找出來！」

「就在這一帶，難道是被誰先一步取走了？」

眼前高高堆起的木板、水泥、磚瓦和石塊，說不定就埋在這底層，單憑兩人的力氣把上面的雜物清除，恐怕一時之間作不來。

黃榮燦想起正在工作的幾名工人，就走過去，但沒人聽懂他的話，以為是管理員來交代什麼，只顧點頭稱是想應付過去，藍運登聽出其中有說客語的，趕緊過去以客家話表明來意，要他們協助，對方一聽馬上想起前幾天第一個拆下來放倒在地板上的就是那裸女石雕。

模樣像是工頭的中年高個子，把手一揮喚來兩名年輕工人，很快就將一堆雜物七手八腳搬開，藍運登是個謹慎的人，在一邊不斷出聲提醒，不可讓裡面的石雕受到損壞。

終於工人的手碰觸到大理石像光滑的一面，黃榮燦等也同時發覺這應該就是石像的某一部分，心情更加緊張起來，就好像考古學家挖到了千年遺址中的寶物，他比誰都興奮，便伏身趴在地上，想救出壓在裡面的活人一般，近傍的人都聽得見他急促的呼吸，幾個人終於合力將「威納斯」雕像矗立起來。

「你沒有說錯嗎？這會是台灣本地雕刻家的作品！令人難以相信！」

藍運登只顧用手拍落石像身上的灰泥，無心回答。

「這應該是日本女子的身材才對，不管誰看了都會說是日本雕刻家所雕的，竟然是台灣人的作品……要先找出作者的簽名我才相信，是什麼時代所作，若是台灣雕刻家，那真不簡單……對我是一個新發現！」

黃榮燦把心裡想的說出來，藍運登是沒有聽到，還是不想理會，只一意用手在清除塵灰，心裡一直盤算著，如果他們要把石像丟棄，該如何找個地方保存，將來的人一定會當國寶來看待。

首先想到的是自己的報社，可是一個早晚要關門的報紙哪有可能作長遠之計來保存藝術品，接著就想到市長游彌堅，向來對文化藝術如此關心，至少可以在市政府找個地方寄存，抱著相當把握的心跑出去打公共電話，因中午時間辦公室裡沒有人來接電話，臨時一急又想到台中市政府，翻開手邊電話簿，找到的不是市長而是議會的議長徐灶生，他的女婿張鴻標是外科醫師，平時與畫界友人交遊，結伴外出寫生，學生時代油畫亦參加過府展，就撥電話到議會，好半天才有人告訴他議長目前在台北的公司，這使他想起來，議長在各城市設有運送行叫金生運輸公司，何不請他派部卡車前來，先將這尊石雕運走，找個地方保存，將來再拿出來歸還公家。

電話一打就通，且是徐灶生親自接聽，此人動作極快，說作就作，不到半小時卡車已經開到門前。

徐灶生跳下車看到圍著一群人對出土女神品頭論足，老議長一來便有人開玩笑說：

「卡車到了，把卡車當新娘車，來抱回家去作小姨……」

「這種肉感女人，在台北到哪裡找？好好觀賞，想摸就伸手過來！」

「要摸就快點，搬走了想摸就沒有了……」

「手伸長一點你怕什麼呢！不敢摸，就讓我來代你摸。」

這時黃榮燦終於在石像的左下方找到了作者名字「黃土水」。

「果然是台灣人，那麼早就有傑出的雕刻家，真想不到！我還是不敢相信，運走之後要好好保存，過些日子我要去你那裡再看個仔細……不管怎樣，我們總算救了一件寶貴藝術品。」

石像運走之後，黃榮燦自認為作了一件大好事，心裡一高興，原來想找的藏書室也不找了，就直接走去牯嶺街的舊書店，隨便翻翻書也好，說不定可找到所要的台展圖錄。

在同一條街上來回走了好幾家書店，其中一家的舊雜誌從地板高高疊上來，他反正有的是時間就一本接一本翻閱，十年前出版的《社會新聞》和《逸經》，封面設計雖然不起眼，某些文章透露的訊息卻引起他的注意。

好幾篇文章作者叫瞿秋白，這個名字他似曾聽過，再看裡頭的簡介才知道是中國共產黨早期的領導，文章裡稱他「軟心腸的共產黨員」，意思是說搞革命的應該心腸最硬才對，軟心腸就必然遭不幸下場，他聽說某人是浪漫革命家，這和軟心腸不知有何差別！

最後在牢中瞿秋白寫下〈多餘的話〉，表達對自己這一生的懺悔，對共產主義的信仰向來很少有人後悔，這位黨的頭子竟然公開從心裡表示悔不當初，到底怎麼回事，又是什麼樣的遭遇！

他覺得這種雜誌買回去沒有多大用處，舊書經常賣得比新書貴，就決定拿筆將書中幾段抄在速寫簿上：

不幸我捲入了「歷史的糾葛」——直到現在外間好些人還以為我怎樣怎樣的。我不怕人家責備、歸罪，我倒怕人家欽佩，但願以後的青年不要學我的樣子，不要以為我以前寫的東西是代表什麼主義的，所以我願意趁這剩餘的生命還沒有結束的時候，寫一點最後的最坦白的話……因為「歷史的誤會」，我十五年來勉強做著政治工作——正因為勉強，所以也永久作不好，手裡作著這個，心裡想著那個。

又有一篇文章以「文人」為題，隨便讀了一段，腦子裡想起與台灣畫家們在一起時，常聽他們提到「文化仙仔」的字眼，於是將這段話也抄錄下來，哪一天帶去給楊三郎、李石樵等人看：

……這並不是現代意義的文學家、作家或文藝評論家，這是吟風弄月的「名士」，說簡單些是讀書的高等遊民，他什麼都懂得一些，可是一點也沒有真實的智識。正因為他對當代學術水平以上的各種學問都有少許的常識，所以他自以為是學術界的人，可是，他對任何一種學術都沒有系統的研究……所以對學術是沒有什麼貢獻的，對文藝也不會有什麼成就。

「文人」是中國中世紀的殘餘和「遺產」——很壞的遺產，我相信再過十年八年就沒有這一類智識分子了。

……可笑得很，我作過所謂「殺人放火」的共產黨的領袖，可是，我卻是最懦怯的，「婆婆媽媽的」，殺一隻老鼠都不會的……

接下來他又繼續翻閱了幾段，看到什麼特別的文句，就順手抄錄下來，有的才短短幾個字，有的是好長的一兩段，雖然不見得他都認同，但多少是他所讚賞的文句，譬如：

書生對於宇宙的一切現象，沒有親切的了解，往往會把自己變成一大堆抽象名詞的化身，一切都有一個名詞，但是沒有實感……種種名詞、概念、詞藻，說是會說的，等到追問究竟是怎麼回事，就會覺得模糊起來。

這段話好像指的就是他自己，還有身邊的一些人，難道這就叫作「文化仙仔」，使用諷刺的字眼來自嘲，這群台灣的文藝界令人愈想愈可愛！但也僅僅可愛而已。

又有一段，本來不想抄下來，接連讀了兩遍之後，挑了幾句話草草抄在紙上：

……而馬克思主義是什麼？是無產階級的宇宙觀和人生觀……是一種思想的方法，既然走上了這條思路，卻不是輕易就能改換的，這同我潛伏的紳士意識、中國的士大夫意識，以及後來蛻變出來的小資產階級意識，在我的內心是始終沒有得到真正的勝利……我對社會主義或共產主義的終極理想是比較有興趣的。

諸如此類的觀點，他一點也沒辦法認同，卻欣賞這個人的天真和誠實，尤其說到對某某主義的終極理想有興趣，說這種話等於沒說，不如說一個人對上天堂感到興趣，但他還是抄下來，將來有一天會再讀到，那時或許可以重新思考。

抄著的時候，無意中覺得是自己說的話，而不是抄別人的，那種稚氣的語言，浪漫的思維，天真的道理是一個革命家的，不如說那就是我自己的，不知什麼時候起已經在編織一個不著邊際的理念，以為是什麼理想，到頭來反而用來自囚，他還要抄下去，因為他開始陶醉於接受文字的自囚，而且享受到作為革命家的悲劇性快感……

忘了已經是書店打烊的時候，老闆開始熄燈時，他才草草收起手中的速寫簿。

35 民主主義五百號

李石樵回家之後整夜坐在書桌前翻閱陳清汾的原稿，他的性情向來如此，答應了的事巴不得趕緊作完，放愈久在心裡承擔就愈重。

從陳清汾寫的字他看出人的個性，開始時字體寫得還算整齊，寫不到兩行就歪歪斜斜，幾乎變了另一個人，筆劃一再地省略，他的草書有自己的寫法，費神去猜也未必猜得準，讀來有些吃力，若不是內容有趣，早就放棄了。

等李石樵拆開第二個信封，稿紙上的字跡變得更潦草，好在已開始習慣，而且懂得取捨，必要時跳著讀，也仍然能捉住大意，陳清汾好賣弄懂得的幾個外文，動不動附加不知是法文還是英文，也可能是拉丁文。

逐漸地他開始讀不下去，因為寫來寫去太多的矛盾，無法自圓其說，多讀幾遍之後，腦子裡不自覺與作者辯論起來，這也都無所謂，最後終於感到內容乏味，這才拒絕再讀下去，把筆一丟，乾脆躺在床上，睡一覺再說。

又睡不著，只合上眼睛，腦裡出現一些動態影像，看似可以當作插畫題材，但與書的內容又無關聯，也不管這許多，先畫出來再說，他有自信，每畫一個題材或嘗試一種畫法，心裡就認定全台灣找不到有人能畫得更好，他習慣把島上所有畫家當假想敵擺在眼前，隨時都在較量，連畫一幅插畫也不例外，信心十足地畫下來，他這一輩子就是以這心態在作畫的。

起初是以人物為題，和花草、動物、河川以及古代城堡配合構成象徵性的圖象，接著又加以變形，把人體拉長，甚至只剩下人體的某部位，把器官重新組合，這些都以炭筆畫在素描紙上。他如此努力是想賺陳清汾的兩箱德國啤酒，但也的確因為讀了他的文章才有這股衝動，手上的筆畫個沒停，逐漸地已不在乎畫什麼，一張接一張畫下去，炭筆涮在紙上的感覺痛快無比。

一個晚上畫了不只二十張，繼續畫下去，明天過午只要從中挑出一半便可交卷，他自認畫來專心但並不用心，當邊讀邊畫，不覺間走進了陳清汾的內心世界，感受得到某處是寫寫停停，某處是在欲罷不能的情形下拿筆疾書，某處又是擱好長時間才重新提筆，這是他過去閱讀文章時所沒有過的發現，顯然這回他以另一種方式在讀書，多了一種閱讀經驗。

讀到後面的一章，作者莫名其妙寫了許多與台灣前途相關的假設，令人為之哭笑不得：

……五十年前日軍登陸時，萬華商人拱出唐景崧為大統領宣布台灣民主國成立，日本人要走時，大稻埕大家族與日本軍人聯手又宣布獨立，這種歷史重演的戲，看來很不得體，抬出外人當大統領的獨立，這世界上只有我們台灣才一再上演。……最近聽到朋友私下討論，如果這次大戰是日本一方打勝，台灣的情形又將如何，最多的人認為短期來看雖然不好，長期則一定是更好，理由是打贏後占有大片土地治理起來一定很累，而且軍國主義的氣焰更盛，必將台灣人當工具使用；若長期來看，以日本人的能力復興將較其他國家迅速，帶動台灣一起進步走在世界前端，這點絕對是好的，但是若台灣人想追求獨立，台灣歸屬中國之後的機會必然比在日本管轄下要大得多，以中國這麼大的國家絕對看不上東南海一個小島，當本國都治理不好時，自然讓台灣去自生自滅，不外就是給了台灣獨立的機會……

當李石樵讀到這裡不覺拍案叫絕，這些年來陳清汾只能說是業餘畫家，但思想卻愈來愈精密，以一個知識分子來說，肯去思考全民的前途，無疑是一種進步。

於是他在紙上畫出一個大中國，上面有個小台灣，台灣島上矗起一面旗，寫著「在三民主義號召下獨立的台灣國」，全世界各國派來使節祝賀這新的獨立國家，由於人物較多，他重新又畫了兩張才告完成。

另外有一段是陳清汾在巴黎時寫的筆記，當時他看過某次印象派展覽之後，有如下的感言：

……印象派對畫家本人來說，一點也不印象，反而是觀眾在看過作品之後才印象深刻，尤其對一個在日本受美術教育的我，每看一幅畫就會想到日本的某位外光派畫家，儘管技巧已作到無懈可擊，甚至不亞於巴黎的大師，但仍然看出他們之間的不同，而為這種發現感到自豪，因我看出法國的印象派裡有初次發現光的喜悅，日本外光派是伸手借來的光，存在著早晚要還的心理約束；再仔細看時，法國人把印象派當作草稿一而再地推演，日本畫家在內心裡早有了定論，畫之前信心十足只要有技巧很快就完成……曾經聽日本評論家說，他們幾年內就能趕上法國的潮流，其實趕上的只是技巧，技巧是沒有潮流可言……但我還是佩服日本人把畫派的名詞翻譯得那麼精準，讀起來比原文還更吸引人，這是日本人帶給漢文讀者的最大禮物。

陳清汾有這樣的見解，李石樵真的服了，拿起筆就想畫，但怎麼畫？畫什麼？一時之間沒有半點概念。直到第二天，他突然想起了什麼，拿起筆先畫一面日本國旗從莫內的《日出印象》海面昇起，然後寫上「一八七五impresimnism日之丸」，雖然不知道日本國旗是哪年畫成，寫上一八七五年目的在與法國印象主義爭先，畫完後自信滿滿，自認讓陳清汾看了一定高興得跳起來。

畫插圖對李石樵並不是件難事，學院裡已經把構圖和造型等基礎功夫作得相當深厚，一旦定稿幾天之內就全數完成，自信在陳清汾面前絕對沒有可挑剔的，接下來就是在家等待通知，隨時可送去指定的印刷廠排印。

隨後幾天裡他忙著為第二屆省展準備作品，製作過程中陳清汾書上寫的幾段話對他多少有所啟示：

……舞台上的戲有主角，一幅畫也要有主角，但不一定是人物，更不必是歷史偉人，在現代人眼中畫出一朵雲，或一棵樹，只要能代表什麼或說出什麼，只要分量夠，它就是主角，……今天的台灣正高喊民主時代，想讓民主時代的主題出現在畫家作品裡，就是要使人民成為繪畫舞台的主角，這種以民眾為主體的意識只要在台灣美術中建立，台灣美術肯定又往前推進一步了，誰走在最前端，誰就是這時代的旗手，我認為當旗手的人起碼的條件要有敏銳的思維能力，以及時代的感情，那麼在台灣畫壇誰最有資格擔任這樣的角色？

讀到這裡，李石樵已經有了答案，告訴自己除了我難道還有誰！相信當陳清汾寫到這一段時心裡想的也一定是他。順手拿起筆就將自己畫在紙上，他畢竟是這麼有自信的畫家！

替陳儀畫像得到一筆錢已足夠向日本方面訂購大批畫材，便把中山北路開店的姜老闆請到家裡來，綳了兩張五百號的畫布，準備在畫布上以台灣人現代生活為題材製作系列作品。

十年前畫清水楊氏家族時已有大幅畫的製作經驗，是以照相館裡拍的家族照為參考所畫成的，這回他又想到借照片的方便描繪人物的細節，希望較十年前有新的超越。

製作期間先是黃榮燦路過時順便進來探訪，看到李石樵穿著工作服，全身彩色顏料不敢久留，只站著談了幾分鐘就離去，隨後是郭雪湖找他談台陽展恢復展覽的事，也只在客廳停留不到半小時，沒有要請進來看畫。但不知為什麼，台北一帶的畫家已傳聞李石樵將以一幅五百號大畫出品台陽展的消息，使得人人爭先想一睹為快。

某日，天正下著毛毛雨，晚飯過後楊三郎、許玉燕夫婦撐著雨傘前來敲門，製作期間李石樵向來不願讓未完成作品被圈內的人看見，尤其這陣子他還在嘗試法國當代畫家波納爾的畫法，利用小筆觸沾少許顏料在畫布上輕輕涮過，幾層顏色重疊起來產生絢麗的色光效果，由於方法還沒有掌握好，畫面改了又改，始終不能如願，更加不願讓同行看到。可是楊三郎夫婦來的目的，除了印證畫的是五百號大畫，還想知道他的取材是否和會議中的發言，所謂民主主義的美術相吻合。所以進門才打過招呼就由許玉燕打前鋒衝進工作室裡，李石樵想擋也已經太遲，又急又氣，只見滿臉通紅，兩眼瞪著來人只重複喊出：「這是幹什麼的！這是幹什麼的！」再也說不出別的話可阻止來勢洶洶的客人。

「五百號嗎？真的是五百號，石樵兄也真有本事！」是楊夫人先開口，緊接著楊三郎用誇讚的語氣：「有大畫家的氣魄，向來畫小畫的台灣畫家要向你學習，的確值得佩服！」

「……正好有一張畫布，就這樣拿來畫畫看。」李石樵只好這麼回答，其實心裡根本不想理睬這對不速之客。

「不過，在我看來，這種構圖像在什麼地方看過的。」

許玉燕想了好久才找到一句批評的話。

「請多指教！」這句話李石樵是朝窗外說的。

「聽說這幅是準備出品台陽展的，是嗎？」楊三郎問。

「這要看情形，出品台陽展或省展都可以，主要用意是想畫大畫，試探自己的能力。」

「會不會太大了？你也知道台陽和省展的會場……」許玉燕假裝在問自己丈夫。

「如果照規定每個會員兩幅，每幅限在五十號以內，五百號的畫恐怕會占了好幾個人的牆面……」李石樵終於聽出來今晚楊氏夫婦前來的目的。

「三郎，你說該怎麼辦，石樵兄應該還有五十號的作品，五百號只是試探自己能力而已！」玉燕接下來把話說得更清楚。從進門到現在兩人一問一答，講的都是日語。

「可是，我還是為了參加展出才畫的，五百號的畫布也是特地以省展為目標才綳的，你剛才不是說我有大畫家的氣魄！可以勉勵全台灣的畫家都來畫大畫。」李石樵火氣上來時，聲音也大起來。

「那是另一回事，團體展有自己的規定，希望大家能自我約束，」許玉燕想為丈夫出頭，話也隨之高昂。

「我不管這些，自從台展以來出品的畫都相當大幅，到了省展就變小了，因而受外界批評，我只知道要當一個大畫家就要盡所能去發揮，團體展有規定我知道，而我也有原則，誰也不能拿規定來限制別人。規定也是可以改變的，我希望你今天回家就畫出比五百號更大的畫。」李石樵音調雖已略為放低，但臉上泛紅，誰看了都知道他在生氣。

許玉燕不認輸，還想要爭到底：「這麼大的畫連門都進不去，進去了天花板太低也沒法子掛，看你要怎麼展！目前能找到的展出場所，一百號油畫是最大的，再大就很難！畫大畫也不見得就是大畫家，大畫也不一定是好畫。」

「不管是不是大畫家，台灣能出一個馬積絲，有什麼不好！」李石樵一生氣嘴巴也不照條理說話。

「好吧！那就失禮了，我們走！」一直話不多的楊三郎看情況不對，拉了許玉燕就往門外走，雖然平時霸氣十足，但為人處事的歷練使他知道該忍的時候必須要忍，朋友間才不致傷了和氣。

但從那天以後，畫壇上便出現李石樵替陳儀畫像之後就自稱是「台灣的馬積絲」的傳聞。

兩個月過去，李石樵的五百號大畫都已經快完成，還是不見陳清汾前來敲門索取插圖，當初是他主動請求幫忙的，如今反而不見人影，令李石樵愈想愈不對，不管怎樣，送來的原稿還是要還給人家，所以李石樵利用到台北辦事之便，親自到大稻埕走一趟拜訪陳清汾。

才走到巷口，遠遠看到陳家大樓，路旁兩排花圈、花籃，五色繽紛，慶祝陳清汾榮任台灣省茶葉公會理事長，原來有這麼大的轉變，難怪這些日子陳清汾像消失了久久不見現身，心想即使現在就見面大概也不是談話的時機，尤其有關插圖的事，問起來一定十分尷尬，於是回頭走出巷口。

為了趕畫五百號的油畫，許久未到大稻埕，這時已近中午，走出迪化街不遠就是延平北路，信步往山水亭走去，心想也許可以在那裡打聽陳清汾的近況。

果然才進門最裡邊的一桌圍坐的雖沒有看出什麼人來，但熟悉的身影和傳來笑聲，直覺便斷定是常在一起被山水亭王井泉稱作「文化仙」的一群朋友。

「石樵來了，過來這邊！」

「終於出現了！」

「恭迎台灣的馬積絲！請上座！」都是熟悉的聲音，卻存心想嘲弄。

「五百號畫起來一定是大工程，就像造一座台北大橋……」

「大概已經完工，所以有空重出江湖。」

……

一連串的話在迎接他，有關懷也有挖苦，這一群人永遠用這方式見了人就嬉鬧一番，算是見面禮，山水亭老板看在眼裡因而從日治時代就稱他們「文化仙」。

「你們到底在歡送誰，怎麼突然間聚在一起！」

李石樵找到位置坐下時，不容易才等到機會發言。

「歡迎光臨？噢，對了，歡迎馬積絲的光臨。」王井泉說時一邊用力拍手：「說真心話，我的確希望台北的這一群當中出一位馬積絲，為什麼不可以！還有你是塞尚努，你是谷珂，你是莫利里亞尼，你是米開蘭基洛……。」

「那麼你自己呢？你是誰呀！古井兄。」

「我，我古井永遠還是王井泉，一頭牛牽到北京還是牛，你不是說我是文化甘草，那就是甘草一棵。」

「我以為你們是在祝賀陳清汾的茶葉公會理事長就職。」李石樵心理一直想知道的謎，只好用這方式問出來。

「他這樣作，對嗎？一個藝術家當什麼理事長，值得我們祝賀嗎？」在坐的陳逸松表示惋惜。

「我認為他找到了自己該作的，過去當畫家才是走錯了路！」張萬傳晃呀晃他的大頭，說了一句調皮話。

「李梅樹出來選鄉民代表時，大家都反對，只有石川先生表示贊成。後來才知道他的意思，認為梅樹走政治比當畫家適合，台灣話說『上四十未料』，是什麼人就該作什麼事，註定好的，我們都要向陳清汾祝賀，打電話請他來，每人敬他一杯！」

說話的是才從中部上來的王白淵，大家請他吃這頓飯，目的要他寫文章為第一屆省展辯解，替台灣畫家說幾句公道話。

「這話是褒是貶，由他自己去認，也許這條路走下去陳清汾的人生會有很大改變，我還是替他可惜！」顏水龍開始說話，他的聲音小，不時站起來怕別人聽不清楚分了神，甚至手指著對方要他注意聽：「清汾的事我聽到一些，過去他寫了很多文章，其實是雜記，隨想之類的，雖然是些無頭無尾的短文，讀了又覺有些道理，便勸他花點錢印出來讓大家都能讀到，後來聽說有人肯為他畫插畫，加上他自己畫的速寫，一本書圖文並繁，不識字的也能看得懂，這不是很好嗎！我還以為近日來他忙的是這件事，沒想到跑去當茶葉公會的什麼長！你們說，這樣值得嗎？」

「值得，當然值得，就是石川先生在此，他也會這麼說。」終於聽到楊三郎發言，前不久在李石樵家有過不愉快的事，見到李石樵出現，一時高興不起來，突然間有話要說，連自己也感到意外：「從巴黎回來時，他在蓬萊閣開過個展，畫被訂購一空，已經十五年沒有再賣畫了，別人也認為他家富裕不在乎賣不賣，前天聽李超然說，當了理事長之後開畫展可強迫理事、監事每人訂購一幅，不管訂價多少一定能賣出去，你們說值得還是不值得！」

「現在我想起來了。」郭雪湖接下來說：「他父親陳天來是最早的理事長，後來交給大兒子清素，才沒有多久就又換老四清汾，大概是為了配合他的畫展。這只是猜的，只供參考。」

「雖然是猜的，但也很合理，難道沒有半點好處就讓他走出畫壇！多一個陳清汾和少一個陳清汾對台灣畫壇有什麼差別？這是石川先生常說的話，若沒有差別，我們就應該高高興興地歡送他另謀高就呀！」王白淵說，此時他才喝了兩杯啤酒，臉上已經紅紅地，說起話來隨便多了。

李石樵一直不再發言，更不敢說出他為陳清汾畫了插畫，代價是換取兩箱德國啤酒的事。只靜靜坐在一旁，聽到的都是他想知道的，逐漸揭開了存在心裡好一陣子的謎底。

「你們的說法並不完全正確，照剛才大家講的，他是為了開畫展才去當理事長，那麼當理事長只是手段，開畫展是目的，到頭來他還是保有畫家身分，最後他對藝術並沒有放棄！」陳逸松突然提出另類看法。

「沒錯，這要看他是不是最後會開畫展，而且得看展出的作品如何，是不是以一個畫家的態度在製作，那時大家都可以作評，看他是畫家還是理事長，作品會告訴我們。」

以顏水龍個人對陳清汾的了解，是否繼續當畫家，至少有幾分期待。坐在身旁的郭雪湖則不斷地在搖頭表示不認同，終於開口：

「塩月桃甫在台灣時曾經不只一次說過：一個人三天不畫畫，就不能說自己是畫家。陳清汾沒有把心思投入繪畫已經不只十年，為了開畫展才提起畫筆，他能畫出好畫才怪？他當選茶葉公會理事長之後，如果只為了畫展，他能作好理事長嗎？你們可以從這個方向加以思考，若因此而兩頭皆空，這一生不就……」

「他是標準阿舍仔，這是誰說的？有一次他上台灣廣播電台講話，我還很讚許他為台灣美術大聲說話，有理念而不懂得堅持，確是可惜！」

「我還是要替他講幾句。」顏水龍說時人已先站起來：「他們這種家庭和官方的關係向來密切，他不去勾結官方，人家也會來找他，日治時代就是這樣，換了新政府還是一樣，人家給你一些好處，你就得還人家更多好處，向來政商關係就是這樣建立起來，陳清汾出生在這樣的大家庭，自己沒法子選擇，今後要當個純正的藝術家我看實在太難，能作到今天這地步已經很不錯，要批評他不如先給他掌聲鼓勵！」

李石樵忍不住開口說話：「水龍兄說的我很贊同，不知我們當中有誰讀過陳清汾要出書的那份原稿？

裡頭寫的應該可以證明他是怎樣的畫家，總不能在沒有讀過之前就作判斷。還有，如果他本人在場，也會為自己辯護，我也很想聽他怎麼說，一個正在改變中的人所說的話是最有想像力的，即使口才再差，為自己的作法據理力爭，任何人看了都會感動，將來變成怎樣誰也管不了，特別是改變的過程必有值得欣賞的地方，這是我向來看人的態度。我是從這角度在看陳清汾。」

「難道你看過陳清汾的原稿？不然怎敢這樣斷言！」

「陳清汾的原稿？」李石樵把坐下來之後還一直拿在手中的一個大信封展示給大家，自信滿滿地說：「這就是他的原稿，從頭到尾我都讀了，有些地方還不只讀一遍，裡面寫的是這十年來他所想的和所看到的，由於本來並沒想要出版，寫的都是他對自己說的話，原原本本記錄自己的想法，我信得過裡頭所說的。」

經他這麼一說，全場頓時靜了下來，不只因為自認沒有資格足以與李石樵爭辯，對於李石樵手上握有全部的原稿更感到不可思議，一會兒之後場面才從鴉雀無聲轉為悄悄私語，最後聲浪逐漸提升，每個人都急於想知道原稿會落在李石樵手中到底怎麼一回事。

「對了，一定是你答應幫陳清汾在新莊找便宜的印刷廠，所以才交給你原稿去估價，沒錯吧！」有人憑想像開始猜測，李石樵只顧搖頭沒有作答。

「我說是陳清汾拜託你校對，美術方面你比較內行。」

「不不不，裡頭寫到李石樵，怕有不對的地方，要他本人先過目，然後才出版……」

「也許除了石樵君，我們當中還有人讀過，只是不願意表明！」

大家都在猜，畫家們在聚會裡經常把猜當作一種好玩的遊戲來進行，激發眾人的想像力，為場面製造高潮，可惜這回一個也沒有猜中。

李石樵已不再搖頭，這樣猜下去，愈猜愈離譜，卻反而愈有趣，於是從搖頭變成了點頭，臉上浮顯得意的笑容。每個人都只知道李石樵正專心製作一件五百號的大作，認為再去為陳清汾畫什麼圖是絕不可能的事，所以誰也不曾往這方向去猜。

這時候突然聽見坐在同桌面向著門外的張萬傳指著前方大聲驚叫：「來了，來了，終於來了，你們看！」

眾人隨著轉頭看過去，果然是陳清汾來了。正朝著這邊舉手抱拳表示歉意，這動作是近日來不停地在茶商之間拜票時養成的，有人覺得好笑也拜了回去，還加上一句：「拜託一票，感謝賜票！」

王白淵開口就問：「你怎麼知道來這裡，今天不是你最忙的日子！」

「有人打電話來，說大家在關心我，有問題要討論，還以為開什麼會議，小弟先向諸位問候！」

雖然是阿舍仔，畢竟是留過洋的才子，說話仍不失紳士風度，在座的人趕緊讓出位子來。

「貴府今天熱鬧滾滾，我只走到巷口就進不去了，所以才跑到這裡來。」李石樵把手上的原稿交給他時，又說了一句：「這麼久才交件實在對不起，請原諒！」

「說對不起的應該是我，從那天以後就沒有再約你，實在失禮，事情是我拜託你的，應該自動連絡才對，反而是……」

話未說完就被人打斷：「那到底怎麼回事！這當中一定有祕密，難道不可以公開！」

「正是為了公開，我才前來，老兄又何必心急！」陳清汾態度溫文有禮，較過去顯然世故了許多，場內又再度靜下來，等著陳清汾揭曉謎底，未料竟被石樵先開口：

「事情是這樣，兩個月前清汾準備把這些原稿出版時，特別要我畫些圖來配合，我當然要先看原稿，所以交到我手上，如今圖也畫好等著他來拿，沒想到清汾為了選理事長一直在忙碌。既然今天見到了，就把圖交給你，也請你將兩箱啤酒搬到這裡來，讓大家一起共享，這是我們事先約定的……」

未等說完，眾人已經「哇！」一聲叫起來，室內又鬧成一團，這一鬧不可收拾，王井泉馬上派兩個人隨清汾回家把啤酒搬過來，吩咐廚房再作幾樣菜，一餐還沒吃完又準備第二餐，這情形在山水亭經常發生，畫家們也習以為常，吃完了往往僅道一聲謝就各自回家。

啤酒搬來之後，當所有人都高高興興開瓶倒酒時，陳清汾把李石樵拉到一旁，偷偷告訴他：

「這本書恐怕印不成了，是我一直不敢到新莊找你的原因，現在只好老實對你說。中國歷史有所謂文字獄你也聽過！家裡的兄弟知道出書這件事之後，每個人都來勸止，他們說這不止關係我一人，發生事情全家都受連累，聽到這麼說，我又能怎樣！只好等幾年後，有了真正太平的日子，再拿去出版，對你實在過意不去，請多多包涵，多多包涵！」

看到他說著說著眼淚都快掉下來的樣子，李石樵亦感到不忍，只好安慰說；

「這不是什麼大不了的事，請不必在意，你找我幫忙，讓我多畫了好幾張畫，這麼一想，我反而是賺到了，將來還是有機會讓書出版，我們這一代必能活到那一天，看到台灣社會真正民主，人民生活自由自在，一定要堅持，不可放棄！」

陳清汾伸手過來握住李石樵的手，重重搖了又搖，表示自己堅定的決心，李石樵受到感動，把頭點了幾下，淚汪汪地看著陳清汾，好似勇士要出征之前的約定。

今天的對話在李石樵一生中留下深刻記憶，此後只偶而見面，感覺得到陳清汾已不再繪畫，出版書的事情也早拋之腦後，怎麼也追不回來那天雙手緊握時的陳清汾。十幾年後意外在書店裡看到一本遊記叫《環球見聞錄》作者是陳清汾，由張群、張道藩、何應欽、梁寒操等政壇名流替他寫序，可見他的交遊圈子再也沒有畫家，更不用說請李石樵畫插圖，日後畫友們每提到這次山水亭聚餐就故意說成陳清汾的送別會。

36 台灣美術台中觀點

楊肇嘉的生日宴裡，台陽會員又圍坐在一起，由於楊肇嘉是中部清水出身的大地主，在台北作生日，中部畫家林之助、陳慧坤、楊啟東、紀有泉、葉火城等亦受邀成群北上。

「清汾今天是不會出現了！他現在的交遊是在政商關係裡打轉。」席間有人看陳清汾久久不出現，就拿他當話題開始聊起來。

「有一年他父親生日，在蓬萊閣設宴，樓下幾桌全是日本官員，時代變了之後，如今再作生日，貴賓就是中國官員。這就叫做台灣社會的政商關係。」

聽到兩位台北畫家在一問一答，楊啟東忍不住加進來說了一句：「時代變了，他這樣作是正常現象呀！難道要在日治時代請來中國官員，中國時代請來日本官員，這才合理！」台北畫家聽了朝楊啟東看過來，大家都知道此人惹不得，就沒有再說下去，可是楊啟東得寸進尺：

「我有收集資料的習慣，最近再作整理，才發現戰爭中台北畫家配合日本政府的政策，辦了不少支援聖戰的畫展，這點你們聽見過沒有？」

「不是台北，是全島性的，他們來取畫，你可以不給嗎？」

「當然可以，為什麼不行！我就是不給。現在我明白了，好的事情，你會說那是台北人的，壞的事情你就推說是全島性的。」

「啟東君你說話一定要拿出證據，才令人心服口服！」同樣來自台中的葉火城這麼說，為了緩和一下談話氣氛。

「證據！證據都在我頭殼裡面，昭和十六年台北出了一本叫《台灣聖戰美術》的畫集，書內收集多少台北畫家的畫，我隨時可以暗念出來，第八回台陽展捐出十件作品給海軍官府，然後又成立台灣美術奉公會，舉辦大東亞戰爭週年紀念捐獻展，這時台灣畫家改姓名已經有田中清汾、秋永繼春、楊佐三郎、石川秀夫、宮內鐵州、中村敬輝、高森雲巖、竹內承潘……」

「好了，過去的事有什麼好說的，這都是歷史了，最好把日本時代的事全忘掉，台灣人才能重新開始。」陪伴楊啟東從台中上來的紀有泉覺得說下去會得罪人，他這麼說有制止楊啟東講下去的意思。

「不不不，有話最好一次講明白。」林之助在日治時代也一度改姓名叫林林之助，慶幸沒有被點名，因此想轉移話題：「台灣人在日本時代畫日本畫，到了中國時代就畫中國畫，你們說這樣對不對！」

「你是在說我是不是？」陳慧坤、郭雪湖兩人同時開口，說的是同一句話。

「我沒有說誰，我只說台灣人。」林之助說話態度有幾分調皮。

「有什麼不對，這樣作才是正確的選擇呀！」張萬傳突然開口，語氣像是在挖苦誰，嘻笑裡帶著嚴肅。

「日本時代愛日本，中國時代愛中國，是正確的選擇，田中清汾就是依照這方法從日本人作到中國人，他足以當我們的典範，誰也不可批評他！」坐在張萬傳身旁的陳德旺也發言，一時分辨不清他站在哪一邊說話，圈內人都知道他的立場從來就與台陽畫家是對立的。

「誰說要把歷史忘記？剛才誰說的？歷史經驗最寶貴，要好好記住，怎能說忘就忘了！是誰說的？」另一桌的王白淵轉頭朝這邊大聲地問。

「是我又怎樣！我這麼說自然有我的道理。」葉火城也不客氣大聲替同來的紀有泉頂了回去。

「都是嘴巴說說而已，不要太在意。台灣人在日本時代說愛台灣等於就是愛日本，在中國時代說愛台灣就變成愛中國，這種思考是台灣人最有利的地方，只有我們才有這權利，哈哈！」

張萬傳愈說愈不正經，聽來像是在鬧場，但也有人認為他的話最經典：

「能夠把台灣人苦悶的心情自我幽默一下，是最聰明的，萬傳兄我肯定你，給八十五分。」王白淵說。

「什麼！才八十五分，那麼葉火城的話你給幾分？」

「他的話，我倒扣十分。」

「不行，葉火城所說的，我給他一百分。」楊啟東搶先更正：「對我們這一代來說，應該忘掉一些歷史，以後的生活才過得比較安心，如果記得昨天還把畫捐出辦個什麼聖戰美術展，支援打中國的前線戰士，今天又舉辦慶祝台灣光復美術展，為日本戰敗而興高采烈，這樣的歷史把台灣人形容成錯亂記憶的一群，葉君看出這一點，所以他要我們把該忘記的部分忘記，這是心理治療的一種方法，應該給一百分才對，到了下一代或下下一代，他們怎樣看待這段歷史，我們已經管不了，對不對！」

「好，說得好，我給你鼓掌！」另一桌的也圍過來，有人出聲稱讚。

「我們這一代對大戰中所作的只留下紀錄就夠了，下一代自然會替我們寫成歷史，不管是什麼紀錄都還沒有到需要爭論的地步，現在想拿什麼批評別人，一定也批評到自己身上來，我們這一生中作了兩國的國民，戰爭中有人為這邊有人為那邊，戰後大家在台灣見面，還是那麼親，可見戰爭並沒有讓這一代人彼此傷害感情！」

「你說的真對，這一代人是靠著牆壁走過來的，以前日本是一面牆壁，現在中國也是一面牆壁，活在大風大浪裡為了活命，誰有能力單獨行走在大路中央，所以這一代台灣人雖不是一百分，也有九十分，好！大家乾杯！為我們的九十分乾杯！」

李梅樹說完整個人幾乎是跳出來向左右兩桌的畫友舉杯，想趁此結束這場精彩爭辯，此時卻聽到一陣宏亮聲浪壓過來：

「我聽見一句很對的話，是剛才什麼人說的，說現在想拿什麼去批評別人，一定也批評到他本人，你們的話我都聽到，來來，大家先來乾一杯！」

楊肇嘉高大身材不知什麼時候已來到大家面前，高舉酒杯向眾人敬酒：

「我還聽到啟東先生說慶祝台灣光復要開畫展，為什麼不因慶祝楊肇嘉生日而開畫展！當年我們一直有抗爭，往後也還會有抗爭的，台灣人努力為自己爭取權益，一定有下一代人會當作歷史寫出來，所以這段紀錄要永遠保留而且傳下去，好，再敬大家一杯！」

兩桌的人皆拿起杯子，紛紛起立，每個人各說各的賀詞，造成更大聲浪。

「今年我五十五歲，四歲以前是清朝時代，我作清國人，長大了一直當日本人，一場戰爭過後成了中華民國國民，每變一次時代，台灣人就慶祝一次，慶祝典禮中有人會說很多好話，說過去不好，現在好了，一心一意認定新的時代有好的生活，幾年後覺得日子並沒有更好，就又期待誰來統治。台灣人心裡總是在期待，除了期待難道沒有別的，就好比慶祝生日除了喝酒難道沒有其他，所以我才建議不如開畫展，因為是畫家，所以我才要求你們拿畫來慶祝。只有那位黃逢時兄是開酒廠，所以才以酒慶祝生日。說是這麼說，我手中這杯酒還是要乾，大家陪我一起把酒喝乾！」

「乾杯，祝你吃百二！」

「百二？這句話我最歡喜聽到，表示還有一半的人生，希望那一半的生命裡不要再去慶祝東慶祝西！」說完楊肇嘉開懷大笑起來，眾人為之轟然伴隨著他一起笑。

楊肇嘉才走開不到幾步又轉身回來，剛坐下來的眾人再度起身，不知有何交代，他笑笑地說了一句：

「我看第一回省展好像沒有過去府展精彩，這話不知對不對，如果說對了，建議你們多多思考，說錯了就算是我的一句外行話！」

說完轉身就走，沿桌去和賓客招呼敬酒，留下兩桌的畫家彼此瞪著大眼，良久才聽王白淵開口說：

「老頭子隨便說說不必與他認真，時代已經不同，當年有東京美術院畫家作品壓陣，現在沒有了，看起來當然弱了些，這又怎樣！現在的省展才顯出台灣的實力，你們說對不對！」

「人家只說了一句外行話，建議我們多加思考，你都還沒思考，就想反駁！」楊啟東今天實在不太對勁，居然閉起眼睛來頂了王白淵，且又看也不看他一眼。

台中來的陳慧坤一手搭在王白淵肩上，怕他受激怒，今年省展國畫部陳慧坤拿到特選第一席，論省展的程度應以他為代表，楊肇嘉拋下的一句批評至少一半要由他來承擔，眼看楊肇嘉遠去之後他心緒仍然沒有一刻平靜，最後搭在王白淵肩上的手用力按了兩下滑落下來，才開始說話：

「我們當然聽得出肇嘉先生說的是愛之深責之切的話，是勉勵不是數落，大家不要因此失志，認為省展失敗了，我已看到很多新人出現在會場，代表的是什麼？他們是省展的希望，將來又有青年從海外陸續回來，增強省展陣營。我今年得獎也許是幸運，若明年繼續得獎，才足以印證我的實力。我能得獎，很多實力與我相當的畫家一樣能得獎，來日省展的競爭愈來愈大，必能讓肇嘉先生看出省展的進步，甚至省展比台展還好。」

「好啦，不要演說好不好，第二屆省展馬上就到，吃過飯之後回去，好好努力用功，說得再多也沒什麼用，畫家就是要畫，別的都是假的。」張萬傳已有醉意，喝醉酒的人最不想聽正經話，雖然陳慧坤因而不再說了，還是另有人要繼續說。

「是真是假，我不想管那麼多，大戰期間，天上每天都有飛機來轟炸，我在防空洞裡邊躲空襲邊思考，對二十年來的美術作一番反省。最近又看到中國來的一批畫家，終於歸結出一套看法，認為從日本到台灣來的都是東京的二流畫家，戰後從中國到台灣來的也是上海、北平的二流畫家，若憑他們以統治者身分帶領台灣美術，台灣美術會有前途嗎？過去有人認為到台灣來的都是在東京畫壇失意的畫家，現在看來也一樣，在中國失意的畫家才到台灣。日本時代因為台灣美術還沒起步，再怎樣也是需要外邊來的畫家的引導，如今我們已漸漸成熟，中國來的又不是一流等級，只會木刻版畫，是工藝和素描的結合，離正統美術的油畫尚有一段差距，對美術的理解也相當有限，根本不用費神去讀他們刊在報上的文章，楊肇嘉先生八成是讀了他們的文章才對省展說那樣的話，希望大家不要在乎他說的那些話。」一直沉默的陳德旺終於說話。

「那天肇嘉先生來的時候我正好在會場，所以我很清楚他有什麼不滿意。」楊三郎說：「他一進來就被我看到，先把他帶到西畫部，站在我的畫面前聽我講解，雪湖君也過來陪他一起看，他一路沒有說話直到走進國畫部，才說了一句：『我感覺到大家用的時間不夠，畫得太匆忙。』接下來就由雪湖君帶路一幅幅看過去，他對第一回台展的印象還很深刻，就說看了省展就想起初回的台展，那一回還有不少傳統水墨畫，這些畫省展裡又出現了，在他看來像是又回到了台展初期，意思很簡單，一聽就知道指的是沒有進步，他是關心省展才這樣說，我很能理解。」

「我補充一下，對不起，讓我說兩句。」郭雪湖搶先說：「後來我們再碰面，他問我省展結束了沒有？又問有多少人訂購，外邊的評論如何？外省人那邊說的話有沒有注意到？最後問的這句才是重點，他又提到黃榮燦這個人，說這個人的文章意識形態太重，反而沒辦法就畫論畫，寫了等於白寫，真可惜！又問我認不認識這個人，我說他不像其他外省畫家那樣高高在上。可是肇嘉先生說：他寫文章的態度明明是高高在上呀！你沒感覺到他的口氣是在指導，不是在與人討論，以致與台灣人之間沒有什麼交集。聽他這麼說，我也就不想說下去，畢竟他是前輩，況且黃榮燦的文章我也還沒看到。」

「我看到了。」王白淵說：「基本上他的理念和我相當接近，可惜這個人不太讀書，連基本的馬克思都沒有讀，也想以社會主義的觀點談美術。還有，中國美術史也沒有讀通，文章裡每一段落邏輯都不清楚，只有熱心那是不夠的。」

「我本來以為和外省人之間只有語言上的不同，只要語言能溝通就沒什麼障礙了。現在才看出不是這樣，我們學西洋美術是從素描入手，素描帶領我們認識西洋畫的內涵，可是外省畫家只把素描當學畫的基礎，馬上就和社會的意識形態結合，和美學反而脫節，所以當初我會反對讓他們的版畫放進省展裡來，因我們根本沒法評審，由於有這樣的差異性，那位黃先生會以他的觀點批評省展是十分正常，我不但不與他爭論，還希望他多寫，不管怎麼寫，都是很好的參考。」陳德旺說。

「不過黃榮燦和麥非兩人倒是可以坐在一起談藝術的外省畫家，只要有一支筆一張紙，談一兩個小時也沒問題。我和你一樣認為他們不懂西洋美術，因為他們在戰爭中長大，那時美術的功能是作宣傳用的。接著就到台灣來了，你要他們有什麼深入見解是不可能的。我要說的是，他們既然來到了台灣，我們該以什麼態度和他們合作，這樣對台灣美術才有好處。」楊三郎說：「有一天我遇到新竹的鄭世璠，他從日本時代起就收集美術活動的資料，現在還在收集，可是他拒絕要外省人寫的東西，理由是道不同不相為謀，我勸了好久，終於被我說動了，我說就算你幫忙我來收集可不可以，我會用到的，他一聽就點頭了。將來等大家中文能力足夠去閱讀，再好好地把他們找來一起討論，說不定那時候他的美學觀點也已經改變……」

陳春德說：「最近有學生來跟我說想去學版畫問我的意見，我說很好，你趕快去。又來了一個學生，也要學版畫，我說不可以，他很奇怪，為什麼別人問就可以，他又不可以。我告訴他：你的潛能足以當大畫家，要專注在純藝術領域，將來必有很好前途。別人則不同，可以憑小聰明刻些木刻刊在報上就滿足了，所以才勸他快點去，不要浪費時間在我這裡，我這麼一說他就懂了。」

「我就說省展是有偏見的，你還不相信。」楊啟東說：「第一回台展中以摹仿古人之作為由打成落選的，今天又出現在省展裡，為什麼版畫你就不肯接受！肇嘉先生所以會說那種話不是沒有理由的。」

說完看沒有人回應，便又繼續說下去，這回他乾脆站起來說話：

「我說台北人有台北人的看法，是地方性的觀點，本來就是，但如果太偏了，那就是偏見。台中人也一樣有自己看法，但我們不會去操縱省展，省展要有台灣全省的普遍看法才叫省展，怪不得外省人會說省展只是府展的延續，看過之後一點也不覺得台灣已經光復。我常說省展如果是在台中舉辦，從南部上來的畫家就減少了一半路程，北部畫家也可利用機會到中部看看台灣到底有多大，不然的話，台北人只在台北，不就成了井中蛙！這不是罵人，而是事實。」

說到此，又有人伸手搭在他肩上，輕輕拍了幾下，看似在暗示什麼：

「啟東先生，你今天又沒喝酒怎麼已經醉了，但酒後吐真言，平時沒人敢說的今天都讓你搶先說出來，佩服佩服。」前來的這個人仍然是陳慧坤。

「慧坤兄你不要過來擾亂，我話沒說完，台中是什麼地方？在台北畫家眼中，台中是個金庫，人人都想到台中來賣畫，想辦美術活動就來募款，來找霧峰林獻堂、林攀龍，清水楊肇嘉，中央書局張煥圭、張星建。台北的李春生、陳天來不是很有錢嗎？怎麼沒有人去找他們。過去我說台中成了台北人的金庫，朋友就勸我不要說得那麼難聽，其實這對台中人來說是值得自豪，怎麼會難聽……」這時端來最後的一道菜，接著就是菓盤。已經有人開始準備離席，紛紛站起來找人談話，亦有人在互相道別，楊啟東似乎並沒看到只顧說下去，心裡有許多話要對台北人說，即使沒有人肯聽，他也要在台北把話說完了再回台中。今天是他終戰以來最痛快的一天，說完真想再高歌一曲，看見賓客已走得只剩沒幾個時，他才跟在眾人後面，最後一個走出餐廳大門。

來到南京路口，楊啟東看見李石樵和一位陌生人正在交談，走近時聽到那人說的是北京話，兩人比手劃足，每句話得重覆好幾回才算讓對方明白，覺得很好笑就停下來多看一會，李石樵也在這時與那人道別轉身過來，正好看到他，只好迎上前。

「已經散席了？不留下來玩一天再回台中？」李石樵在北師時是他的後輩，說話時還一直保持幾分敬重。

「聽你在講北京話，是無意中聽到的，因為好奇就……」偷聽別人講話被發現覺得不好意思，聲音變得很小，一點也不像先前。

「見笑見笑，只學兩個月的北京話讓你聽到，真是的……」

「你已經結交上外省朋友？在台北機會多，我也學了幾個月北京話，還沒機會用得上。」

「噢，剛才那人叫黃榮燦，餐會中一直有人提到他，其實他在樓上吃飯，一起的都是些黨部的官僚，他說與這些人吃飯最虛偽，早知道我們在樓下他就跑下來，這個人很有藝術家性格，作事講話很隨性，可惜講十句我能懂三句就很不錯，雖然是外省人，沒有一般阿山的性格，很有意思的一個人……」

「沒想到台北人也說他們阿山，我的看法不是所有外省人都是阿山，阿山的性格台灣人現在也有了，學得真快，尤其在台北！」

「你難得來台北，讓我請你到波麗路喝杯咖啡，走！」

37 波麗路來了一位大官

從圓環的南京路到民生路只轉一個彎約五分鐘就到達波麗路，楊啟東看過省展之後心裡有很多話想問，又不知怎麼開口，尤其在北師小老弟面前。

「以前這裡的咖啡在台北算一流的，現在沒有好的咖啡豆，都是罐頭粉泡的代用品，我們來了就改喝紅茶。」李石樵來此喝紅茶已近半年。

「紅茶！不如來一碗味噌湯，大概這裡沒有，有那就最好。」

可是這裡僕歐已經送上紅茶，他一看到熟客人就知道該送什麼過來，楊啟東也不反對，目的不過是想坐在這裡聊一聊。

「省展中好像沒看到你送作品上來？」李石樵關心他的創作，故有此問。

「我沒有出品，以後……也很難，你看，北師的這許多後輩都成了評審委員，我送作品去接受審查，心裡總覺得很那個，我的心情其實不用說你也明白。」

「你想太多了，沒有關係的，像陳慧坤今年得特選，明後年他就是評審，論年齡他也是我的前輩，我還是建議你出品，藉出品省展和台北才有個連繫。」

「畢竟到過日本進修的人，懂得把眼界打開，對事情的看法與別人不一樣，我住在台中，和東京的確是隔了一個台北，沒有直接交集，對東京的新美術也感受不到。」

「最近我常去台中，和張星建、江燦琳、葉火城都有聯絡，說不定有一天我會全家搬過去。」

「不參加省展，我就想出品日展，結果更難！曾經託朋友帶作品去，事先告訴他，如果入選就通知我，沒入選就不必讓我知道，直到現在沒有音訊，畫也沒寄回來……」楊啟東把出品日展的事誠實說出來。

「省展是全島性的美術活動，不參加好像自外於台灣畫壇，不過，如果我沒有當評審員還會不會出品，我想大概就不會了，所以我也不敢多勸你什麼。」

「因為沒有到日本學美術，而造成我一生的遺憾，才對省展想不開。回頭又想，今天若我進了省展又怎樣，放在世界上也不過小小一個展覽而已。不知為什麼，我只不過是個單純畫畫的人，腦子裡竟然會和官辦的畫展糾纏不清，是不是可用信心不足來解釋？」話雖這麼說，他還是希望從對方那裡得到安慰和勉勵。

「你能這樣想，實在令人佩服，一個人不斷地反省，很自然就會發現這類的問題，這是榮譽心在引誘我們，真正藝術家不該費心思去管這些，這證明我們還是世俗的畫家。作畫和修行一定有相通的地方，我還不會解釋這麼深入的道理，但已經有感悟到了。」李石樵說。

「剛才和你說話的外省人，姓黃是不是？他參加省展沒有？」

「他被邀請到籌備會來過，但沒有作品參加展出。」

「對，他是版畫家，有人說版畫不可出品省展。」

「剛才聽到有人這麼說。」

「又說他寫文章批評省展……」楊啟東最在意的就是批評。

「我認為批評愈多愈好，有展出就要有人收藏，更要有批評，都屬於這時代美術運動該有的。」

「明年再看吧！省展若屬於我的，就是我的，不屬於我的，強求也沒用，大家相處不僅人和而且畫也要和，這是很不容易的，尤其我這種人得理不饒人，話一出口就得罪人，被晚輩稱為『台陽之敵』。」

「省展還是希望有人寫文章批評，拿鋼筆的人要比拿畫筆來得更有勇氣。」

「……我再來一杯茶好不好？這裡的茶很合我口味，若省展也一樣就好了！」

「茶也是你試了才知道，省展你不試怎麼知道！」

「這是日本茶吧！想起當年日本畫家到台灣來不管怎樣對我們這一代確有相當大的幫助，應該知道感謝。外省人在文章裡批評省展有日本府展的遺毒，這又算什麼毒？府展第六回，美機已在頭頂丟炸彈，大家都疏散鄉間，戰後才回到原籍，誰的腦袋會想到府展有什麼遺留下來的毒。省展才第一屆，能有畫參展已經不錯，要求省展如何完美，短期間談何容易，外省人實在是外省人！作為台灣畫家若要我拋棄日本人的去接受外省人的，打死我也不願意，其實府展中的東洋畫已經不是日本畫了，一看就知道是台灣人的畫，若照外省人的話去作，這樣下去，連台灣自己的畫也會消失不見，不相信你等著看好啦！」楊氏愈說愈激動，手握拳頭，一而再作勢要搥下來。

「黃榮燦這個人是可以談的，他有偏見也有理智的一面，你的北京話比我強，下回帶他到台中去拜訪你。」

「行，我請他吃日本料理，看他敢不敢吃生魚片，其實我只喝味噌湯和兩碗白飯就非常滿足。也許他會笑我是標準殖民地的台灣人，專撿日本人最廉價的味噌，不懂得學殖民主人享受大魚大肉。他不了解最美的人生只要有熱湯就很快活！」

「我說你們兩人的想法倒很相近，他不畫油彩，只要一塊木版就能用刀刻出黑白版畫，印成好多張與別人分享，他的創作只有兩個顏色，和你喝味噌湯一樣感到滿足。」李石樵有意想逗他，鼓勵他去接觸黃榮燦。

「木刻版畫我們在北師時都作過了，是小原整先生指導的，我拿到的分數還是全班最高，校長室裡一直掛著我一幅《南門市場》，不知你看到了沒？是校長到教室裡來時，特別指定要我印一張留給學校，那位黃先生如果懂得版畫，我倒有很多事想要請教他。」

這時他看到咖啡廳的大門被推開，進來的人模樣不像個畫家，卻不知在哪裡看過，可是他已經朝這邊打招呼：

「歡迎光臨，好久沒見到兩位了，今天怎麼有空過來？」

楊啟東腦子裡還在想此人到底是誰，李石樵卻已開口答話：

「前幾天來過，正好你不在，這位是我北師的前輩楊啟東先生。」

「對，一進門我認錯了，以為是吳濁流先生，楊先生也是畫家，你的水彩畫很有特色，我印象深刻……」

楊啟東聽了笑得合不攏嘴，馬上站起來伸手與他相握：

「廖先生真是標緻的黑狗兄，幸會、幸會！今年我來台北三次，三次都到波麗路喝杯咖啡再走，聽石樵君說近來店裡沒有品質好的咖啡，所以我們改喝紅茶。」

「你誤會了，我的好咖啡是等好朋友來了才拿出來，你等一等。」說完轉身到吧台後面，從框子裡取出一個小袋子，裡頭裝著一盒盒的咖啡豆。

李石樵看了覺得好笑，剛進來時一副紳士模樣，白西裝紅領帶，風度翩翩，一轉身就像個店員，動作熟練靈活，一看就知道老闆也是跑堂出身的。

的確是好咖啡，已經傳來一陣陣香氣，吸引兩人不斷探頭往吧台望去。

「你說在這地方開畫展合不合適？」老闆廖水來端來咖啡時信口問一問兩位畫家。

「掛畫是可以，開畫展要正式一些比較好。」楊啟東回答。

「裝飾牆面的話，就掛畫好了，不要說那是畫展。」李石樵應合。

「原來是這樣，這是對畫家的一種尊敬，我忽略了，真對不起！」這句話他用日語從頭到尾說完，然後彎腰行禮表示歉意，這一代的讀書人想說句誠懇有禮貌的話似乎非用日本話不可。

「你們這裡很少有外省人來，我的感覺是講日本話的客人最多。」李石樵問。

「對，我們的生意還沒作到那邊，只有一個叫黃榮燦和池田敏雄一起來過。」

「又是黃榮燦，這到底是個什麼樣的人！」楊啟東聽了對此人愈覺好奇。

「是池田的朋友，我也是池田介紹才認識他，他想作出版，找了很多人。但我覺得和外省人合作目前還不是時候。」李石樵說

「真有意思的一個人，他已經學會一些日本話，有時候搞不清楚台灣話還是日本話就混在一起講。」

「既然這樣，難道他不曾帶一些外省人過來？」楊啟東問。

「沒有，從來沒有過……。」

「有個叫蔡繼琨的，有沒來過？」李石樵問。

「蔡繼琨不是外省人，他台灣話講得比我好，也能說日語，怎會是外省人！」

「這你就不知道了，下回他來，你問他看看……」

這時門又打開，進來兩個人，一眼便認出是郭雪湖，同來的穿長袍年約五十幾，身材瘦長，剛踩進門就又退回去，吐了一口痰才縮身走進來，這個人不用說當然是外省人。這陣子台灣人把過去常用的「唐山人」簡化成「阿山」，以稱剛從中國渡海過來的這批人。

「你看，外省人來了！說呀說就來啦！」

「這是第三位外省客人……我要免費招待他。」廖老闆起身過去招呼。

「郭雪湖怎麼有這種朋友，少見的典型唐山客。」楊啟東特別感到好奇。

「日本人來了之後把台灣人隨地吐痰的習慣改掉，現在恐怕……」話未說完，被郭雪湖大聲一喊，把兩個人一起都喊了過去。

楊啟東跟在李石樵後面半步距離，因聽過許多「阿山」的傳言，帶給他些許恐懼，雖然走過來，仍然幾分畏縮。

對方見他不肯上前，伸出長手先來握他，使他身子像觸電般為之一震。而李石樵卻顯得自然多了。介紹時郭雪湖說他叫「馬壽華」，記得楊三郎起先一直反對這個人進省展當評審，所以一聽就想起來，覺得楊三郎的反對有理。

郭雪湖只為了他是某單位的一名專員，有他在省展好辦事，自作主張讓他進來之後才告知同仁。楊三郎所以不悅，除了反對「阿山」，這也是原因。

不等郭雪湖介紹完，對方已搶先開口自我介紹，說了長長的一串話竟然半句也沒聽懂，只覺得他說話速度極快，口裡含著痰隨時可能吐出來。

楊啟東看自己桌上的咖啡已送到，敷衍幾句就匆忙告退。

「你剛才向他說了什麼？」一回桌，楊啟東就問他。

「我說了什麼？沒有呀！」李石樵已不記得自己剛說什麼，這場合總要有聲音，說了什麼沒人在乎。

「這個阿山是什麼專員，會是很大的官吧！」

「應該很大，不然雪湖君怎會巴結他，能拉住一個專員對省展才有利，雪湖君是個世故的人，必有他的道理。」李石樵喝了一口熱咖啡，就想抽菸，知道楊啟東是不抽菸的，點菸時偏過一邊，避免看到對方不悅的眼神。

「專員不算什麼官，哪能說專員是官呢！」此時廖老闆已經過來，聽到兩人對話，就插嘴說：「前天晚上我走在太平町街上，看到一個專員在跟擦皮鞋的吵架，擦皮鞋的比他還兇，不停地罵，罵來罵去只那麼一句話：『你專員怎樣！我擦皮鞋又怎樣！』專員也只回他：『你擦皮鞋怎樣！我專員又怎樣！』聽的人分不出專員和擦皮鞋的誰比誰大……」

「在他們外省人看來專員一點也不大，可是台灣人眼中作一個專員就很大很大。」楊啟東說時有意把眼睛瞄向郭雪湖，看到郭雪湖正拿手巾替「阿山」擦拭不小心灑在衣服上的咖啡。

「很大，的確很大！」李石樵放低聲音，不停地點頭表示認同，然後向廖水來說：「倒出來的是你請的免費咖啡，你知道該怎麼辦，慷慨一點，再送上一杯！」

「好，就聽你的話再送一杯，算是你替他要的……」

這時聽到郭雪湖大聲喚僕歐：「再來一杯熱咖啡！」這邊三個人看了壓低聲音齊聲笑起來。

38 「省展」門外漢的獨白

幾天後果然傳出好消息，政府願撥下鉅款，往後歷屆省展將收購評審員及獲獎作品，並訂下長久性的法案，幾家報社和公家銀行也規定每年購買一幅以上省展作品。楊啟東在台中聽到這消息時，馬上聯想到那天波麗路的一幕，郭雪湖為專員盡如此周到的服務已得到該有的報酬。從這角度看顯然專員的權位非常大，背後還得通過多少管道雖沒有人知道，至少得相信波麗路的咖啡起了作用，郭雪湖穿針引線是最大功臣。

楊啟東靜靜坐在自家玄關外葡萄籐下，回憶當日所見的前前後後，細心地分析郭雪湖出面與專員談省展之事，這當中必有高人牽線，那個人又是誰，為何沒有出現？更難解的是別的地方不去而偏偏找到波麗路來，這是台北一帶畫友最常走動的地方。向來楊三郎、郭雪湖兩人為省展作事總是褲帶相連，這次看到郭雪湖單獨一人未免覺得奇怪，是否如外界傳言，楊三郎不願與外省人混在一起。至於這個「阿山」，必不是普通專員，自古中國人的好處無不靠牽親引戚取得，這回是郭雪湖找上「阿山」，還是「阿山」自己找上門來，他的目的無非是想在畫壇占有一席之地，借此為自己在政壇建立文化形象，一舉兩得才是與郭雪湖面談的主要動機。最後，他對李石樵的反應感到有些奇怪，同是省展評審員，看到郭雪湖有此動作照理會積極想打聽才對，而他竟然置身度外不理不睬。台展初創時，東洋畫部裡台籍畫家的作品因仿古畫全遭落選，僅選進「郭、林、陳三少年」而轟動一時，如今時代改變反過來找上專仿古畫的專員當評審，這到底怎麼回事？為現實利益把藝術置之一旁，如此下去省展的前途令人掛慮，這樣的省展不出品也罷，辛苦完成的創作送去讓師範時代的後級生品頭論足，著實沒有面子，在這青黃不接的時代裡，不如潔身自愛，藝術是永恆的路，成就不爭一時只看一世，想到這裡他的心情適暢多了。

即使經過一番自我解析，對過去長久受到的孤立終得以釋懷，他對台北美術界的一舉一動仍然不曾忽視。自從波麗路回來，性情孤傲的他已經把李石樵當作台北畫壇上唯一的知己，不時寫信找他討論，不露痕跡地在文中提出問題討教，心裡最想知道的是未來的台灣美術將以什麼樣的繪畫為主流，雖然心裡想問，又怕被看出對藝術見解的初淺，每回都轉幾個大彎才讓讀信的人找到問題。李石樵在開始時因他的熱誠頗為感動，每收到厚厚的一封長信，必然不肯認輸也回他同樣分量的一封信，日久實在沒有那麼多話好寫，對回信的事才開始冷淡下來。

楊啟東日後還經常拿出這段日子李石樵寫的書信出來閱讀，在他心中最感珍貴的是李石樵為王白淵所倡民主主義的美術而作的詮釋，和在台北與來台外省畫家接觸後了解到的近代中國美術，每讀到令人讚賞的文句就情不自禁說：「李石樵畢竟是李石樵！」這句話他永遠是用日本話說出來的。生性好強的他也有認輸的時候！但他說：「歸結起來我是輸在當年大家往日本學畫，我沒有去，沒想到僅這一步錯失結果步步錯失。」每次總拿自己和李石樵相比，才真正看出這當中不可彌補的距離。

有一天他在書店裡買到一本日本文學雜誌，裡頭有日本戰後的民主主義文學專輯，原來人家早已經有了民主主義的認知，說不定王白淵是從那邊抄襲過來的，然後才讓李石樵大作文章，其實所謂「民主主義美術」不過就是廣義的寫實主義，李石樵的信中有這麼一段：

一幅畫就好比一座舞台，台上站的演員是平民，扮演的角色是平民，台下觀戲的也是平民，這種平民大眾的戲，搬到畫面上來就是民主主義的美術。

話雖這麼說，歷代台灣的畫家從來就沒有人畫過什麼帝王將相，又何需去強調屬於平民的民主主義！抱著光復的心情為美術喊出民主的口號代表了現階段民眾的共同期待，幾年裡「三民主義」四個字無時無刻不掛在台灣人嘴上，王白淵就因此為台灣當代美術找到一個主張，當它是時代的潮流，有時更成為畫家的護身符！楊啟東是個批判性強的畫家，每次遇到什麼他都會找出反對意見，不論接不接受對方論點，也要想辦法批評幾句，非通過批判是不會隨便接納的，這一來也影響到他在畫壇上的人緣。

至於李石樵信中所言，對來台外省畫家的看法，楊啟東雖然贊同，還是認為是台北角度看到的美術，信中說：

我們不可以像過去看待日本畫家那樣看待來台的中國畫家，尤其像石川欽一郎、鄉原古統這樣的老師，在中國大概還沒有，即使是有也不到台灣來，來台灣的都有很深成見，認定日本留下的都是不好的，今後從中國帶過來的才是好的，這想法對台灣美術必產生傷害，不要因為祖國就什麼都是對的，當年岡倉天心主張大亞細亞主義，極端反對西洋文化，一面倒向亞陸文化，遭致後起開明之士的反對，才有明治美術的盛況。據陳澄波在上海看到的，他認為中國近代美術中已很難找到傑出的好畫家足以代表一個時代，更無法影響到後世，何況是到台灣來的。最糟的是在台灣想當他們不存在又不可能，每天都有意在指點一條路要我們去走，台灣美術的路走到今天，已經有我們自己的方向，外來者一時之間不可能起任何影響，他們以為在政治上有決定權就想當美術的領航者，所以我們才提出民主主義來抵制中國人的泛民族主義。

日治時代以來，楊啟東發表過很多文章，自認日文能力在台灣畫家裡無人能出其右，甚至勝過一般的日本人，讀了李石樵的信才知道有些人只是以畫家的身分活動，文學方面的實力還在隱藏中，像李石樵這樣的人確實不可輕視。

當他發現李石樵對藝術看得這麼清楚，還有點不敢相信，認為一定在哪本書上讀過類似的分析，他只不過借用了別人的觀點而已。楊啟東自己也曾以台中觀點拿台北畫家與外省畫家相比，發現台北畫家具有著省展守護神的性格，站在大門前當守衛懷疑外省人來者不善，因此從一開始就作出防衛的動作，可見台北人所談的外省人也不見得有多正確，只憑他們的立場說出自己的話。

信中李石樵一度暗示他，民主主義中包含有社會主義和民族主義，而他的民族主義就是台灣主義，在他畫中所畫的人物各個都是典型的台灣人，文學家們沒有辦法用文字形容的，畫家用彩筆畫出來，這是畫家分內的職責，也是繪畫的優越性，他的說法日後楊啟東才慢慢地開始認同。

這時他又把台北人拿來與上海人相比，正如多年前也一度把猶太人與客家人相比，作這樣的比較所發現到的令他感到十分自豪，在記事簿上寫下很長的一段感想：

……是不是我也一樣能拿李石樵與我作比較，李石樵一心一意想建造自己的藝術堡壘，無時無刻不擔憂有人前來攻打，他的獎牌像石磚一樣堆積成寶座，多年來一直令我羨慕。直到外省人出現在台北，就像鏡子一般有了對照，外省人怎樣對我一點也不重要，可是台北人就不一樣，守護神的特性令他們更加神經質。到底「阿山」這個稱號是台北人還是南部人先說出來的，過去和李石樵在信中爭論了好一陣子，表面看來無聊的問題爭了之後才發覺一點也不無聊，和當年稱日本人「臭狗」一樣，是林獻堂在台中神社偶然看見日本人朝著牆壁小便，感到不屑才順口罵出來，登上文化講台之後毫不考慮接連用了好幾回，起先前來監聽的警察沒有聽懂，等聽懂時全場正哈哈大笑，想禁止也來不及了。所以「臭狗」是從台中的文化演講中傳開的，既然能說出來源出處，當然在爭論中更加振振有詞，占盡上風。

日後他拿上海人和台北人來比較，很快就找出特徵，當然是以台中人的尺度衡量的，相較於台中人，台北人說話的速度快了將近三分之一倍，上海人較台中人則速度快了近一倍，這是他平時觀察得來的結論，所以面對面和李石樵用嘴巴爭論是爭不過的，同樣李石樵也對上海人有所畏懼，不敢與之有口舌之爭。於是他十分高興看到台北人的地位如今為外省人所取代，站在台中人的立場，無非是外省人給了高高在上的台北人一個教訓，領航者換了人對船上的台中人無太大差別。

然後他又逐漸了解李石樵心中有個畫壇，以帝展為至高無上的殿堂，只要認真往那裡推進，必能登上殿堂的最高階，那裡就是畫壇的頂端。可是中國的畫壇到底在哪裡，他及今還摸不著邊際，有如失去航行方向的船隻，只要有機會寧願回到原來在東京的畫壇，然而當前政局無論如何也不容許他已設定的航線再度改變，雖然在他腦裡十分明白，在信中又說不出口，無疑這是台北畫家深藏內心的痛，毋寧說他們罵外省人是罵假的。

他無法了解為什麼自己那麼排拒台北而又如此在乎台北，為了補救與台北的疏離感，從北師畢業以來就經常向東京的出版社訂購藝術和文學的書籍，在書架上堆得滿滿地，不時抽出一本來翻翻，認為這樣才不致為世界文明所遺棄，多年來在他住家方圓數公里內遍找不到一個可以談心的人，只有每天望著家中的藏書默默地在書中找智者對談，每有朋友前來拜訪，談話中他總不忘提醒對方看一看他的書架，然後補上一句：「讀過這麼多書的人，怎麼會不懂！」多年來的藏書已成了他永遠的靠山。

這時他還只是國民學校的美術老師，由於是日治時代師範體系的最高學府台北師範學校出身，因此特別受到校長及同事的敬重，使他更以大牌教師，同時是台中畫界大老自居。

有一天楊啟東正在上課時，學校工友突然到教室來喚他，說有個外省人打來電話，自稱是姓黃，他馬上想到與李石樵交談時數度提起這個名字，一定也是經李石樵介紹前來的，為了禮貌他特地到校門口等候，未料客人已先一步站在門外，是個比自己約年輕七、八歲裝扮樸實的青年，土黃色卡其布長褲，白色襯衫，套上半舊西裝，頭戴的灰色運動帽，一看就知道是剛買的，和全身上下全然不相配，原本白色的皮膚被中部的太陽曬得有些泛紅，加上炯炯有神的雙眼，特別顯出年輕人的衝勁和氣勢，第一眼就對這陌生的阿山有程度上的好感。

握手時把楊啟東的手捉得緊緊地，另一隻又伸來扶住，這種熱情表現在第一次的會面很容易給對方有深刻印象，雖然被握得有些疼，分開之後還覺得麻麻地，反而在心理頭加深幾分感動，接連道出幾聲「久仰」，是近日學會的問候語。

到台灣之前黃榮燦已養成習慣手上有本筆記簿，正好用來與人作筆談。楊啟東在台中未曾有外省畫家找過他，與學校的兩位外省老師也只寒暄兩句，上美術課還一直用台語參雜日本話，有些剛從外地如日本、南洋回來的孩子連台語都說不好，以致使用日語的機會和日本時代幾乎沒有兩樣，因而他的北京話及今說起來還相當勉強，與黃榮燦交談時不得不伸手搶筆記簿來寫，黃榮燦第一個反應就是「哇！你的漢字寫得實在太棒！」原來他是書法的能手，正好可以藉機露一手。

「太棒？」楊啟東雖聽不懂，卻知道是在誇讚。

「太棒就是很好的意思。」黃榮燦趕緊解釋，用筆快速寫了good在筆記簿上。

「謝謝，謝謝！」

「平時也常練書法？」

「書法！毛筆字每天都練。」說時顯出得意的笑容。

從小學時代的習字他就是全班最高分，進北師後在書道班又是名列前矛，可是自從他弟弟開始學寫毛筆字後，聽到外人稱讚的都是弟弟而不再是他，今天有人說他的字「很棒」，笑得合不攏嘴是一定的。

雖然才見面彼此已把對方當好朋友，十一點鐘不到就帶著黃榮燦往柳川走去，溪旁一排臨時搭建的違章建築，年來成了攤販作生意的地方，多半是外省的麵店，其中一家他最常去的日本料理居然也是外省人開的，老闆來自曾經是滿州國的東北，每次一見楊老師來就以日語相迎，還免費奉送味噌湯，有時味噌湯只當茶水喝，錢也不必付就離開，老闆從不計較。

今天難得帶來朋友，一見是外地來的，不管是哪一省人，就喊他「老鄉」，馬上送來兩碗熱騰騰的味噌湯。

楊啟東是老客人，不看餐牌就點了兩盤蛋包飯和冷豆腐，想想覺得不夠又增加了一盤「黑輪」，點完回頭問黃榮燦：

「吃不吃沙西米（生魚片）？」

以為外省人一定不吃，問一聲表示當主人的禮貌，未料回答竟然說：「到台灣來最感得意的就是學會吃沙西米，聽說到台灣人家裡作客不吃沙西米主人會不高興的。」經他這一說，便又多了一盤菜，老闆見楊老師從來沒吃過這麼好，今天帶來的準是貴客。

由於時間尚早，店裡客人稀少，老闆一有空閒就站在桌旁與「老鄉」聊個不停，楊老師也趁此機會練習聽國語。

飯後楊老師從學校騎腳踏車載著黃榮燦回宿舍，是學校配給他的木造日式房屋，台灣人稱它「日本宿舍」。目的是想讓外省友人看他近來的畫作和滿書架的藏書。

從衣櫃裡先搬出他的素描和人物速寫，接著是畫在速寫簿上的淡彩風景畫，然後才是半開的不透明水彩，畫的多是日常生活之所見，從豐富的題材足以看出楊老師平時在繪畫上所下的功夫，他的寫實畫風很合黃氏的口味，觀看時發表了很多的意見，並說他的藝術觀異於台北畫家的沙龍繪畫，畫來不勉強也不造作。

看完畫之後，抬頭看到書架上的藏書便順手抽出幾本來翻閱，其中一本封面有「資本論」字樣，猜想應是馬克思所著，拿在手中翻了又翻，雖讀不懂日文還是看了好一會才放回去，從架子上的書籍已看出楊老師是個博學之士，可惜語言溝通尚有困難，否則必是徹夜暢談的對象。臨走前他說了一句話：「真羨慕台灣人懂得讀日文，我應該把日文學會，至少在閱讀方面，才不辜負自己在台灣的這些年……」

楊啟東受到誇獎很是得意，送走客人之後回頭朝書架望了好久，沒想到竟然心虛起來，到底哪本書自己從頭到尾認真讀過？幾乎找不出幾本來，更何況以學者的態度深入究讀。這一生靠著滿牆壁的書擺出學問家的架勢，今天算唬過了黃榮燦，但騙不了自己，得到愈多的讚許，增加內心愈多的反省，對自己的誠實才是楊啟東的真性情！

剛才與黃榮燦騎車回宿舍的路上，兩人談到繪畫的素描基礎，覺得對方的觀念有些模稜兩可，不論談什麼就先講到意識形態，且僅觸及文藝創作的廣泛領域，對楊啟東而言，當畫家面對正進行中的一幅畫時，心裡最想捕捉的除了感覺就不再有別的，完成之後再靠文字解釋，已經偏離畫家職責和藝術的本位，這是作為依賴文字思維的知識分子最容易犯的毛病。如果今天兩人對話的語言是日語當可深入討論，到時意見不同而辯論起來也說不定，可惜時代的改變使得這一代的台灣讀書人幾乎成了啞巴。

黃榮燦來此找他，處處表現有足夠的誠意，且帶了幾幅剛完成的版畫前來請教，從他的眼神可以看出作一名藝術家的氣質和真誠。看他的版畫時心裡有句話一直不知如何說出來，想告訴對方「你的素描必須再多加強！」這句經常對年輕畫友說的話。尤其沒有受過西洋學院繪畫洗禮的東方畫家，光源的捕捉總是那樣鬆散，以致畫面缺少了凝聚力，氣勢也同此難於展現。話雖這麼說，他還是有自知之明，知道在自己的畫裡最欠缺也正是這種氣勢。黃榮燦對他的水彩畫倒沒有多說些什麼，也許因為吃了他一頓飯的關係，其實到目前為止，兩人想要討論都還十分困難，語言的隔閡使外省人和台灣人經常產生誤會，反過來看，也可說因為語言不通才減少了不必要的爭辯。他望著握手告別之後的黃榮燦走出大門的身影，心裡一直在想，往後這個人還有機會再見面嗎？來訪的人那麼多，為何只有對他有這想法？

39 敵人是自己

另一邊，離開楊宅之後，黃榮燦沿著梅川直接往火車站走來，途中不斷有三輪車伕過來拉生意，最後禁不起招引終於坐了上去，其實路的盡頭已看得見車站建築的尖頂。坐在車上他打開筆記簿迅速畫了幾張速寫，算是把車資又賺回來才不覺乘車是一種奢侈。

為了省錢他決定乘慢車北上，從台中到台北以慢車速度每站都停至少花五小時，車上除打盹還可利用時間寫文章，或者替近旁的旅客畫像，這是他過去在華南、華北奔跑時養成的好習慣。

上車一看車廂座位還有很多空位，到了豐原上來大批人潮，走道上便擠滿了人，前面不知幾時站著抱嬰兒的婦人，他毫不考慮便站起讓坐，這一來想畫像、寫文章再也不可能。

乘慢車的旅客總是把車窗打開，前頭蒸汽機車噴出來的煙順著風勢吹進車廂時，他只好摒住氣閉上雙眼，太累了就站著打瞌睡。

腦子裡又再憶起剛才與楊啟東的對談，認真說來兩人並沒講多少話，只有在回想時才從腦子裡把問題一一挖掘出來，如果有共通語言，兩人一定針鋒相對，好在因為講不通才把許多話都省了不說，直等到現在才開始在腦海裡自我扮成兩個角色獨自辯論起來，好比自己和自己在下棋。

楊啟東剛才說的話隱約暗示他自己學畫過程的艱辛，近二十年來在沒有學院導師教導下學習學院繪畫，完全靠個人摸索，以致技法的問題永遠沒法解決。這裡顯然透露出他對學院的依賴，或許是十幾年台展競爭下產生的盲點，也是當前多數台灣畫家的通病。楊啟東心裡則認定這是晉升台灣藝壇的唯一途徑，黃榮燦當然不能苟同，如果繪畫的表現沒有辦法反映出自己的時代，即使再高的學院技法也只是一名圖畫老師，不能說是個藝術家。

想起有一次與藍蔭鼎在聊天時，對方突然說了一句話，以後在他的文章裡也經常拿來引用：「今天在台灣的畫家其實都是教畫家。」所以他建議舉辦全省的教員美展，以便看出省展和教員展有多大區別，結果完全沒有差別，證明台灣畫家都是教畫家。

因此，楊啟東才說：「如果我畫立體派讓學生都看不懂，那就沒有意思了。」他作畫有個原則，要學生能看懂，就是這種思維在引導他作畫，也就是今天台灣當教師的人的心態！反過來說，作學生的更加考慮到這樣畫若老師看不懂就拿不到分數是同樣道理。所謂「教畫家」，其實在心裡還一直擺脫不開背後有個指導老師的陰影，這種畫家真正身分到底是學生還是老師，自己也分辨不清，這話如果說出來，不管面對的是楊啟東還是李石樵，免不了引發一場爭辯。只因為沒有共同語言而免除這一場戰爭。

心裡這麼想著，另方面他仍可找出無數理由反駁自己，在車上有的是時間與自己舌戰，過去在大陸旅行就習慣以這種方式讓腦子忙碌，所以雖站著擠在人群堆裡，直到車子過了桃園才空出位置讓他坐下吃便當，五小時的旅程仍然沒有感覺到無聊。

「美術競賽本來就是殖民統治者安撫台灣民眾的手段，要畫家們只知畫些花花草草自我陶醉，沒想到了今天台灣畫家還是樂此不疲不知覺醒。」他這樣想著，馬上又出現反面理由向自己反駁。

「可是，為什麼日本人自己也在東京設置帝展，讓日本畫家年年參加競賽，況且帝展亦非日本人的創舉，而是借自法國沙龍模式，難道他們對待自己人民也用相同手段來安撫！」

「當然也是安撫，統治階級和被統治階級是無止境的對立，只要從階級的角度去看，不知覺醒的其實不只是殖民地人民。」

「只要你有心追蹤帝展結束後作品到了哪裡就不難了解，藝術的創作其實不過是替上層階級製造裝飾品，畫家們居然感到是一種榮耀。可悲！」

「社會本來就是這樣，每個人都要為別人服務，然後也接受別人的服務，如果事事要計較公平與否，這個世界就沒有安寧的日子。這樣的社會並非我們所要的。」

「公平說來很好聽，人與人之間生活差距如果太大，必引起一場爭奪，所謂政治不外是維護社會和諧的手段，不是用來製造紛爭，藝術的創作理念也應該朝這方向思維才對。」

「這又得回歸到什麼是藝術的問題，是單純反映社會現實還是進一步對社會和諧作出貢獻。」

「兩者都要，但並不要求馬上作到，馬上作得到的轉眼間很快就消失不見，這就是政治，從人類歷史看出很多事情都在進步中，但看不出政治有什麼進步，如果只談進步，所說的一定不是政治。」

「所以誰也不能要求政治的進步，但為什麼有人強調政治思想的進步性，說那是進步思想，而且說進步思想就是左傾思想……」

「但為何你說省展沒有進步？只要畫家有了進步思想，省展自然就進步了，但什麼思想才是進步思想？只要向左靠就進步了嗎？」

「省展才辦一屆，你從什麼角度看出進步與否？」

「因我看出省展走的是一條回頭路。」

「回到哪裡？難道是回到一九二七年第一回台展！在省展的國畫部裡，有半數的作品已經又回去了，不就是你所謂的回頭路！」

「如果是回到中國古傳統的老路，那不是我說的回頭路，回到日本官方所倡的東洋畫風才叫作回頭路。」

「你還是往前看吧！既然到台灣來，就得用台灣思維和台灣畫家一起探討台灣美術的明天，更要學會站在這塊土地上看美術的問題。」

「只要回頭一看，不久前台灣人是日本人，外省人才是中國人，又如何在一起談台灣美術？」

火車已經進了台北站，月台上傳來響亮廣播聲音：「台北到了！台北到了！台北是本列車的終點站，所有的旅客請準備下車，下車時請不要忘記攜帶自己的行李……」

回到家裡已經晚上九點鐘，郵差塞了幾封信在門縫，把門拉開時全都掉落滿地，離家才三天時間，把信撿起來拿在手上居然厚厚的一疊，其中一封是演奏會的邀請函，由於設計格式較別緻，便搶先抽出來迅速打開。台北音樂會本來就不多，肯寄請帖給他的更少，於是帶著幾分興奮想知道是誰的表演，主辦單位和演出的所有人員都十分陌生，只有台灣省警備司令部交響樂團的名字略有聽聞，而團長兼指揮蔡繼琨是他一到台北就知道曾經與他同住一間宿舍的前任住客，只可惜不曾謀面，日期在三天後，正好星期日，不加考慮便決定前往。

40 團長失蹤了！

演奏會當天黃榮燦提早半小時就到中山堂門前等候，已有人排隊準備入場，一路走過去前後左右不見有熟人，擦身而過的都是講日語，台灣人已習慣於日語交談，尤其在台北文藝界的這塊領域，給予他有如置身域外的感覺，心情徒增幾分悽涼。

今晚他和平時一樣手上拿著速寫簿，見到什麼畫什麼，進入演奏廳之後他的座位在第五排接近最旁邊的地方，起先心裡有些不悅，等打開速寫簿想畫的時候，才發覺這是再理想不過的位置，側頭望去大半聽眾席在眼前看得清清楚楚。

最前面的兩排到現在還不見有人，第三排以後的座位已陸續坐滿了，終於看到了熟面孔，麥非夫婦正好坐在王白淵身邊，兩人交頭接耳，有說有笑。後面一整排是荒烟、麥桿、李明、姚思章、戴英浪、陳耀寰、陸志庠、黃永玉……等，此時刃鋒剛來，對先到的人一個個打招呼，坐下來後身體還不停地晃動，不管在什麼場合，他都是沒事找事作的人。李石樵從另一邊走來，見到人就點頭，臉上始終帶著笑容，斯文模樣像是個有修養的學者，原來郭雪湖、楊三郎、李梅樹、王井泉、周井田、廖水來、王添灯等都坐在稍後兩排，幾乎每個人都帶有夫人同來。

他終於看到藍蔭鼎夫婦，對方也同時朝這邊看過來，只有他的打扮最像紳士，很有禮貌在向他打招呼，友誼的招手給了他很大溫暖。

這時最前面的兩排才陸續有人進座，多半是他不認識的人，最後才看到了馬思聰和歐陽予倩，戴粹倫是在李超然、高慈美夫婦陪伴下進來的，他們都是音樂界人士。再仔細看，過去不遠就是范壽康和周一鶚。第一排的人此時紛紛起立對著剛進來的官員行禮，來者正是秘書長葛敬恩夫婦，跟在後面的是任顯群和嚴家淦，都是處長級人物，令人納悶的是沒有看到宣傳委員會的夏濤聲、沈雲龍和白克，照理和音樂會關係最密切的是他們才對。

一個人靜靜地坐著，冷眼旁觀場內名流之間的交際，幾位貴夫人來來回回找人寒暄交換名片，熱情擁抱，這就是所謂台北的上流社會，原原本本從上海搬過來，這裡頭當然已沒有講日本話的人了。

不知幾時有個人坐到他身旁來，原來是朱鳴岡，正高興有人作伴，場內燈光也在這時候暗下來，演奏會隨後宣布即將開始。

等再度亮起時幃幕已經拉開，台上出現穿軍裝陣容相當可觀的交響樂團，正在為自己的樂器調音，接著一位將軍大步走出來登上指揮台，他就是蔡繼琨！好神氣好威武，十足大將之風，是今天的指揮也是主角，終於見到這位沒有緣的「前室友」。

由於來不及拿到節目表就走進來，對今晚演奏的曲目一無所知的情形下，從頭到尾只知道是很強的民族風格和戰鬥意味，對他來說這就足夠了，雖然對音樂遠不如美術來得內行，憑個人的喜愛則認為台灣音樂較之美術更有進步性，他的所謂進步多半以意識形態作評斷的。

七點十分開始的音樂會，九點不到就告結束，謝幕時在聽眾熱烈掌聲中只見指揮出場一次接受獻花就不再現身，儘管台下一再鼓掌喊「安可」也不見他出來。

郭雪湖、陳清汾、李超然等起身進入後台想向他祝賀，還有人捧著花一起過來，在台上前前後後到處找不到蔡繼琨。樂隊團員進來之後舞台上已亂成一團，這情形如果發生在普通的指揮，突然間的失蹤一定不是件小事，但以蔡繼琨的特殊身分，會被聯想到另有任務在身也是很自然的，所以眾好友於找不到人之後，就各自下台離開。

黃榮燦看到李石樵也走向後台，馬上拋下朱鳴岡也跟著奔去，不僅想與蔡繼琨說幾句鼓勵的話，也要告知李石樵在台中與楊啟東相會的經過，沒想到了後台早已一片混亂，他看到蔡繼琨的帽子還留在桌上，茶杯剛被打翻，水流到地板還不停地滴著。到底怎麼回事，這些小地方沒有人理會，卻被黃榮燦注意到了。

郭雪湖從身邊走過，來不及與他打招呼，就想趕去追李石樵，於是匆匆走回前台，在梯口看到一條白色手帕掛在欄杆，拿來一看竟是蔡繼琨剛用過的手套，剛剛在台下還看到他拿在手中，從這跡象得知離去時必定十分匆促，到底因為什麼？愈想愈令人感到離奇，又轉身走回後台，找到另一個小門，探頭出去一看，是通向中山堂後廳的小通道，正好一個女郎低著頭從門外進來，沿著旁邊走廊直接往前院大門匆匆走去，他想跟上去，只走到一半見那女郎被其他三、四個男女圍住，不知爭論什麼，一起消失在人群裡。回頭想找郭雪湖、李石樵，卻見樂團的團員抬著樂器走出來擋住去路，另一邊則是一排隊伍準備護送大官離去。也許蔡指揮是被電台請去接受訪問吧！這是他最後自已想出來的結論，只有這個可能性最大。

大約在演奏會後的第三天，黃榮燦一早接到麥非的電話，從宿舍搬出去之後，兩人很少有聯絡，電話中說有人到過他家詢問蔡繼琨的下落，這一陣子大家都十分緊張，更有人擔心不知哪一天失蹤的人會輪到他自己。

果然他猜的沒錯，蔡繼琨是在匆忙間離開後台，只不知是自己跑掉的，還是被人帶走的。

這種事會發生在蔡繼琨身上，當初根本沒有人料想得到，大家都知道他有最高層當靠山，即使生活在亂世中也比誰都安全，如果真的失蹤也絕不是政治原因，那天大家看到的蔡繼琨威風凜凜不可一世，隨後又在後台走廊遇見低著頭匆匆走過的女郎，憑這點足以認定往男女私情這方面去思考才更合理。

到了傍晚又收到朱鳴岡、陳耀寰和荒烟三人相繼來電，問的也是同一件事。將近十點鐘，宿舍大門口的警衛前來敲門，說有個姓李的來電找他，因公家的宿舍僅設一支電話，外面來電都打到警衛室，向來十點之後就不接電話的，這回只差五分鐘，黃榮燦又善於和警衛套交情，所以再晚也過來通知。

電話中知道是李石樵，他好高興一拿起聽筒就想把台中拜會楊啟東的事告訴對方，可是才說不到兩句就被打斷，因對方有更重要的話要說，接著又聽到另一個人的聲音，原來是王白淵，一開口就表示：「……因李先生的國語還不太會，就讓我代替他說吧。」就將那天蔡繼琨突然在中山堂失去影踪，各方面的人到處尋找的事大概說了一遍，最後道出打電話的目的是希望能提供線索。

雖然黃榮燦對事情前前後後一無所知，還是答應盡所能幫忙打聽，只聽王白淵說了一句：「這就全靠你了！」就掛上電話。

回宿舍途中，沿路走來覺得這句話愈想愈不對：「我與蔡某人從來沒會過面更談不上相識，只因為獲贈一張音樂會入場券，才前往欣賞，若不是跟著李石樵背後走到後台，不可能知道發生什麼事，何以王白淵把尋找蔡繼琨說成全靠我黃榮燦！到底我在這場失蹤記裡被看成什麼角色了！」他不禁問起自己來。後悔那天跟著跑去後台，而且留得比別人久，才被注意到。

現在外界一定積極在找蔡繼琨，所以連久不相往來的麥非等也打電話來。他們與蔡繼琨是什麼關係，為何也幫忙打聽，與李石樵、王白淵的這通電話又有什麼關聯性，這一切令他愈想愈加糊塗。

他很清楚知道自己對尋找蔡繼琨下落之事完全幫不上忙，反過來要擔憂的反而是自己被文藝界看成什麼角色，這才使他們急於在電話中又打聽又拜託。

「今天我在眾人眼中如果身分是替政府作事的，明天局勢一變，或許被當一種罪名判刑，又能拿什麼來替自己辯護！」在心裡黃榮燦如此自問：「來台之後到底得罪了誰，甚至在大陸時的敵人也可能到今天還想報復，成為這生中躲也躲不了的宿命，若真有人不饒我，對方躲在暗處，我逃避又有何用！」

蔡繼琨的事件發生後，從文藝界友人的反應裡，黃榮燦的形象無意中被襯托而逐漸地在浮現，使他驚訝於看到自己在別人心中原來是什麼一種人，未來歷史不管作出怎樣的論斷，他最不願意看到的就是這樣的黃榮燦！

這幾天不斷地傳來有關蔡繼琨的傳言，但最後也只能認為是些道聽塗說，每聽到人家說什麼，他很自然就想到自己，起先認為與自己無關，再想下去便把問題又轉到自己身上來，這時代不管誰發生了什麼事，說與我無關都是不可能的事。

一個星期天傍晚，黃榮燦獨自走在和平東路，準備到台灣師院參加合唱團，正巧遇到剛下公共汽車的朱鳴岡，雖老遠就看到了而且還招了手，也僅止於此就各走各的路，沒料到走進青田街口的清真館想吃一碗麵，才坐下來又看到朱鳴岡就坐在對面，這才不得不把椅子移過來兩人共坐一桌。

「朱兄，那天實在抱歉，關於蔡繼琨的事情，我真的不知道。」第一句話黃榮燦就開誠布公巴不得今天就把話說明白：「我現在住的宿舍蔡繼琨也住過，只是彼此都沒機會見面，直到那天音樂會，他上台指揮才第一次看到，但他也還是沒有見到我，你們電話中問起，讓我真不知該怎麼說……」

黃榮燦一口氣說下來，朱鳴岡一臉不在乎，對這件事像是已經不關心，只顧望著牆上的價格表。

每人各點了一碗牛肉麵，黃榮燦還繼續說下去，他真正心意不是想表達什麼，而是希望聽到對方說出文藝界把自己看成什麼樣的人，這才是最重要的。

等吃完牛肉麵，朱鳴岡才終於開口，問他：

「公賣局樟腦被搬空的那一陣子，你十分憤慨說要查到底，不知道結果是怎樣！」

「我，我這樣說過嗎？唉呀，是我一時衝動，說出這樣的話，沒想到你們都還記得！」黃榮燦為此感到幾分羞愧，後悔那天太過激動胡言亂語。

「那天在場的人一聽之下，認為你是屬於某個調查單位，還很讚賞你這種有正義感的工作人員……」看得出朱鳴岡是誠懇的。

「這你們誤會了，我有記者身分所以才說要查，結果只是說說，沒有去查，這一點我要檢討！」

朱鳴岡沒有再說什麼，以為對話就此結束，沒想黃榮燦突然問起：

「你覺得台灣怎樣，會繼續住下去嗎？」

「會，但不是現在，我還是想先回老家，等過一陣子再來……」

「等什麼呢？」

「你應該也感受到了，台灣百姓的憤怒，在有形與無形之中，像一顆早晚就要爆發的炸彈，主要還是出在政府內部的腐敗。」

「你真的是這樣想？」黃榮燦為此感到驚訝。

「和日本人打仗是有形的，而這回是無形的。」

「到時你會站在哪一邊？」

「我也不知道，總不會站到貪官汙吏那一邊吧！」

「我不走，既然來了，我有任務在身……」

「再怎麼說你是外省人，凡是外省人就是阿山，更難聽一點，說我們是豬。我真想刻一張版畫，把阿山的真面目描寫給台灣人看，告訴大家阿山不是我們這種人……但有一種人連我都覺得他才真正是阿山。」

說到這裡，突然發現黃榮燦似正在擦眼淚，他也只能裝作沒看到，默默離開桌位走去付帳。

黃榮燦還坐在原位一動也不動，只聽到朱鳴岡說一聲再見就走過大街不見了。到了師範學院體育館，合唱團已聚集好多人，正討論往後練唱場地的問題，因今後體育館晚間有學生要上課。就有人提議搬到松山舊酒廠，那裡廠房的機件已拆走，聽說有可能遷廠到福州，又有人說早已被政府當廢鐵賣到上海去了，還有人得到消息，政府公布往後台灣的酒皆由大陸生產，已不需在台灣設酒廠，這一來空下的場地，正好當作青年學生活動場所。

這些話一聽就知道是怎麼回事，合唱團的練習場所愈搬愈隱密，這過程就不知是誰在帶頭。

雖然說大家是為了練歌才來，其實更多時間都在談政局，其中有一兩人消息特別靈通，發生的事情報上還沒有披露就已先從他們嘴裡告訴大家，連當記者的黃榮燦也自嘆不如。

今晚室內體育館有校外排球隊前來友誼賽，合唱團現在才集體走到酒廠實在太遠就移到操場中央，坐在草地上開會。

接近十五的八月天，月亮正圓，微風徐來，激起大家高談闊論的興致，四周無人的環境裡膽子更大，團員們什麼都敢說，巴不得把皇帝老爺都捉來罵一頓。

黃榮燦趁這機會把心裡最想知道的蔡繼琨失蹤事件提出來向「專家」們請教：

「最近發生一件事情，有個叫蔡繼琨的……」

「這個人要倒大楣了。」未等黃榮燦把話說完，一個叫小胖子的就搶先回答：「他失蹤之後報紙始終沒有將消息披露，這表示涉及到高層，所以消息被壓下來，很多人就這樣莫名其妙不見了，所以他的親人若趕快把消息給報社，或許還有救，不然呀……下一輩子再見了……」

另一個人緊接著說：「你別聽他的，我看事情沒那麼嚴重，當天晚上交響樂團的人根本不知道發生什麼，向來指揮先一步離開也是常有的事，直到有人被叫去問話，消息傳開，外界才開始猜測，於是小事被說成大事，我認為千萬不可讓記者知道，萬一報紙刊出消息，人已經回來了，不是庸人自擾是什麼！」這話使他想起麥非等接連來電話的事，莫非這些人都被叫去問話了。

「我聽他們團員說，音樂會結束後當晚就有人跑到宿舍找他，雖然人不在，但鄰居太太說他一度回來又出去。」一位女孩接著說。

「這就和我聽到的十分接近，有人說他這個人經常在上演失蹤記，躲起來讓所有人找不到，幾天後回來看有多少人找過他，找他的人愈多就愈得意，你們相不相信有這種人！」

「是誰說的？我看他才不是那種人，指揮交響樂團時他肩上掛的是少將一顆星，可以隨便就失蹤不見，你說的簡直是漫畫故事！」

「音樂會那天有高層大員前來，會場四處站滿了便衣警衛，中山堂外圍也有警車，他只出來謝幕一次就沒有再出現，友人到後台找他，也見不到人，如果是自己跑的，為什麼跑得如此匆忙，尤其還是團長怎能沒有交代一聲就離開，問題就出在這裡。」黃榮燦看到你一句我一句，愈說愈遠，所以才出聲想把話題拉回來。

「蔡繼琨是誰，你知道嗎？他是陳儀的兒子，不，是義子，如果真的失蹤，不論自己逃跑，或是被捉走，都是大條新聞。」

「說不定是什麼機密被發現，使他非走不可，就利用音樂會結束的幾分鐘，趁人不備時溜出去，外面可能已安排好有人接應，直接把車子開到基隆港口，混進船艙裡，船出航後不出兩天人已到達香港，你們不要笑，這不是我亂編，電影劇情就是從現實中抄襲過去的。」

「如果他是陳儀的兒子，那一定是陳儀安排他逃亡，這一來就有更多內幕值得外界去挖，這齣戲可真精彩！」

「說不定上台指揮的不是他，而是由另一個人假扮他上台，引開眾人注意力，本人不知幾時已經乘船離開台灣了，你們能編劇本，我也會，看誰編得精彩。」

「好，好，不要再編了！就算他逃掉了，但為什麼要逃，作了什麼見不得人的事，總有個理由吧！」這麼一問，所有的人都靜了下來，理由是沒有人知道，如果隨便猜測那就不難找出一百個理由，一個晚上大家就把話題圍繞著蔡指揮談到天快亮才散席。

41 沒有蔡繼琨的「蔡繼琨歡送會」

蔡繼琨突然不見，畫界的朋友一直不知道他是出走還是意外，人人都十分關心他的安危。幾天後，為了立石鐵臣將回國，以台陽美術協會為主的畫家，在波麗路舉辦小型歡送會。

立石是戰後持特殊技術人才資格續留在台灣工作，如今終於要回日本，是最後一批離開台灣的日本畫家，本來蔡繼琨也是這個歡送會的發起人之一，沒想到他自己先一步在突然之間離開，讓別人想替他舉行歡送會都沒機會。

會中立石致感謝詞時一再提到蔡繼琨，他說：

「……今天大家歡送的是我，但在我的感覺裡，應該還有一個人，他就是不告而別的蔡繼琨，以我已經是個外國人的立場和角度所看到的他，對台灣省展的貢獻幾乎無人可比，所以對他的離開更應該有個歡送會，今天就把我的歡送會分一半給他，不管他現在在哪裡，當他知道我們都在為他祝福時，一定感到萬分欣慰。在台灣的這一段日子，多麼值得懷念，台灣並沒有白來，將來台灣一定有自己的美術史，後人也一定不會忘記為蔡繼琨在這段日子所努力的留下一筆……」

說到此，他激動起來，幾乎說不下去，全場靜靜在等著他，等了好久才終於把話說出來：

「我非常感激，也非常感慨，為什麼一個在台灣的日本畫家要離開時，能夠得到這樣的待遇，有如此盛大的歡送會，而一個中國的音樂家，對台灣美術運動有貢獻，在已經回到祖國的台灣，竟然不明不白，要在沒有一聲道別的情形下離開。想起來是多麼令人傷感的一件事！我回日本之後，不知道幾時才能和大家再見面，見面時又不知在何處！只要我們之間有友誼在，是否同一國人一點也不重要，我們在藝術上有共同奮鬥的目標，藝術無異就是你我所共有的國度，只要不放棄創作這一條路，我不認為有什麼力量能讓我們分開。在這宴席過後，不久就將互相道聲再見，我特別喜歡中國話的『再見』，才學會不久第一次使用竟是用來對諸位道別，這表示我們很快將會又見到，再見是人生最愉快的一刻，不是嗎！我會抱著再見的心離開台灣。」

說到此，雖然沒有人知道他講話是否結束，全場已響起一陣熱烈掌聲，在掌聲中他彎腰行了不知多少個禮，才終於坐下來，仍然不停在點頭，眼眶閃著淚光。在場好幾個人跟著也在擦拭著眼淚，陳澄波一隻手掩著臉，讓人看不出是在哭還是笑，楊三郎過來不停地拍他肩膀，低聲不知說什麼，另一邊郭雪湖已站起來發言：

「有一些話必須在這裡說出來，戰後的這段時間，我們畫家的學歷和經歷，新來的中國政府不見得肯承認，所以需要有人作保證，大家只有拜託蔡繼琨幫忙，他看我們的中文寫得不太通順，親自用毛筆重寫，這才保住了每個人應該有的地位，沒有他的保證，畫家在台灣畫壇的順位又重新洗牌，必然亂成一團，這是我最感激的地方。過去日治時代，我們有幾位導師建立一定的畫壇秩序，現在他們走了，幸好有蔡繼琨，所以在這裡必須把他所作的貢獻說出來，表示我心裡對他的感恩。」郭雪湖停了好一會兒才接著說下去：「我還有一件事要向大家報告，省展第三天我正在看會場時，一個阿山兵跑來，說這牆上掛的一幅山水畫是他的，態度雖很客氣，卻是來要求省展主辦人能給他一個獎狀……」說到這裡引來全場一陣笑聲，他自己也不禁笑起來，然後搖晃著頭說下去：「很客氣，很有禮貌，我向他解釋很久，北京話、台灣話混合起來，什麼話都說了，突然間他生氣起來大叫大喊，態度變化這麼大，令我嚇了一跳，正不知該怎麼辦時，蔡繼琨從門外進來，像是上天派來的救星，顯然外省人有他們自己的一套文化，用北京話不曉得說了什麼，阿山兵乖乖跟著他走出去，這事就這樣解決了。後來他告訴我，那人是流亡學生，不想再當兵，只想去學校找個教員的工作，能在省展拿到獎，證明他的能力，對找工作就有幫助，才來要求寫一張證明書。這在日本時代沒有人會這樣作的，但蔡繼琨就順著他的意，到辦公室寫一張毛筆字的證明，將此人打發走了，後來他也找到教書工作，寫信去省政府，最近才轉到我這裡，還來不及給蔡繼琨看……」

「我也拜託過蔡繼琨。」陳慧坤緊接著說：「台中商職要聘我去教美術，楊啟東的證書通過審核，我的通不過，回函說我的證書是偽造的，因為是日本人發的，他們不承認。其實我們兩人的證書是同一個地方發的，我去問了才知道經辦的人不同，就有不同尺度，簡直沒有法制。沒有辦法之下只好找蔡繼琨，他用公家的信紙信封發函過去，不出一個禮拜就准下來了。我在想，如果沒有蔡繼琨這種人，這些年我就失業在家，相信跟我一樣遭遇的必不在少數。」

經郭雪湖、陳慧坤兩人一說，其他畫家也都將自己的經驗講出來，原來這麼多人在蔡繼琨協助下才渡過難關，雖然只是寫信這種小事，但若沒有他這封信真的就一籌莫展，不久前大家還為太平日子的到來而歡欣鼓舞興高采烈！

這一切看在立石鐵臣眼中，想說什麼安慰的話都沒有意義，難道要日本再回台灣來繼續殖民統治！最無助的時候，台灣民間一度發出由聯合國託管的聲音，戰後的台灣只尋求在誰的扶植下重新站立，從來也沒有想到靠自己的力量試著站起來看看。台灣出生長大的第二代日本人如立石鐵臣，回日本之後，旁人嘴裡會說他們是台灣人也說不定，往後必須背著台灣人這種尷尬的身分走下去，到底是什麼樣的人生！立石的命運和台灣人一樣的無奈。

波麗路的立石鐵臣歡送會到了最後演變成沒有蔡繼琨的蔡繼琨歡送會，很快就在台北文化界裡傳開，當然不久就傳到黃榮燦耳朵裡來。

他私下調侃自己，不知幾時在什麼地方也有個沒有黃榮燦的黃榮燦歡送會，這似乎成了這一代外省畫家的宿命，若能如此而離開台灣毋寧是他們的最高榮耀。

42 我們都是壞人

初到台北時，某日黃榮燦有事到建國中學找朋友，經過牯嶺街一家舊書店，對裡面擺設覺得好奇就走了進去，裡頭大部分是日文書籍和中文的線裝書，從書名每一本都十分吸引人，若不是讀不懂日文，真想買幾本回家，考慮好久還是挑了《文明的海洋史觀》和《日本明治洋畫二十二家》兩本，比較當時市價的確貴了些，付賬時本想殺價，但看那老闆一副剛直的模樣，話沒出口就又吞了回去，從他眼神像是在說：「你這阿山不識日文，買回去豈不浪費了一本好書？」

書店很窄，五個人擠進來就難以轉身，前來買書的人皆以日語和老板對談，流利的對話令他懷疑老闆就是日本人，尤其那高傲的眼神，愛理不理只肯把話含在嘴裡，這種態度對不懂日語的黃榮燦雖然沒有差別，還是使人看了不舒服。

台北市的舊書店在南門一帶就有十幾家，唯獨這一家主人特別冷苛，問價錢時，他只翻一下書頁，就在一張小紙上寫給你看，若嫌太貴，等下回再來他就自動漲價，頂多對你露出一絲笑容表示歉意。

以後只要路過植物園附近，他一定繞到舊書店來，隨意翻一翻書。有一天偶然抬頭看到門牌，才發現有面小招牌寫著「鱒書房」，不經意還以為這是一家日本料理店。

另一次，他從師範學院出來，正走在和平東路上，不意與池田敏雄在十字路口巧遇，對方說要去書店看書，正好他也想去，到達時兩人要去的竟是同一家，池田還笑他不識日文也想讀日文書，他說只要把裝訂精美的書拿在手上，翻一翻就已經滿心適暢，再看內頁的圖片，略讀幾行目錄，就已經吸收到書中養份，所謂翻書有益，除此之外又有何求！

池田像是這裡的老主顧，老闆一見他到來就熱心招呼，並拘出一包用舊報紙包好的書，看樣子像是他訂的，說好今天來取。在池田面前老闆一反過去的傲氣，說話時頻頻點頭，好像什麼事情都是「大丈夫」（沒問題）。

看這情形今天買書以老闆的情緒應該不至於太貴，所以從書架上認真挑選，先捧了一堆在胸前，然後又一一放回去，最後只剩一本瀧口修造的《超現實主義詩の横斷面》和《日本無選展覽會第一回展圖錄》，沒想到算帳時老闆一點也不給面子，要價比上回還更貴，而他也只好忍痛買下來。

經過幾次筆談之後，和池田之間的對話在用詞方面彼此已經習慣，走出書店後，來到植物園坐在板凳上，兩人又聊起來，才知道這家書店池田也有份，因隨時可能回日本，問黃榮燦如有人想開書店，便可以讓出，只要是有心人，不計較對方出多少錢。

黃榮燦聽了有些心動，他當然沒有那麼多錢，但他有個妹妹才從四川來台，家裡給她帶了六根金條在身邊，用來買書店應該足夠，但金子是救急用的，如何向妹妹開口。

當他把這情況說出來時，池田想也沒想就說那就拿一半出來，另一半留著萬一有急需，前後經過只一個小時不到就定案成交。黃榮燦順利買下了書店，開始進行出版的計畫。

在他腦子裡首先想作的就是翻譯的工作，如果能從書店裡的日文書找出幾本來請人譯成中文，銷到中國各省去，那是多麼大的市場，讓處於知識飢渴的年輕人吸收到新的知識，是很值得去作的。如果賺到錢就有足夠資金再買下印刷廠，經營文化產業，對戰後的台灣與祖國文化交流一定有幫助。

當然他也想為自己出版畫集和文集，而且很快就著手進行，抗戰期間在掃蕩報編輯部工作時，經常為了快訊親自抄寫鋼版，並且直接在鋼版上畫插圖，看到的人都誇獎他鋼版字寫得好。一筆一劃都不馬虎的工整字體，使他有自信不必再送去排鉛字就可直接油印發行刊物。

這陣子他聽呂赫若說，大稻埕的大和印刷廠準備要停業，周老闆每天出去釣魚幾乎成專業漁夫，只要有意願不需花多少錢便可將之買下。這消息又再令他心動，開始打這方面的算盤，先把大和改成大華，然後編印一本《中國美術思想史導論──台灣篇》，目前已有好幾篇文章等著用：第一篇〈日本殖民下台灣沙龍美術批判〉才剛寫完，是他到李石樵畫室看到收藏的台展、府展圖錄，回家後花一整夜寫成的，寄到新生報因文字過長而遭退稿，就此放在抽屜裡。還有，來台灣之前在旅途中抽空寫出來的〈魯迅與中國新美術──從二十世紀創作版畫說起〉此文有兩萬字，到今天還找不到適當園地投稿。

於是他拿了呂赫若的介紹信就到大和印刷廠找周老闆，才進門就看到裡頭已有訪客，再仔細看是陸志庠、雷石榆、吳忠翰和游允常等，都是戰後來台的外省文藝家，過去某些場合已見過面，算是認識的。當中僅陸志庠較有往來，見到黃榮燦，雷石榆先站起來與他握手，其他人也伸手來一一握過，以為還會坐下聊些時，未料雷石榆把身子一閃說一聲「謝謝你，今天打擾了。」又朝黃榮燦低聲說再見，幾個人便魚貫走出門外。

周老闆在廈門念過中學，語言溝通尚無困難，看過呂赫若的信後，露出尷尬笑容，好半天才說：「剛離開的幾位是你的朋友吧，也是來談同一件事，口頭上我答應了……」

「很可惜，來遲了一步，只好以他們為優先。」

「雷先生留下一張名片，是台灣大學文學院教授，大家都有意作文化工作，你們不妨私底下談談看，可以合作也說不定！」

「那當然，在許多場合中都會互相碰面，只是沒有機會共事過。」

黃榮燦在印刷廠內到處巡視一遍，樓上是辦公室和客房，牆上掛著一幅草書，寫有「黑帶道場」四個大字，想起呂赫若說過，這裡一度仿效巴黎公社，讓文藝青年自由使用，甚至住上幾天，規定的打掃時間一到，所有人都得出來勞動，把環境清潔乾淨，台北大轟炸之前五年期間是這裡的黃金時代，戰後重新開放不久，便有警察三天兩頭前來探訪，凡是來過的人都要登記，使周老闆不勝其煩，正好生意大不如前，就把黑帶道場關閉，放出風聲說印刷廠準備要出讓。

周老闆告訴他：剛才雷石榆等人是大稻埕茶商陳天來的小兒子陳清汾介紹來的，他們在台北有個詩社，將來除了替詩友印專集，也想為畫展編畫冊，若生意作得好可以養活好幾家人。

幾天後黃榮燦再路過這裡，想順便進來問一聲，和雷石榆之間是否談成，工人說老闆在樓上，便沿著沒有扶欄的小梯子走上去，只登到一半探頭看過去，兩名警員正在問話，周老闆表情緊張，回答結結巴巴，甚至答非所問。

其中一名警察突然轉過頭來看到黃榮燦，大聲吆喝：「給我下去，這裡沒你的事！」

黃榮燦只得又退回到樓下，找張椅子坐著等他們下來。

終於聽到踩梯板的聲音，有人下來了。

「你還沒走！你是什麼人，是幹什麼的，身上有證件嗎？」一名警員看到黃榮燦還在，十分不悅，想趕他走，大聲吼出一連串問話。

黃榮燦並沒有被嚇到，一臉不在乎的樣子，溫文有禮地回答：

「我是老百姓，普通人，看朋友來的。」故意學浙江口音，因現時在台灣是浙江人當道。果然把警察氣燄壓下去了，態度很快就變得客氣許多，兩人迅速閃過黃榮燦身邊：「今天就到此，沒事了。」說著人已走出門外。

「你看到了，警察有時一天來兩次，生意怎麼作得下去！」周老闆邊說邊搖頭，露出無奈的表情。

當黃榮燦問及和雷石楡等之間印刷廠出讓的交易時，他回答說：

「人家看到印刷廠現在這個樣子，不管是誰也倒退三尺……」

然後又補充一句：「買印刷廠的事他們本不想讓別人知道，沒想被你撞見，他們才開始擔心起來，看情形好像打算要放棄。」

黃榮燦想起那天幾個人一句話也沒有說就走出大門，像是什麼大祕密被發現了似的，八成決定放棄了。

離開之後，他一路想著那天幾個人走時的表情，對他像有些許敵意，再想下去，兩個月前在雷石楡家的聚會中，也是這種態度，至少在提防什麼，難道有什麼事情令外界產生誤解，以為他是前來執行什麼任務的，果真如此，就應該主動出來把事情講明白，才免得終身受怨。

心裡雖這麼想，但事情一忙，很快又過了一個禮拜，再碰到呂赫若時是在朱鳴岡的版畫展會場。

呂赫若一口氣訂下五幅版畫，說是替朋友買的，當場就把畫款先付了。朱鳴岡到台灣以來這是第一次賣畫，興奮的心情全表露在臉上，這五件作品取名叫《台灣組畫》，描繪來台所見戰後台灣社會的現實。

等人少的時候，呂赫若走到黃榮燦身旁，小聲問他：

「老周全都告訴我了，雷石楡一夥人已表示沒有意願，所以我就找人合股把印刷廠買下，前天已經簽約，今後印刷廠改名『大華』，這名字是你取的。」

「真有這回事！太意外了，往後我有出版社，你有印刷廠，能作的事情實在太多！希望我們合作愉快。」

兩人一起出了會場走在西門町熱鬧的街道上。

「聽得出你國語進步了，而且進步很多，交了外省女朋友是不是？」黃榮燦開玩笑問他。

「對，但也只猜對三分之一，我開音樂班，收了三個女學生，全是外省人，其中一個正和我在談戀愛，這三個人都是我的國語老師。」

「你們台灣人有句話說：喝了外省人口水，國語不學也會說，果然有道理！但我想學台灣話，始終沒機會……」

「人都到了台灣，這就是機會，看你想不想學而已。」

「現在政府推行國語，交了女朋友是她向我學國語，而不是我向她學台灣話。」

「聽說你會說很多種方言！」呂赫若聽過有人這麼說，想印證一下。

「抗戰期間到處流浪就到處亂學，學到的也不見得正確，很多人都被我唬過去。」

過十字街口之後兩人又默默走了好一段路，突然間黃榮燦問呂赫若說：

「你有沒有聽周老闆談起我？」

「還沒有，不過，那天你離開之後，馬上又有人來問東問西，他很確定說是來調查你的。現在我才知道，全台北市的印刷廠都是被監視的對象。」

「不過周老闆那天對我說起，因為雷石榆等人在印刷廠遇到了我，才造成他不敢買下這間印刷廠，意思是他們也在提防我……」

「是有這意思，但他又說這是亂世不可免的現象。話說得很對，最可悲的是人與人之間的猜疑，互相提防所形成的疏離感，以致對統治者的欺壓失去反抗力，這是歷代專制政權慣用的手段，關於你的事我聽到的傳言實在太多。這些話有人會在意，我就不在意，我才不去管這些閒話。」

「你聽到了什麼？他們說些什麼？這是我最想知道的！」黃榮燦有些激動，緊追著問。

「他們說你關係好，沒想到關係好也是罪過！」

「這種話不管是誰說的，我都不在乎……」他聽了只顧搖頭。

「因為到台灣之後你辦了那麼多活動，都是要靠關係才作得到，相對之下，同是大陸過來的他們，就沒有你這種關係。」

「所謂關係……我懂了，就是與黨政軍的關係。」

「其所以引起猜疑，是他們在乎這種關係是以什麼代價取得的。」

「這就很可怕了，想像力是沒有止境的。」黃榮燦一直在搖頭。

「他們也知道你當初在軍方掃蕩報作過，這個背景他們都很在乎。」

「每個人都有一段過去，有機會都可以解釋。」

「辦這許多展覽、座談、旅遊活動都要有資金，人家也要說話。」

「沒錯，這要靠關係，但並不是為個人，而是為眾人……」

「但其他人辦不到，只有你辦到了。」

「我對每件事都很認真，從不放棄才爭取到，不該受懷疑，他們這樣看待我是不對的。」

「對了，還有一件事，有一天你到工礦處找包處長，在他辦公室談了很久，聲音很大，外邊走廊上都聽得到。」

「噢，那天是……是為我妹妹從南部想到台北來找工作，我拿了一封介紹信找處長。」

「聽說是葛敬恩寫的信……」

「是的，我妹夫與葛敬恩同鄉，他大哥又與葛敬恩同學，過去我沒見過他本人，更談不上交情。」

「這都是傳言，不知道經過幾手才傳到我耳朵裡。」

「反而是傳言才容易害死人。」

「還有，這不能說是傳言，你寫過文章談魯迅思想，讀過的人都說你歪曲了作者的原意，認為是有意配合國民黨御用文人的論調……」

「我的確寫過論魯迅的文章，是我個人的觀點，但你要看是我寫文章在前，還是御用文人的文章在前，如果是他們在前，那就是我在配合，但明明我在前，這又如何解釋，難道是他們來配合我，哪有這麼大的面子！」

「以後你的版畫又在他們的黨報發表，這才引發大家去聯想，大陸來的版畫家對你很有意見的樣子，是不是同行的關係！」

「應該說我作錯了什麼吧！我自認為沒有得罪過誰，也不曾批評過什麼人，我批評的反而是省展作品，對事不對人，如果大家都說我不對，那我就該檢討，不管怎樣，我得謝謝你，告訴了我這麼多事情！」

「對了，還有人說蔡繼琨原來住的宿舍，是因為你才搬走，等於是被你趕出去的，有這回事嗎？」

「真是天大的冤枉，我來台灣時正好蔡先生離開文宣會而搬出文宣會的宿舍，與我一點關係也沒有，他是什麼人物，憑我能夠搬得動嗎！有這說法大出我意料！」

「其實我的閒言閒語也不少於你，只要不去管它，人家說了什麼也等於沒說。放心好了，我一直以來就是你的朋友，將來也是！」

「以後我專心經營出版社，你忙你的印刷社，據說你出過一本短篇小說集叫《清秋》，不知有誰肯譯成中文，我有興趣出版。還有一本書名叫《流》的小說，若能找到那就更好！」

「有能力翻譯的人倒不少，只是肯花時間譯我的書的人，恐怕不多吧！《流》的作者姓顏，我家就有兩三本，可惜你讀不來，送你也沒用……」

「王白淵呢？他一定願意幫忙作翻譯工作。」

「這個人不好應付，我開口請他，一定不願意，但動一動腦筋說不定就肯了。」

「好吧，那我們就動腦筋吧！」

「動腦筋其實就是說好話……」

兩人邊走邊說在新公園繞了一圈，又回到大門口，土地銀行前面就是公共汽車站，兩人因各走不同路線，就在此握手告別，多日的疑雲今天總算有了結果，可以想見黃榮燦心裡一定比先前更踏實！

43 回台北的最後一班夜車

鱒書坊終於換手為黃榮燦所擁有，花了三根金條之後剩下的一些錢，就用來作出版工作，過去一年多他收集朱鳴岡版畫已有相當數目，若徵求同意印成專集，靠上海幾個大城市的推銷網，相信可以賺到錢，這是他此時的如意算盤。

出專集對畫家當然是好事，朱鳴岡不但同意還特別為專集刻了兩幅新作，其中之一是台大學生走出校門時被特務捉走的鏡頭，是朱鳴岡在現場的親眼目睹，一回家就動手刻成版畫。然後把捉人的過程寫一篇短文，希望一起刊出來。後來黃榮燦還問出那學生叫謝贊夏，數學系四年級，班上本來就只有兩名學生，被捉之後該年度畢業生只剩一人。

當印刷廠的打樣和編排都完成時，黃榮燦請朱鳴岡作最後校對。那天朱鳴岡一進門看到書店裡有人，也不與主人招呼，獨自躲在角落裡翻書，直到人都離開之後，才走過來，因剛才一直沒注意到他來，出現時把黃榮燦嚇了一跳，幾天前外面傳說朱鳴岡被相關單位請去問話，今天看清楚是他的確又驚又喜，見面的第一句話就打聽問話的事，朱鳴岡只簡單三兩句就把話題轉移：

「有個工作不知你願不願接，一個月前我已收到師範學院美術系莫大元主任的聘書，是儲小石介紹的，本來準備好下學期就過去任教，開的是木刻版畫和圖案設計的課，可是目前情況實在不允許留下來，你說我該怎麼辦，這幾天全家為這事煩透了，我說如果把這張聘書給你，讓你去教，你覺得怎樣？目前也只有你莫主任才肯接受，尤其你剛頂下出版社，暫時不可能離開，要不要考慮一下？」

「好呀！」他連考慮都不必就一口答應，這就是黃榮燦的性格，當朱鳴岡說話時，早在他腦子裡迅速繞了幾圈，所以對方一問，馬上有了答案。

「好？答應了！」朱鳴岡還是不敢相信：「先看看我這張聘書，不是說說好玩，我是跟你認真的。」

「這種事我會跟你開玩笑嗎？但奇怪得很，最近常聽到有人在談論買船票的事！才剛來就想離開，要離開的是日本人才對，怎麼會是中國人！」

「讓你考慮兩天，聘書就暫寄在你這裡。買船票我倒並不急……」

「你還是帶走，該考慮的是你，我也給你兩天。那麼這份編好的畫集你就帶走吧！看看有什麼再修改的。」

這時有客人進來，兩人談話就此草草結束。朱鳴岡起身告辭時約好兩天後再來，由黃榮燦作東請吃一頓飯。

等所有店裡的客人離開之後，黃榮燦回想剛才在匆忙間答應的事，算一算兩天後就是星期日，師範學院的合唱團預定排練一場歌劇，從中午到晚上他不僅要參與而且扮演重要角色，這事等想起來時，朱鳴岡離去已近三個多小時，不知該到哪裡去找他的人。

第二天他愈想愈不對，必須提前一日把事情告知對方，就搭車到水源地找朱鳴岡，只知道是住在日本人留下的宿舍，可是這一帶有相當大的一片地都是宿舍，管區大門設有警衛，一聽說朱鳴岡，馬上就在牆壁掛的平面圖指出正確位置。

黃榮燦來來回回照著警衛的指示走了好幾趟，仍然找不到朱家的門牌，又走回警衛室，最後由警衛親自帶路，房子雖然找到了，裡頭則空無一物，問隔壁鄰居竟沒人發現到這戶人家何以突然消失，就是搬家也得向鄰居辭行，像是在逃避什麼一夜之間全家人不見了。

這一來被驚動的附近住戶都出來看究竟，眾人議論紛紛，黃榮燦看到這情形，覺得自己不可再涉入其間，趁大家進屋時，他閃到樹蔭下，趁機快步走過警衛室，離開宿舍的大門。他終於知道昨天朱鳴岡來書店不外就是前來告別，由他接手師院的聘書，算是對莫主任作了交代。

回到家裡想起朱鳴岡不告而別，愈加坐立不安，從大陸來台的其他文藝作家，難道和他一樣對朱鳴岡離開的事全然不知情！

平時言行謹慎的朱鳴岡都因某些緣故非走不可，其他人的安全則更加可慮，如今不知還有多少人尚且平安無事！這時他很快想到自己，難道所有的人都走了，只留下我一人！最近回家時，每次進門就覺得房間有人進來過，若是小偷應該會拿走一些什麼，卻也沒有，那就是有人來查過了，但自己有那麼重要嗎？這念頭只一閃而過，今天他又有這感覺，坐在椅上靜靜回想近日來發生過的種種情形。

他突然想起若現在就趕到基隆港，說不定今晚還可在等待船班的人群中找到朱鳴岡一家人，即使沒能找到也可望看見一兩個相識朋友，想到此，他趕緊套上外衣，趕到台北站，只要是往北的火車就跳上去，最後一站就是基隆港。

車廂裡他回想起自己在不久前因台灣光復和其他青年響應政府建設新台灣號召下蜂湧前來，曾幾何時又一個個搶著購買船票要逃離，台灣同胞迎接祖國的歡呼聲還在耳邊，與台灣民眾之間才剛剛在語言上勉強可溝通，就有一隻無形的手逼迫著非離去不可，是誰在趕走這群熱情的青年，將來歷史必有定論的。

三等車廂的乘客只坐不到六成，車子在南港站停下時，窗外月台上的叫賣聲「便當啦，便當啦，燒的便當啦……」喊得他肚子也餓起來，掏出錢買了一個便當，還沒來得及找錢火車已經發動，那小孩邊數錢邊跟著車子跑，黃榮燦看了不忍，就大聲叫他「不必找了，算了！」但還是趕過來直到把錢交到他手中，這一幕令黃榮燦好感動，準備一回家就刻成版畫，取名《追著火車賣便當的孩子》，就暫且把便當放在一旁，取出隨身小本子將剛才情景連續畫成幾幅速寫。

正畫著時，聽到前面座位上兩個幼童的歌聲，由於是反覆地唱著同一句，所以他慢慢地也聽懂了意思，歌詞竟然是：「阿山伊來哭苦？呀，緊轉去唐山來食菜埔啊吔……」然後又認出這是台灣歌仔戲的一段曲調。

聽得他好難過，看到那唱歌的孩子由父母陪伴，母親還捉住小男童叫他不要再唱了，小孩就是不聽。這時黃榮燦有個衝動想過去告訴他們，要像什麼樣的人才是阿山，我只是和你們講不同的話，別的都和你們一樣，我不是阿山……可是連一句台灣話都不會說，又如何去向人家說明，這時心情是他未有過的無奈。

小孩唱的那些歌他在台北也曾經聽過，當這歌到處都有人在唱時，那是多麼可怕的一件事！從大街小巷張燈結綵唱起光復歌曲到今天才短短不到一年，每天耳邊響起的歌聲可聽出台灣民眾當下的情緒，清楚反應了民心的向背。

對此，黃榮燦寧願認為那只是反阿山，而不是反中國，他必須先從心理作出切割，否則將有一天連自己都與台灣民眾形成對立，和阿山站到一起去了。

他曾想到要刻幾幅版畫叫「阿山族」系列，把阿山的典型捉出來，用圖象告訴民眾什麼才是阿山。可是現在的情形，不是阿山的一個接一個出走，只留下了大批的阿山，即使刻出來又如何向民眾交代得清楚。

這時聽到那兩個小孩的父親開口在阻止：「你不怕死，阿山兵開槍打死你！」「開槍打死」卻是用阿山話說的，大概台灣話裡還沒有這說法。

對黃榮燦而言這句話聽來十分熟悉，平時不怎麼去注意，今天終於聽清楚，台灣人學國語，只有這句話學得那麼徹底。另外有句罵人的話「馬尼拉——堀泚」，是日常生活中聽阿山在相罵時無意中學會的，沒想到成了國民政府推行國語運動的第一課。

車子到達八堵時，由於這裡是縱貫線和宜蘭線的接駁站，通常都停得比較久，從窗口看到前面車廂一個熟悉面孔從月台跳上來，是好久不曾見面的盧秋濤，上車後往後面車廂走來，經過黃榮燦面前時裝作沒看見，同行還有兩個人緊跟在背後，彼此用上海話交談，發音並不純正，想是不願讓人聽懂才故意說的。他突然想起省立基隆中學就在八堵，抗戰勝利不久還在四川時曾讀過一本小說，只記得作者姓鍾，是以日記的形式描寫一名被政府派到八堵接收基隆中學的校長與留在這裡的日本校長辦理交接的經過。前一夜新的校長晚上聽到二樓教室傳來敲打聲，以為日本人趁機在搞破壞，帶兩名教員拿著手電筒想上去捉人，沒想到竟是前校長在修理教室裡的桌椅，理由是要把一個完整的學校交給前來接任的校長，這種教育家的精神感動了作者，所以才寫下這篇文章。

此時黃榮燦突然興起衝動，既然來到八堵，何不趁天未暗之前到基隆中學校園裡走一圈，然後搭下班車到基隆港。

外面剛下過雨，走出車站外面看到的景物特別清澈，學校就在離車站不遠，靠近邊門有個警衛站，一名肥胖的年輕人很有禮貌向他打招呼，交談之下知道曾經聽過他演講，將來也想走美術設計的路，剛從廣東到此，準備投考政工幹校。

早聽說遍地杜鵑花的美景是基隆中學校區的一大特色，的確百聞不如一見，在薄霧中有如淡彩畫成的圖畫，學校規模不大，只有一排二層樓的校舍，進入走廊時，他心裡期待著迎面走來的是小說的作者鍾校長，就是點頭打個招呼也值得。

穿過校舍要去操場有個小廊道，左邊門上掛著校長室字牌，門窗以藍色布簾遮住，仔細聽裡面有人在走動，壓低聲音講話，像是在開會，他好奇多站了一會才離開。

操場上長滿了草，初看時以為是一片稻田，遠處是個高起的台地，上面立有高架，仔細看原來是游泳池的跳台，背靠著山丘，有一條小徑，斷斷續續傳來槍響似有人在練靶，引起他的好奇便沿著小徑上山而來，才發覺這裡原先是日本神社，鳥居和神座都還保留完好，左側新蓋一間小屋，從窗戶看進去，一架小型的機器，看似印刷機，地上堆滿紙張，屋裡不見有人，不知剛才的槍聲從何而來。

太陽光這時透過雲層照在山下大操場的草地，美好的景色使他站了許久都不想走開。今天是星期六，學生只上半天的課，這時該已經回家去了。他又回到校舍走上二樓，傳來有人說話的聲音，一間教室裡圍著幾名學生在畫壁報，想起自己這幾年忙於作壁報鼓吹抗日，早已是這方面的老手。剛見到的那名守衛就在當中指導，想推門進去，卻被阻止說校長吩咐在完成之前不許讓外人看到，他馬上了解這是為校際比賽而作的，怕被別的學校派間諜前來打探，讓機密洩漏出去，學生時代也曾經有過這經驗。

但守衛已看到他，便走出教室來，兩人又在走廊聊了好一會才離開。從守衛口中得知校長鍾皓東是南部客家人，在北平住過一段時期，戰後回台就被派到基隆中學，來時帶了一批客家幫教英語和數理，另外教務主任是廣東人的關係，聘來多位中山大學應屆畢業生，在學校裡教文史兼導師，對此他頗不以為然，連外人都能看出有兩個勢力的對立，氣氛很不尋常，尤其近日來有學生在老師主使下夜間到街上貼標語，校長知道了也不說話……。兩人談了近一個小時才告辭。

到基隆時已近黃昏，不知幾時又下起毛毛雨。剛到台灣就聽人說基隆有雨港之稱，一年當中半年是雨天。從台北到基隆辦事，不論什麼天氣手上必須有一支雨傘才放心，在車廂裡還不覺得，下車走在月台看到人人手中都有傘，才開始擔心今天又得淋雨了。

出了車站向左轉看到基隆港的海運大樓，日治時代這裡是全基隆唯一裝置電梯的大廈，四樓設有餐廳，剛來台灣不久朋友請吃飯，第一次坐到電梯，令他此生難忘。

還記得搭乘駛往香港的船是在第四碼頭，到上海的船在第五、六碼頭，買船票和等船都在同一地點，便穿過海運大樓直走過去。

來到第四碼頭，時刻表上用白色粉筆寫著今晚十點二十分有一班船，賣票的窗口掛著大大的「滿」字，一看就知道票已售完了。很快已有人走到身邊，小聲問：「今晚的船票，有沒有需要？」他只搖搖頭，話也不說就走開。

才走開他馬上又後悔，為什麼不問價錢，也許自己早晚被逼非離開不可。

就在此時，一個少婦抱著小嬰兒匆匆走過，然後又走回來，在候船的大廳裡來來去去找人，看似要買票又不像，終於看清楚她就是蔡瑞月，今天的裝扮幾乎認不出是她，難道是在等候她的丈夫雷石榆，不知近日來這一家人又發生什麼事！

但他不敢去認，今天這狀況下她一定不希望見了熟人，於是便走到旁邊靠牆邊的長板凳坐下來，用心巡視每個進來的旅客，終於又再看到盧秋濤，走在一起的兩個人有點臉熟，應該也是文藝界的人，朝剛才那黃牛揮了揮手勢，黃牛很快走過來，交頭接耳談了好久，顯然是在還價，好不容易談成，距離雖遠仍然很清楚看出拿出厚厚一疊船票至少有十張，不明白為何一下子買這麼多，莫非一群人正準備大逃亡！

這時從門外傳來吵雜而沉重的踏步聲，是十幾名淺藍色軍服持槍列隊前來的中國兵，穿過大廳直接登上靠在岸邊的輪船階梯。已近十點鐘，等候上船的旅客開始多起來。他又看到了熟人，是麥非夫婦和黃永玉，一副驚慌的面容左顧右盼，每人都提兩個皮箱，還背著大背包，進來後看到牆邊有空位就一屁股坐了下來，顯然也是害怕被相識的人遇到。

黃榮燦來此的目的是希望能遇到朱鳴岡，把沒說完的話再說清楚，確定他是不是離開台灣，並告知已決意前往師院去接他的教席，能見一面也算是最後的送行。

不久響起了鈴聲，告知旅客上船的時間已到，坐在牆角的一個個站立起來，突然看到剛才坐在身旁的竟是麥桿，已經來不及打招呼，見他身手伶俐從人群中鑽過去，一下子不見人影。

直到所有人都上了船，梯子已經移開，仍然沒見到朱鳴岡，還留在大廳的人紛紛就地打開舖蓋，準備在此過夜，與當年抗戰時逃難一樣，沒想到此時又再度出現了難民潮。

沒有找到朱鳴岡，黃榮燦心裡不知該失望還是慶幸，若他已經離開不必在台灣過著提心吊膽的日子，回到大陸依然前途茫茫，是禍是福有誰知道！

回台北的最後一班火車上，車廂裡每個人疲憊模樣，在他看來都像是沒有買到船票才折返台北。這些急著想離開台灣的人，等離開台灣他們就不再是「阿山」了。

突然間心裡一陣悽涼，為什麼這時候大家不約而同出走，竟沒有人向他通訊息，這種心情就像被拋棄的孤兒，往後他在台灣只孤單一人！

車長前來查票，黃榮燦因持有記者證，來台灣之後乘車只買半票，車長看他是外省人也不多問就走開。後面跟著來了兩名憲兵，開口便問有沒證件，拿過記者證看也不看，又不還給他，接連問了幾個不相干的問題，最後才問：「常來基隆嗎？」

黃榮燦聽起來像是在聊家常，心情為之輕鬆下來，便回答：「說常也不常，一個月總得來幾回吧！」

「談生意還是出任務？」

「不一定，來玩的時候比較多。」

「來玩？這是記者說的話，我聽不懂。」

「真的只是走走看看而已。」

「只是走走看看嗎？很好，我們也是……」

略為點個頭就走開，黃榮燦沒遇到過這樣親民的憲兵，瞇起眼睛笑著看兩人的背影，對自己說：「這些人還是很可愛嘛！」

車子過了松山，下一站就是台北站，黃榮燦突然間想起剛才的憲兵拿走記者證沒有還，那兩人應該還留在列車上才對，便急忙趕到前面的車廂去找憲兵要回證件。

那天晚上黃榮燦就沒有再回到他的宿舍，與他同時期來台工作的畫家，多數在很短時間內也先後從台灣文藝界的場合中消失，部分人是隻身來台，不管發生什麼事，旁人也只是猜測，誰也沒有閒暇追究到底去了哪裡。不過，圈內人都知道，這些人多半是當局不喜歡的左派分子，只要留下來一天，總是被視為眼中釘，想拔之而後快。

以後不出幾年時間，由於國共內戰整個中國被共軍占據，國民黨政權退據台灣，雖然每天高喊反攻，也只有口號沒有行動，跟隨政府撤退過來的幾十萬軍民起初以為很快就可回去，沒想到一年又一年，回鄉的路遙遙無期。

報紙上仍不斷有大陸發生的消息，尤其共產黨取得政權之後大力推動清算鬥爭，被拿來作反共的政治宣傳，接著有所謂「反右」運動，先是以大鳴大放引蛇出洞為手段，要知識分子表露對現實的看法，當隱藏在社會裡的牛鬼蛇神顯出真面目，就把所有對共產黨不滿的人全數捉出來批鬥勞改，對此台灣的報紙當然不放過，大作渲染。戰後來過台灣的文藝作家，他們的名字陸續出現在報上，這邊美術界才知道原來失蹤多年的麥非、刃鋒、麥桿、陸志庠、朱鳴岡、戴英浪、章西崖、黃永玉、荒烟、盧秋濤、陳耀寰、姚思章等全都到了那邊。如果報上的消息屬實，這一批國民黨想捉而沒捉到的外省畫家，逃亡到了大陸，在剛成立的新中國政權下，共產黨一個不漏全都捉起來送進牢裡去。

不過，至少知道他們都還在，只有黃榮燦的名字一直不見上報，而中山堂音樂會之後失蹤的蔡繼琨，在駐菲律賓馬尼拉大使館的國慶宴中演奏鋼琴的消息，十幾年之後才傳到台北，那天他到底如何離開又在什麼情形下去了菲律賓，到最後依然是個謎。

直到有一天，一名師範學院美術系學生偷偷跑進國防醫學院的解剖教室想描繪人體解剖圖，在停屍房裡翻開用白布蓋著的一具屍體，赫然發現躺在那裡的就是參加過他們合唱團的黃榮燦，從此黃榮燦失蹤之謎方才告揭曉，但他為什麼會有與別人不一樣的下場，他不過只單純是個記者，或還有另外身分，將永遠在美術史上留下問號。

文學叢書 359

INK PUBLISHING

變色的年代

作　　者　謝里法
總 編 輯　初安民
責任編輯　孫家琦　施淑清
封面設計　張治倫工作室
美術編輯　林麗華
校　　對　孫家琦　謝里法

發 行 人　張書銘
出　　版　INK印刻文學生活雜誌出版有限公司
新北市中和區中正路800號13樓之3
電話：02-22281626
傳眞：02-22281598
e-mail：ink.book@msa.hinet.net

網　　址　舒讀網http：//www.sudu.cc
法律顧問　漢廷法律事務所
劉大正律師
總 代 理　成陽出版股份有限公司
電話：03-3589000（代表號）
傳眞：03-3556521
郵政劃撥　19000691 成陽出版股份有限公司
印　　刷　海王印刷事業股份有限公司

港澳總經銷　泛華發行代理有限公司
地　　址　香港筲箕灣東旺道3號星島新聞集團大廈3樓
電　　話　(852) 2798 2220
傳　　眞　(852) 2796 5471
網　　址　www.gccd.com.hk

出版日期　2013年5月　初版
2013年6月5日　初版二刷
ISBN　978-986-5823-06-1

定　價　450元

國家圖書館出版品預行編目資料

變色的年代／謝里法著；
--初版，--新北市：INK印刻文學，
2012.05　面；　公分（文學叢書；359）
ISBN　978-986-5823-06-1（平裝）

857.7　　102006808